Contemporánea

Abdulrazak Gurnah (Zanzíbar, 1948) es un escritor de origen tanzano afincado en Inglaterra desde hace más de medio siglo. Doctorado en 1982 por la Universidad de Kent, ejerció la docencia en las universidades de Bayero (Kano, Nigeria) y Kent, donde impartió literatura inglesa y poscolonial hasta su jubilación en 2017. Es miembro de la Royal Society of Literature desde 2006 y autor de numerosos cuentos, ensayos y una decena de novelas, entre las que destacan *Paraíso*, nominada para los premios Booker y Whitbread, *A orillas del mar*, *La vida, después* y *El desertor*. Considerado uno de los escritores poscoloniales más relevantes, en 2021 fue galardonado con el Premio Nobel de Literatura por su «conmovedora descripción de los efectos del colonialismo y la historia de los refugiados en el abismo entre culturas y continentes».

PREMIO NOBEL DE LITERATURA

Abdulrazak Gurnah

La vida, después

Traducción de
Rita da Costa

DEBOLS!LLO

Papel certificado por el Forest Stewardship Council®

Título original: *Afterlives*

Primera edición en Debolsillo: octubre de 2025

© 2020, Abdulrazak Gurnah
© 2022, 2025, Penguin Random House Grupo Editorial, S.A.U.
Travessera de Gràcia, 47-49. 08021 Barcelona
© 2022, Rita da Costa, por la traducción
Revisión de los términos en árabe y suajili al cuidado de Víctor Pallejà de Bustinza
Diseño de la cubierta: Penguin Random House Grupo Editorial
Ilustración de la cubierta: © Anna Martinez
Fotografía del autor: © Mark Pringle

Printed in Spain – Impreso en España

ISBN: 978-84-663-7990-8
Depósito legal: B-14.425-2025

Impreso en Black Print CPI Ibérica
Sant Andreu de la Barca (Barcelona)

P 379908

PRIMERA PARTE

1

Jalífa tenía veintiséis años cuando conoció al mercader Amur Biashara mientras trabajaba para una modesta casa de préstamos propiedad de dos hermanos guyaratíes. Los prestamistas indios eran los únicos que tenían tratos con los mercaderes locales y se adaptaban a su forma de comerciar. Los grandes bancos pretendían imponer el papeleo, los avales y las garantías a la hora de gestionar los negocios, algo que los mercaderes locales no siempre veían con buenos ojos, pues se valían de redes y asociaciones invisibles para el común de los mortales. Los hermanos daban trabajo a Jalífa porque estaba emparentado con ellos por parte de padre. Decir que estaban emparentados tal vez sea exagerar, pero su padre también era de Guyarat, lo que para el caso venía a ser lo mismo. La madre de Jalífa era una campesina a la que su padre había conocido mientras trabajaba en la finca de un gran terrateniente indio donde pasó la mayor parte de su vida adulta, a dos jornadas de distancia de la ciudad. Jalífa no parecía indio, o cuando menos no se parecía a los indios que vivían en esa parte del mundo: la tez, el pelo, la nariz, todo ello recordaba a su madre africana, pero no dudaba en presumir de linaje cuando le convenía: «Sí, sí, mi padre era indio. Quién lo diría, ¿verdad? Se casó con mi madre y le fue fiel durante toda la

9

vida. Los hay que tontean con las mujeres africanas hasta que mandan venir una esposa de la India y entonces las abandonan, pero él nunca se desentendió de mi madre.»

Su padre se llamaba Qásim y había nacido en una pequeña aldea de Guyarat donde había ricos y pobres, hindúes, musulmanes e incluso algunos cristianos de la etnia sidi. La familia de Qásim era musulmana y pobre, y él un muchacho diligente acostumbrado a pasar privaciones. Lo enviaron a la escuela coránica de la aldea y más tarde a un centro de enseñanza público de la ciudad más cercana donde las clases se impartían en guyaratí. Su padre era recaudador de impuestos en las zonas rurales y opinaba que había que enviar a Qásim a la escuela para que también llegara a ser recaudador o tomara otro oficio igual de respetable. El padre no vivía con la familia, sólo los visitaba dos o tres veces al año, por lo que la madre de Qásim había tenido que ocuparse no sólo de los cinco hijos del matrimonio, sino también de la suegra, que estaba ciega. Él era el mayor de los hermanos, dos varones y tres chicas. De éstas, las dos más jóvenes habían fallecido siendo niñas. El padre les enviaba dinero de vez en cuando, pero debían valerse por sí mismos en la aldea y aceptar cualquier trabajo que encontraran. Cuando Qásim se hizo un poco mayor, los profesores de la escuela guyaratí lo animaron a solicitar una beca en una escuela secundaria de Bombay donde las clases se impartían en inglés, y a partir de entonces su suerte empezó a cambiar. Su padre y otros parientes pidieron un préstamo para proporcionarle el mejor alojamiento posible en Bombay mientras estudiaba. Con el tiempo, su situación mejoró porque alquiló una habitación en casa de un compañero cuya familia lo ayudó a buscar trabajo dando clases particulares a estudiantes más jóvenes. Con las escasas annas que ganaba, contribuía a su manutención.

Al poco de concluir los estudios secundarios, le ofrecieron unirse al equipo de contables de un terrateniente en la costa africana. La oportunidad, que prometía una forma de sustento y quizá también alguna que otra aventura, llegaba como caída del cielo. El encargado de hacerle llegar tan generosa oferta fue el imán de su aldea natal. Al parecer, los antepasados lejanos del terrateniente procedían de esa misma aldea y siempre que necesitaba un contable iba a buscarlo allí, pues así se aseguraba de dejar sus asuntos en manos de empleados leales cuya suerte dependía de él. Todos los años, durante el mes del ayuno, Qásim enviaba al imán de su aldea natal una suma de dinero que el terrateniente iba apartando de su salario para que la hiciera llegar a su familia. Nunca regresó a Guyarat.

Ésta era la historia que el padre de Jalífa le contaba sobre las penalidades de su propia niñez. Se las contaba porque eso es lo que suelen hacer los padres y porque quería que el chico aspirara a más. Le enseñó a leer y escribir en el alfabeto latino y le transmitió nociones básicas de aritmética. Cuando Jalífa se hizo un poco mayor —tendría entonces unos once años—, lo envió a estudiar a una ciudad cercana con un profesor particular que le enseñó matemáticas, contabilidad y cuatro nociones de inglés. De este modo, hizo realidad las ambiciones que su padre había traído consigo de la India pero no había podido cumplir.

Jalífa no era el único alumno del profesor particular, sino que eran cuatro en total, todos ellos jóvenes indios. Se alojaban en su casa y dormían en el suelo del vestíbulo de la planta baja, debajo de la escalera, donde también les servían la comida. No les estaba permitido subir a la primera planta. El aula era una habitación pequeña con esterillas en el suelo y una ventana con rejas, demasiado alta para que vieran lo que había al otro lado, aunque sí alcanzaban a oler el albañal que pasaba detrás de la casa transportando aguas residuales. El profesor cerraba el aula con llave y la trataba como un espacio sagrado que debían barrer y limpiar todos los días antes de empezar las clases, que se impartían a primera hora de la mañana y de nuevo al atardecer, antes de que se fuera la luz. El profesor siempre se echaba una siesta a primera hora de la tarde, después de almorzar, y las clases se interrumpían con la puesta del sol para ahorrar en velas. En sus ratos libres, los chicos buscaban trabajo en el mercado o el muelle, o bien deambulaban por las calles de la ciudad. Jalífa no sospechaba siquiera con qué nostalgia recordaría esos tiempos posteriormente.

Empezó los estudios con el profesor particular el año que los alemanes llegaron a la ciudad y permaneció en su casa durante los cinco años siguientes, marcados por la revuelta de Abushiri, en la que mercaderes árabes y suajilis —tanto los que comerciaban a lo largo de la costa como los que se internaban en el continente con sus caravanas— se alzaron en armas contra los alemanes, que se habían erigido en amos de la región. Alemanes, británicos, franceses, belgas, portugueses, italianos y todos los demás se habían reunido ya para repartirse el continente trazando mapas y firmando tratados, de modo que a nadie inquietó demasiado aquella revuelta que el coronel Wissmann y su recién formada schutztruppe se encargaron de reprimir. Tres años después de la revuelta de Abushiri, mientras Jalífa concluía sus estudios con el profesor particular, los alemanes se vieron inmersos en otra guerra interna, esta vez contra los hehe, bastante más al sur. Al igual que los mercaderes liderados por Abushiri, los hehe se negaban a acatar la dominación germánica, aunque demostraron una mayor resistencia que aquéllos y causaron numerosas bajas entre los soldados de la schutztruppe, que los castigaron con determinación y ensañamiento.

Para regocijo de su padre, Jalífa resultó tener un don natural para leer, escribir y llevar los libros. Siguiendo el consejo del profesor particular, Qásim escribió a dos hermanos guyaratíes que regentaban una casa de préstamos en la ciudad. El profesor se encargó de redactar el borrador de la carta, que dio a Jalífa para que éste se la llevara a su padre. Qásim copió la carta de su puño y letra y encargó a un carretero que la llevara de vuelta al profesor, quien a su vez la entregó en mano a los hermanos banqueros. Todos opinaban que el aval del profesor sería de gran ayuda.

«Muy señores míos —escribió su padre—: ¿Tendrían por casualidad alguna vacante para mi hijo en su apreciado negocio? Es un muchacho trabajador, con facilidad para los números pese a su escasa experiencia. Domina el alfabeto latino, posee conocimientos básicos de inglés y les estará eternamente agradecido. Se despide cordialmente, su humilde paisano de Guyarat.»

Pasaron varios meses hasta que llegó la respuesta, y sólo porque el profesor fue a ver a los hermanos y les suplicó que contestaran por el bien de su propia reputación. En ella decía: «Envíenos al chico y lo pondremos a prueba. Si todo va bien, le ofreceremos un puesto de trabajo. Los musulmanes guyaratíes debemos apoyarnos mutuamente. Si nosotros no nos ayudamos, ¿quién lo hará?»

Jalífa ardía en deseos de abandonar la casa familiar, situada en la finca del terrateniente para el que su padre trabajaba como tenedor de libros. Mientras esperaban la respuesta de los hermanos prestamistas, ayudaba a su padre consignando salarios, anotando pedidos, llevando la cuenta de los gastos y escuchando quejas que no podía remediar. El trabajo en la finca era arduo, la paga de los jornaleros exigua y, a la miseria, se sumaban a menudo fiebres y plagas de todo tipo. Para engrosar su provisión de víveres, los trabajadores cultivaban una pequeña parcela de terreno cedida por el terrateniente. La madre de Jalífa, Mariamu, no era una excepción, y tenía tomates, espinacas, ocras y boniatos en un huerto adyacente a la casucha donde vivían hacinados. A veces, aquella existencia miserable lo desalentaba hasta tal punto que echaba de menos la época de austeridad que había pasado con el profesor, de modo que cuando llegó la respuesta de los prestamistas estaba ansioso por partir y decidido a hacer cuanto estuviera en su mano para que aquéllos lo retuvieran. Así fue durante once años. Si bien en un primer momento el aspecto del chico los sorprendió, tuvieron la delicadeza de disimular y se abstuvieron de hacer comentarios en su presencia, aunque no podían evitar los de algunos clientes indios. «No, no, es paisano nuestro, guyaratí como nosotros», aseguraban a los más escépticos.

Jalífa era un simple oficinista que introducía cifras en un libro de contabilidad y se encargaba de mantener las entradas al día. Ésas eran las únicas tareas que le permitían desempeñar. Lo achacaba a que no se fiaban de él, pero así funcionaban las cosas en el mundo del dinero y los negocios. Los hermanos Hashim y Gulab eran prestamistas, algo que, según le explicaron, era lo que hacían todos los bancos, en realidad. Sin embargo, a diferencia de las grandes entidades bancarias, ellos no abrían cuentas privadas a sus clientes. Los dos hermanos eran de edades cercanas y aspecto muy similar: cortos de estatura, de complexión robusta, con rostros risueños, pómulos anchos y bigotes primorosamente recortados. Un reducido grupo de personas compuesto por hombres de negocios e inversores guyaratíes depositaban sus excedentes monetarios con los hermanos, que a su vez prestaban ese dinero con intereses a los mercaderes y comerciantes locales. Todos los años, por el aniversario del Profeta, organizaban una lectura del Corán en los jardines de su mansión y repartían comida a todos los asistentes.

Jalífa llevaba diez años trabajando para los hermanos guyaratíes cuando Amur Biashara, un mercader al que conocía por sus tratos con el banco, tuvo a bien hacerle una oferta. En esa ocasión Jalífa lo ayudó aportando información que los banqueros ignoraban que supiera, detalles sobre comisiones e intereses que le permitieron negociar con ellos de forma ventajosa. Amur Biashara le pagó a cambio de esa información, es decir, lo sobornó. Fue un soborno menor y el beneficio que obtuvo a cambio era ínfimo, pero el mercader tenía una reputación que mantener como negociador implacable y, además, no sabía resistirse a un buen chanchullo. Por lo que respecta a Jalífa, lo insignificante del soborno le permitía acallar el sentimiento de culpa por haber traicionado a sus empleadores. Se dijo que estaba adquiriendo experiencia en el mundo de los negocios, lo que pasaba por conocer sus facetas más oscuras.

Unos meses después de que Jalífa llegara a ese acuerdo con Amur Biashara, los hermanos guyaratíes decidieron trasladar el negocio a Mombasa, animados por las obras de construcción del ferrocarril entre dicha ciudad y Kisumu, así como por las políticas coloniales que alentaban a los europeos a establecerse en el África Oriental británica, como la llamaban entonces. Los hermanos prestamistas esperaban encontrar allí mejores oportunidades de negocio, algo en lo que coincidían con numerosos mercaderes y artesanos indios. Paralelamente, Amur Biashara se disponía a expandir sus intereses comerciales y contrató a Jalífa como oficinista porque, a diferencia de él, sabía escribir en alfabeto latino. El mercader estaba convencido de que sus conocimientos le serían de utilidad algún día.

Por entonces los alemanes habían sofocado todo amago de rebelión en la Deutsch-Ostafrika, o eso creían. No sin esfuerzo, habían logrado reprimir la revuelta de Abushiri y la resistencia de las caravanas costeras tras capturar al líder de los mercaderes, que murió en la horca en 1888. A la sazón la schutztruppe, el ejército de mercenarios africanos conocidos como askaris —liderados por el coronel Wissmann y sus oficiales alemanes— se nutría de soldados nubios que se habían enfrentado al Mahdí en el Sudán a las órdenes de los británicos y reclutas «zulúes» de la etnia shangaan llegados del sur del África Oriental portuguesa. El gobierno colonial alemán convirtió el ahorcamiento de Abushiri en un espectáculo, algo que habría de repetirse en las numerosas ejecuciones que tuvieron lugar a lo largo de los años siguientes. Como símbolo del orden y la civilización que se habían propuesto llevar a la zona, los alemanes transformaron la fortaleza de Bagamoyo, uno de los bastiones de Abushiri, en un puesto de mando de su ejército. Bagamoyo era también el destino final de las antiguas caravanas de mercaderes y el puerto más concurrido de ese tramo de la costa. La conquista y defensa de la ciudad por parte de los alemanes era una manera de afianzar su control de la colonia.

Sin embargo, aún les quedaba mucho por hacer y, según se iban desplazando hacia el interior del continente, se toparon con muchos otros pueblos reacios a convertirse en súbditos del imperio alemán: los nyamwezi, los chagga, los meru y los más belicosos de todos, los hehe, que vivían al sur y a los que sólo lograrían someter, tras ocho años de hostilidades, sometiéndolos al hambre, reprimiéndolos con brutalidad e incendiando sus aldeas. Para celebrar su triunfo, los alemanes rebanaron el cuello al caudillo hehe, Mkwawa, cuya cabeza despacharon a la metrópoli como si de un trofeo se tratara. Llegados a este punto, con la incorporación de reclutas procedentes de los pueblos sometidos, la schutztruppe se había convertido en una experimentada fuerza de destrucción. Los askaris se enorgullecían de su fama de sanguinarios, algo que alentaban tanto los oficiales del ejército alemán como los gobernantes de la Deutsch-Ostafrika. Por entonces, mientras Jalífa entraba a trabajar para Amur Biashara, nada se sabía aún de la rebelión Maji Maji que estaba a punto de estallar al sur y al oeste de la región y que habría de convertirse en la revuelta más violenta de todas, reprimida con una ferocidad inaudita por los alemanes y su ejército de askaris.

El gobierno colonial germánico se disponía a imponer nuevas restricciones y normas al comercio en África y Amur Biashara confiaba en que Jalífa defendiera sus intereses, leyendo la letra pequeña de los decretos e informes publicados por la administración y rellenando en su nombre los formularios aduaneros y fiscales que estaba obligado a presentar. Por lo demás, el mercader no hablaba de sus negocios. Siempre se traía algo entre manos y trataba a Jalífa como un ayudante general, un chico para todo y no el empleado de confianza que éste había esperado llegar a ser. A veces el mercader le revelaba los detalles de algún trato, pero no era lo habitual. Jalífa redactaba cartas, acudía a las instancias oficiales para solicitar tal o cual permiso, recogía cotilleos e información de aquí y allá y se encargaba de hacer llegar pequeños regalos e incentivos a las personas cuyo favor necesitaba el mercader. Pese a todo, estaba convencido de que confiaba en él y en su discreción, en la medida en que se lo permitía su natural suspicacia.

Como jefe, Amur Biashara no era difícil de complacer. Menudo y elegante, siempre cortés y de trato afable, acudía regularmente a la mezquita local, de la que era un fiel y generoso contribuyente. Cuando alguna desgracia se abatía sobre un miembro de la congregación, participaba en las colectas benéficas para ayudarlo y nunca dejaba de acudir al funeral de un vecino. Ningún forastero de paso por la ciudad habría dudado en tomarlo por un humilde e incluso piadoso miembro de la comunidad, pero la verdad era un secreto a voces, y tanto sus despiadadas prácticas comerciales como la fortuna que se le atribuía eran motivo de habladurías y admiración. De hecho, su hermetismo y falta de escrúpulos se consideraban cualidades esenciales en un mercader. Se decía que dirigía sus asuntos como quien organiza una conspiración. Jalífa lo veía como un pirata que no le hacía ascos a nada: contrabando, prestamismo, acaparar cuanto escaseara en un momento dado además de lo de siempre, importaciones varias. No se arredraba ante nada. Tenía los negocios en la cabeza porque no se fiaba de nadie y también porque algunos de sus tratos debían llevarse a cabo con suma discreción. Jalifa estaba convencido de que disfrutaba con los sobornos y las transacciones ilícitas, que le reconfortaba pagar en secreto para ver sus deseos cumplidos. Siempre estaba echando cuentas y haciendo cábalas sobre las personas con las que tenía tratos. Era un hombre de modales gentiles y podía ser amable si se lo proponía, pero Jalifa sabía que también podía mostrarse despiadado. Después de trabajar durante años para él, sabía lo duro que era en realidad el corazón del mercader.

El caso es que Jalifa redactaba cartas, pagaba sobornos, cogía al vuelo las migajas de información que el mercader dejaba caer y en general se daba por satisfecho. Tenía olfato para los cotilleos, que recogía y esparcía, y el mercader no le regañaba por las largas horas que pasaba conversando en la calle y los cafés y no sentado en la oficina. Siempre era mejor saber lo que se decía de uno que vivir en la ignorancia. A Jalifa le hubiese gustado corresponder a sus informantes con un mayor conocimiento de los negocios de Amur Biashara, pero era harto improbable que eso fuera a suceder. Ni siquiera sabía la combinación de la caja fuerte del mercader, por lo que debía pedirle que sacara personalmente cualquier documento que necesitara. Amur Biashara guardaba una gran cantidad de dinero en su interior y nunca abría la puerta del todo en presencia de nadie, ni siquiera de Jalifa. Si quería sacar algo de la caja fuerte, se apostaba delante de la puerta para tapar la rueda de la combinación mientras la manipulaba; luego la abría unos pocos centímetros y metía la mano por la rendija como si fuera un vulgar ratero.

Jalifa llevaba más de tres años con buana Amur cuando se enteró de que su madre, Mariamu, había muerto de forma repentina. Tenía poco menos de cincuenta años y su pérdida fue del todo inesperada. Jalífa volvió a casa enseguida para estar con su padre, al que encontró demacrado y sumido en una profunda desolación. Era hijo único, pero desde hacía algún tiempo apenas visitaba a sus padres, y constató con cierta sorpresa lo débil y abatido que parecía el hombre. Estaba enfermo, pero no había podido acudir a nadie para diagnosticar su mal, pues no había ningún médico en la zona y el hospital más cercano quedaba en la ciudad costera donde vivía su hijo.

—Tendrías que habérmelo dicho, habría venido a buscarte —le dijo Jalífa.

Un leve temblor sacudía constantemente el cuerpo de su padre, que no tenía fuerzas para nada. Ya no podía trabajar y se pasaba el día sentado con la mirada perdida en el porche de su cabaña de dos habitaciones en la finca del terrateniente.

—Hace unos meses me dio esta flojera de pronto —le dijo—. Pensé que sería el primero en irme al otro barrio, pero tu madre se me adelantó. Cerró los ojos, se quedó dormida y ya no volvió a despertarse. ¿Y ahora qué hago yo?

Jalífa se quedó con él durante cuatro días y dedujo por los síntomas que su padre estaba gravemente enfermo de malaria. Tenía mucha fiebre, vómitos que le impedían retener nada en el estómago, los ojos amarillentos de icteria y la orina teñida de rojo. Sabía por experiencia que los mosquitos eran un peligro en la finca: se despertó en la habitación que ahora compartían con las manos y las orejas cosidas a picadas. Al cuarto día por la mañana, cuando se despertó, el enfermo seguía durmiendo. Jalífa salió al patio trasero para asearse y preparar el té, pero, mientras esperaba que el agua rompiera a hervir, un escalofrío le heló la sangre y volvió adentro, donde comprobó que su padre no estaba dormido, sino muerto. Se lo quedó mirando un buen rato, tan flaco y consumido después de muerto como fuerte y vigoroso había sido en vida. Lo tapó y fue hasta las oficinas de la finca en busca de ayuda. Llevaron el cadáver a la pequeña mezquita de la aldea más cercana. Allí lo lavó como mandaba la tradición, asistido por personas familiarizadas con los rituales fúnebres. Esa misma tarde lo enterraron en el cementerio, detrás de la mezquita, y Jalífa donó las escasas pertenencias de sus padres al imán local para que las repartiera entre quienes las quisieran.

De vuelta en la ciudad, y durante los meses siguientes, se sintió completamente solo en el mundo, un hijo ingrato y despreciable. Este sentimiento de culpa lo pilló por sorpresa. Había vivido lejos de sus padres durante la mayor parte de su vida —primero durante los años que había pasado con el profesor particular, luego con los hermanos prestamistas y más tarde con el mercader— sin haber sentido nunca remordimientos por no estar más pendiente de ellos. La súbita muerte de ambos se le antojaba una calamidad, una forma de castigarlo. Llevaba una existencia sin sentido en una ciudad que no era la suya y en un país que parecía estar siempre en guerra, pues ya había rumores de otra revuelta al sur y al oeste.

Fue entonces cuando Amur Biashara tuvo una charla con él.

—Llevas unos cuantos años conmigo… ¿cuántos van ya, tres… cuatro? —preguntó—. En este tiempo has demostrado ser eficiente y respetuoso, dos cualidades que aprecio.

—Se lo agradezco —repuso Jalífa, preguntándose si estaba a punto de recibir un aumento o de ser despedido.

—La muerte de tus padres ha sido un duro golpe, bien lo sé. He visto cuánto te ha apenado, que Dios se apiade de su alma, y en vista de que has trabajado para mí con tanta dedicación y humildad durante todo este tiempo, creo que no está de más que te dé un consejo —dijo el mercader.

—Sus consejos son bienvenidos —repuso Jalífa, empezando a pensar que el mercader no se disponía a despedirlo.

—Eres como de la familia, y es mi deber guiarte por el buen camino. Ha llegado el momento de que te cases y creo que conozco a una novia adecuada para ti. Una joven con la que estoy emparentado se ha quedado huérfana. Es una muchacha respetable y ha heredado una propiedad. Sugiero que la pidas en matrimonio. Yo mismo la desposaría —añadió el mercader con una sonrisa— si no fuera porque estoy satisfecho tal como estoy. Me has servido con lealtad durante estos años y te mereces un buen porvenir.

Jalífa sabía que Amur Biashara le estaba ofreciendo a la joven como si fuera una mercancía, y que ella apenas tendría voz ni voto en la decisión. Según él, se trataba de una muchacha respetable, pero en labios de un pragmático mercader esas palabras carecían de significado. Jalífa accedió porque difícilmente habría podido rechazar la oferta y porque le resultaba apetecible, aunque a ratos temiera que su futura novia fuese una mujer desabrida, exigente o con hábitos desagradables. Los novios no se conocieron antes de la boda, y ni tan siquiera durante la ceremonia, que fue de lo más sencilla. El imán preguntó a Jalífa si deseaba tomar como esposa a Asha Fuadi, a lo que éste respondió afirmativamente. Entonces buana Amur Biashara, en calidad de pariente varón de mayor edad de la novia, dio el consentimiento en su nombre. Dicho y hecho. Tras la ceremonia se sirvió café y luego el mercader en persona acompañó a Jalífa hasta la casa de la novia para presentársela. Esa casa era la propiedad a la que se había referido Amur Biashara, aunque en realidad Asha Fuadi no la había heredado.

Asha tenía veinte años, Jalífa treinta y uno. La difunta madre de la novia era la hermana de Amur Biashara, y la pena reciente por su muerte aún ensombrecía la mirada de la joven. Tenía el rostro ovalado y agradable, el porte solemne y taciturno. Jalífa no tardó en rendirse a sus encantos, pero era consciente de que, en un primer momento, Asha se limitaba a tolerar sus muestras de afecto. Le llevó algún tiempo corresponder a su pasión y contarle su historia, y a él entenderla cabalmente, no porque fuera una historia insólita, sino todo lo contrario: en su mundo, era una práctica habitual entre los mercaderes sin escrúpulos. Se había resistido a contársela porque tardó en confiar en su marido y asegurarse de que le sería fiel a ella y no al comerciante.

—Mi tío Amur le prestó dinero a mi padre, no una vez, sino varias —le explicó a Jalifa—. No tuvo más remedio que prestárselo, puesto que era el marido de su hermana y, por tanto, un miembro de la familia: no podía negarse. El tío Amur apenas se relacionaba con mi padre, no le parecía digno de confianza en lo tocante al dinero, y seguramente estaba en lo cierto; más de una vez oí a mi madre decirle eso mismo a la cara. El caso es que el tío Amur le pidió a mi padre que pusiera su casa, es decir, nuestra casa, como aval de un préstamo, y lo hizo a espaldas de mi madre. Así son los hombres con sus negocios, furtivos y herméticos, como si no pudieran confiar en sus frívolas mujeres. De haberse enterado, ella no lo habría consentido. Hay que ser despiadado para prestar dinero a quienes no pueden devolverlo y luego arrebatarles el techo que les cubre la cabeza. Es un robo, y eso es lo que el tío Amur le hizo a mi padre, y por tanto a mi madre y a mí.

—¿Cuánto dinero le debía tu padre? —preguntó Jalifa al ver que Asha no decía nada más.

—Qué más da la cantidad —repuso ella, tajante—. Nunca habríamos podido devolverla. Nos dejó sin nada.

—Tu padre debió morir de forma súbita. Tal vez creyera que disponía de más tiempo.

Asha asintió.

—No planeó demasiado bien su muerte, desde luego. Durante la temporada de lluvias del año pasado tuvo un ataque de malaria, como todos los años, pero esta vez fue más virulento que los anteriores y no sobrevivió. Fue inesperado y espantoso verlo agonizando hasta morir, que Dios se apiade de su alma. Mi madre no estaba al tanto de todos sus asuntos, pero pronto supimos que el préstamo no se había devuelto y no quedaba nada con lo que hacer siquiera un pago simbólico. Los parientes varones de mi padre vinieron a reclamar su parte de la herencia, que en realidad se reducía a la casa, pero no tardaron en descubrir que había pasado a manos del tío Amur, para consternación de todos y en especial de mi madre. No teníamos nada en el mundo, nada en absoluto. Peor aún: no éramos dueñas ni siquiera de nuestro destino porque, al ser el pariente varón de más edad de mi madre, el tío Amur había pasado a ser nuestro tutor legal, lo que significaba que podía tomar decisiones sobre nuestro futuro. Mi madre nunca se recuperó de la muerte de mi padre. Había caído enferma muchos años antes y desde entonces sufría achaques constantes. Yo atribuía su estado a la pena, pensaba que no estaba tan enferma como decía, sino que se regodeaba en su propia desgracia. Nunca llegué a saber por qué se sentía tan desdichada. Puede que alguien le echara un mal de ojo, o tal vez se sintiera decepcionada con la vida. A veces recibía la visita de los espíritus y hablaba con voces que no eran la suya, hasta que alguien llamaba a un curandero pese a las protestas de mi padre. Cuando él murió, la desdicha de mi madre se convirtió en una pena inconsolable, pero en sus últimos meses de vida se le sumó otro tormento en forma de dolor de espalda y de algo que la iba consumiendo por dentro. Eso era lo que decía sentir, que algo le estaba devorando las entrañas. Fue entonces cuando supe que mi madre no sobreviviría, que su sufrimiento se debía a algo más que una gran pena. Pasó sus últimos días preocupada por mi futuro y le suplicó al tío Amur que velara por mi bienestar, algo que él prometió hacer. —Asha miró largamente a su marido con gesto grave, y al cabo añadió—: Así que me puso en tus manos, como un regalo.

—O viceversa —repuso Jalífa, sonriendo para intentar aligerar el poso amargo de las palabras de Asha—. ¿Tan mal te parece?

Ella se encogió de hombros. Jalífa comprendía, o podía adivinar, los motivos por los que Amur Biashara había decidido ofrecerle la mano de su sobrina. Para empezar, la joven dejaba de ser su responsabilidad, y además, se adelantaba a una posible relación deshonrosa, tanto si Asha la tenía en mente como si no. Así pensaba un poderoso patriarca. Utamsitiri, Jalífa protegería su dignidad y el buen nombre de la familia. No era un partido ideal, pero el mercader confiaba en su empleado y la boda entre ambos le permitía salvaguardar el honor de Asha, y por tanto su propio honor. Además, casar a su sobrina con un hombre que dependía económicamente de él también le permitía conservar intacta la propiedad, toda vez que el asunto quedaba en familia, por así decirlo.

Ni siquiera después de conocer la historia de la casa y comprender la injusticia a la que su mujer se había visto sometida osó Jalífa abordar la cuestión con el mercader; se trataba de un asunto familiar y, en rigor, él no pertenecía a la familia. Lo que sí hizo fue persuadir a Asha para que fuera a hablar con su tío y le reclamara la parte que le correspondía.

—Cuando quiere, sabe ser justo —le dijo, deseando creer en sus propias palabras—. Lo conozco bastante bien, lo he visto en acción. Debes dejarlo en evidencia, obligarlo a reconocer tus derechos, pues de lo contrario no se dará por enterado ni hará nada al respecto.

De modo que Asha fue a hablar con su tío. Jalífa no estaba presente cuando lo hizo y más tarde fingió no saber nada al respecto cuando el mercader intentó sonsacarlo con buenas maneras. Amur Biashara aseguró a su sobrina que le dejaría una parte de la propiedad en su testamento y dio el asunto por zanjado. En otras palabras, no quería volver a oír hablar de la casa.

Jalífa y Asha se casaron a principios de 1907. La rebelión Maji Maji, reprimida a costa de numerosas vidas y formas de subsistencia entre la población africana, daba sus últimos y brutales coletazos. La revuelta había empezado en Lindi y, a lo largo de tres años, se extendió por las zonas rurales y las ciudades del sur y el oeste del país. Cuanto más evidente se hacía la resistencia general a la dominación alemana, más despiadada y violenta se volvía la reacción del gobierno colonial. Convencido de que no podría sofocar la rebelión sólo con medios militares, el mando alemán intentó someter a la población mediante el hambre. En las regiones que se habían sublevado, la schutztruppe trató a todos los civiles como combatientes, quemando aldeas enteras, destrozando cultivos y saqueando las tiendas de suministros. Los cadáveres de los africanos se dejaban colgando en horcas a pie de carretera, en medio de un paisaje calcinado y desolador. En la región donde vivían Jalífa y Asha estas atrocidades sólo llegaban por boca de quienes las conocían de oídas, de modo que para ellos no pasaban de rumores alarmantes. En su ciudad no se había producido ninguna rebelión digna de ese nombre desde que Abushiri había muerto ahorcado, aunque las amenazas de represalias por parte de los alemanes eran constantes.

El tenaz rechazo de aquellas gentes a convertirse en súbditos del imperio había sido toda una sorpresa para los alemanes, sobre todo tras el castigo ejemplar del pueblo hehe, al sur, y los pueblos chagga y meru en las montañas del nordeste. La victoria sobre los Maji Maji había dejado cientos de miles de muertos por inanición y muchos cientos más por heridas de guerra o ejecución en plaza pública. Algunos de los gobernantes de la Deutsch-Ostafrika lo veían como un balance inevitable, muertes que se habrían producido de todos modos tarde o temprano. Entretanto, el imperio debía castigar a los africanos con todo el peso del poder alemán para que aprendieran a soportar dócilmente el yugo de la servidumbre. Día tras día, ese poder uncía el yugo con firmeza al cuello de unos súbditos que sólo lo eran a regañadientes. El gobierno colonial fortalecía su control del territorio incrementando y ampliando su presencia: se requisaban las mejores tierras para los colonos alemanes recién llegados al continente, al tiempo que se imponía el régimen de trabajos forzados para construir carreteras, limpiar cunetas o planificar avenidas y jardines concebidos para el esparcimiento de los colonos y el prestigio del Kaisereich. Los alemanes habían sido de los últimos en apuntarse a levantar un imperio en esa parte del mundo, pero habían venido para quedarse y, ya puestos, querían sentirse como en casa. Levantaron iglesias, oficinas con columnatas y fortalezas almenadas que establecían los medios necesarios para una vida civilizada al tiempo que deslumbraban a sus nuevos súbditos e impresionaban a sus rivales.

Aquella nueva insurrección hizo que algunos alemanes cambiaran de parecer, pues se hizo evidente que la violencia por sí sola no bastaba para dominar la colonia y volverla productiva, por lo que se promovió la construcción de centros de salud y se emprendieron campañas médicas para erradicar la malaria y el cólera. Al principio, estos recursos se pusieron al servicio de la salud y el bienestar de los colonos, los empleados coloniales y la schutztruppe, pero más tarde se ampliaron a la población autóctona. Paralelamente, el gobierno colonial inauguró nuevos centros educativos. En la ciudad ya existía una escuela superior, fundada años atrás para formar a los africanos como funcionarios públicos y profesores, pero su capacidad de admisión era escasa y restringida a una élite subordinada al poder colonial, por lo que se abrieron nuevas escuelas con el fin de ofrecer estudios elementales a un estrato más amplio de la población autóctona. Amur Biashara fue de los primeros en enviar a su hijo Nassor a uno de esos centros educativos. Nassor tenía nueve años cuando Jalífa entró a trabajar para el mercader y catorce cuando empezó a ir a la escuela. Era un poco mayor para iniciar los estudios, pero no importaba demasiado porque los alumnos no acudían al centro para aprender álgebra, sino un oficio, y él tenía la edad adecuada para coger una sierra, poner ladrillos o manejar un pesado martillo. Fue allí donde el hijo del mercader aprendió a trabajar la madera. Cuando salió de la escuela, transcurridos cuatro años, no sólo sabía leer, escribir y hacer cuentas, sino que se había convertido en un consumado carpintero.

Para Jalífa y Asha, aquéllos fueron también años de aprendizaje. Él descubrió que ella era una mujer inquieta y obstinada que necesitaba tener las manos ocupadas y sabía lo que quería. Al principio le fascinaba su energía y se reía con los juicios sumarios que hacía de los vecinos: quién más, quién menos, todos eran unos envidiosos, unos depravados, unos blasfemos. «Vamos, no exageres», protestaba él mientras ella seguía erre que erre con el ceño fruncido; no creía estar exagerando, pues llevaba toda la vida viviendo entre esa gente. Al principio, cada vez que Asha invocaba el nombre de Dios o citaba algún versículo del Corán, Jalífa creía que se trataba de una forma de hablar, una frase hecha, pero pronto comprendió que, más que por dar muestras de erudición o hacerse la sofisticada, lo hacía por verdadera devoción. En general tenía la impresión de que era desdichada e intentaba que se sintiera menos sola. Quería que lo deseara con la misma pasión que él sentía por ella, pero se mostraba reservada y lo rehuía hasta tal punto que Jalífa se convenció de que simplemente lo toleraba y, en el mejor de los casos, se sometía diligentemente a sus ardientes caricias.

Asha aprendió que era más fuerte que él, aunque le llevó mucho tiempo formularlo de un modo tan explícito para sus adentros. Tenía las ideas claras, casi siempre sabía lo que quería y se mostraba firme en sus decisiones, mientras que él se dejaba influir por las palabras, a veces incluso las propias. El recuerdo que conservaba de su padre —al que procuraba referirse en términos respetuosos, tal como mandaba el islam— contaminaba la opinión que le merecía su marido y debía hacer un esfuerzo cada vez mayor para reprimir la impaciencia que le provocaba. Cuando no lo conseguía le hablaba de malos modos, con una brusquedad involuntaria de la que a veces se arrepentía. Él era un hombre constante, pero se mostraba demasiado sumiso ante el mercader, que no era sino un ladrón, un hipócrita y un descreído pese a su aire de santurrón. Jalifa se contentaba con poco y a menudo dejaba que otros se aprovecharan de él, pero el Todopoderoso así lo había querido y ella procuraba resignarse con lo que tenía, aunque sus interminables batallitas se le antojaran de lo más cansinas.

A lo largo de los tres primeros años de matrimonio, Asha sufrió otros tantos abortos espontáneos. Después del último, los vecinos la convencieron de que fuera a ver a una curandera, una mganga, que la hizo acostarse en el suelo y la cubrió con una kanga de los pies a la cabeza. Luego se quedó sentada a su lado durante mucho tiempo, tarareando una letanía a media voz, repitiendo palabras que Asha no alcanzó a comprender. Al cabo, le dijo que un invisible se había apoderado de ella e impedía que un bebé creciera en su vientre. Podían persuadirlo para que se marchara, pero primero tendrían que averiguar qué exigía a cambio y satisfacer sus peticiones. La única manera de hacerlo era permitir que el invisible hablara a través de Asha, algo que tenía más probabilidades de suceder si consentían que la poseyera del todo.

La mganga volvió con una ayudante y, de nuevo, ordenó a Asha que se acostara en el suelo. La taparon con una gruesa sábana marekani y luego las dos mujeres empezaron a canturrear con el rostro casi pegado a su cabeza. Al cabo de un rato, Asha empezó a temblar y a revolverse con creciente intensidad, hasta que soltó una cascada de palabras y sonidos ininteligibles. Su estallido alcanzó un clímax en forma de grito y a continuación habló de forma clara pero con una voz que no era la suya: «Abandonaré a esta mujer si su marido promete llevarla a hacer el hajj, acudir regularmente a la mezquita y renunciar al rapé.» La mganga alardeó de su triunfo y ofreció a Asha un brebaje a base de hierbas que la calmó y la dejó sumida en un leve sopor.

Cuando, en presencia de Asha, la mganga le habló a Jalífa del invisible y sus exigencias, éste asintió dócilmente y le pagó por sus servicios.

—Renunciaré al rapé de inmediato —dijo—, haré mis abluciones y me iré a la mezquita. En el camino de vuelta empezaré a hacer indagaciones sobre el hajj, pero líbranos de este demonio cuanto antes, te lo ruego.

Jalífa renunció de veras al rapé y acudió a la mezquita durante un par de días, pero nunca más volvió a mencionar el hajj. Asha sabía que, pese a su aparente docilidad, no se había dejado convencer por la curandera, sino que se reía a su costa. Que ella hubiese accedido a los tratamientos blasfemos sugeridos por los vecinos no hacía sino empeorar las cosas, y aquella interminable letanía que le susurraban al oído la sacaba de sus casillas, pero no podía evitarlo: le irritaba que Jalífa no cumpliera su palabra y deseaba hacer el hajj por encima de todas las cosas. El hecho de que él se burlara calladamente de estos deseos aumentaba el abismo entre ambos; Asha se mostraba reacia a intentar concebir de nuevo y buscaba la manera de frenar su pasión y evitar así los desagradables aspavientos que hacía Jalífa cuando se excitaba.

Nassor Biashara abandonó la escuela de oficios alemana a los dieciocho años, habiendo aprendido todo lo necesario y enamorado del olor a madera. Amur Biashara se mostraba indulgente con su hijo; no esperaba que le echara una mano en el negocio por el mismo motivo que no exigía a Jalífa que conociera los detalles de sus numerosas transacciones: prefería trabajar en solitario. Cuando Nassor le pidió que le financiara un taller de carpintería para que pudiera montar su propia empresa, el mercader accedió de mil amores; no sólo era una buena inversión, sino también una manera de mantener al hijo apartado de sus asuntos, al menos de momento. Ya tendría tiempo de iniciarlo en los negocios familiares.

Los mercaderes de antaño se hacían préstamos entre sí sin más aval que la confianza. Algunos sólo se trataban por carta o a través de algún conocido común, pero eso no impedía que el dinero cambiara de manos: una deuda cancelada en pago de otra, mercancías que se compraban y vendían sin que ninguna de las partes llegara a verlas. Aquellas relaciones conectaban puntos tan remotos de la geografía como Mogadiscio, Adén, Mascate, Bombay o Calcuta, todos ellos parajes legendarios cuyos nombres resonaban, evocadores, a oídos de los habitantes de la ciudad, quizá porque la mayoría no había estado en ninguno de ellos. No es que no alcanzaran a imaginarlos como escenario probable de privaciones, lucha y pobreza, como cualquier otro lugar, pero tampoco podían resistirse a su extraño embrujo.

Los tratos de los mercaderes de antaño se basaban en la confianza, pero eso no significaba que se fiaran unos de otros. Tal era la razón por la que Amur Biashara guardaba los negocios en la cabeza, pero esta informalidad acabaría pasándole factura. Quiso la mala suerte, el destino, la voluntad de Dios o como se le quiera llamar que cayera súbitamente enfermo a causa de una de esas terribles epidemias que sucedían con mucha más frecuencia antes de que llegaran los europeos con sus medicinas y sus medidas higiénicas. ¿Quién habría imaginado la de enfermedades que pululaban en la mugre con la que estaban tan acostumbrados a convivir? El mercader cayó víctima de una de esas epidemias pese a la presencia de los europeos: cuando te llega la hora, no hay nada que hacer. Puede que bebiera agua contaminada, comiera carne en mal estado o enfermara por la mordedura de algún animal venenoso, pero el caso es que un día se despertó al alba con fiebre y vómitos y ya no volvió a levantarse de la cama. Apenas era consciente de lo que pasaba a su alrededor y murió al cabo de cinco días, durante los cuales no volvió en sí en ningún momento, por lo que se llevó todos sus secretos a la tumba. Los acreedores no tardaron en acudir a su casa con el papeleo en orden, mientras que sus deudores mantuvieron la cabeza gacha. Y así, la fortuna del viejo mercader resultó ser mucho más modesta de lo que se rumoreaba. Tal vez tuviera intención de devolverle la casa a Asha, pero nunca llegó a hacerlo y tampoco lo dejó por escrito en su testamento. Ahora la propiedad había pasado a manos a Nassor Biashara, así como lo poco que quedó después de que su madre y sus dos hermanas se llevaran la parte que les correspondía y los acreedores se cobraran la suya.

2

Ilyas llegó a la ciudad justo antes de la repentina muerte de Amur Biashara, llevando consigo una carta de recomendación dirigida al gerente de una gran explotación de sisal alemana. Sin embargo, no logró dársela en mano, pues el gerente era también copropietario de la finca y no tenía tiempo que perder con semejantes minucias, de modo que Ilyas entregó la carta en la sede administrativa de la finca, donde le dijeron que esperara. Un auxiliar le ofreció un vaso de agua e intentó averiguar quién era y qué lo llevaba hasta allí. Al poco, un joven alemán salió de un despacho cercano para ofrecerle un puesto de trabajo. Habib, que así se llamaba el auxiliar administrativo, recibió el encargo de ayudarlo a instalarse y lo puso en contacto con Málim Abdal-lá, un maestro local que le consiguió una habitación de alquiler en casa de unos conocidos. Así pues, a media tarde de su primer día en la ciudad, Ilyas ya tenía trabajo y alojamiento. Málim Abdal-lá le dijo que pasaría a recogerlo más tarde para que conociera a algunas personas, y en efecto, se presentó en la casa al atardecer y lo llevó a dar un paseo por la ciudad. Se detuvieron a tomar café y charlar en dos bares donde el maestro procedió a las presentaciones

—Nuestro hermano Ilyas ha venido a trabajar en la gran finca de sisal —anunció Málim Abdal-lá—. Es amigo del gerente, el gran jefe alemán, cuya lengua habla como si la hubiera aprendido en la cuna. De momento se hospeda en casa de Omar Hamdani, hasta que su excelencia le busque un alojamiento digno de tan ilustre miembro de su equipo.

Ilyas sonrió, protestó y replicó a sus palabras en el mismo tono de chanza. Su natural risueño y la costumbre de rebajarse, entre bromas y veras, a los ojos de los demás hacía que la gente se sintiera cómoda en su presencia y le granjeaba nuevos amigos. Siempre había sido así. Después, Málim Abdal-lá lo llevó a ver el puerto y la parte alemana de la ciudad, donde le señaló el boma, la sede administrativa de la policía local. Ilyas preguntó si ése era el lugar donde habían ahorcado a Abushiri, pero Málim Abdal-lá le dijo que Abushiri había sido ejecutado en Pangani y, de todos modos, «habría sido imposible congregar aquí a una gran multitud». Los alemanes convirtieron su ahorcamiento en un espectáculo, y lo más probable es que hasta hubiese una banda de música, un desfile militar y numerosos espectadores, lo que requería un espacio de grandes proporciones. El paseo concluyó en la casa de Jalífa, que era el baraza habitual del maestro, el lugar donde acudía casi todas las noches para conversar e intercambiar cotilleos.

—Sé bienvenido —le dijo el anfitrión—. Todo el mundo necesita un baraza al que acudir cuando cae la noche, para no perder el contacto con los suyos y mantenerse al tanto de las novedades. En esta ciudad no hay mucho más que hacer al salir del trabajo.

Ilyas y Jalífa no tardaron en hacerse amigos, y al cabo de unos días ya hablaban abiertamente de sus cosas. Así, Ilyas le contó que se había escapado de casa siendo un niño y había deambulado a solas durante días hasta que un askari de la schutztruppe lo secuestró en la estación ferroviaria y se lo llevó a las montañas, donde lo liberaron y lo enviaron a una escuela de misioneros alemanes.

—¿Te hicieron rezar como un cristiano? —le preguntó Jalífa.

Estaban paseando a orillas del mar y nadie podía oírlos, pero Ilyas enmudeció por unos instantes y frunció los labios en un gesto nada propio de él.

—Si te lo cuento no se lo dirás a nadie, ¿verdad? —preguntó.

—¡Conque es cierto! —exclamó Jalífa con regocijo—. Te obligaron a pecar.

—No se lo cuentes a nadie —suplicó Ilyas—. Era eso o abandonar la escuela, así que fingía rezar. Los misioneros estaban muy contentos conmigo y yo sabía que Dios vería lo que había en mi corazón.

—Mnafiki —le espetó su amigo, que no tenía intención de soltar la presa tan fácilmente—. En el infierno hay un castigo especial reservado a los hipócritas, ¿te gustaría saber en qué consiste? No, es espeluznante, y tarde o temprano lo sufrirás.

—Dios sabe lo que había en mi corazón, aunque lo mantuviera cerrado a cal y canto —repuso Ilyas, llevándose la mano al pecho y sonriendo, ahora que Jalífa había llevado la cuestión al terreno de la broma—. Viví y trabajé en una plantación de café propiedad del alemán que me envió a la escuela.

—¿Aún había combates allá arriba? —preguntó Jalífa.

—No, la verdad es que no sé si hubo muchos combates antes de que yo llegara, pero cuando yo estuve allí todo eso había pasado —contestó Ilyas—. Era un lugar muy tranquilo, con granjas y escuelas recién construidas, y también nuevas ciudades. Los lugareños enviaban a sus hijos a la escuela de la misión y trabajaban en las fincas alemanas. Había algún que otro altercado, pero era obra de unos pocos indeseables que sólo querían armar escándalo. El terrateniente que me envió a la escuela es el mismo que me dio la carta de recomendación gracias a la cual he conseguido trabajo en esta ciudad. El gerente de la plantación de sisal es pariente suyo.

Más tarde, Ilyas le confesó:

—No he vuelto a la aldea donde me crié. No sé qué habrá sido de quienes vivían allí. Ahora que estoy aquí, me doy cuenta de que no queda muy lejos. La verdad es que ya sabía que estaría cerca de mi vieja aldea natal antes de venir a esta ciudad, pero intentaba no pensar en eso.

—Deberías ir de visita —aventuró Jalífa—. ¿Cuánto tiempo hace que te fuiste?

—Diez años —contestó Ilyas—. ¿Y qué voy a hacer allí?

—Deberías ir —insistió Jalífa, recordando cómo se había desentendido de sus padres y lo mal que se había sentido después—. Ve a ver a tu familia. Llegar hasta allí no te llevará más de un par de días si te acerca alguien que vaya en esa dirección. No está bien que sigas alejado de los tuyos. Deberías ir y decirles que estás bien. Si quieres, te acompaño.

—No —repuso Ilyas, a la defensiva—. No sabes lo cruel y mezquina que puede llegar a ser esa gente.

—En tal caso podrás restregarles lo bien que te van las cosas. Es tu casa, y la familia es la familia, a pesar de todo —sentenció Jalífa con mayor firmeza, viendo que la determinación de Ilyas se tambaleaba.

Éste permaneció unos instantes en silencio con el ceño fruncido y luego, poco a poco, se le iluminó el rostro.

—De acuerdo, volveré —afirmó, animándose por momentos. Jalífa no tardaría en descubrir que así era él: cuando se le metía una idea en la cabeza, se entregaba a ella en cuerpo y alma—. Sí, lo que dices tiene sentido. Iré yo solo. Lo he pensado muchas veces, pero siempre he encontrado alguna excusa para posponer el viaje. Tenía que venir un bocazas como tú a ponerme los puntos sobre las íes y obligarme a hacerlo.

Jalífa se encargó de buscar a un carretero que llevara a Ilyas hasta la aldea, o por lo menos que lo acercara a su destino, y le dio el nombre de un comerciante con el que tenía tratos. El hombre vivía en la carretera principal, no muy lejos de la aldea, y en caso de necesidad podría hacer noche allí. Unos días después, Ilyas viajaba en dirección al sur por la accidentada carretera de la costa en un carro tirado por una burra. El carretero era un anciano baluchí que repartía suministros a las tiendas de los pueblos que jalonaban la carretera. Por entonces no había mucho que repartir. Tras detenerse en dos tiendas, se desviaron hacia el interior por una carretera que estaba en mejor estado, de modo que siguieron avanzando a trompicones pero a buen ritmo, tanto que a media tarde llegaron a la casa del conocido de Jalífa, un comerciante indio llamado Karim que negociaba con víveres frescos —plátano, yuca, calabaza, boniato, ocras: verduras poco perecederas, capaces de resistir un par de días en la carretera—, que compraba a los agricultores locales y enviaba al mercado de la ciudad. El baluchí dio de comer y beber a la burra, con la que parecía hablar en susurros. Luego dijo que, como era pronto, quería emprender cuanto antes el viaje de regreso y hacer noche en uno de los comercios a los que había abastecido antes, algo con lo que la burra estaba de acuerdo, según tuvo a bien precisar. Karim supervisó la carga de los productos en el carro del baluchí, anotando las cantidades en su libro de contabilidad y copiándolas luego en un trozo de papel que el carretero debía entregar al comprador cuando llegase al mercado.

Tras la partida del carretero, Ilyas explicó a Karim que pretendía llegar a su aldea ese mismo día, algo que el comerciante no parecía ver del todo claro. Miró a su alrededor como midiendo la luz, sacó del bolsillo del chaleco un reloj cuya tapa abrió con un elegante quiebro de muñeca y negó con la cabeza, apesadumbrado.

—Mañana por la mañana —dijo—. Hoy es imposible. Sólo queda hora y media para el magrib y, aunque encuentre a alguien dispuesto a llevarte, el sol no tardará en ponerse. No es buena idea viajar de noche, salvo que quieras meterte en líos. Es fácil perderse o toparse con malhechores. Mañana saldrás a primera hora. Esta misma noche apalabraré un carro, pero de momento será mejor que descanses y nos dejes agasajarte. Ven, tenemos una sala para los invitados.

El comerciante guió a Ilyas hasta una pequeña habitación con suelo de adobe contigua a la tienda. Dos chapas de cinc oxidadas hacían las veces de desvencijadas puertas de ambas estancias y se cerraban mediante candados de hierro que parecían más simbólicos que seguros. En la pequeña habitación de invitados había un catre con bastidor de cuerda y un jergón, sin duda infestado de chinches, pensó Ilyas. Se dio cuenta enseguida de que no había mosquitera y suspiró resignado; aquella habitación estaba pensada para acomodar a curtidos mercaderes ambulantes, pero no tenía alternativa. No podía esperar que Karim compartiera la intimidad de su hogar con un hombre al que no conocía de nada.

Colgó su bolsa de lona del marco de la puerta y salió a echar un vistazo por los alrededores. La casa de Karim se alzaba en la misma explanada que la tienda y era una construcción de aspecto sólido con dos ventanas enrejadas que flanqueaban la puerta y una solana elevada a la que se accedía mediante tres escalones. Karim estaba sentado sobre una esterilla en la solana y, al ver a Ilyas, lo llamó por señas. Charlaron un rato sobre la ciudad, las noticias de una epidemia de cólera que asolaba Zanzíbar y la marcha de los negocios, hasta que una niña de siete u ocho años salió de la casa con una bandeja de madera en la que había dos tacitas de café. Cuando el sol empezó a ponerse, Karim volvió a sacar el reloj de bolsillo y consultó la hora.

—Las oraciones del magrib —anunció, y llamó a la niña, que instantes después volvió a salir de la casa, esta vez cargando con dificultad un cubo de agua que Karim le quitó de las manos con gesto risueño.

Luego Karim bajó los escalones de la solana y dejó el cubo a un lado, sobre un lecho de piedras que servían a todas luces para lavarse los pies. Invitó por señas a Ilyas a hacer sus abluciones primero, pero éste se opuso enérgicamente, de modo que Karim procedió al lavado ritual previo a la oración. Cuando le tocó el turno a Ilyas, repitió los gestos de su anfitrión. Luego volvieron a la solana —donde tendría lugar la oración propiamente dicha— y, tal como mandaban el hábito y la cortesía, Karim lo invitó a dirigir la plegaria. Una vez más, Ilyas se opuso con vehemencia y Karim dio un paso al frente para liderar la oración.

En realidad no sabía rezar, no conocía la letra de las plegarias. Nunca había estado en una mezquita, pues no había ninguna en su aldea natal y tampoco en la plantación de café donde más tarde pasaría tantos años. La única mezquita de los alrededores quedaba en un pueblo de montaña cercano, pero nadie lo animó a frecuentarla, de modo que los años fueron pasando hasta que se le hizo demasiado tarde para aprender, demasiado humillante. Ahora era un hombre adulto que trabajaba en la plantación de sisal y vivía en una ciudad repleta de mezquitas, pero tampoco allí había nadie que lo invitara a rezar. Sabía que tarde o temprano se vería atrapado en una situación bochornosa, y Karim fue la primera persona que lo puso en evidencia. Disimuló lo mejor que supo, imitando todos y cada uno de sus gestos y farfullando a media voz como si pronunciara las palabras sagradas.

Tal como le había prometido, su anfitrión buscó a un carretero dispuesto a acompañarlo hasta su aldea natal, que no quedaba lejos de allí. Ilyas pasó mala noche y al día siguiente salió de la habitación tan pronto como oyó actividad en la explanada, donde le ofrecieron el desayuno —un plátano y un café negro en una taza de hojalata— mientras esperaba la llegada del carretero. Vio a la niña barriendo el patio, pero no había ni rastro de su madre. El carretero resultó ser un adolescente que estaba encantado de salir del pueblo y se pasó el trayecto comentando sus últimas correrías con los amigos. Ilyas lo escuchó por educación y hasta le rió las gracias, pero para sus adentros se dijo que el muchacho era un patán.

Tardaron cerca de una hora en llegar a su destino. El carretero anunció que lo esperaría en la carretera principal porque el sendero que llevaba a la aldea era demasiado estrecho para el carro. Sólo tenía que avanzar unos metros por el camino junto al cual se había detenido. «Sí, lo sé», dijo Ilyas. Enfiló el sendero que llevaba hasta su antigua casa y todo le pareció tan desordenado y familiar como si apenas hubiese pasado el tiempo. La aldea no era gran cosa: un puñado de viviendas dispersas, con tejado de paja y pequeños huertos en la parte trasera. Antes de llegar a la que había sido su casa, vio a una mujer cuyo rostro le resultó familiar pese a que no recordaba su nombre. Estaba sentada en el claro al que daba una construcción de aspecto frágil, una pequeña choza con paredes de adobe, tejiendo una estera con palma de coco. A sus pies, un caldero hervía sobre tres piedras y dos gallinas picoteaban el suelo alrededor de la casa. Cuando Ilyas se acercó, la mujer se acomodó la kanga y se cubrió la cabeza.

—Shikamú —saludó él.

Ella correspondió al saludo y observó sin disimulo a ese hombre que vestía ropa de ciudad. Ilyas no habría sabido decir su edad, pero, si era quién suponía, tenía varios hijos de su quinta, entre ellos Hassan, recordó de pronto, un chico con el que solía jugar. Su propio padre también se llamaba Hassan, por eso le vino el nombre a la mente. La mujer estaba sentada en un banquito y no hizo amago de levantarse ni se molestó en sonreírle.

—Me llamo Ilyas. Antes vivía ahí arriba —anunció, y le dijo cómo se llamaban sus padres—. ¿Siguen viviendo allí?

Al ver que la mujer no contestaba, Ilyas se preguntó si sería dura de oído o corta de entendederas. Se disponía a seguir adelante para comprobarlo por sí mismo cuando un hombre salió de la choza. Era mayor que la mujer y fue hasta Ilyas con paso vacilante, escudriñándolo como si no viera bien. Tenía la cara surcada de arrugas, una barba incipiente, y parecía frágil y enfermo. Ilyas repitió su nombre y los de sus padres. La pareja intercambió una mirada y, al cabo, fue ella la que habló:

—Recuerdo ese nombre. ¿Eres el chico que se perdió? —preguntó llevándose las manos a la cabeza, compungida—. En aquellos tiempos pasaban muchas cosas terribles y todos creímos que habías sufrido alguna desgracia, que te habían secuestrado los ruga-ruga o los manga, que los mdachi te habían matado. ¡Qué no se nos pasaría por la cabeza! Sí, ya me acuerdo de Ilyas... ¿Eres tú? Pareces un hombre del gobierno. Tu madre murió hace mucho. Ya no vive nadie allá arriba, la casa se vino abajo. Tu madre tuvo tan mala suerte que nadie más quiso vivir allí. Al morir dejó una niña al cuidado de tu padre, quince o dieciséis meses tendría la criatura, y él la abandonó a su suerte.

Ilyas reflexionó unos instantes y luego preguntó:

—¿La abandonó a su suerte? ¿A qué se refiere?

—Se deshizo de ella. —Fue el hombre quien contestó, con voz débil y ronca—. Era muy pobre y estaba muy enfermo, como todos nosotros. Se deshizo de ella.

El anciano alzó el brazo y señaló la carretera, demasiado cansado para decir nada más.

—Afiya, así se llamaba. Afiya —continuó la mujer—. ¿De dónde sales tú? Tu madre ha muerto, tu padre ha muerto, a tu hermana se la quedaron unos extraños. ¿Dónde has estado?

En cierto modo, eso era lo que esperaba, que estuvieran muertos. El padre de Ilyas había sufrido de diabetes desde que él era un niño y la madre era propensa a una serie de dolencias innombrables que afligían a las mujeres. Para colmo, le dolía la espalda, le costaba respirar, tenía los pulmones encharcados en agua y encadenaba embarazos que le provocaban vómitos frecuentes. Era lo que esperaba, pero eso no evitó que la súbita noticia de su muerte lo dejara consternado.

—¿Mi hermana está aquí, en la aldea? —acertó a preguntar al fin.

El hombre volvió a hablar con aquella voz cascada para decirle dónde vivía la familia que había acogido a Afiya. Acompañó a Ilyas hasta la carretera principal y dio indicaciones al joven carretero.

Afiya se había criado en una pequeña aldea construida junto a la carretera, al pie de un oscuro monte erizado de maleza que dominaba todo el paisaje. Lo veía cada vez que salía de casa, un imponente cono que proyectaba su sombra sobre las casas y patios al otro lado de la carretera, pero de pequeña apenas se fijaba en él, y sólo fue consciente de su presencia más adelante, cuando aprendió a dotar de sentido los paisajes que la rodeaban. Le advirtieron que no subiera al monte bajo ningún concepto, pero nunca le dijeron por qué, de modo que, en su imaginación, el lugar se fue poblando de toda clase de horrores. Fue su tía quien le dijo que no debía subir allá arriba, y le contaba leyendas sobre una serpiente que podía tragar a un niño de un bocado, un hombre tan alto que su sombra sobrevolaba fugazmente los tejados de las casas en las noches de luna llena, o una anciana desgreñada que vagaba por la carretera de la costa y a veces se transformaba en un leopardo que se internaba en la aldea para secuestrar una cabra o un bebé. Su tía no se lo había dicho expresamente, pero la niña estaba convencida de que la serpiente, el hombre altísimo y la anciana desgreñada vivían en el monte, del que sólo bajaban para sembrar el terror.

Más allá de las casas y patios traseros quedaban los campos, que se extendían hasta el pie del monte, cada vez más imponente y amenazador a ojos de Afiya, sobre todo al caer la noche, cuando parecía acechar la aldea como un espíritu rencoroso. Aprendió a desviar la mirada si tenía que salir de la casa tras ponerse el sol, y en el profundo silencio nocturno distinguía un rumor de susurros, bisbiseos que parecían bajar sigilosamente por la falda del monte y a veces rondaban la casa. Su tía le dijo que eran los invisibles, a los que sólo las mujeres podían oír, y le advirtió que no les abriera la puerta por muy lastimeros e insistentes que fueran sus ruegos. Mucho después, Afiya descubrió que los chicos de la aldea subían al monte y volvían a casa sanos y salvos sin haber visto jamás a la serpiente, el hombre alto o la anciana desgreñada, no digamos ya a los invisibles y sus bisbiseos. Decían que se iban de caza, y si había suerte asaban la presa al fuego y se la comían allí mismo. Siempre volvían con las manos vacías, de modo que no tenía manera de saber si lo decían en serio o se burlaban de ella.

La carretera que pasaba por la aldea seguía hasta la costa en una dirección y se internaba en el continente por la otra. La usaban sobre todo personas que viajaban a pie, a veces cargando pesados fardos, pero también hombres a lomos de burros e incluso carros tirados por bueyes, pues era lo bastante ancha para que éstos circularan pese a los baches y desniveles. A lo lejos, se recortaba sobre el horizonte la silueta de unas montañas de nombre extraño que Afiya asociaba con incontables peligros.

La niña vivía con sus tíos y los hijos de éstos, a los que llamaba hermanos: un chico llamado Issa y una muchacha llamada Zawadi. Se despertaba todos los días a la misma hora que su tía, que la zarandeaba para que se espabilara y le daba una palmadita en las nalgas: «¡Arriba, granuja!» La mujer se llamaba Maláika pero todos la llamaban Mama. Nada más levantarse, Afiya debía ir a por agua mientras su tía encendía los braseros, limpios y cargados de carbón desde la víspera. El agua no escaseaba, pero había que ir a buscarla. Junto a la puerta del baño había un cubo de agua y un cazo para asearse, y otro al lado del desagüe que llevaba a la alcantarilla, donde se fregaban los cacharros de cocina y se arrojaba el agua de lavar la ropa, pero para el baño y el té de su tío Afiya tenía que ir a buscar agua al gran aljibe de barro que se conservaba tapado y resguardado del sol gracias a un toldo. Para esos menesteres sólo valía el agua limpia, y la de los cubos se reservaba para las tareas de limpieza. A veces las personas enfermaban por culpa del agua, de modo que debía calentar agua limpia para el baño de su tío y para prepararle el té.

El aljibe era alto y ella pequeña, de modo que se encaramaba a una caja de madera que ponía boca abajo para poder llegar al agua y, cuando el nivel era bajo o el aguador tardaba más de la cuenta en volver a llenarlo, se veía obligada a introducir medio cuerpo en su resbaladizo interior. Si entonces le daba por hablar, su voz adquiría una resonancia demoníaca que la hacía sentirse inmensa. A veces, aunque no la hubieran mandado por agua, introducía la cabeza en el aljibe e imitaba las risotadas y gruñidos de un gigante. Valiéndose de un cazo, llenaba a medias dos ollas para poder transportarlas, pues de lo contrario pesarían demasiado. Las llevaba de una en una hasta los braseros que su tía había encendido y luego acababa de llenarlas yendo y viniendo del aljibe tantas veces como hiciera falta hasta colmar las dos ollas, una para el baño de su tío y otra para el té.

Afiya no conocía del mundo sino lo que había aprendido durante el tiempo que llevaba viviendo con sus tíos. Issa y Zawadi eran mayores que ella, le sacaban unos cinco o seis años. No eran sus hermanos de sangre, claro está, pero ella se esforzaba por tratarlos como tal por más que le tomaran el pelo y se divirtieran haciéndole daño. A veces le pegaban aunque no hubiese hecho nada para provocarlos, simplemente porque disfrutaban haciéndolo y ella no podía impedírselo. Le pegaban cuando no había nadie más en la casa que pudiera oír sus gritos o cuando se aburrían, lo que ocurría a menudo. También la obligaban a hacer cosas que no le gustaban, y si Afiya lloraba o se negaba a obedecer, la abofeteaban y le escupían. Al acabar sus tareas no había mucho que hacer, pero si se le ocurría seguirlos cuando salían a jugar con los amigos o a robar fruta en los huertos vecinos, no siempre era bien recibida. Las chicas la insultaban para hacer reír a los chicos y a veces la perseguían hasta ahuyentarla. Si bien por otros motivos, sus hermanos le pegaban, la pellizcaban o le robaban la comida a diario. Este acoso no hacía que se sintiera especialmente desdichada; sus golpes no dolían demasiado, y había otras cosas que la apenaban más, que la hacían sentirse insignificante y ninguneada. No era la única niña a la que pegaban a diario.

Desde una edad muy temprana, Afiya ayudaba en las tareas domésticas. No recordaba cuándo había empezado, pero siempre tenía algo que hacer: barrer, ir a por agua, acercarse a la tienda para comprarle algo a su tía. Más tarde empezó a lavar ropa, cortar y pelar alimentos, calentar agua para el baño de su tío y el té de toda la familia. Otros niños de la aldea también trabajaban a diario, en la casa y en los campos. Sus tíos no tenían terrenos cultivados, ni tan siquiera un huerto, de modo que las tareas de Afiya se circunscribían a la casa y el patio trasero. A veces su tía le hablaba en un tono destemplado, pero por lo general era amable con ella y le contaba historias, aunque fueran aterradoras, como la de un hombre de aspecto andrajoso e hinchado con largas uñas roñosas que vagaba por la carretera de noche, arrastrando una cadena de hierro y buscando a una niña para llevársela a su guarida bajo tierra. Se sabía cuando andaba cerca por el traqueteo de la cadena al arrastrarse por el suelo. Muchas de las historias que le contaba hablaban de viejos mugrientos que raptaban a las niñas. Cuando su tía sorprendía a Issa o Zawadi maltratándola, les reñía y a veces hasta los castigaba. «Tratadla como a una hermana, pobre criatura», les decía.

Su madre había muerto, eso Afiya lo sabía, pero ignoraba por qué la habían acogido sus tíos. Un día, cuando tenía seis años, la mujer le dijo:

—Te acogimos porque te habías quedado huérfana de madre y tu padre estaba delicado de salud. Vivían cerca y nos conocíamos. Tu pobre madre tuvo la desdicha de enfermar y morir siendo tú muy pequeña, no tendrías más de dos años. Tu padre vino un día y nos pidió que cuidáramos de ti hasta que se restableciera, pero Dios también se lo llevó. Estas cosas están en manos del Todopoderoso. Desde entonces, nos hemos hecho cargo de ti.

Su tía le dijo esto mientras le untaba el pelo con aceite y se lo trenzaba después de lavárselo, algo que hacía todas las semanas para evitar que cogiera piojos. Afiya estaba sentada entre sus rodillas, de modo que no alcanzaba a verle la cara, pero su tono de voz era amable, incluso dulce. Ese día supo que en realidad no tenía lazos de sangre con sus «tíos» y que su padre también había muerto. No recordaba a su madre, pero aun así le entristecía pensar en ella. Cuando intentaba imaginarla le venía a la mente alguna mujer de la aldea.

Su tío apenas le hablaba y fruncía el ceño las pocas veces que la niña le dirigía la palabra, así fuera para darle un mensaje de parte de su mujer. Cuando quería llamarla, chasqueaba los dedos o mascullaba: «¡Tú!» Se llamaba Makáme y era un hombre corpulento de cara redonda, nariz redonda y gran panza redonda que sólo estaba contento si todo se hacía según sus deseos. Cuando reprendía a uno de sus hijos toda la casa temblaba y nadie se atrevía a abrir la boca. Afiya evitaba la mirada, a menudo iracunda y temible, que ardía en su rostro ceñudo. Sabía que la despreciaba, pero no entendía qué había hecho para merecerlo. Su tío tenía las manos grandes y unos brazos tan gruesos como el cuello de la niña; cuando le daba un cogotazo, se tambaleaba, aturdida.

Su tía tenía el hábito de asentir repetidamente con la cabeza para afirmarse en sus opiniones, algo que, sumado a un rostro de facciones afiladas y una nariz puntiaguda, creaba la ilusión de que estaba picoteando el aire.

—Tu tío es un hombre muy fuerte —le decía—. Por eso trabaja como guardia de seguridad en el almacén del serikali; abre y cierra los portones para que no se cuelen los vagabundos. Lo nombró el gobierno y todos le tienen miedo. Dicen que Makáme tiene un puño como un garrote. Si no fuera por él, se comportarían como vándalos y robarían cosas.

Desde que le alcanzaba la memoria, Afiya dormía en el suelo, a la entrada de la casa. Por la mañana, nada más abrir la puerta, veía el monte, pero incluso de noche y con la puerta cerrada era consciente en todo momento de que seguía allí, alzándose con ademán amenazador por encima de todos ellos. Los perros ladraban durante la noche, los mosquitos zumbaban alrededor de su cara y los insectos rastreros pululaban al otro lado de la endeble puerta agrietada, pero todos ellos enmudecían cuando los susurros empezaban a bajar desde la cima del monte hasta la parte trasera de la casa. Afiya no se atrevía a abrir los ojos por si sorprendía una mirada hostil espiándola a través de las grietas de la puerta.

La familia vivía en una casucha hecha con ladrillos de adobe, encalada por dentro y por fuera, con dos habitaciones pequeñas separadas por el espacio de la entrada y una puerta que daba al patio trasero, delimitado por una cerca de cañas, donde quedaban el cuarto de baño y la cocina. Dormían los cuatro juntos en la más espaciosa de las dos habitaciones, madre e hija en una cama y padre e hijo en la otra. A veces los dos hijos dormían en la habitación más pequeña, que de día se usaba como estancia polivalente y tan pronto hacía de sala de estar como servía para almacenar cosas, comer o recibir a las visitas. La aldea quedaba tan apartada que no había agua corriente, y Afiya era la encargada de ir a buscarla al gran aljibe de barro que el aguador llenaba cada cierto tiempo con el agua que sacaba del pozo de la aldea y luego repartía de casa en casa, tirando él mismo del carro. Muchas personas iban al pozo en persona o enviaban a algún niño por agua, pero sus tíos podían permitirse el lujo de pagar por ese servicio.

Un día, Afiya estaba en el patio trasero ayudando a su tía con la colada cuando alguien llamó a la puerta de la casa.

—Ve a ver quién es —le ordenó la mujer.

Al otro lado de la puerta había un hombre que lucía una camisa blanca de manga larga, pantalón caqui y zapatos de piel de suela gruesa. Se había detenido en el escalón de entrada y sujetaba una bolsa de lona en la mano derecha. Era a todas luces un hombre de la ciudad, de la costa.

—Karibu —saludó la niña educadamente.

—Marahaba —contestó él, sonriente, y al instante añadió—: ¿Te importaría decirme cómo te llamas?

—Afiya —contestó ella.

El desconocido soltó un suspiro al tiempo que se le ensanchaba la sonrisa. Luego se puso en cuclillas para que su rostro quedara a la altura del de Afiya.

—Soy tu hermano —dijo—. Llevo mucho tiempo buscándote. No sabía si estabas viva, ni tampoco si lo estaban nuestros padres. Por fin te he encontrado, gracias a Dios. ¿Están los dueños de la casa?

Afiya asintió y fue a llamar a su tía, que salió secándose las manos en la kanga. El hombre, que mientras tanto se había incorporado, se presentó:

—Me llamo Ilyas y soy el hermano de esta niña —dijo—. He ido a nuestra antigua casa y me han dicho que nuestros padres han muerto. He sabido por los vecinos que mi hermana vive aquí. No tenía la menor idea.

En un primer momento, la mujer pareció desconcertada por sus palabras, y quizá también por su apariencia, pues vestía como un funcionario del gobierno.

—Karibu. No conocíamos tu paradero. Aguarda un momento, por favor, mientras Afiya va a buscar a su tío —dijo y, volviéndose hacia la niña, añadió—: Anda, vete ya.

Afiya corrió hasta el almacén donde trabajaba su tío y le dijo que su mujer la había enviado a buscarlo. El hombre quiso saber por qué.

—Ha venido mi hermano —contestó ella.

—¿De dónde? —replicó su tío, pero por toda respuesta la niña se puso en camino, correteando unos pasos por delante de él. Cuando llegaron a la casa el hombre jadeaba un poco pero se mostró sonriente y cortés, algo poco habitual en él de puertas adentro. Ilyas lo esperaba en la estancia pequeña, tan abarrotada y revuelta como siempre, y Makáme le estrechó la mano, sonriendo de oreja a oreja.

—Bienvenido, hermano. Alabado sea Dios por mantenerte a salvo y guiarte hasta nosotros para que puedas conocer a tu hermana. Tu padre nos dijo que estabas desaparecido. No sabíamos cómo localizarte. Hemos cuidado de ella lo mejor que hemos podido. Es como una más de la familia —afirmó el hombre, llevándose la mano izquierda al pecho mientras alargaba el brazo derecho en un gesto de bienvenida.

—No sé si se acuerda de mí —dijo Ilyas—, pero le aseguro que soy quien digo ser.

—El parecido físico es evidente —repuso el hombre—, no tienes que asegurarme nada.

Cuando Afiya volvió al cabo de unos minutos con dos vasos de agua en una bandeja, los encontró charlando animadamente y oyó decir a su hermano:

—Gracias por cuidar de ella durante todo este tiempo. Siempre les estaré agradecido, pero ahora que nos hemos reencontrado me gustaría que se viniera a vivir conmigo.

—Nos apenará verla partir —repuso el hombre, cuyo rostro relucía bajo una pátina de sudor reseco—. Es como nuestra propia hija, y asumimos de buena gana el dispendio que ha supuesto tenerla bajo nuestro techo, pero debe irse contigo, por supuesto. La familia es la familia.

Los dos hombres conversaron durante un rato más y luego llamaron a Afiya. Su hermano le indicó por señas que se sentara y le explicó que debía recoger sus cosas porque se iba a vivir con él a la ciudad y saldrían cuanto antes. La niña hizo un hatillo con sus escasas pertenencias y al cabo de pocos minutos anunció que estaba lista. Su tía no le quitaba ojo.

—¿Te vas así, sin más? ¿Ni siquiera gracias y adiós? —le espetó con tono de reproche.

—Gracias y adiós —dijo Afiya, avergonzándose de su premura.

Hasta ese momento ni siquiera sabía que tenía un hermano. No podía creer que estuviera allí, que simplemente hubiese entrado desde la carretera y estuviera allí plantado, esperando para llevársela con él. ¡Se veía tan limpio y apuesto, tan risueño! Más tarde Ilyas le dijo que estaba enfadado con sus tíos pero había disimulado su malestar para no parecer un desagradecido, pues lo cierto es que ellos la habían acogido a pesar de no tener ningún parentesco con ella. La habían acogido, que no era poco. Él les había dado algo de dinero como compensación por su amabilidad, pero no hubiese tenido que hacerlo porque la había encontrado envuelta en harapos sucios, como si fuera su esclava.

—A decir verdad, son ellos los que deberían pagarte por todo el tiempo que te han tenido trabajando para ellos a cambio de nada —dijo.

Afiya no tenía la impresión de haber sido explotada, y sólo más tarde, cuando ya llevaba un tiempo viviendo con su hermano, llegó a comprenderlo.

Esa misma mañana, Ilyas volvió con ella a la tienda de Karim en el carro tirado por un burro que lo había llevado hasta allí. Afiya nunca había viajado en carro. Esperaron en la tienda a que alguien pudiera llevarlos de vuelta a la ciudad y al día siguiente se subieron a otro carro de tiro en el que la niña viajó entre cestas de mangos y yuca y sacos de cereales mientras su hermano iba sentado delante con el carretero. Ilyas la llevó a la pequeña ciudad costera donde tenía una habitación alquilada en la planta baja de una casa familiar. Cuando llegaron, la acompañó al piso de arriba para que conociera a las personas que allí vivían. La madre y las hijas adolescentes estaban en casa y la invitaron a visitarlas siempre que le apeteciera. Cuando se fue a vivir con su hermano, Afiya durmió por primera vez en una cama. Ocupaba un extremo de la habitación y tenía su propia mosquitera, mientras que la cama de Ilyas estaba en el otro. Entre ambas había una mesa en la que él le daba clases por la tarde, al volver de trabajar.

Una mañana, al poco de haberla llevado a la ciudad, Ilyas la acompañó a un hospital público cercano a la playa. Ésa fue la primera vez que Afiya vio el mar. En el hospital, un hombre con bata blanca le rascó el brazo y luego le pidió que orinara en un botecito. Ilyas le explicó que lo de rascarle la piel servía para evitar que cogiera unas fiebres y que la orina servía para determinar si tenía una enfermedad llamada esquistosomiasis. «Es medicina alemana», le dijo.

Cuando Ilyas se iba a trabajar por las mañanas, la niña subía a la planta de arriba y pasaba el rato con la familia propietaria de la casa, que la acogía de buen grado. Le hacían preguntas sobre su vida y ella les contaba lo poco que podía contar. También echaba una mano en la cocina, pues estaba acostumbrada a las tareas domésticas, o hacía compañía a las dos hermanas mientras conversaban y cosían, y a veces hasta la enviaban a hacer algún recado a la tienda de la esquina. Las jóvenes se llamaban Yamila y Sáda, y las tres hicieron buenas migas desde el primer momento. Cuando el padre llegaba a casa, Afiya almorzaba con ellos. Le dijo que podía llamarlo tío Omari, con lo que se sentía parte de la familia. Por la tarde, cuando su hermano había vuelto de trabajar y se había aseado, le bajaba el almuerzo y le hacía compañía mientras comía.

—Tienes que aprender a leer y escribir —le dijo Ilyas.

La niña nunca había visto a nadie leer o escribir, aunque sabía lo que era la escritura porque estaba en las latas y cajas de la tienda de comestibles de la aldea, y hasta había visto un libro en una balda detrás del taburete del tendero, que le había dicho que se trataba de un libro sagrado que nadie podía tocar sin antes lavarse como si fuera a rezar. Afiya no se creía capaz de aprender a leer un libro tan sagrado, pero su hermano se echó a reír y le dijo que se sentara a su lado mientras iba dibujando letras y leyéndolas en voz alta para que ella las repitiera. Más adelante, Afiya empezó a escribirlas de su puño y letra.

Una tarde en que la familia de arriba había salido, Ilyas la llevó a visitar a Jalífa, su mejor amigo en la ciudad. Los dos hombres intercambiaron bromas y risas, y luego Ilyas anunció que Afiya y él iban a seguir paseando pero prometió volver a llevarla de visita pronto. La niña pasaba la mayor parte de las mañanas con Yamila y Sáda mientras éstas cocinaban, charlaban y cosían, y a veces, por las noches, cuando Ilyas se iba al café o a ver a sus amigos, subía a la planta de arriba y practicaba la escritura y la lectura bajo la mirada fascinada de las dos hermanas, que, como su madre, no sabían leer.

Pero Ilyas no siempre salía por la noche, y cuando se quedaba en casa le enseñaba juegos de naipes y canciones, o le relataba sus vivencias.

—Cuando me escapé de casa, Ma estaba embarazada de ti. No sé si tenía realmente intención de escaparme, no lo creo. Era un chico de once años. Nuestros padres eran muy pobres, todo el mundo era pobre. No sé cómo podían vivir así, cómo se las arreglaban para subsistir entre tanta miseria. Nuestro Ba tenía azúcar en la sangre, estaba enfermo y no podía trabajar. Es posible que los vecinos les echaran una mano. Sólo sé que yo iba vestido con harapos y que siempre tenía hambre. Ma perdió a dos de mis hermanas pequeñas al poco de que nacieran, supongo que por la malaria, pero entonces yo no era más que un niño y no sabía nada de todo eso. Recuerdo cuando nacieron. Al cabo de unos meses, cayeron enfermas y estuvieron llorando durante días hasta que murieron. Había noches en que no podía dormir a causa del hambre y los gemidos de dolor de nuestro Ba. Recuerdo que tenía las piernas hinchadas y que le olían mal, como a carne podrida. No era culpa suya, sino del azúcar. No llores, veo que se te están humedeciendo los ojos. No te cuento todo esto por crueldad, sino para que entiendas que tenía motivos para querer huir de casa.

»No creo que mi plan fuera escaparme, pero cuando me vi en la carretera simplemente seguí adelante. Nadie se fijaba demasiado en mí. Cuando tenía hambre mendigaba comida o robaba algo de fruta, y por las noches siempre encontraba algún rincón en el que acurrucarme y dormir. A ratos pasaba miedo, pero otras veces me olvidaba de mí mismo y me limitaba a observar cuanto ocurría en derredor. Al cabo de unos días, llegué a una gran ciudad costera, esta ciudad. Vi soldados desfilando por las calles al son de la música, marchando con sus pesadas botas, y a un grupo de muchachos que avanzaban a su lado, imitando cada uno de sus gestos. Me uní a ellos, emocionado por el despliegue de los uniformes, la banda de música y el desfile militar, que terminó en la estación de trenes, donde me quedé contemplando aquellos grandes vagones de hierro, inmensos como casas. La locomotora rugía y echaba humo como si estuviera viva. Era la primera vez que veía un tren. En el andén había una compañía de askaris esperando para emprender viaje y me quedé por allí, observándolos y escuchando lo que decían. Por entonces aún había enfrentamientos con los Maji Maji. ¿Sabes a qué me refiero? Yo entonces tampoco lo sabía. Luego te lo explico. El caso es que, cuando el tren se disponía a partir, los askaris empezaron a meterse en los vagones, y fue entonces cuando un soldado shangaan me hizo subir por la fuerza, sujetándome la muñeca entre risas mientras yo me debatía. Pero fue en vano, no me soltó. Me dijo que sería su mozo, que cargaría su fusil durante las marchas. "Te lo pasarás bien", me aseguró. Me llevó en el tren hasta el final de la línea, o hasta el último tramo de línea construido, y luego seguimos a pie durante varios días hasta llegar a un pueblo en las montañas.

»Una vez allí, nos mandaron esperar en una explanada. Creo que el shangaan pensó que me había cansado de intentar escapar, porque para entonces ya ni siquiera me sujetaba por la mano. Tal vez creyera que no tenía adonde ir. Vi a un hombre indio junto a un cargamento, dando instrucciones a los porteadores y anotando algo en una tabla de madera. Me acerqué corriendo y le dije que el askari me había secuestrado, a lo que el hombre contestó: "¡Largo de aquí, granuja asqueroso!" Supongo que mi aspecto era lamentable, porque aparte de estar muy sucio iba vestido con harapos: un pantalón corto de arpillera y una vieja camisa hecha jirones que ya no me molestaba en lavar. Le dije al hombre indio: "Me llamo Ilyas y ese gran askari shangaan de ahí, el que no nos quita ojo, me ha traído hasta aquí en contra de mi voluntad." El primer impulso del indio fue mirar en otra dirección, pero entonces me pidió que repitiera mi nombre. Me hizo decirlo dos veces más y lo repitió en voz alta con una sonrisa: "Ilyas." Luego me tomó de la mano —Ilyas cogió la mano de Afiya mientras se lo contaba, sonriendo como el indio y poniéndose en pie— y se fue hacia un oficial alemán vestido con uniforme blanco. Era el jefe de los askaris y estaba atareado dando órdenes a sus hombres. Tenía el pelo y las cejas del color de la arena. Nunca había visto a un alemán de cerca, y eso fue lo que me llamó la atención. El oficial me miró con el ceño fruncido y le dijo algo al hombre indio, que me transmitió el mensaje: era libre de marcharme. Yo repliqué que no tenía adonde ir y, cuando el jefe de los askaris oyó esto, volvió a fruncir el ceño y llamó a otro alemán.

Los dos hermanos volvieron a tomar asiento. Afiya seguía sonriendo y lo miraba con ojos de asombro, encandilada por la historia. Ilyas continuó, ahora con gesto severo.

—El otro alemán no era un oficial de los de impecable uniforme blanco, sino un hombre de aspecto rudo, el encargado de dirigir a los peones que cargaban en el tren las mercancías que el indio iba tachando de su lista. Cuando el oficial acabó de hablar con él, me llamó por señas y me preguntó con malos modos: «¿Qué te ha pasado?» Yo le dije que me llamaba Ilyas y que un askari me había secuestrado. El alemán repitió mi nombre y sonrió. «Ilyas —dijo—, bonito nombre. Espera aquí hasta que acabe.» Pero no me quedé allí, sino que me pegué a él como una lapa por si el askari shangaan decidía volver a por mí. El hombre trabajaba en una plantación de café que era propiedad de otro alemán y quedaba un poco más arriba en la falda de la montaña. Me llevó consigo y me puso a trabajar en el establo de la finca. Había varios burros y una yegua que tenía su propia cuadra. Era un animal muy grande y temible para un niño pequeño como yo. La finca era nueva y había mucho que hacer. Por eso me acogió aquel alemán de modales toscos, porque necesitaba mano de obra.

»Un día, el dueño de la finca me vio en el establo recogiendo estiércol o algo parecido, no lo recuerdo bien. El caso es que le preguntó al hombre que me había recogido en la estación quién era yo y, al enterarse de que un askari me había secuestrado, montó en cólera. "No podemos comportarnos como salvajes —dijo—. No es eso lo que hemos venido a hacer aquí." Sé que dijo eso porque me lo contó más tarde. Se sentía orgulloso de haberme rescatado, lo comentaba a menudo. Decía que era demasiado pequeño para trabajar, que debería ir a la escuela. "Los alemanes no hemos venido aquí a hacer esclavos", afirmaba. Y entonces me dio permiso para acudir a la escuela de la misión, que era para cristianos conversos. Pasé muchos años en aquella finca.

—¿Yo ya había nacido? —preguntó Afiya.

—Sí, debiste de nacer unos meses después de que yo me fuera —le dijo Ilyas—. Pasé nueve años en la plantación de café, de modo que tú debes de tener unos diez años. Me gustaba mucho vivir allí. Trabajaba en la finca, iba a la escuela y aprendí no sólo a leer y escribir, sino también a cantar y hablar alemán.

Llegados a este punto, Ilyas interrumpió su relato para entonar unas estrofas de lo que debía de ser una canción tradicional alemana. Afiya pensó que su hermano tenía una voz muy bonita, y cuando él acabó de cantar se puso en pie para aplaudirle. Ilyas sonrió complacido. Adoraba cantar.

—Un día, no hace mucho —continuó—, el dueño de la plantación me llamó porque quería tener una charla conmigo. Ese hombre era como un padre para mí. Velaba por el bienestar de todos los trabajadores, y si alguno se ponía enfermo lo mandaba al dispensario de la misión para que lo curaran. Me preguntó si tenía intención de quedarme en la finca. Me dijo que ahora podía aspirar a puestos mejores que el de jornalero y me animó a volver a la costa, donde sin duda encontraría más oportunidades. Me dio una carta para que se la llevara a un pariente suyo que regentaba una fábrica de sisal en esta ciudad. En la carta me describió como un joven respetuoso y digno de confianza que sabía leer y escribir en alemán. Lo sé porque me la leyó en voz alta antes de cerrar el sobre. Y así fue como conseguí un puesto de oficinista en una fábrica de sisal alemana, y por eso quiero que tú también aprendas a leer y escribir, para que en el futuro sepas manejarte en el mundo y valerte por ti misma.

—De acuerdo —repuso Afiya, a la que el futuro aún traía sin cuidado—. ¿El dueño de la plantación también tenía el pelo color de arena, como el otro alemán del uniforme blanco?

—No —contestó Ilyas—, éste tenía el pelo oscuro. Era un hombre delgado y reflexivo que nunca alzaba la voz ni insultaba a sus trabajadores. Parecía un... un schüler, un sabio, un hombre que medía sus palabras.

Afiya se quedó cavilando unos instantes y acto seguido preguntó:

—¿Nuestro Ba tenía el pelo oscuro?

—Pues... seguramente. Cuando yo me fui había encanecido, pero supongo que de joven tendría el pelo oscuro —contestó su hermano.

—¿Y el dueño de la plantación se parecía a nuestro Ba?

Ilyas rompió a reír a carcajadas.

—No, se parecía a los demás alemanes —contestó—. Nuestro Ba... —Ilyas dejó la frase a medias, negó con la cabeza y enmudeció unos instantes—. Nuestro Ba no estaba bien —dijo al cabo.

—No quiero hablar mal del difunto siendo su muerte tan reciente —le advirtió Jalífa a Ilyas—, pero ese viejo era un pirata. Y por lo que respecta al joven tayiri, bueno... lo conozco desde hace mucho. Era un chiquillo de nueve años, creo recordar, cuando yo empecé a trabajar para buana Amur y, al crecer, se convirtió en un joven de espíritu asustadizo. ¿Cómo no iba a serlo si su padre lo tenía entre algodones? Y de buenas a primeras ahí lo tienes, robando a cara descubierta mientras los acreedores estrechan el cerco a su alrededor. En el caos que siguió a la muerte de su padre, perdió una fortuna. No sabía nada del negocio y los demás piratas lo desplumaron. Lo único que le interesa en este mundo es la madera. Hasta persuadió al viejo para que le pusiera ese local donde instaló un taller de ebanistería. Eso es lo que realmente le gusta hacer, pasar las horas en el taller oliendo la madera. Mientras tanto, todo lo demás se va al carajo.

»Ya te he hablado de la casa. Verás, creíamos que no podía ser tan avaricioso como su padre y que quizá se aviniera a escuchar los ruegos de Bi Asha, que pedía recuperar la propiedad, pero resulta que de tal palo, tal astilla. No tiene ningún derecho a quedarse con la casa. Tendría que devolvérsela a su legítima propietaria, pero se niega a hacerlo por más que para él también fuera una sorpresa descubrir que la casa no pertenece a Bi Asha. Supongo que podría echarnos, pero no se atreve por miedo a mi mujer. Verás, ellos dos son primos, casi hermanos, aunque él se niegue a restituirle lo que le pertenece por derecho. En el fondo, no es sino otro canalla cegado por la codicia.

Los dos hombres quedaban al atardecer o a primera hora de la noche y pasaban un par de horas en el café, donde se sumaban a la tertulia general, que al fin y al cabo era lo que los había llevado hasta allí. Jalifa, que conocía a mucha gente, aprovechaba para presentar a Ilyas al resto de los feligreses y le sonsacaba anécdotas, sobre todo de la temporada que había pasado en la escuela alemana de un pueblo de montaña, y también del terrateniente alemán que había sido su benefactor. Los demás desgranaban sus anécdotas, algunas bastante inverosímiles, pero así eran las tertulias de café, donde todos los relatos tenían cabida. Jalifa era un experto en anécdotas y cotilleos, y a veces le pedían que hiciera de juez ante dos versiones discrepantes de un mismo suceso. Cuando se cansaban de la cháchara del café, los dos amigos paseaban a orillas del mar o volvían al porche de la casa de Jalífa, donde por las noches acudían algunos de sus amigos del baraza. Por entonces circulaban rumores de un inminente conflicto armado con los británicos que, según decían, desembocaría en una gran guerra, no como las escaramuzas contra los árabes, los suajili, los hehe, los nyamwezi, los meru y todos los demás, «que han sido terribles, ¡pero nada comparadas con lo que se avecina! Los británicos tienen buques del tamaño de un monte, naves que se desplazan bajo el agua y cañones capaces de bombardear una ciudad a kilómetros de distancia. Hasta se habla de una máquina que vuela, aunque nadie la haya visto todavía».

—Los británicos no tienen nada que hacer —afirmó Ilyas en un momento dado, y un murmullo de asentimiento recorrió a los allí reunidos—. Los alemanes son muy listos y tienen recursos. Saben organizarse, tienen experiencia en combate. No dejan nada al azar y, para colmo, son mucho más amables que los británicos.

Los demás se desternillaron de risa.

—No sé yo si son más amables —dijo uno de los veteranos del café, un hombre llamado Mangungu—, pero a implacables no les gana nadie, y para mí que será esa dureza de carácter, junto con la brutalidad de los askaris nubios y nyamwezi, lo que acabará con los británicos.

—No sabes de qué hablas —replicó Ilyas—. Yo no he recibido sino amabilidad por su parte.

—Oye, que un alemán haya sido amable contigo no cambia lo que ha pasado aquí durante años —señaló otro hombre, Mahmudu, dirigiéndose a Ilyas—. Desde que ocuparon esta tierra hace cerca de treinta años, han matado a tanta gente que el país está sembrado de calaveras y la tierra está empapada en sangre. Y no exagero.

—Vaya si no... —replicó Ilyas.

—Vosotros no tenéis ni idea de lo que pasó en el sur —continuó Mahmudu—. No, los británicos no tienen nada que hacer, no si vienen a luchar a esta tierra, pero no será gracias al buen corazón de los alemanes.

—Estoy de acuerdo. Sus askaris son despiadados, unos perfectos salvajes. Sabrá Dios cómo han llegado a ser así —apuntó un hombre llamado Mahfúz.

—Por el trato que reciben de sus oficiales. Ellos les enseñan a ser crueles —aseguró Mangungu en un tono tajante con el que pretendía zanjar el debate, como de costumbre.

—Luchaban contra un enemigo igual de salvaje —replicó Ilyas, sin dejarse arredrar—. No imaginas lo que han sufrido los alemanes a manos de esa gente. Tenían que responder con mano dura porque es la única manera de enseñar orden y obediencia a los salvajes. Los alemanes son un pueblo honrado y civilizado que ha hecho mucho por esta tierra desde su llegada.

Habló con tal vehemencia que a su alrededor todos enmudecieron.

—Amigo mío, te han lavado el cerebro —dijo al cabo Mangungu, que siempre quería tener la última palabra.

Pese a conocer su postura, Jalífa se llevó una gran sorpresa cuando Ilyas anunció que tenía intención de alistarse como voluntario en la schutztruppe.

—¿Te has vuelto loco? ¿Qué pintas tú en todo esto? —le preguntó su amigo—. Es una disputa entre dos invasores, a cual más violento y despiadado: uno lo tenemos entre nosotros y el otro está al norte. Se pelean por cuál de los dos nos tragará enteros. ¿Qué tienes que ver tú con eso? Te unirás a un ejército de mercenarios famosos por su crueldad y violencia. ¿Acaso no has oído lo que dicen todos? Puedes acabar gravemente herido... o algo peor. ¿Lo has pensado bien, amigo mío?

Ilyas se mantuvo en sus trece y se negó a argumentar su decisión. Lo único que le preocupaba, según dijo, era asegurar el futuro de su hermana.

Para entonces, un año entero había pasado como un suspiro, la época más feliz de la vida de Afiya, que había empezado el día que su hermano regresó a la aldea para llevársela y llenar sus días de alegría, literalmente, pues Ilyas era muy risueño y ella no podía evitar sumarse a él cada vez que rompía a reír. Hasta que un buen día, sin previo aviso, le anunció de sopetón:

—Me he unido a la schutztruppe. ¿Sabes qué es? Significa tropa de protección, jeshi la serikali. Voy a ser un askari, un soldado que lucha en nombre de los alemanes. Pronto habrá una guerra.

—¿Tendrás que marcharte? ¿Estarás fuera mucho tiempo? —preguntó la niña sin perder la compostura, por más que se sintiera alarmada.

—No mucho —contestó él, sonriendo con gesto tranquilizador—. La schutztruppe es un ejército poderoso e invencible. Todos le tienen mucho miedo. En pocos meses estaré de vuelta.

—¿Me quedaré aquí hasta que vuelvas? —le preguntó Afiya.

Ilyas negó con la cabeza.

—Eres demasiado pequeña para dejarte aquí sola. He preguntado al tío Omari si podrías quedarte con su familia pero no quiere asumir esa responsabilidad, por si se diera el caso de que... No tenemos lazos de sangre, eso es lo que pasa —zanjó Ilyas, encogiéndose de hombros—. No puedes quedarte aquí y tampoco puedes venirte a la guerra conmigo. No quiero volver a dejarte con ellos, con tus tíos de la aldea, pero no tengo más remedio. Esta vez sabrán que voy a volver y te tratarán mejor.

Afiya no se explicaba cómo podía enviarla de vuelta después de todo lo que había dicho de sus tíos y de haberla hecho ver lo mal que se habían portado con ella. Durante un buen rato no pudo parar de llorar. Ilyas la rodeó con los brazos, le acarició el pelo y le susurró palabras de ánimo. Esa noche le dejó compartir la cama con él y la niña se durmió a su lado mientras él evocaba sus días de estudiante en un pueblo de montaña. Afiya sabía que su hermano tenía prisa por marcharse y no quería contrariarlo a tal punto que decidiera no volver por ella, así que dejó de llorar cuando él se lo ordenó. Las hermanas del piso de arriba le cosieron un vestido como regalo de despedida y la madre le dio una de sus viejas kangas. «Seguro que te lo pasarás muy bien en el campo», dijeron las chicas, y Afiya se limitó a asentir. No les había hablado de sus tíos porque Ilyas le había advertido que no lo hiciera, y tampoco les reveló que le daba auténtico pavor volver con ellos. Más tarde fueron a despedirse de Jalífa y Bi Asha. Para entonces, Ilyas sabía que lo habían destinado a Dar es-Salam, donde haría la instrucción militar.

Jalífa se dirigió a la niña:

—No sé por qué tu hermano mayor se va a la guerra en vez de quedarse aquí cuidando de ti. Este conflicto no tiene nada que ver con él, y además va a luchar en las filas de los askaris, asesinos a sueldo cuyas manos ya están manchadas de sangre. Escúchame bien, Afiya: hasta que él vuelva, no dudes en acudir a nosotros si necesitas algo, sea lo que sea. Envíame un mensaje al trabajo a la atención del mercader Biashara. ¿Te acordarás?

—Sabe escribir —apuntó Ilyas.

—En ese caso, envíame una nota —le dijo Jalífa, y los dos amigos se despidieron entre bromas y risas.

En unos pocos días todo quedó resuelto y Afiya regresó a la aldea con sus tíos. Llevaba en un hatillo sus escasas pertenencias: el vestido que le habían hecho las dos hermanas, la vieja kanga que le había regalado la madre, una pequeña pizarra para escribir y un fajo de hojas de papel usadas que su hermano había sacado del trabajo para que practicara la escritura. Volvió a dormir en el suelo de la entrada, a la sombra de la mole. Su tía se comportaba como si sólo se hubiese ausentado unos días y esperaba que retomara sus tareas como si nada hubiera pasado. Su tío, en cambio, hacía caso omiso de su presencia. La hija de la pareja, Zawadi, la miró con desdén y dijo: «Nuestra esclava ha vuelto; no era lo bastante buena para el gran hermano de la ciudad.» El hijo, Issa, chasqueó los dedos a la altura de su nariz para llamarla como solía hacer el padre. Todo era un poco peor que antes y resultaba más doloroso. Afiya se dijo que no le quedaba otra que aguantar porque su hermano así se lo había pedido hasta que volviera para llevársela definitivamente. Su tía rezongaba más que antes, por la lentitud con que hacía las tareas y por el gasto que les suponía volver a acogerla, aunque Ilyas les hubiese dado dinero para su manutención. El hijo tenía ahora dieciséis años y, a veces, cuando no había nadie cerca y Afiya no se escabullía lo bastante deprisa, se restregaba contra ella y le pellizcaba los pezones.

Un día, al poco de volver, en las tórridas y ociosas horas centrales de la tarde, su tía la vio sentada en el patio trasero, escribiendo en la pequeña pizarra que había llevado consigo. La mujer acababa de levantarse de la siesta y se dirigía al lavabo. Primero se la quedó mirando atónita y luego se acercó. Cuando vio que no eran simples garabatos lo que estaba haciendo, señaló la pizarra y preguntó con malos modos:

—¿Qué es eso? ¿Estás escribiendo? ¿Qué pone ahí?

—Jana, leo, kesho —contestó Afiya, señalando cada palabra según las iba pronunciando. «Ayer, hoy, mañana.»

La mujer no ocultó su turbación y la miró con gesto de reproche, pero no dijo nada. Se fue al lavabo y Afiya se apresuró a esconder la pizarra, diciéndose que en adelante tendría que ser más discreta. Su tía no volvió a mencionar la pizarra, pero debió de decírselo al marido. Al día siguiente, después del almuerzo, que transcurrió en un ambiente inusualmente tenso, el hombre llamó a Afiya chasqueando los dedos y señaló la habitación pequeña. Cuando la niña fue hacia allí, vio una sonrisa en el rostro del hijo que no auguraba nada bueno. Afiya ya estaba en la habitación, vuelta hacia la puerta, cuando su tío entró con una vara en la mano derecha. Echó el cerrojo de la puerta y por unos instantes la miró como si le diera asco.

—He oído decir que has aprendido a escribir. No hace falta que te pregunte quién te ha enseñado, porque sé exactamente quién ha sido: alguien sin el menor sentido de la responsabilidad. Peor aún, alguien sin nada en la sesera. ¿Para qué va a querer escribir una muchacha? ¿Para mandarle cartas a su chulo?

El hombre dio un paso adelante y la abofeteó en la sien con la mano izquierda. Luego cambió la vara de mano y le pegó en la cara y la cabeza con la mano derecha. Las bofetadas hicieron que Afiya se tambaleara y retrocediera a trompicones mientras él vociferaba, cubriéndola de insultos. Luego, después de una larga pausa, blandió la vara en su dirección, al principio fallando el golpe de forma deliberada pero acercándose cada vez más. La niña chilló aterrada e intentó escapar, pero la habitación era pequeña y él había echado el cerrojo. No tenía dónde esconderse, así que se escabulló, se agachó y encajó como pudo los azotes, que la golpearon sobre todo en la espalda y los hombros. Afiya se estremecía y chillaba de dolor con cada nuevo latigazo, hasta que tropezó y se cayó al suelo. En ese instante se llevó la mano izquierda a la cara para protegerla y fue allí donde la vara descargó toda la ira del hombre. El dolor la dejó sin aire, boquiabierta y estupefacta, hasta que un grito le rasgó las entrañas. Acurrucada a los pies de su tío, chillaba y sollozaba mientras él se ensañaba con ella sin que nadie moviera un solo dedo para impedírselo. Cuando se hubo desahogado, abrió la puerta y se fue de la habitación.

Después, entre lágrimas y sollozos, Afiya se dio cuenta de que su tía entraba en la estancia, le quitaba el vestido manchado y la limpiaba con un trapo. Luego la tapó con una sábana y le habló en susurros hasta que la niña perdió el conocimiento. No estuvo tiempo inconsciente, porque cuando volvió en sí la luz seguía entrando a raudales por la ventana y hacía un calor asfixiante en la habitación. Se quedó allí tumbada toda la tarde, sumida en una especie de delirio entremezclado con el llanto, consciente a ratos de que su tía estaba cerca, sentada en el suelo con la espalda apoyada en la pared. Por la noche, la mujer llevó la niña a la curandera para que le vendara la mano.

—Vergüenza debería daros —le dijo la mganga—. Toda la aldea ha oído a tu marido vociferando y pegando a la niña. Es como si hubiese perdido la cabeza.

—Él no pretendía hacerle tanto daño, ha sido un accidente —se justificó la mujer.

—¿Acaso creéis que nadie lleva la cuenta de vuestras acciones? —replicó la mganga.

Aunque la curandera hizo cuanto pudo, la mano no llegó a curarse del todo. Pero Afiya tenía otra mano, y unos días después de la paliza escribió una nota al amigo de su hermano en un trozo de papel. Tal como él le había indicado, puso la nota a la atención de buana Biashara y en ella escribió: «Kaniumiza. Nisaidie. Afiya», «Me han hecho daño. Socorro.» Luego entregó la nota al comerciante, que la leyó, la dobló en dos y se la dio a un carretero que salía hacia la costa. El amigo de su hermano volvió con el mismo carretero que le había entregado la nota, al que pagó para que regresara a la aldea al día siguiente. La niña aún tenía todo el cuerpo dolorido y magullado, la mano fracturada, y cuando el carro se detuvo frente a la casa estaba sentada en el escalón de entrada, contemplando el monte con la mirada perdida. El comerciante le había dicho dónde encontrarla. Su tío estaba trabajando y no volvió a casa pese a que alguien debió de avisarlo de la llegada de Jalífa; al fin y al cabo, era una aldea pequeña. Cuando vio al amigo de su hermano, la niña se puso en pie.

—Afiya —dijo Jalífa, y al acercarse vio el estado lamentable en que se encontraba.

La cogió de la mano sana y la acompañó hasta el carro sin despegar los labios.

—Espera —dijo la niña.

Entró corriendo en la casa y cogió su hatillo, que estaba en el suelo de la entrada, en el rincón donde dormía.

Durante mucho tiempo, Afiya se negó a salir de casa por temor a que se la llevaran sus tíos. No se sentía segura con nadie salvo con el amigo de su hermano que había ido a rescatarla —al que ahora debía llamar Baba Jalífa— y con Bi Asha, que le dio gachas de trigo y sopa de pescado para que recuperara las fuerzas y a la que ahora debía llamar Bimkubwa. No le cabía duda de que, si no fuera por Baba Jalífa, su tío habría acabado matándola, o lo habría hecho su hijo. Pero, por suerte, él había acudido en su ayuda.

SEGUNDA PARTE

3

El oficial se fijó en él esa primera mañana, durante la inspección en el campo de instrucción militar, el boma al que los llevaron para que se sumaran a los reclutas de una leva anterior. Durante la marcha desde el puesto de reclutamiento hasta el campo, sufrieron la intimidación, las burlas y el apremio de los soldados que los escoltaban, encabezando la marcha, cerrándola y a ratos incluso avanzando paralelamente al grupo. «Menudo hatajo de washenzi —decían—. No servís ni para dar de comer a las fieras. ¡No menees las caderas como un shoga, que no os llevamos a ningún burdel! ¡Sacad pecho, panda de maricones! En el ejército os enseñarán a caminar rectos.»

Los reclutas que participaban en la marcha lo hacían con mayor o menor grado de libertad. Algunos eran voluntarios, pero otros se habían alistado por imposición de sus padres —que a su vez se habían sentido coaccionados a hacerlo— y también había quienes se habían visto obligados por las circunstancias, mientras que a otros los habían reclutado por el camino. La schutztruppe se estaba expandiendo y necesitaba engrosar sus filas. Algunos de aquellos hombres se expresaban sin tapujos y sacaban al fanfarrón que llevaban dentro, acostumbrados a esa clase de ambientes, encajando entre risas las pullas de los soldados que los escoltaban, ansiosos por ser admitidos entre quienes practicaban el lenguaje del desdén. Otros guardaban silencio y parecían angustiados, quizá incluso temerosos, ante un futuro que se presentaba incierto. Hamza se contaba entre estos últimos, los que se reconcomían por lo que acababan de hacer. Nadie lo había obligado a alistarse, sino que se había presentado voluntario.

Abandonaron el puesto de reclutamiento con las primeras luces del día. Hamza no conocía a nadie, pero echó a andar con paso decidido junto a los demás, envalentonado por lo insólito de las circunstancias, marchando al alba hacia el campo de instrucción, dispuesto a vivir nuevas aventuras. Los hombres más corpulentos y musculosos abrían la marcha, avanzando a grandes zancadas y arrastrando a los demás. Uno de ellos rompió a cantar con voz grave y timbrada, y se le unieron varios de los reclutas que hablaban su lengua. Hamza dio por sentado que cantaban en nyamwezi porque físicamente parecían de esa etnia. Los soldados de la escolta, algunos de los cuales también parecían nyamwezi, sonrieron y en algún momento hasta se sumaron al coro de voces. Aprovechando una pausa, alguien empezó a entonar otra canción en suajili. En realidad no era una canción, sino más bien un diálogo con una cadencia enérgica y alegre en la que cada verso culminaba con una poderosa exclamación:

> Tumefanya fungo na Mjarumani, tayari.
> ¡Tayari!
> Askari wa balozi wa Mdachi, tayari.
> ¡Tayari!
> Tutampigania bila hofu.
> ¡Bila hofu!
> Tutawatisha adui wayue jofu.
> ¡Wayue jofu!

Cantaban con desenfado, burlándose de sí mismos al tiempo que se golpeaban el pecho:

Nos hemos unido a los alemanes.
¡Estamos listos!
Somos soldados del gobernador de los mdachi.
¡Estamos listos!
Lucharemos por él sin temor.
¡Sin temor!
El terror sembraremos y a nuestros enemigos haremos temblar.
¡Temblar!

Los soldados de la escolta reían complacidos mientras los reclutas entonaban estas bravatas y añadían letras obscenas de su propia cosecha.

Según se iban adentrando en el campo, el calor empezó a apretar. Hamza notaba el sol azotándole el cogote y los hombros, tenía la cara y la espalda empapadas de sudor y volvió a sentir el peso de la angustia. Se había alistado sin pensarlo, huyendo de algo que se le antojaba intolerable, pero ignoraba a qué se había comprometido o si estaría a la altura de lo que se esperaba de él. Lo único que tenía claro era quiénes serían sus compañeros de armas. Todos conocían el ejército de los askaris, la schutztruppe, famosa por su brutalidad y por el carácter frío y despiadado de los oficiales alemanes cuyas órdenes obedecían. Hamza había decidido dejarlo todo atrás para ser uno de esos soldados y, mientras avanzaba por la carretera sin asfaltar bajo un sol de justicia, sudoroso y cansado, la sensación de vértigo por lo que acababa de hacer lo asaltaba a veces de un modo tan súbito que lo dejaba sin aliento.

Se detuvieron a beber agua y a comer un puñado de higos y dátiles secos. Dejaron atrás numerosos senderos que, desde la carretera, se internaban en aldeas ocultas tras el follaje, pero no había un alma a la vista. Se diría que los lugareños procuraban pasar inadvertidos. En un pequeño claro situado al borde de la carretera, a la sombra de un gran tamarindo, se amontonaban piñas de plátanos, una pequeña pila de yucas, un cesto con pepinos y otro con tomates: un mercadillo abandonado a toda prisa. Sorprendidos por la llegada de los soldados, los aldeanos habían tenido que elegir entre recoger la mercancía o ponerse a salvo. Era sabido que las brigadas de reclutamiento merodeaban por los caminos rurales.

Los soldados de la escolta les dieron el alto y llamaron a voz en cuello a los dueños de las mercancías, pero nadie acudió, de modo que repartieron los plátanos entre los reclutas, pero sólo los plátanos, mientras gritaban a los tenderos escondidos que enviaran la cuenta al gobernador nombrado por el káiser. Los soldados no quitaban ojo a los reclutas ni por un instante. Los obligaban a aliviarse al borde de la carretera, a la vista de todos, seis hombres de una sentada, tuvieran ganas o no. «Así aprenderéis qué es la disciplina —les dijo uno entre risas—. Sacad toda esa mierda del cuerpo antes de que lleguemos al campamento y luego tapadla con tierra.»

Caminaron sin descanso durante todo el día, la mayoría descalzos, algunos con sandalias de cuero. «Los alemanes han construido esta carretera —les dijo uno de los soldados— para que no tengáis que fatigaros cruzando la jungla, para que podamos llevaros cómodamente hasta el campamento como las delicadas señoritas que sois.» A media tarde, Hamza tenía tal dolor de piernas y de espalda que caminaba por instinto, pues no tenía más remedio que seguir adelante. Luego no recordaría las últimas etapas de la marcha, pero, tal como los animales que se acercan al establo, todos los reclutas se animaron cuando los oficiales les dijeron que faltaba poco para llegar a su destino.

Entraron en el campamento al anochecer, cruzando las afueras de un gran poblado donde una multitud se agolpó para contemplar la penosa marcha. Se oyeron gritos de ánimo y alguna que otra risotada mientras los reclutas franqueaban la verja y accedían al recinto cerrado del boma. Un largo edificio encalado corría paralelo al flanco derecho del campamento. Las habitaciones del primer piso, algunas iluminadas, daban a una galería que se asomaba a la plaza de armas, mientras que en la planta baja se sucedían varias puertas cerradas. A lo largo del flanco más alejado de la plaza de armas se erguía otro edificio más pequeño, vuelto hacia la entrada, con varias ventanas iluminadas a lo largo de la planta superior que también destacaban en medio de la penumbra. En la planta baja sólo había una puerta y dos ventanas, todas ellas cerradas. A la izquierda de la amplia plaza de armas se divisaban dos cobertizos y varios corrales. En el ángulo más cercano a la verja de entrada se alzaba una pequeña construcción de doble planta que resultó ser el calabozo. Allí los llevaron, a una gran estancia de la planta baja con lámparas de aceite que colgaban de las vigas. La puerta que llevaba al piso superior estaba cerrada, pero dejaron abierta la que daba a los calabozos, así como la de la calle. Los askaris que los habían escoltado permanecieron con ellos, sin bajar la guardia, aunque la caminata también les había pasado factura. Estaban demasiado cansados para entretenerse con burlas e insultos, de modo que se apostaron junto a la puerta a la espera del relevo.

El grupo se componía de dieciocho nuevos reclutas que ahora se hacinaban en aquella celda, sudorosos y mudos de cansancio. Aturdido por el hambre y el agotamiento, Hamza sentía que el corazón le latía desbocado con una desazón que no podía controlar. Tres ancianas de la aldea les llevaron una cazuela de barro con un guiso de callos y plátano que los hombres comieron como buenamente pudieron hasta apurarlo, reuniéndose a su alrededor y turnándose para rebañar la cazuela con las manos. Cuando llegó la tropa de relevo, los soldados sacaron a los reclutas a la calle de uno en uno y los llevaron hasta la letrina anexa al calabozo. Luego seleccionaron a dos para que tiraran los desechos llevando el cubo de la letrina a un pozo ciego que había fuera del campamento.

—Boma la mzungu —dijo uno de los centinelas—. Kila kitu safi. Hataki mavi yenu ndani ya boma lake. Hapana ruhusa kufanya mambo ya kishenzi hapa.

«Éste es el campamento del mzungu. Aquí todo está limpio. No queremos vuestra mierda dentro del boma. Ya os podéis ir olvidando de vuestras costumbres salvajes.»

Poco después, las puertas del boma se cerraron. Para entonces era noche cerrada, aunque Hamza alcanzaba a oír el runrún de la aldea al otro lado de los muros y, para su sorpresa, al almuecín llamando a los fieles a la oración de la ishá. Más tarde, a través de la puerta abierta del calabozo, vio lámparas de aceite moviéndose en la oscuridad de la plaza de armas, pero ninguna en su dirección. Cuando se despertó a media noche, vio el edificio encalado resplandeciendo en la penumbra. No había ni rastro de los centinelas. Daba la impresión de que no había nadie vigilándolos. Tal vez estuvieran en la calle, montando guardia por si los reclutas se portaban mal, o quizá supieran que no había ningún lugar seguro al que pudieran ir en plena noche.

Por la mañana les mandaron formar en la plaza de armas, vueltos hacia el largo pabellón blanco. A la luz del día, Hamza vio que tenía un tejado de chapa pintado de gris y una tarima de madera que corría paralela a la fachada. También se dio cuenta de que las puertas que había visto la víspera daban a oficinas o almacenes. Contó siete puertas y ocho ventanas con postigos. De éstas, sólo las del centro estaban abiertas. En medio de la plaza de armas, que más adelante aprendería a llamar Exerzierplatz, se erguía el mástil de la bandera.

El ombasha nubio que los había despertado y mandado formar se paseó a grandes zancadas por delante y por detrás de la hilera de reclutas, pinchándolos en silencio con su recia vara de bambú para alinearlos. Los hombres iban todos descalzos —incluso los que habían llegado con sandalias— y vestidos de civil, mientras que el ombasha lucía un uniforme militar de color caqui, cinturón de cuero con cartucheras, botas con tachuelas y un fez con cogotera y la insignia del águila imperial delante. El cabo era un hombre de mediana edad, recién afeitado, enjuto de carnes a pesar del vientre protuberante. Tenía los dientes manchados de marrón rojizo de tanto mascar qat, la piel de la cara lustrosa con cicatrices en ambas sienes y un gesto severo: la temible máscara inexpresiva de los askaris nubios.

Cuando el ombasha consideró que los reclutas habían formado al fin una línea recta y firme, se volvió hacia el oficial que, entretanto, se había asomado a la puerta central del edificio que se alzaba ante ellos. El ombasha enderezó el espinazo y anunció a voz en cuello que los cerdos estaban listos para la inspección. Hawa schwein tayari. El oficial, que también lucía uniforme y además llevaba casco, no reaccionó al instante pero alzó el bastón de mando como dándose por enterado. Tras la momentánea dilación que exigía su rango, se apeó de la tarima y se acercó a los reclutas. Empezó en un extremo de la hilera y avanzó despacio, deteniéndose para observar con mayor detenimiento a algún que otro hombre pero sin decir palabra, y señaló a cuatro de ellos dándoles unos golpecitos con el bastón. El ombasha les había dicho que debían permanecer inmóviles y mirar al frente, advirtiéndoles que bajo ningún concepto establecieran contacto visual con un oficial alemán. Hamza sabía que el oficial —un hombre esbelto y recién afeitado— se había fijado en él, lo supo antes incluso de que se apartara de la puerta, y no pudo evitar sentir un escalofrío cuando se detuvo frente a él. No era tan alto como le había parecido encima de la tarima, pero aun así superaba a Hamza en estatura. Sólo se demoró unos segundos delante de él, pero no necesitó mirarlo para saber que tenía los ojos casi transparentes y de mirada severa. El oficial dejó a su paso un olor medicinal ligeramente astringente.

Cuatro de los reclutas, aquellos a los que el oficial señaló con unos golpecitos de bastón, fueron enviados a la oficina del cuerpo de transporte, donde los reclutarían como camilleros o porteadores. Puede que los considerara demasiado mayores o lentos de reflejos, o simplemente que no le cayeran en gracia. A los demás, los puso en manos del ombasha. Hamza se sentía confuso y aterrado, y se preguntó si no habría sido mejor unirse al cuerpo de transporte pese a su escaso prestigio. Sabía que era la cobardía la que hablaba así por él. Los porteadores no se ahorraban ninguna de las penalidades que sufrían los soldados, con el agravante de que iban vestidos con harapos y a veces descalzos, por no decir que eran el blanco de todas las burlas. Los nuevos reclutas recibieron la orden de desplazarse unos metros y sentarse en el suelo delante del edificio más pequeño, cuya puerta central estaba ahora abierta de par en par. La otra puerta, situada en un extremo del edificio, estaba cerrada con dos candados, uno arriba y otro abajo.

No había ni un árbol a la vista en todo el recinto y la plaza de armas estaba a pleno sol, sin una mala sombra en la que cobijarse. Era temprano, pero, al estar inmóvil, Hamza sentía que el sol le abrasaba el cuello y la cabeza. Un buen rato después, otro oficial alemán salió del edificio, seguido por un hombre uniformado que se mantuvo en todo momento uno o dos pasos por detrás de él. El oficial alemán era de complexión robusta y lucía pantalón corto, una túnica con varios bolsillos y, en el antebrazo izquierdo, un brazalete blanco con una cruz roja. Tenía las mejillas coloradas, un gran mostacho cobrizo, el pelo ralo y con pronunciadas entradas. El pantalón corto, su voluminoso perímetro abdominal y aquel bigote desmesurado le daban un aire ligeramente cómico. Tras contemplar a los reclutas durante un buen rato, les ordenó que se levantaran y se sentaran varias veces seguidas. Al cabo sonrió, le dijo algo al hombre que tenía a su espalda y volvió adentro. El ayudante, que llevaba un brazalete idéntico al suyo, se volvió hacia el ombasha con un leve asentimiento y entró en la enfermería, a la que fueron pasando los reclutas de uno en uno para someterse a un examen físico.

Cuando le llegó el turno a Hamza, entró en una habitación amplia y bien iluminada en la que había seis camas primorosamente hechas, ninguna de ellas ocupada. En un extremo de la estancia había un pequeño consultorio delimitado por una mampara, con una mesa plegable a un lado y una camilla de exploración al otro. El ayudante del oficial, un hombre delgado, menudo y de rostro curtido, tenía un aire experimentado y un tanto cínico. Sonrió a Hamza y le preguntó en suajili cómo se llamaba, de dónde era y qué religión profesaba. Luego se dirigió al oficial en alemán y le transmitió la información con un tono algo escéptico. El oficial también pareció reflexionar sobre los pormenores y miró de reojo a Hamza como si quisiera comprobar su veracidad antes de anotarlos en una tarjeta. Hamza había mentido acerca de su edad, afirmando ser mayor de lo que era en realidad.

—Suruwali —dijo el ayudante, señalando sus pantalones, y Hamza se los bajó de mala gana.

—Haya schnell —masculló el oficial, impacientándose porque Hamza tardaba demasiado.

Se inclinó hacia delante con cierto esfuerzo, echó un buen vistazo a sus genitales y, sin previo aviso, le propinó una palmadita en los testículos con un movimiento ascendente de la mano. Al ver que Hamza daba un respingo, se rió entre dientes al tiempo que intercambiaba una sonrisa con el ayudante. Después volvió a inclinarse hacia delante y apretó el pene de Hamza suave y repetidamente entre los dedos hasta que empezó a ponerse erecto.

—Inafanya kazi —dijo, dirigiéndose al ayudante, «todo en orden», pero las palabras sonaron torpes en sus labios, como si se resistieran a ser pronunciadas, o como si sufriera algún defecto del habla.

El oficial soltó el pene de Hamza, se diría que a regañadientes. Acto seguido lo miró a los ojos, le hizo abrir la boca y le asió la muñeca unos instantes. Después sacó una aguja de un cajón metálico, abrió una pequeña ampolla y sumergió la aguja en el denso líquido. Luego rascó enérgicamente el antebrazo de Hamza con la aguja y la depositó en otra bandeja que contenía un líquido traslúcido. El ayudante ofreció a Hamza un comprimido y un vaso de agua para que se lo tragara. Sonrió cuando el recluta hizo una mueca a causa del sabor amargo del comprimido. Mientras tanto, el oficial anotó algo más en su historial, dedicó a Hamza una larga mirada ponderativa y, sonriendo levemente, le indicó por señas que podía marcharse. Aquél fue su primer contacto con el oficial médico.

Les dieron un uniforme, un cinturón, un par de botas y un fez. El ombasha nubio les dijo:

—Soy el Gefreiter Haydar al-Hamad, el ombasha encargado de convertiros en askaris. Me mostraréis respeto y me obedeceréis en todo momento. He luchado en el norte, el sur, el este y el oeste, para los ingleses, para el Jedive y ahora en nombre del káiser. Soy un hombre honrado y me avala la experiencia. Vosotros no sois más que cerdos hasta que yo os enseñe a ser askaris. Sois unos washenzi, como todos los civiles, hasta que yo os enseñe a ser askaris. Recordaréis cada día lo afortunados que sois por ser askaris. Respetad y obedeced o, wallahi, os las veréis conmigo. ¿Unafahamu? Decid todos juntos: Ndio buana. Veamos, este uniforme, estas botas, este cinturón, este fez... son lo más importante. Los utilizaréis como es debido y los mantendréis impecables. Los limpiaréis a diario, ése es vuestro primer deber como askaris.

Todos los días tenéis que comprobar que el uniforme, las botas, el cinturón y todo lo demás esté en perfecto estado de revista. Si no lo está, sufriréis kiboko na matusi delante de todo el mundo, hamsa ishirin. ¿Sabéis qué es eso? Veinticinco azotes con la vara en esos culos gordos. Cuando seáis askari jasa llevaréis un fez como yo. A mí me toca enseñaros y a vosotros ser pulcros o, wallahi, os las veréis conmigo. Siempre en perfecto estado de revista. ¿Unafahamu?

—¡Ndio buana!

El ombasha explicó con todo detalle cómo había que usar y cuidar cada uno de los elementos del uniforme. Hablaba en tono brusco y mezclando varias lenguas —suajili, árabe y algo de alemán—, con enunciados insuficientes, fragmentarios, que completaba mediante señas y gestos de significado claro y que repetía tantas veces como fueran necesarias hasta que todos asentían: «¡Ndio buana!»

—Shabash. Ésta es la lengua del campamento, unafahamu —decía el ombasha, blandiendo la vara en el aire—. Si hay algo que no entendáis, ella os lo explicará.

Los reclutas quedaron acuartelados en la aldea, en unos barracones levantados al otro lado de los muros del boma. Después de aquella primera mañana, su vida se vio reducida a un agotador entrenamiento diario que empezaba al alba con el toque de corneta y se prolongaba hasta mediodía. Las sesiones de instrucción tenían lugar en el campamento, primero a las órdenes del ombasha nubio, el Gefreiter Haydar al-Hamad, al que luego relevaba el shawush, el Unteroffizier Ali Nguru Hassan, también nubio, un hombre hosco y de aspecto ascético al que no era fácil complacer. Sólo más tarde, cuando ya llevaban varios días de instrucción, conocieron por fin al sargento alemán Feldwebel Walther.

El Feldwebel era un hombre alto y fornido que hablaba con voz de trueno. Tenía el pelo oscuro, un gran bigote y ojos marrones que parecían salírsele de las órbitas cuando estaba disgustado o montaba en cólera. Al hablar, no podía evitar fruncir los labios con un mohín desdeñoso. Sus sesiones de instrucción eran enérgicas y rigurosas, y daba la impresión de que cada gesto de los reclutas lo sacaba de sus casillas. Cuando él estaba al mando les hacía sudar la gota gorda: se plantaba delante de los futuros soldados con los brazos en jarras y los reprendía con palabras obscenas y ofensivas que salían a borbotones de su boca como aguas negras corriendo por una alcantarilla. Incluso cuando estaba callado, parecía esforzarse por contener su exasperación. Era, en definitiva, todo lo que Hamza esperaba de un oficial alemán. Blandía en todo momento un bastón de mando con el que se golpeaba la pierna derecha en señal de impaciencia, a veces con bastante fuerza. Por lo demás, sólo lo usaba para señalar o para azotar el aire con violencia cuando su ira se volvía incontrolable. Un oficial alemán nunca se rebajaría a pegar a un simple askari, por lo que era el ombasha, presente en todas las sesiones de entrenamiento, el encargado de subrayar con golpes las palabras del oficial.

El día empezaba con una dosis de quinina, seguida de ejercicios de marcha que se prolongaban durante horas. Era importante que la schutztruppe causara buena impresión, les recordaba el Feldwebel a voz en cuello, y para ello era fundamental que supieran desfilar. Los reclutas aprendieron a adoptar una postura firme, y más tarde a marchar individualmente y en grupo mientras el ombasha, el shawush o el Feldwebel les impartían órdenes a voz en grito sin escatimar los insultos. Después aprendieron a empuñar y usar las armas reglamentarias, a apuntar al objetivo tumbados en el suelo, a disparar y practicar la puntería, a moverse rápidamente mientras recargaban. Los askaris de la schutztruppe no se batían en retirada salvo que se lo ordenaran expresamente, no sucumbían al pánico bajo ataque y, por encima de todo, defendían sus posiciones. ¿Unafahamu? Cada orden venía acompañada de gritos y palabras ofensivas. ¡Ndio buana! Cada error se penalizaba con violencia o trabajos forzados, según su gravedad. Los castigos físicos eran constantes y públicos, y cada pocos días la compañía al completo —tanto los reclutas como los askaris veteranos— marchaban hasta el boma para asistir a los hamsa ishirin, los veinticinco azotes, una flagelación pública con la que se castigaban faltas que difícilmente merecerían semejante humillación. Según el ombasha, el propósito de este castigo ejemplar era volverlos obedientes e intrépidos, y los encargados de aplicarlo nunca eran alemanes, sino otros askaris africanos.

Por la tarde, los reclutas ordenaban el boma y los barracones, además de llevar a cabo cualquier otra tarea que les fuera encomendada. También limpiaban las armas, zapatos y polainas, así como los uniformes. Las inspecciones eran frecuentes y cada pequeño defecto era motivo de castigo, ya fuera individual o extensivo a toda la compañía. Practicaban un tipo de entrenamiento físico destinado a fortalecer el cuerpo: carreras, marchas forzadas o ejercicios de musculación. La mayor parte de los reclutas del grupo de Hamza eran de por allí cerca y se comunicaban sin problemas, pero en la compañía también se hablaban otras lenguas, sobre todo el árabe, el niyamwezi y el alemán. La lengua franca de las tropas era una jerigonza de suajili aderezado con palabras de todas estas lenguas.

Hamza se entregó sin reservas a la extenuante rutina de la instrucción militar. Al poco de alistarse, presa del pánico, había temido convertirse en blanco de las burlas y el acoso de hombres acostumbrados a ejercer la violencia, hombres que no apreciaban más valores que la fuerza y la resistencia física. En el seno del grupo pronto se estableció una jerarquía que venía determinada por cualidades como la fortaleza y la agilidad. El entusiasmo y el vigor de dos de aquellos hombres, Komba y Fulani, los distinguía como líderes naturales, título que nadie osaba disputarles. Fulani tenía cierta experiencia militar, pero nada comparable con la schutztruppe. Era de la etnia nyamwezi y había trabajado como mercenario en el ejército privado de un mercader, el mismo que le había puesto ese apodo, que significaba «fulano», porque era incapaz de recordar su nombre. El caso es que acabó cogiéndole cariño al apodo, que a su juicio denotaba cierto desparpajo. Komba, por su parte, era un hombre robusto y seguro de sí mismo, un atleta nato. Ambos alcanzaban las mejores puntuaciones en todos los ejercicios, tonteaban con las mujeres que les llevaban la comida, les lanzaban insinuaciones y prometían visitarlas por la noche. Siempre eran los primeros en ser servidos, y les colmaban el plato. El ombasha los elogiaba y el Feldwebel los adulaba primero y después los cubría de insultos. Komba se burlaba del Feldwebel a sus espaldas y lo llamaba Jogoo, Gallito, porque se pavoneaba como si fuera el amo del corral cada vez que había alguna mujer cerca. Todos sabían que su animadversión hacia los dos hombres, y en particular hacia Komba, era un reconocimiento implícito de su superioridad entre los reclutas. Tenía que ponerlos en su sitio para afirmar la propia autoridad sin rebajarlos a ojos de los demás. Hamza, como el resto de la compañía, se acomodaba a la jerarquía establecida y buscaba su lugar en ella.

La influencia de Fulani y Komba no le parecía relevante ni problemática. Lo que más inquietaba al grupo era la intensidad de los entrenamientos y el temor generalizado a los castigos. Nadie sabía cómo esquivar el desdén y la violencia del Gefreiter o el Unteroffizier, y mucho menos del Feldwebel Walther. Ninguno de los reclutas podía dirigirse a los instructores, ni por nombre ni por rango, sólo obedecerles con la máxima prontitud. Komba era el único que a veces lograba salirse con la suya porque era un chulito insolente que fingía no darse cuenta de que estaba cometiendo una ofensa y que en ningún caso quería faltar al respeto a sus superiores.

Sin embargo, pese a la dureza de la rutina diaria, Hamza halló una satisfacción inesperada en su fuerza y habilidades crecientes, y al cabo de un tiempo ya no se estremecía al oír schwein y washenzi u otras palabras alemanas cuyo significado desconocía y que los instructores vociferaban a menudo. Contra todo pronóstico, se enorgullecía de formar parte del grupo, de no ser víctima del rechazo y la burla ajenos, como había temido, sino de compartir las extenuantes rutinas, el agotamiento y el mal humor, de notar como su cuerpo se volvía más resistente y ganaba destreza, de desfilar con la precisión que exigían los instructores. Le llevó algo más de tiempo acostumbrarse al hedor de los cuerpos agotados de los reclutas mientras dormían y de los gases que expelían. Las bromas entre los hombres eran constantes y crueles, pero todos las sufrían y Hamza aprendió a encajarlas y a intentar pasar inadvertido. Cuando empezaron a salir del campamento para practicar maniobras militares, advirtió el pavor de los aldeanos ante la llegada de los temibles askaris y no pudo evitar estremecerse de satisfacción.

Después de aquella primera mañana, el oficial médico siguió siendo una figura distante para los reclutas. Los ejercicios de instrucción se hacían en la plaza de armas del boma, la Exerzierplatz, y a veces el oficial salía a observarlos. No bajaba de la tarima ni se demoraba, y lo más habitual era que hubiese salido con las unidades regulares en unas maniobras que, según supieron por los otros askaris, denominaban «misiones shauri», reuniones informativas en las que explicaban las políticas gubernamentales, ejercían de jueces en disputas entre civiles o imponían castigos a las aldeas y jefes que habían cometido ofensas contra el gobierno colonial. Cuando su unidad se unió por primera vez a una misión shauri como parte del entrenamiento, Hamza comprendió que aquellas reuniones tenían poco de informativas y que su principal objetivo era disciplinar y aterrorizar a los estúpidos aldeanos washenzi con el fin de que obedecieran sin rechistar las órdenes del gobierno.

Una mañana, cuando llevaban varias semanas de instrucción, el oficial se apeó de la tarima y se acercó a ellos. No parecía un gesto espontáneo, pues también estaban presentes los tres oficiales instructores —el Gefreiter Haydar al-Hamad, el Unteroffizier Ali Nguru Hassan y el Feldwebel Walther—, todos ellos luciendo sus mejores galas, al igual que el oficial médico, que vestía el prístino uniforme blanco de guarnición. El ombasha les había explicado que los reclutas seleccionados para recibir un adiestramiento especial en el cuerpo de señales o la banda musical lo sabrían esa mañana. Uno de ellos tocaba la corneta, aunque ninguno de sus compañeros había podido comprobarlo, y quería solicitar su ingreso en la musikkapelle, por lo que pidió permiso al ombasha para presentarse voluntario. Por su parte, y pese a saber leer, que era el requisito imprescindible para acceder al cuerpo de señales, Hamza había decidido no ofrecerse para ese puesto porque quería evitar en lo posible llamar la atención. No obstante, el ombasha lo había visto leyendo a sus compañeros las noticias del *Kiongozi*, el diario gubernamental que se publicaba en suajili y, mientras explicaba a los reclutas el proceso de selección que tendría lugar esa mañana, lo había mirado de refilón.

El oficial avanzó a lo largo de la hilera de reclutas como había hecho aquella primera mañana, con la diferencia de que esta vez se detuvo delante de cada uno de ellos para llevar a cabo una minuciosa inspección. Al cabo, se plantó ante la unidad, que seguía en posición de firmes. El Feldwebel pronunció el nombre del corneta, que se llamaba Abudu y dio dos pasos al frente. Luego llamó a Hamza, que hizo lo mismo. El oficial saludó a las tropas y volvió a su despacho. La unidad se retiró, dejando a Abudu y Hamza plantados en la Exerzierplatz con el sol de mediodía cayendo a plomo sobre ambos. Sabían que se trataba de otra dura prueba y que, si osaban moverse o despegar los labios, les esperaba otro desagradable castigo y ya podían olvidarse de sus nuevos destinos. A Hamza se le antojaba un capricho cruel y absurdo, pero era demasiado tarde para hacer nada al respecto y no le quedaba más remedio que aguantar.

Sería difícil precisar cuánto tiempo estuvieron en posición de firmes bajo el sol del mediodía —un cuarto de hora, quizá—, pero al cabo de un rato el ombasha Haidar regresó y ordenó a Abudu que lo siguiera mientras Hamza continuaba en la Exerzierplatz. Finalmente llegó su turno y, siguiendo las instrucciones del ombasha, avanzó unos pasos por delante de él hasta la puerta abierta del despacho, donde se quedó momentáneamente cegado por la penumbra del interior. Alguien habló desde dentro. Era la primera vez que Hamza oía la voz del oficial, cuya dureza lo puso en alerta. Entró en un gran despacho con dos ventanas que daban a la calle y un escritorio al fondo, vuelto hacia la puerta. Había una silla delante del escritorio y, pegada a la pared, otra mesa pequeña sobre la que descansaba un tablero de dibujo técnico. El oficial estaba sentado al otro lado del escritorio, recostado en la silla. Sin el casco, su rostro parecía aún más enjuto y un pliegue le recorría la piel desde el pómulo izquierdo hasta la sien del mismo lado, perdiéndose en el nacimiento del pelo. Sus ojos eran de un azul penetrante.

Tras un largo y deliberado silencio, el oficial habló en alemán y el ombasha tradujo sus palabras.

—El Oberleutnant pregunta si quieres trabajar en el cuerpo de señales.

—Sí, señor —contestó Hamza con voz alta y clara, fijando la mirada más allá de la cabeza del oficial y hablando con toda la convicción de la que fue capaz. No sabía si trabajar en el cuerpo de señales era más seguro que ser askari, pero tampoco podía ponerse tiquismiquis.

El oficial volvió a hablar brevemente.

—¿Por qué? —tradujo el ombasha.

Hamza no había pensado en una respuesta a esa pregunta, y se reprochó por ello. Tras unos instantes de reflexión, dijo:

—Para aprender nuevas habilidades y servir a la schutztruppe lo mejor que pueda.

Miró de soslayo al oficial y lo vio sonreír. Ésa fue la primera vez que Hamza vislumbró un rictus desdeñoso que llegaría a conocer bien.

—¿Sabes leer? —preguntó el ombasha, traduciendo de nuevo.

—Un poco.

El oficial lo miró con expresión interrogante, como instándolo a explicarse. Hamza no sabía qué más decir. Conocía todas las letras del alfabeto y, con tiempo y paciencia, podía descifrar palabras escritas en suajili. No estaba seguro de que fuera eso lo que quería saber el oficial, de modo que siguió mirando a un punto indeterminado por encima de su cabeza sin añadir nada. El oficial volvió a hablar en alemán, despacio y mirando al ombasha, que esperó hasta que éste hubo terminado para traducir sus palabras. El nubio se expresó con su habitual estilo macarrónico y, como Hamza tenía al oficial delante, vio con el rabillo del ojo que se estremecía ligeramente ante los excesos del ombasha. Se decía que el oficial era, de todos los alemanes, el que mejor hablaba suajili.

—El Oberleutnant pregunta por qué no sabes leer mejor, por qué no sabes leerlo todo, como él. En bandeja, kelb, te lo está poniendo en bandeja, pero tú no aprendes. No tienes civilización, por eso eres un salvaje. Dice que tienes que aprender. ¿Qué palabra ha dicho antes...? Matati... algo. Tú de eso no sabes.

—Matemáticas —corrigió el oficial.

—Eso es, matamíticas, tú de eso no sabes, kelb, perro salvaje —le espetó el ombasha.

—¿Nini jina la mathematics kwa lugha yako? —preguntó el oficial, prescindiendo del ombasha. ¿Cómo se dice matemáticas en tu lengua?—. ¿Sabes qué son las matemáticas? Sin ellas, es imposible entender nada del saber universal... ni la música, ni la filosofía, y no digamos ya la telegrafía. ¿Unafahamu?

—¡Ndio buana! —respondió Hamza, volviendo a alzar la voz.

—Ni siquiera sabes qué son las matemáticas, ¿verdad que no? Para eso hemos venido aquí, para traeros las matemáticas y muchos otros avances importantes que no llegaríais a conocer si no fuera por nosotros. Ésa es nuestra Zivilisierungmission —afirmó el oficial, señalando con el brazo izquierdo la ventana y el boma que se extendía al otro lado, y una sonrisa sarcástica tensó sus labios finos—. Ése es nuestro ingenioso plan, que sólo un niño tomaría por otra cosa. Hemos venido aquí a civilizaros. ¿Unafahamu?

—¡Ndio buana!

El oficial se expresaba en suajili con cautela, buscando los términos precisos, pero era como si hablara una lengua sobre la que no tenía control alguno, como si conociera las palabras pero no las emociones asociadas a éstas y pretendiera que dijeran cosas para las que no estaban hechas. Había un brillo en su mirada a caballo entre la curiosidad y el desdén, como si quisiera comprobar el efecto que su discurso tenía sobre el estado de ánimo de Hamza. Éste, a su vez, estudiaba al oficial lo mejor que podía sin llegar a sostenerle la mirada. En otras ocasiones, como habría de averiguar más tarde, esos ojos relumbraban como los de un hombre capaz de ejercer la violencia.

—Pero no creo que llegues a aprender matemáticas, pues requiere una disciplina mental para la que vosotros no estáis capacitados. Por ahora basta —anunció el oficial bruscamente, ordenando por señas a ambos que se retiraran.

Más tarde, Hamza se enteró de que ese día había sido nombrado ayudante personal del oficial, su ordenanza, y que al día siguiente debía presentarse en su residencia a primera hora de la mañana para que el ordenanza saliente lo instruyera en sus deberes. Nadie le dijo por qué no pasó a formar parte del cuerpo de señales. Cuando los demás supieron qué puesto le habían asignado, no tardaron en mofarse de él.

—Eres un shoga —le espetó Komba—, por eso te ha escogido. Quiere a un chico dulce y apuesto para que le masajee la espalda y le sirva la cena. En las montañas hace un frío que pela, y el oficial necesitará a alguien que le dé calor por las noches, como haría una buena esposa. ¿Se puede saber qué haces aquí? Salta a la vista que eres demasiado guapo para ser soldado.

—A estos alemanes les gusta jugar con jovenzuelos guapetones, sobre todo si tienen tan buenos modales como tú. Kwa hisani yako —añadió Fulani, con un gesto amanerado y voz aflautada—. Si eres tan amable.

—Sí, un sueño hecho realidad, eso eres —se burló Komba, alargando la mano como si quisiera acariciarle la mejilla.

Los demás se les unieron, haciéndose pasar por Hamza, caminando de un modo exageradamente afeminado mientras fingían servir comida o masajear la espalda del oficial.

—Cuando el alemán se canse de ti, puedes frotarme la espalda a mí —dijo alguien.

Pasó mucho tiempo hasta que se cansaron del juego y lo dejaron en paz. Para entonces, Hamza intentaba disimular la humillación y temía que se cumplieran los malos presagios de sus compañeros. Se había sentido como uno más, había compartido privaciones y castigos con ellos y ninguno le había hablado de un modo tan despectivo hasta ese momento. Era como si lo expulsaran a la fuerza del seno del grupo.

4

No habían tenido noticias de Ilyas, pero no había de qué preocuparse, le aseguró Jalífa.

—Dar es-Salam queda muy lejos, lo normal es que no sepamos nada hasta más adelante. Cuando alguien vuelva de allí traerá noticias suyas, o puede que el propio Ilyas nos escriba. Tarde o temprano dará señales de vida.

Al principio, cuando se fue a vivir con Bimkubwa y Baba Jalífa, Afiya dormía en la misma habitación que ellos, sobre un delgado colchón de miraguano colocado en el suelo. En el patio había un cuartito que usaban como trastero —era allí donde guardaban el cesto del carbón, viejos cacharros de cocina y muebles desparejados que el día menos esperado podrían ser de utilidad— y Jalífa se propuso despejar ese cuarto y acondicionarlo para ella. Habría que darle una mano de cal para acabar con las chinches, pero quedaría una habitación cómoda. En la parte delantera de la casa había otro cuarto de almacenaje con su propia puerta de acceso.

—Podemos llevar los trastos allí —sugirió Jalífa—. No hay prisa, primero que se acostumbre a nosotros. No es más que una niña, dejemos que olvide sus miedos.

—Ya no es un bebé —repuso Bi Asha, pero no insistió.

Afiya seguía febril y le dolía la mano, si bien un poco menos cada día. Bi Asha la llevó a un componedor de huesos que le masajeó la mano y se la escayoló con un emplasto hecho de hierbas, harina y huevos.

—Esto ayudará a cicatrizar los huesos —dijo.

Al cabo de unos días le quitó la escayola y le enseñó unos ejercicios.

—No sé si podrá recuperar del todo la movilidad de la mano; puede que haya daños irreversibles en las fibras musculares.

Bi Asha rezó por ella y le enseñó a leer el Corán. «Si leemos juntas no pensarás tanto en el dolor y Dios sabrá bendecirte y recompensarte», le dijo. Fueron necesarias varias semanas de esfuerzo diario para que Afiya progresara lo bastante para leer los suras más breves por sí sola, pero cuando lo hizo Bi Asha la envió con una de las vecinas, Bi Habíba, que todas las mañanas impartía clases en su casa a un grupo de cuatro niñas. Bi Asha creía que la compañía de otros niños la ayudaría a aprender, aunque confesó a Jalífa que tenía sus dudas de que la vecina fuera una buena profesora. Las niñas se aprovechaban de su carácter benévolo y evitaban las lecciones engatusándola para que les contara historias.

—¿Qué clase de historias? —preguntó Jalífa, como buen amante de los relatos.

—Yo qué sé —repuso Bi Asha, irascible, pues la cuestión no era ésa—. Supongo que historias sobre el Profeta y sus compañeros, pero lo que deberían hacer es practicar la lectura. Para eso le pago.

—Ah, buenas historias... —comentó Jalífa para exasperación de Bi Asha, que creyó percibir un ligero desprecio en su tono de voz. Ese alarde de indiferencia hacia los asuntos religiosos la sacaba de quicio.

—Sí, eso espero —replicó—. No le pago para que le cuente cotilleos.

—Yo diría que no le pagas lo bastante para que le cuente cotilleos —repuso Jalífa, orgulloso de su propia ocurrencia.

Con el paso de las semanas Afiya empezó a leer con más soltura y su mano mejoró lo suficiente para que pudiera ayudar en las tareas domésticas al volver de casa de Bi Habíba, a la que acudía a primera hora de la mañana para unas lecciones que duraban cerca de dos horas. Nada más llegar a casa, daba cuenta de lo que había aprendido esa mañana y a veces Bimkubwa le pedía una demostración. Luego la acompañaba al mercado para comprar algo de fruta y verduras, y tal vez carne los días que estaba permitida. Bi Asha le enseñó a conocer el precio de los alimentos y a manejar dinero. «Cuando seas mayor, podrás ir a comprar por mí», decía. A veces pasaban por delante de la casa del mercader Nassor Biashara y veían a Jalífa sentado al escritorio en el despacho, vuelto hacia la puerta abierta. El despacho ocupaba una habitación de la planta baja, mientras que en la planta de arriba vivía la familia. Todos los días a media mañana, cuando volvían del mercado, un hombre iba de puerta en puerta vendiendo pescado fresco en una cesta de mimbre. Se lo compraba a los pescadores de la playa para ahorrarles a sus clientes la molestia de tener que regatear entre las escamas y las tripas de pescado. Afiya aprendió a preparar el pescado: majaba el ajo, el jengibre y las guindillas en el mortero de piedra y lo frotaba por dentro con la pasta resultante. Podía moler la pasta con una mano mientras con la otra sujetaba el mortero, aunque le costaba asir objetos con la mano izquierda. En ese aspecto, como en muchos otros, aprendió a apañárselas, a convivir con sus limitaciones.

A veces iba de visita a la casa donde había vivido con Ilyas, pues tanto las hermanas Yamila y Sáda como su madre se alegraban de verla y la acogían con la misma amabilidad de siempre. Cuando se dieron cuenta de que le costaba usar la mano izquierda le preguntaron por lo sucedido y ella les contó que su tío le había pegado por haber aprendido a escribir. La madre dijo que semejante ignorancia era pecado. Para entonces Yamila, la mayor de las hermanas, estaba prometida, pero el padre opinaba que era demasiado joven para casarse y que debía esperar a cumplir dieciocho años, pues de lo contrario derrocharía su juventud criando a un hijo tras otro sin llegar a disfrutarla. Yamila, por su parte, estaba satisfecha en casa de sus padres y no le importaba esperar, algo en lo que coincidía con su prometido, que vivía en Zanzíbar y al que sólo había visto en una ocasión, por lo que no se conocían lo bastante para que ella lo echara de menos. Cuando le preguntaron por Ilyas, Afiya dijo no tener noticias suyas. «Que Dios lo ampare —respondió la madre—. Cada vez que paso por la que fue vuestra habitación de la planta baja me acuerdo de cuando vivíais con nosotros.»

Jalífa volvía a casa todos los días a la hora del almuerzo, que se servía después de que Bi Asha rezara las oraciones del mediodía. Afiya estaba obligada a acompañarla, pero por lo general Jalífa se las arreglaba para llegar justo después de que hubiesen terminado. Al principio, Bi Asha decía las palabras rituales en voz alta para que la niña las escuchara y pudiera repetirlas. «Cuando rezamos —le explicó—, nos dirigimos directamente a Dios y no podemos interrumpir la plegaria para hablarle a otra persona ni hacer otra cosa.» De modo que ella no podía detenerse para comentarle algo ni darle instrucciones durante la oración, lo que significaba que Afiya tenía que aprender mediante el ejemplo y la repetición. Después de almorzar, Jalífa se iba al dormitorio, donde pasaba el rato en camisa y kikoi y luego se acostaba en una estera a dormir la siesta. Bi Asha también se tumbaba a descansar, pero en la cama, y entre tanto Afiya se entretenía sola. Le gustaban esas horas tranquilas del mediodía, cuando las calles parecían enmudecer de sopor mientras ella fregaba los cacharros, limpiaba los braseros y barría el patio. Luego se sentaba en un rincón con la pizarra o cualquier trozo de papel y practicaba la escritura o leía algún pasaje del Corán que Bi Asha le había regalado. «Cada cual debe tener el suyo», le había dicho sin mirar siquiera a Jalífa, que había perdido su ejemplar tiempo atrás.

La llamada del almuecín a la plegaria de la tarde era la señal para que los adultos se despertaran de la siesta. Jalífa se aseaba rápidamente y volvía al trabajo durante cerca de dos horas, mientras que Bi Asha remataba algunas tareas domésticas y luego salía a visitar a las vecinas o las recibía en su propia casa. Un día, Jalífa le preguntó a Afiya si le apetecía acompañarlo al despacho o si prefería visitar a las vecinas, y la niña se fue con él. Había tres escritorios en el despacho, la gran estancia que daba a la calle por la que Bi Asha y Afiya pasaban de camino al mercado. El escritorio del medio, vuelto hacia la puerta, era el de Baba Jalífa. El que quedaba a la derecha de la puerta era el del mercader Nassor Biashara, al que ella conocería en persona ese día, aunque había oído a Baba Jalífa referirse a él muchas veces como «ese canalla avaricioso» o, más sarcásticamente, «nuestro rico mercader». Se lo había imaginado mucho mayor y de aspecto mezquino.

La niña se sentó al escritorio que quedaba a la izquierda de la puerta con un lápiz y unas hojas de papel usado que le dio Baba Jalífa. De vez en cuando entraba algún que otro hombre a charlar o a hacer negocios y, sobre todo, a enterarse de las últimas noticias y cotilleos. Para la mayoría, era el único modo de saber lo que pasaba en el mundo, y no era raro que hicieran algún comentario sobre su presencia: «Veo que tienes una nueva empleada», o «Por fin hay alguien en este sitio que parece saber lo que se hace». Afiya escuchaba sus intercambios sobre la política y las crisis de gobierno mientras fingía atarearse con sus garabatos. Los hombres hablaban a menudo de la inminente guerra y la brutalidad de la schutztruppe, a la que se referían con una mezcla de rechazo y admiración. «Esos askaris son como animales», les oyó decir, y más tarde preguntó a Jalifa si eran los mismos askaris con los que Ilyas se había ido a luchar.

—Son los mismos y a la vez son distintos —contestó Jalifa—. No todos son los bárbaros despiadados a los que se referían esos hombres. Algunos son policías, oficinistas u ordenanzas médicos, y hasta los hay que tocan en una banda de música. Creo que a tu hermano le habrán asignado uno de esos puestos. Seguro que pronto tendremos noticias suyas. En cuanto acabe la instrucción, y ya no debe de quedarle mucho, le darán unos días de permiso y podrá volver a casa. Cuando lo veamos, se lo preguntaremos.

Por lo general, el mercader apenas le dirigía la palabra. Solía andar atareado con sus libros de contabilidad y sus cartas o recibiendo a los clientes, y tampoco es que fuera muy hablador. Durante las tertulias en la oficina, se limitaba a escuchar mientras Baba y los demás soltaban sus peroratas. Para escribir se ponía unas gafas de montura metálica, las primeras que Afiya había visto. En cierta ocasión, se lo quedó mirando fijamente sin darse cuenta, preguntándose si le harían daño al ver cómo las varillas se le enroscaban detrás de las orejas. Al cabo de un rato, Nassor Biashara levantó la mirada, se colocó las gafas en lo alto de la cabeza, se frotó los ojos mientras se reclinaba en el asiento y reparó en la niña.

—¿Se puede saber qué miras? —le preguntó.

Ella señaló las gafas y Jalifa la reprendió con brusquedad:

—No se señala.

—Déjala en paz —le replicó el mercader con idéntica aspereza, y en ese instante Afiya comprendió que despreciaba a Baba Jalifa tanto como éste lo despreciaba a él.

Un día, la niña tuvo un acceso de tos estando en el despacho y Nassor Biashara la miró con preocupación.

—Ven conmigo —dijo al ver que no paraba de toser. La puerta por la que se accedía a la planta superior y a la vivienda del mercader quedaba justo al lado del despacho, de modo que anunció a voz en cuello desde el arranque de la escalera—: ¡Jalida, Afiya va a subir para que le des un vaso de agua!

Así fue como conoció a la mujer del mercader y, a partir de ese día, siempre que acompañaba a Baba Jalífa al despacho, algo que no sucedía todos los días, subía al piso de arriba para que le dieran un vaso de agua y a veces una rebanada de pastel de arroz. Jalida tenía un bebé y apenas salía de casa, pero recibía a sus amigas y vecinas, a las esposas y parientes de otros mercaderes y las de sus empleados. Las mujeres se reunían allí, envueltas en sus kangas perfumadas y sus vestidos de chiffon crepitantes, para comentar las últimas bodas, nacimientos y herencias. Afiya las escuchaba boquiabierta mientras se burlaban con gran deleite y malicia de todo el mundo: hombres que se pavoneaban de aquí para allá, alardeando de sus hazañas, mujeres que se daban aires, ilustres dignatarios —algunos vivos, otros ya fallecidos— cuya hipocresía salía a la luz gracias a los rumores. Respetaban a sus respectivos maridos y parientes, pero se mostraban despiadadas con cualquier otra persona que saliera a colación. Afiya no se molestaba en fingir que no escuchaba y las mujeres se mofaban de su interés, advirtiéndose entre guiños, arqueos de cejas y palabras en clave que debían andarse con cuidado delante de la niña. Ella sabía cuándo estaban hablando de algo que no querían que entendiera —«hay ropa tendida»— porque titubeaban, carraspeaban, buscaban circunloquios y se hacían señas, riendo entre sí mientras practicaban estos juegos. Por lo general, acababa deduciendo lo que intentaban ocultarle, aunque fingía no enterarse. Tardó mucho en comprender que no todo lo que decían sobre los demás era cierto.

Así transcurrían sus días: por la mañana iba a clase con Bi Habíba, que impartía las lecciones en la entrada de su diminuta casa y les hablaba de las milagrosas andanzas de los Profetas de Dios, como Nabi Musa, o Nabi Ibrahim, Nabi

Issa y, por encima de todo, el mensajero de Dios, salaláhu wale. Después visitaba a Yamila, Sáda y su madre, pasaba el rato en el despacho del mercader mientras los hombres charlaban, escribiendo y dibujando en trozos de papel, y luego subía al piso de arriba a ver a la mujer del mercader y sus amigas, que le daban pastel de arroz mientras ponían de vuelta y media a toda la ciudad. Entonces no lo sabía, pero más tarde se dio cuenta de que esos primeros meses que pasó con Bimkubwa y Baba Jalífa fueron una época dichosa.

Un buen día, por fin, trasladaron los trastos que había en el cuartito del patio trasero a la pequeña habitación que daba a la fachada de la casa. Después encalaron las paredes, barrieron el suelo y lo lavaron con agua y jabón, barnizaron el marco de la ventana y pintaron las rejas.

—Hace tiempo, mi padre guardaba mercancías en ese cuarto de delante —dijo Bi Asha—. Nuestro tayiri Nassor me pidió permiso para guardar allí sus cacharros, pero yo me negué, porque sabía que querría tenerlo cerrado y guardar la llave. Primero el cuarto trasero, luego el patio y finalmente toda la casa: el día menos pensado nos habríamos visto de patitas en la calle. Ese rufián no se detiene ante nada. ¿Que qué mercancías guardaba allí mi padre? Lo que hubiese en ese momento. Todo el mundo comerciaba con lo que tenía más a mano: sacos de arroz cuando el precio iba a la baja para revenderlo más tarde, maíz o mijo si la cosecha había sido abundante para exportarlo, bandejas metálicas, agua de rosas, dátiles. Algunos productos eran de aquí y otros venían de ultramar. Un año, a saber por qué, compró decenas de cántaros de barro de la India que guardó durante años hasta que al final se deshizo de ellos, no sé ni cómo. Mi padre no tenía buen ojo para los negocios y siempre acababa tomando malas decisiones, como comprar o vender cuando no tocaba, o a un precio poco razonable. El caso es que no hizo fortuna, mi pobre padre, y encima dejó que el tío Amur le afanara esta casa.

Del taller de Nassor Biashara llegó un regalo para Afiya de parte del mercader: una cama provista de un bastidor para colgar la mosquitera. Llamaron al colchonero, que descosió el maltrecho jergón sobre el que dormía y lo rellenó con miraguano nuevo, y encargaron al sastre la confección de una nueva mosquitera que resplandecía de puro blanca. Por primera vez en su vida, a la edad de doce años, Afiya descubrió el inesperado lujo de tener una habitación propia. Al principio pasaba un poco de miedo cuando se quedaba a solas en el cuartito del patio, pero no dijo nada. Tal como le habían aconsejado, echaba el cerrojo a la puerta y dejaba una de las hojas de la ventana ligeramente entornada. Luego remetía las puntas de la mosquitera y poco a poco aprendió a hacer caso omiso de los inquietantes susurros que llenaban la oscuridad.

—No sabes la suerte que tienes —le dijo Bi Asha con una sonrisa, sin ánimo de reprenderla—. Espero que no te estemos mimando demasiado con tantas comodidades.

Jalífa le contó que, cuando tenía su edad, dormía debajo de la escalera en casa de su profesor particular, junto con otros chicos, y le estaba explicando que el sacrificio había valido la pena cuando Bi Asha lo interrumpió.

—Ya estás otra vez con tus batallitas —dijo.

Jalífa sonrió con indulgencia y se fue a dormir la siesta.

Una mañana, cuando Afiya se disponía a salir hacia la casa de Bi Habíba para la clase de Corán, Bi Asha le regaló una kanga y le enseñó a ponérsela. Te estás haciendo mayor, debes cubrirte cuando sales para que no te tomen por una descarada.

Afiya tenía los pezones doloridos e hinchados, y se había dado cuenta de que los hombres le miraban el escote cuando iba por la calle. También se había percatado de que Nassor

Biashara prefería que se fuera al piso de arriba cuando recibía a sus clientes, todos ellos hombres, en el despacho. Ella sabía lo que estaba pasando sin que nadie se lo explicara, de modo que aceptó la kanga con gratitud y se cubrió tal como le enseñó Bi Asha.

5

El oficial ocupaba la suite de dos habitaciones situada en un extremo de la primera planta del edificio principal del boma. Disponía de un dormitorio de dimensiones modestas y otra estancia contigua, amueblada con dos cómodas sillas y un pequeño escritorio al que a veces se sentaba a escribir. En total había siete habitaciones en esa planta, que reproducía fielmente la distribución de la planta baja, y sus ocupantes se repartían según un orden jerárquico. Las dos habitaciones de un extremo se reservaban para el oficial al mando y eran adyacentes a una gran estancia central, el comedor de oficiales. Al otro lado de éste había cuatro habitaciones para otros tantos oficiales del campamento, desde el oficial médico hasta el Feldwebel, que al ser el de menor rango ocupaba la habitación pequeña del extremo más alejado del edificio. Los otros tres oficiales del boma se alojaban en el pabellón más pequeño, levantado de cara a la verja de entrada, en cuya planta baja se encontraban la enfermería y el almacén con candado donde se guardaban las provisiones para el comedor de los oficiales: latas de manjares europeos, botellas de cerveza, vino, schnapps y brandi. En ambos edificios reinaba un orden escrupuloso y los lavabos ocupaban sendas construcciones anexas. Los soldados adscritos a los oficiales dormían en una construcción independiente de dos habitaciones levantada detrás de los edificios principales y compartían el cuarto de baño contiguo. Hamza y Julius, que trabajaban a las órdenes de los cuatro oficiales del pabellón principal, compartían uno de esos dormitorios, mientras que la pareja de soldados adscritos al pabellón más pequeño compartía el otro.

Con cuarenta años casi cumplidos, Julius aventajaba mucho a Hamza en edad. Era el ordenanza más antiguo del campamento y llevaba una década en la schutztruppe. Entendía el alemán mucho mejor de lo que lo chapurreaba y era el único de los ordenanzas que podía acceder al almacén de provisiones, cuya llave custodiaba el oficial encargado del avituallamiento. Según explicaba el propio Julius, le habían confiado esa responsabilidad porque sabía escribir: si sacaba algo del almacén, debía anotarlo en el libro de registro. Le contó que había estudiado en una escuela de misioneros en Bagamoyo pero no quiso concretar durante cuánto tiempo. Se enorgullecía de su educación y su fe, y al menor pretexto afirmaba: «Si tuvieras estudios y fueras cristiano, opinarías de otro modo.» Julius había resultado herido leve durante una incursión recaudatoria en una aldea cercana y, mientras se restablecía, el oficial al mando lo había destinado a tareas administrativas.

—Ya llevo aquí tres años y a nadie se le ha ocurrido cambiarme de destino, así que algo estaré haciendo bien —decía.

En la planta superior no había agua corriente, aunque estaba previsto instalarla, de modo que por las mañanas Hamza llenaba la jofaina del oficial con agua y luego iba a buscarle café al cobertizo de la cocina de campaña, donde varias aldeanas, todas ellas casadas con askaris, preparaban la comida de los oficiales. Para cuando volvía con el café, el Oberleutnant lo estaba esperando ataviado con pantalón y camisa en la estancia contigua al dormitorio. Entonces Hamza hacía la cama y ordenaba la ropa, a menudo bajo la atenta mirada del oficial, que lo observaba a través de la puerta abierta. Después se iba al comedor para ayudar a Julius a poner la mesa. Los oficiales del boma desayunaban juntos en el comedor del pabellón principal y volvían a reunirse allí al final de la jornada para cenar con toda la formalidad que exigía su rango. Julius le enseñó qué cubiertos y piezas de vajilla debía usar, así como las nociones básicas del servicio de mesa. Luego se iban los dos a la planta baja a esperar que los ordenanzas del pabellón pequeño trajeran el desayuno desde la cocina de campaña, momento en que Hamza y Julius se encargaban de servirlo en el comedor y llamaban a los oficiales.

Después del desayuno, recogían las mesas y fregaban la vajilla —que era de uso exclusivo de los oficiales—, la guardaban en las alacenas, limpiaban el comedor y se ocupaban de las habitaciones personales. Hamza ordenaba, quitaba el polvo y aireaba los aposentos del oficial, vaciaba y lavaba la jofaina y el orinal y luego barría la galería de punta a punta y llevaba la ropa sucia abajo, en una bolsa marcada con el nombre del Oberleutnant, para que la lavandera la recogiera. Era una rutina invariable, y a las siete de la mañana se esperaba que hubiese concluido sus tareas.

Durante las primeras semanas en su nuevo puesto como ordenanza personal del oficial al mando, Hamza se reunía con su compañía poco después de las siete de la mañana porque aún no había completado la instrucción inicial. Antes de esa hora los veía en la Exerzierplatz, sometiéndose a las duras pruebas del ombasha y el shawush mientras él barría la galería o planchaba la túnica del oficial, ansioso por volver con ellos. En cuanto podía, se entregaba a los ejercicios en cuerpo y alma para sacudirse la sensación de inutilidad que le generaba aquella servidumbre doméstica. A veces los reclutas salían del recinto para practicar tiro al blanco o ejecutar maniobras, pero si se iban más lejos de lo habitual no podía acompañarlos, y en cualquier caso debía volver corriendo al campamento poco antes del mediodía para asearse y servir a los oficiales que ese día hubiesen decidido almorzar en el comedor. A esa hora hacía tanto calor que por lo general comían a toda prisa y se escabullían a sus habitaciones para descansar hasta que refrescara, y para Hamza empezaba entonces la mejor parte del día, cuando el boma y todos los edificios de alrededor se entregaban al descanso y el silencio. Hasta las cabras y perros de la aldea se dejaban caer en una esquina sombreada y pasaban las horas jadeando repantingados. Hamza se demoraba en el comedor y la galería que daba a la parte de atrás del pabellón, porque a esa hora del día era el lugar más fresco del campamento, y cuando se retiraba a la habitación que compartía con Julius solía encontrarlo ya dormido.

A eso de las cuatro de la tarde, mientras el almuecín llamaba a los fieles a la plegaria de alasiri en la mezquita de la aldea, le llevaba una taza de café al oficial, que para entonces se había duchado y estaba en el despacho. Por lo general, le ordenaba que se quedara cerca, y entonces Hamza cogía un taburete y se sentaba en la tarima que presidía el edificio, para poder oírlo si lo llamaba. Ésa era su rutina de todas las tardes. Hacía los recados que le pedía el oficial y velaba por su comodidad yendo a por un vaso de agua, una taza de café o una toalla limpia. Desde el primer día, en algún momento de esas horas de la tarde, el oficial lo llamaba a su despacho y le daba clases de alemán, al principio tal vez como un divertimento, pero ya de forma más rigurosa una vez que el recluta demostró ser buen alumno. Las primeras lecciones consistían en nombrar cosas.

—Fenster. Ahora dilo tú —ordenaba el oficial, señalando la ventana—. Tür, dilo. Stuhl, Auge, Herz, Kopf. —«Puerta, silla, ojo, corazón, cabeza», decía, señalando algo o tocándose la parte del cuerpo correspondiente.

Más tarde, Hamza empezó a repetir frases enteras:

—Mein Name ist Siegfried. No, no, di tu nombre. Mein Name ist Hamza. Sie sind herzlich willkommen in meinem Land. Ahora repítelo, pero tienes que decirlo como si lo creyeras de veras. Sie sind herzlich willkommen in meinem Land. Estupendo. Lo haces muy bien. Significa «Le doy la bienvenida a mi país» —reveló el oficial con su rictus desdeñoso.

Más adelante, le ordenó que se sentara a la mesa de dibujo técnico, sobre la que había dejado un manual de campaña abierto y una hoja en blanco, y le hizo copiar unos renglones para que se fuera familiarizando con el alfabeto alemán. Todos los días Hamza escribía un puñado de palabras que luego debía leer en voz alta, al principio sin saber qué significaban. A la menor oportunidad, el oficial le hablaba en alemán, a veces por pura diversión, y Hamza exageraba su perplejidad para hacerle reír. Si no entendía algo, el Oberleutnant se lo traducía, pero esperaba que la próxima vez lo recordara y le contestara acertadamente. A veces le tendía trampas por las que le hacía repetir palabras despectivas refiriéndose a sí mismo; luego se reía y se lo explicaba. Para el oficial se trataba de un juego y le complacía que Hamza fuera tan aplicado y rápido a la hora de aprender. «El día menos pensado te veré leyendo a Schiller», decía con un brillo travieso en la mirada.

Esa mirada. A veces, mientras hacía la cama, barría la galería o planchaba una camisa, Hamza levantaba la vista y se topaba con sus ojos, de un azul transparente, escrutándolo sin disimulo. La primera vez, pensó que el oficial había dicho algo y estaba esperando que él contestara, pero no apartó los ojos ni despegó los labios. Fue Hamza quien apartó los suyos, confuso y perturbado por la intensidad de esa mirada. Aprendió a presentir cierta quietud que se instalaba a veces entre ambos y sabía que, si miraba en su dirección, encontraría los ojos del oficial clavados en él, tal como el primer día. Era una inspección insolente e intrusiva, pero no tenía más remedio que dejarse escudriñar, dejarse observar pasivamente como si fuera incapaz de devolverle la mirada. Aprendió a no ver.

El oficial estaba encantado con sus progresos. En el comedor, presumía de los logros de su ordenanza ante los demás oficiales, sobre todo durante y después de la cena, cuando tomaban varias rondas de cerveza y schnapps. Los invitaba a hablar con Hamza en alemán, a ponerlo a prueba. En cierta ocasión, el oficial médico le sonrió con aire benévolo y lo miró de arriba abajo como si buscara algún indicio físico de su don de lenguas. Los otros dos oficiales del pabellón principal se sumaron al juego propuesto por su superior y le hicieron a Hamza la clase de preguntas sencillas y amistosas que un adulto haría a un niño: «Wie alt sind Sie?» Los demás oficiales rompieron a reír y añadieron comentarios que Hamza no entendió, para mayor hilaridad de los presentes. El Feldwebel Walther no parecía apreciar el nuevo pasatiempo de los oficiales; resopló con aire despectivo y más tarde masculló en tono sarcástico palabras que Hamza no entendió, pero cuya carga obscena e insultante dedujo por la inflexión de su voz. Julius sonreía con aire paternalista durante estas escenas, y más tarde le decía que los oficiales se habían reído a su costa. Hamza se escabullía en cuanto tenía ocasión, para huir de la falsa condescendencia de aquellos hombres antes de que el alcohol y las risas degeneraran en algo peor.

—No le hagas ni caso al Feldwebel —le aconsejó Julius—. Es un patán que no debería dormir bajo el mismo techo que esos honrados oficiales. Fuma demasiado bangi y luego persigue a las mujeres de la aldea. Su habitación apesta a humo.

A veces los oficiales alargaban aquellas sobremesas hasta bien entrada la madrugada, sobre todo cuando uno de ellos debía ausentarse durante unos días para imponer disciplina en algún poblado, meter en cintura a algún jefe tribal o llevar a cabo unas maniobras más prolongadas de lo habitual.

Cuando eso sucedía, sus voces y risas resonaban por todo el boma y, al día siguiente, el Oberleutnant sufría unas jaquecas tan espantosas que se presionaba las sienes con las yemas de los dedos y cerraba los ojos con fuerza. Siempre pagaba caros los excesos de la noche anterior.

Una tarde, Hamza entró en el despacho del Oberleutnant para llevarle el café y lo saludó en alemán, tal como éste le había ordenado, pero el hombre estaba tan absorto leyendo que no contestó. Sostenía lo que parecían documentos oficiales y Hamza reconoció el membrete del gobierno en lo alto del folio. Al cabo, el oficial reparó en él, le indicó con un ademán que podía marcharse y no volvió a llamarlo para su habitual media hora de conversación en alemán. Cuando fue a recoger su taza de café, lo encontró recostado en la silla mirando al vacío, enfrascado en sus pensamientos. Hamza aguardó un poco, por si le pedía algo más, y luego se adelantó para coger la bandeja del café, tan concentrado en observarlo que descuidó sus movimientos: tropezó con el escritorio y la vajilla se tambaleó con estrépito sobre la bandeja. En ese instante, el oficial volvió la cabeza bruscamente y lo fulminó con la mirada:

—Largo de aquí, joder —masculló.

Esa noche se respiraba un ambiente tenso en el comedor, algo que por fuerza debía de guardar relación con los documentos que el Oberleutnant había estado leyendo esa tarde. Tal vez hubiese recibido nuevas órdenes. Los oficiales conversaban entre sí en un tono exaltado que por momentos se volvía lúgubre y que en general era demasiado atropellado y urgente para que Hamza pudiera seguir la conversación. No creía que hablaran tan deprisa con la intención de confundir a los dos reclutas que los servían. Durante un rato ni siquiera parecieron percatarse de que Julius y Hamza estaban allí, pero en algún momento intercambiaron miradas y decidieron que era mejor no arriesgarse a ser escuchados. El oficial al mando miró con un gesto de asentimiento al Feldwebel, que ordenó a Julius y Hamza que se retiraran. Hamza oyó muchas palabras cuyo significado no comprendería a carta cabal hasta después, pero una de las que sí captó fue Krieg. En suajili, vita. Guerra.

—¿Contra quién luchamos? —le preguntó a Julius cuando volvieron a su habitación.

—¿Tú qué crees? ¿No los has oído decir que se avecina una gran guerra? Creía que eras un alumno aventajado —le espetó, frunciendo el ceño con gesto desdeñoso—. Podrían ser los belgas o los portugueses, pero los británicos nunca lo consentirían, de modo que sólo puede ser contra todos ellos. Vamos a enfrentarnos a todos los demás. Los alemanes no dirían que se avecina una gran guerra si se refirieran a los chagga o los hadimu.

Al día siguiente, cuando Hamza le llevó su taza de café, el oficial le dijo con una de sus sonrisas sarcásticas:

—Hoy no harás instrucción. Ayer te perdiste la clase. Te quiero ver en mi despacho en cuanto acabes tus tareas. No podemos dejar que los comunicados del alto mando interfieran con tus lecciones.

Con el tiempo, la rutina de Hamza sufrió algunos cambios. El oficial quería tenerlo cerca cada vez más a menudo. El juego de enseñar a su sirviente a hablar y leer en alemán lo tenía fascinado y empezó a tomárselo cada vez más en serio. Un día, después de unas cuantas copas, hasta apostó con los demás oficiales que su joven schüler sería capaz de leer a Schiller antes de que llegara la temporada de los monzones. «¿De qué año?», preguntaron los demás entre risas. «Tal vez dentro de una década...»

Por las mañanas, Hamza seguía encargándose de llenar la jofaina del oficial con agua tibia y llevarle el café, que debía estar recién hecho con granos tostados la noche anterior y molidos a primera hora de la mañana. No sabía si las mujeres que trabajaban en la cocina de campaña seguían estas instrucciones al pie de la letra, pero el oficial no se había quejado. Desde hacía algún tiempo, cuando entraba en sus aposentos, él seguía en la cama y se tomaba el café allí mismo, en el dormitorio, cuando hasta entonces solía encontrarlo ya levantado y vestido. Hamza esperaba en la galería trasera a que el oficial se hubiese aseado para ayudarlo a ponerse las botas y las polainas. En cierta ocasión volvió a la habitación antes de tiempo, creyendo que había acabado de asearse, y lo vio desnudo de cintura para arriba. Tenía el torso acribillado de marcas de quemaduras. Hamza se retiró apresuradamente y esperó que lo llamara de vuelta. Temía que lo reprendiera, pero el oficial se limitó a conversar con él en alemán, como solía hacer a esa hora, por lo que supuso que no se había percatado de la irrupción. Luego, mientras el oficial se afeitaba, Hamza entraba en el dormitorio para hacer la cama. A veces el Oberleutnant se quedaba callado y él sabía sin necesidad de levantar los ojos que lo estaba escrutando de aquel modo singular.

Después del desayuno, Julius y él recogían el comedor y las habitaciones y se encargaban de sus otras tareas, y a continuación Hamza se presentaba en el despacho del Oberleutnant, ponía un poco de orden y esperaba fuera hasta recibir instrucciones, que por lo general consistían en llevar mensajes a los otros oficiales y, ocasionalmente, a las tropas acuarteladas fuera del boma, en la aldea contigua. Si no tenía prisa, deambulaba un poco por las calles y, si coincidía con las horas de oración, entraba en la mezquita para rezar y buscar la compañía de los fieles. Todos los días recogía el parte de la enfermería firmado por el oficial médico, que se negaba a que su ayudante lo llevara en mano al Oberleutnant porque decía que era un ordenanza y no el chico de los recados. Muchos de los oficiales y los askaris sufrían de vez en cuando algún ataque de malaria, pese a tomar una dosis diaria de quinina y dormir con mosquiteras. Algunos se habían infectado antes de alistarse, pero cuando salían de maniobras también había momentos en los que carecían de protección y quedaban a merced de los mosquitos. Aparte de la malaria, había casos de disentería, enfermedades venéreas y parasitosis provocadas por las niguas o pulgas de la arena en los dedos de los pies. También había pequeños brotes de fiebre tifoidea que debían aislar de forma rigurosa y contener en la enfermería. Fue gracias a la lectura subrepticia del parte médico que Hamza descubrió el secreto celosamente guardado de la adicción al opio entre los suboficiales nubios.

Cuando hacía su visita diaria a la enfermería, el oficial médico le sonreía de un modo que le daba grima, como insinuando que sabía algo, pero Hamza fingía no darse cuenta. Un día, al hacerle entrega del parte, el oficial médico se volvió hacia su ayudante y dijo, hablando despacio para asegurarse de que Hamza lo entendía:

—Este jovencito se ha convertido en la obsesión de nuestro Oberleutnant. Pretende transformarlo en un erudito. Nos ha dicho que pronto lo pondrá a leerle antes de acostarse.

Los dos hombres compartieron una sonrisa que, en el caso del ayudante, se transformó en una mueca lasciva. A veces, en el comedor, cuando Hamza se acercaba a la silla del oficial médico, notaba que éste le acariciaba el muslo al pasar. Lo hacía de modo que nadie más lo advirtiera y luego, cuando sus miradas se cruzaban, le dedicaba esa misma sonrisa. Hamza preguntó a Julius si le pasaba lo mismo, pero su compañero negó con gesto socarrón.

—Va a por ti, le gustas. ¿No lo sabías? Todo el mundo sabe que el oficial médico es basha. Dicen por ahí que el ayudante es como su esposa. Hasta en Alemania se permite a los soldados acostarse entre ellos. Uno de los gobernadores de la Deutsch-Ostafrika era basha. Lo llevaron a juicio hace unos años, acusado de tener un criado sólo para satisfacer sus caprichos sexuales.

—¿Y lo llevaron a juicio? ¿Quién puede llevar al gobernador ante los tribunales? —preguntó Hamza—. ¿Acaso no manda sobre los jueces?

—Estamos hablando de un gobierno cristiano —repuso Julius con una sonrisita suficiente—. Nadie manda sobre los jueces.

—¡Aun así, me parece increíble que el gobernador vaya a juicio por ser un basha! —replicó Hamza, todavía escéptico.

—Como lo oyes: el gobernador en persona y varios de sus oficiales. ¿No te enteraste de eso?

—No —respondió Hamza.

Julius lo miró con lástima. Lo consideraba desdichado en muchos sentidos y así se lo dijo, algo que achacaba en buena medida a que no había estudiado con los misioneros y profesaba una religión retrógrada. Hamza supuso que Julius se creía más preparado que él para servir al Oberleutnant y le dolía tener que encargarse de los oficiales de menor rango, sobre todo el cascarrabias del Feldwebel, un hombre de la peor calaña, en su muy cacareada opinión.

—He oído decir —añadió en voz baja— que hasta el mismísimo káiser lo es —aseveró, asintiendo con la cabeza.

—¡Pero qué dices, eso no te lo crees ni tú! —replicó Hamza, fingiéndose escandalizado—. ¡El mismísimo káiser!

—¡Baja la voz! Pues sí, aunque intentan mantenerlo en secreto porque temen que les perdamos el respeto.

Cuando Hamza no estaba ocupado haciendo recados ni esperando órdenes a la puerta del Oberleutnant y éste tampoco andaba atareado con sus obligaciones militares en el boma o sobre el terreno, lo hacía pasar al despacho —se diría que por puro capricho— y lo mandaba sentarse a la mesa de dibujo para hacer ejercicios caligráficos, por lo general copiar algún pasaje de un manual de campaña, que incluía equivalencias de frases sencillas en alemán y suajili, o bien copiar primero y luego traducir una serie de instrucciones. Si no sabía el significado de alguna palabra, la leía en voz alta y el oficial se lo explicaba. A veces cambiaban las tornas y era el oficial quien preguntaba cómo se decía algo en suajili.

—¿Cómo se dice incienso?

—Ubani.

—¿Cómo se dice entumecido?

—Ganzi.

—¿Cómo se dice espuma?

—¿Espuma?

—Pompas de jabón.

—Mapovu.

A veces el oficial interrumpía sus tareas para conversar unos minutos con él, asintiendo de un modo casi imperceptible cuando Hamza salía airoso del trance o sonriendo con mal disimulado júbilo cuando su alumno se superaba de un modo inesperado. «Estás aprendiendo mucho —le decía—, pero aún te falta un poco para leer a Schiller.» A veces las lecciones continuaban por la tarde, de modo que Hamza se sentía por primera vez en la vida como un verdadero estudiante. Las clases se suspendían cuando el almuecín de la aldea llamaba a la plegaria del magrib, momento en que el oficial se servía el primer schnapps de la noche.

Por entonces Hamza se hallaba claramente bajo la protección del Oberleutnant y, aunque no se ahorrara el acoso y los insultos que formaban parte de la rutina castrense, por lo menos estaba a salvo de los azotes y los trabajos forzados que debían soportar muchos de sus compañeros. Tampoco se ahorraba el desprecio del Feldwebel, que lo llamaba «soldadito de plomo» a espaldas del Oberleutnant.

—¿De quién eres, soldadito? Eres su juguete preferido, su pequeño shoga... ¿a que sí? —decía, blandiendo un dedo a modo de advertencia, y en cierta ocasión hasta alargó la mano para pellizcarle un pezón—. Qué asco me das.

A veces, una especie de melancolía se apoderaba del Oberleutnant, que enmudecía durante horas, o bien soltaba una parrafada de significado críptico con la que parecía burlarse de sí mismo. Si Hamza levantaba la vista con gesto interrogante, le espetaba algún comentario cruel o sarcástico. «¿Quieres saber qué acabo de decir, mono lerdo?» Hamza aprendió a rehuir su mirada cuando intuía que estaba de mal humor y, a poco que pudiera, guardaba las distancias. Sabía desde el principio que el oficial era capaz de mostrarse violento. Lo había visto en el destello involuntario de sus ojos y en esa súbita tirantez de las sienes, como si reprimiera un deseo ardiente. Cuando estaba muy concentrado o sumido en el desánimo, se frotaba ese pliegue de piel con gesto absorto. Hamza tenía pavor a esos momentos oscuros en los que quedaba a merced de cualquier humillación que el oficial quisiera infligirle. Tenía su método particular, que consistía en mirarlo con desprecio y, a veces, romper algún objeto estrellándolo contra el escritorio como preámbulo a una andanada de insultos que el ordenanza encajaba impertérrito mientras el oficial descargaba su ira hasta que, de pronto, le ordenaba que se retirara. Hamza hacía cuanto podía para mantenerse alejado de él cuando sospechaba este cambio de humor, pero su distanciamiento también podía percibirse como una provocación si el oficial lo llamaba y él no estaba cerca o tardaba demasiado en acudir.

Según se iba afianzando su dominio del alemán, Hamza empezó a comprender mejor lo que el oficial decía, a veces para sus adentros y de forma reiterada, sobre todo mientras escribía: «¿Qué he hecho yo para merecer esto? ¿Qué he hecho yo para merecer esto?», clamaba, indignado con el calor africano o el destinatario de la carta que tenía entre manos. «De nada sirve repetir lo mismo una y otra vez, aunque eso es justo lo que estoy haciendo.» Otras veces se dirigía directamente a Hamza como si conversara con él: «La estupidez de justificarnos y justificar nuestras acciones no tiene límites porque lo hacemos sin la menor convicción. Nos limitamos a repetir lo mismo una y otra vez.» Cuando eso sucedía, Hamza se hacía el sordo, y se diría que era invisible para el oficial.

Y de pronto, un día, el Oberleutnant anunció unas maniobras a gran escala que se llevarían a cabo dos días después con el fin de entrenar a las tropas para entrar en combate. Los preparativos se habían intensificado desde hacía algún tiempo y los mensajes y telegramas se multiplicaban. Todos esperaban la orden para ponerse en marcha. Los oficiales celebraban largas reuniones en las que reinaba un ambiente sombrío y sacaban a las tropas del campamento para hacer prácticas con mayor frecuencia. La guerra era inminente. En un momento de calma al final de ese día frenético, mientras Hamza recogía los aposentos del oficial, percibió un silencio siniestro, tan tenso que le puso los pelos de punta.

—¿Qué haces aquí? ¿Qué hace alguien como tú en medio de toda esta barbarie? —le preguntó a bocajarro.

—Estoy aquí para servir a la schutztruppe y al káiser —contestó Hamza, en posición de firmes y mirando al frente.

—Sí, por supuesto. ¡Qué deber más noble puede haber! —replicó el oficial en tono de chanza, acercándose a Hamza para mirarlo a la cara—. Supongo que podrías hacerme la misma pregunta. ¿Qué hace un hombre natural de la pequeña y encantadora localidad de Marbach en este lugar dejado de la mano de Dios? Nací en una familia de militares y cumplo con mi deber. Por eso estoy aquí, para tomar posesión de lo que nos pertenece por derecho porque somos más fuertes. Nos enfrentamos a pueblos atrasados y salvajes a los que sólo se puede gobernar infundiéndoles terror, a ellos y a sus vanidosos sultanes, los Liliputmajestät, inculcándoles la obediencia por las buenas o por las malas. La schutztruppe es nuestra herramienta, como lo eres tú. Queremos que seáis disciplinados, obedientes y crueles hasta límites insospechados. Queremos convertiros en matones despiadados e insensibles que nos obedezcan sin vacilar y, a cambio, os pagaremos generosamente y os trataremos con el respeto que merecéis, seáis esclavos, soldados o parias. Pero el caso es que tú no eres como ellos. Tú te estremeces y miras y escuchas cuanto sucede a tu alrededor como si todo te atormentara. Te he observado desde el principio, desde el día que llegaste. Eres un soñador.

Hamza se mantuvo impasible, mirando al frente.

—Te saqué de esa línea de formación porque me gustó tu aspecto —dijo el oficial, deteniéndose a dos pasos de él—. ¿Te doy miedo? Me gusta que me tengan miedo, porque eso me hace fuerte.

El oficial dio un paso adelante, lo abofeteó en la mejilla izquierda y luego le dio un sopapo en la otra mejilla con el dorso de la mano. Estupefacto, Hamza reprimió un grito y al cabo de unos instantes notó que le ardía la cara. El oficial estaba ahora a escasos centímetros de él, y volvió a notar aquel olor astringente y medicinal que lo había sorprendido el día que el Oberleutnant inspeccionó a los reclutas recién llegados, con la diferencia de que ahora lo reconocía como el olor a schnapps.

—¿Te ha dolido? Tu sufrimiento me es indiferente —afirmó el oficial, con la cara casi pegada a la suya. Hamza evitó sostenerle la mirada y vio la piel tirante de su sien palpitando contra el cráneo—. Contesta a la pregunta. ¿Te doy miedo?

—¡Ndio buana! —dijo Hamza, levantando la voz.

El oficial se echó a reír.

—Te enseño a hablar y leer en alemán para que entiendas a Schiller y me contestas en esa lengua infantil. Contéstame como es debido.

—Jawohl, herr oberleutnant —repitió Hamza, y añadió para sus adentros: «Scheißer.»

El oficial lo miró fugazmente con gesto sombrío.

—Has perdido tu lugar en el mundo —sentenció—. No sé por qué habría de importarme, pero el caso es que me importa. Y, bien pensado, sí que lo sé. Supongo que no tienes ni idea de lo que estoy diciendo, que ni te imaginas el peligro que te rodea. Muy bien, ve a hacer tus tareas.

Mientras le daba la espalda y se encaminaba al dormitorio, añadió volviéndose a medias:

—Anda y asegúrate de que todas mis cosas estén a punto para las maniobras.

La guerra estalló dos días después. Las órdenes llegaron por telegrama la mañana siguiente de que volvieran de maniobras: debían viajar en tren hasta Moshi y luego marchar hasta posiciones cercanas a la frontera para reforzar la línea de defensa. Las órdenes se llevaron a cabo con una precisión que era fruto del entrenamiento y la práctica. Las tropas se desplazaron desde el boma hasta la ciudad en formación cerrada, entonando sus cánticos de campaña mientras los oficiales cabalgaban delante del grupo o lo flanqueaban a paso ligero. El cuerpo de transporte, las mujeres, los niños y el ganado cerraban la marcha, de modo que, para cuando se subieron todos al tren, éste iba tan abarrotado que los porteadores y los mozos de armas tuvieron que viajar encaramados al techo de los vagones. Al llegar a Moshi, partieron a pie hacia el norte, hacia la frontera con el África Oriental británica. Así era entonces aquella parte del mundo y, al menos sobre el mapa, cada palmo de tierra pertenecía a alguna potencia europea: British East Africa, Deutsch-Ostafrika, África Oriental Portuguesa, Congo Belge.

La columna de ciento cincuenta askaris se extendía a lo largo de más de un kilómetro, contando a todos los acompañantes. Los soldados de infantería encabezaban la marcha, precedidos por los oficiales a caballo, seguidos por los cirujanos de campaña y ordenanzas médicos. La formación siempre era idéntica, tanto en la marcha como en el campo de batalla. Luego venían los porteadores con los pertrechos, la munición, las provisiones y los efectos personales de los oficiales. Detrás de ellos iban los acompañantes y cerraba la marcha una pequeña unidad de askaris bajo el mando de un oficial alemán que hacía de retaguardia y elemento de disuasión frente a hurtos y deserciones.

Las esposas y parejas de los soldados no se limitaban a seguirlos hasta el frente. Cuando la schutztruppe se ponía en marcha, se llevaba consigo el campamento al completo, para empezar porque los askaris no iban a la guerra sin sus parejas. Además, la schutztruppe procuraba subsistir con lo que encontraba por el camino, y las mujeres eran las encargadas de recolectar comida y recabar información en los alrededores, cocinar para los soldados, comerciar allí donde fuera posible y tener a sus maridos satisfechos. Fue una concesión que Wissmann hubo de hacer cuando fundó la schutztruppe y el ejército alemán no podía retirarla sin arriesgarse a desencadenar una cascada de amotinamientos y deserciones.

Muchos de los askaris de la compañía de Hamza eran soldados veteranos, avezados en otras campañas, y algunos de ellos conocían la región. Por la noche, cuando montaban el campamento, relataban sus hazañas pasadas y presumían de haber sometido a los díscolos jefes chagga Rindi y Meli, que eran padre e hijo, ahorcado a trece jefes más, arrasado aldeas enteras por esconder víveres o por sabotaje, luchado contra los meru y los arusha, dos pueblos insurrectos que habían asesinado a misioneros alemanes. A ojos de los askaris, todos ellos eran washenzi, salvajes a los que sólo cabía someter mediante el látigo, la disciplina y el terror. Cuanto más se rebelaban, peor era el castigo; así funcionaba la schutztruppe. A la menor señal de resistencia, había que aplastar a los schwein, sacrificar su ganado y prender fuego a sus aldeas. Ésas eran las órdenes y las cumplían con entusiasta eficiencia, algo que sembraba el pavor entre sus enemigos y les granjeaba el respeto de los demás askaris y de toda la población. Eran feroces y despiadados, wallahi.

Poco podían imaginar, mientras presumían de sus proezas y marchaban por las desérticas llanuras al pie de la gran montaña, que pasarían años combatiendo en pantanos, montes, bosques y praderas, bajo lluvias torrenciales y en plena sequía, masacrando y dejándose masacrar por ejércitos de hombres de los que nada sabían, punyabíes y sijs, fante y akan, hausa y yoruba, kongo y luba, todos ellos mercenarios que luchaban en nombre de los europeos: los alemanes con la schutztruppe, los británicos con los King's African Rifles, la Royal West African Frontier Force y sus tropas indias, los belgas con la Force Publique. Por si fuera poco, había también soldados de fortuna sudafricanos, belgas y de otros países europeos que mataban por afán aventurero y no dudaban en ponerse al servicio de la gran maquinaria de guerra imperial. Los askaris descubrían con asombro esa gran variedad humana de cuya existencia no habían tenido noticia hasta entonces. La magnitud de lo que estaba por llegar aún no se apreciaba de un modo claro en esa fase temprana del conflicto, mientras la columna de soldados avanzaba hacia la frontera con los oficiales alemanes abriendo la marcha a lomos de mulas, con sus mujeres e hijos a la zaga en alegre desorden, y todos tenían algún motivo para cantar y reír en un ambiente de jovial camaradería.

Las hostilidades en la frontera empezaron cuando el comandante alemán intentó tomar Mombasa, situada a pocos cientos de kilómetros. El objetivo quedaba demasiado lejos para sus líneas de abastecimiento y la schutztruppe no tuvo más remedio que batirse en retirada. Durante los meses siguientes, la guerra para Hamza y su compañía se tradujo en reiteradas incursiones y asaltos que tenían por objetivo cortar la línea de ferrocarril del África Oriental británica. En la costa, entretanto, los británicos habían desembarcado en Tanga. En noviembre de 1914, la Real Armada británica y los buques de guerra que la escoltaban arribaron al puerto y exigieron la rendición de los alemanes. El pequeño contingente de la schutztruppe que defendía Tanga se dispuso a resistir, retrocediendo a las afueras por temor a un bombardeo de la armada británica. Los habitantes de la ciudad, que no tenían motivo alguno para jugarse la piel en la contienda, se escondieron aterrados y, los que pudieron, huyeron al campo. Los británicos querían tomar Tanga porque era la estación terminal del ferrocarril que llegaba hasta Moshi, al norte de la región.

La invasión británica estaba abocada al desastre. Varios batallones, en su mayoría compuestos por tropas indias, desembarcaron ligeramente al norte del puerto. Sus comandantes no sabían a ciencia cierta qué clase de resistencia se encontrarían, por lo que decidieron proceder con cautela: el desembarco se llevó a cabo al abrigo de la oscuridad y los soldados vadearon los últimos metros de costa con el agua por la cintura. El alba los sorprendió rodeados de espesa maleza y hierba crecida, sin puntos de referencia para llegar a su destino. Mientras se abrían paso hacia lo que creían ser la ciudad, fueron atacados y diezmados por la schutztruppe, que había recibido el refuerzo de las tropas enviadas en tren desde Moshi. Los askaris eran expertos en ataques sorpresa, y sus tácticas de guerrilla sembraron el pánico entre las tropas británicas y sus porteadores, que huyeron en desbandada. A medida que aumentaban las bajas entre los británicos, también lo hacían las deserciones. Tras una serie de emboscadas, cundió el pánico y los soldados destacados sobre el terreno se batieron en retirada mientras los que estaban desembarcando volvían corriendo mar adentro.

Entretanto, la armada británica disparaba sus cañones contra la ciudad, destrozando edificios y matando a un número indeterminado de habitantes. Nadie se molestó en contabilizarlos cuando cesaron las hostilidades. Uno de los objetivos alcanzados por la armada fue el hospital donde los alemanes curaban a los heridos, pero así es la azarosa lógica de la guerra. Cuando todo hubo acabado y los británicos pidieron una tregua, dejando atrás buena parte de la impedimenta, cientos de soldados yacían muertos en la carretera y las calles de Tanga. Un número desconocido de porteadores perdieron también la vida, ahogados o a manos de los alemanes, sin que nadie se molestara en contabilizarlos, ni entonces ni en ningún otro momento de la guerra. En cuanto se dio la batalla por ganada, la compañía de Hamza regresó en tren a Moshi y recuperó su posición inicial. Para la schutztruppe, la guerra consistiría en una sucesión de rápidos avances y retiradas.

Pese al intento fallido de desembarco, la maquinaria imperial británica se puso en marcha y empezaron a llegar tropas procedentes de varias partes del globo. Los británicos estaban convencidos de que era tan sólo cuestión de meses que el conflicto se resolviera a su favor, pero el comandante alemán tenía otros planes. Cada vez que las fuerzas imperiales británicas creían haber acorralado a los soldados de la schutztruppe, éstos se escabullían, dejando atrás a los enfermos y heridos graves para que los británicos los recogieran. Los askaris acusaban el cansancio y muchos de ellos caían enfermos, pero el agotamiento se mezclaba con la euforia en esas incursiones relámpago que dejaban en evidencia a sus enemigos. Subsistían con los víveres que encontraban a su paso por aldeas y granjas, saqueando y confiscando cuanto podían.

Acosada por todos los flancos, la schutztruppe organizó la retirada dividiéndose en dos columnas: una avanzó hacia el oeste, bordeando los lagos, y la otra partió desde Moshi rumbo al sur. Hamza iba en esta última, que hubo de cruzar la cordillera de Uluguru arrastrando grandes fusiles y pertrechos, mujeres, sirvientes y equipaje. Fue durante la retirada desde Morogoro a través del Uluguru cuando Komba, el líder de su sección, perdió la vida. La metralla de un obús lo alcanzó en el pecho y lo despedazó. Varios soldados más de la sección murieron en ese mismo ataque o nunca regresaron. A lo largo de los meses siguientes, la unidad avanzó despacio hacia el sur, en dirección al río Rufiji, entre incesantes combates y batallas tan cruentas como la de Kibati, donde murieron miles de soldados.

Ese año, el Rufiji bajaba muy crecido y los mosquitos campaban a sus anchas. Murieron más askaris por la fiebre de aguas negras que por ninguna otra causa, pero además los cocodrilos atacaban a los porteadores cuando vadeaban los pantanos y las hienas desenterraban a los muertos. Era una pesadilla. Cuando por fin cruzaron el Rufiji, se dieron de bruces con la batalla de Mahiwa, la peor de todas para la compañía de Hamza y para la schutztruppe en general. Esa victoria costó muchas vidas, pero la retirada continuó hacia las tierras altas del sur y luego hacia el río Ruvuma y la frontera con el África Oriental portuguesa. Por el camino se desprendieron de pertrechos, mujeres y niños, que acabarían en los campos de internamiento británicos. No siempre sabían dónde estaban, ni siquiera valiéndose de los mapas, por lo que se veían obligados a capturar e interrogar a los lugareños. Siempre había algún askari que se defendía lo bastante bien en la lengua local para hacer la pregunta clave, y les bastaba con infligir suficiente dolor para obtener la respuesta que buscaban. No hacía falta ordenar a los askaris que trataran a la población civil con violencia y brutalidad: sabían cómo proceder sin necesidad de instrucciones. Llegados a este punto, la mayoría de los combatientes eran africanos e indios, tropas llegadas de Nyasalandia y Uganda, de Nigeria y Costa del Oro, del Congo y la India, y enfrente tenían a la schutztruppe africana.

Pese a las bajas sufridas entre los soldados y porteadores a causa de los combates, las enfermedades y las deserciones, los oficiales de la schutztruppe seguían luchando con ciega obstinación y persistencia. Los askaris asolaban las tierras por las que pasaban, condenando a morir por inanición a sus cientos de miles de habitantes mientras ellos persistían, mal que bien, en su empecinada y homicida defensa de una causa cuyos orígenes ignoraban y cuyas motivaciones no sólo eran infundadas, sino que, en última instancia, perseguían su propio sometimiento. Los porteadores se vieron diezmados por la malaria, la disentería y el agotamiento sin que nadie se molestara en contar las bajas. Aterrados, desertaban para acabar muriendo de hambre en las zonas rurales devastadas. Más tarde, estos hechos se contarían con cierta indiferencia como absurdas gestas heroicas, meros contrapuntos a las grandes tragedias que por entonces sacudían Europa, pero quienes vivieron esa época nunca olvidarían que vieron su tierra empapada en sangre y sembrada de cadáveres.

Mientras tanto, los oficiales procuraban mantener intacto el prestigio europeo. Cuando acampaban, los alemanes no se mezclaban con los askaris, sino que dormían aparte en sus catres de campaña, protegidos por mosquiteras. Si montaban el campamento junto a un arroyo, siempre se instalaban aguas arriba respecto a la tropa, que a su vez tenía preferencia sobre los porteadores y animales. Los oficiales no escatimaban esfuerzos para celebrar todas las noches una cena formal en la que observaban la etiqueta en la medida de lo posible. Nunca se rebajaban a hacer ninguna de las tareas físicas que asociaban con los askaris o los porteadores: acarrear pertrechos, recolectar alimentos, montar el campamento, cocinar, fregar platos. Guardaban las distancias, comiendo aparte, exigiendo deferencia siempre que se les presentaba la ocasión. Para entonces todo el contingente de la schutztruppe, oficiales y soldados por igual, iban vestidos con las maltrechas prendas que lograban rescatar de los camaradas y enemigos caídos en combate —circunstancia que algunos askaris aprovechaban para lucir extravagantes plumas e insignias—, pese a lo cual los oficiales seguían pavoneándose con aires de superioridad, como si conservaran intactas sus hebillas de plata y charreteras doradas. Los askaris también defendían su honor como podían, insistiendo en señalar aquello que los distinguía de los porteadores, y consideraban que transportar cargas era una tarea indigna de su prestigio castrense.

De los demás oficiales del boma, el oficial médico y el Feldwebel Walther, también conocido como el Gallito, seguían en la compañía. Dos oficiales murieron durante la retirada del río Rufiji y fueron reemplazados por un oficial de la musikkappel y un colono que se había alistado como voluntario, mientras que otros tres fueron trasladados a distintas compañías. Todos los askaris que se habían alistado con Hamza estaban muertos, desaparecidos o habían caído prisioneros. Tras meses y años de maniobras azarosas y combates desastrosos, los hombres que quedaban estaban extenuados y harapientos. El oficial médico había perdido peso y lucía una poblada barba de color cobrizo. No tenía un minuto de descanso atendiendo a los heridos y enfermos, repartiendo dosis diarias de quinina a las tropas mientras le quedaran provisiones. Debía ahorrarlas tanto cuanto pudiera, de modo que suspendió su administración a los porteadores. El ordenanza médico seguía a su lado, tan desgarbado y flemático como siempre, pero él parecía más animado aún que en el campamento y llevaba a cabo sus truculentas tareas entre risas y chascarrillos. El secreto de su buen humor eran las provisiones de brandi y otras sustancias que guardaba celosa-

mente en el arcón de las medicinas. Cada dos días, puntualmente, el oficial médico tenía un acceso de fiebre palúdica
que lo dejaba postrado durante horas. Estos ataques le pasaban factura y, cada vez que se recuperaba de uno, se veía más
delgado y sonreía con menos ganas.

Para entonces el Feldwebel montaba en cólera ante el
menor contratiempo, dando muestras de una irascibilidad
exacerbada debido al bangi y la cerveza de sorgo que los askaris confiscaban a los aldeanos. A diferencia de los demás
oficiales, nunca se ponía enfermo y, cuando perdía los estribos, golpeaba a los soldados y porteadores con lo que tuviese
a mano: una caña, un látigo, un trozo de leña. La guerra no
había sino azuzado el odio y el desprecio que le merecían
aquellas gentes cuya tierra saqueaban. Para él, no eran sino
salvajes y le merecían menos respeto que el enemigo británico. Aborrecía profundamente a Hamza y lo insultaba siempre que lo sorprendía cometiendo alguna falta insignificante
o incluso imaginaria. Éste hacía lo posible por evitarlo, pero
a veces tenía la impresión de que el Feldwebel lo buscaba.

No se separaba del Oberleutnant por insistencia de éste,
algo que provocaba la indignación de algunos oficiales, desa-
taba las burlas de otros y avivaba el odio del Feldwebel. Los
askaris acosaban a Hamza con sus quejas y esperaban que se
las hiciera llegar al oficial, a lo que él asentía sin decir nada.
Al caer la noche, tenía orden de extender su estera junto al
catre del Oberleutnant durante un par de horas para reanu-
dar lo que él llamaba sus «clases de conversación». Al cabo,
debía recoger la estera y volver con los askaris. Había noches
en las que el oficial alargaba la mano para tocarlo en la oscuridad. «¿Sigues ahí? Qué callado estás», decía. Hamza no sabía qué quería de él. Se sentía acorralado por el Oberleutnant
y le molestaba esa intimidad impuesta, aunque le resultaba
más fácil eludirla en campaña que estando en el boma. Ahora el oficial tenía tantas cosas de las que ocuparse —tomar al

enemigo por asalto, ocultarse, buscar comida— que a veces las clases de conversación quedaban reducidas a una mera formalidad.

A medida que las dificultades iban en aumento, el oficial fue perdiendo buena parte de su aura desdeñosa y satírica. Se mostraba frío y distante, tan absorto en sus pensamientos sombríos que pasaba largas horas sin despegar los labios. Los demás oficiales se esforzaban por cultivar una camaradería de tintes macabros que hacía más evidente aún el retraimiento del Oberleutnant. Las privaciones que sufrían y sus tácticas de guerra habían quebrantado la moral de muchos, pero el oficial se volvió retraído y vacilante cuando hasta entonces no había dudado en ejercer su autoridad. También se mostraba más irascible con sus oficiales y askaris, y más impaciente con los nativos a los que saqueaban: imponía castigos severos a lo que consideraba actos de sabotaje, ordenaba a sus hombres que quemaran las chozas de los aldeanos después de confiscarles las provisiones. En una aldea, los demás oficiales sugirieron ejecutar a un anciano porque se había negado a revelar la ubicación de un alijo subterráneo de ñames que sólo descubrieron tras propinarle una paliza a un muchacho. El oficial bajó la vista ante la petición de sus hombres, asintió en silencio y se alejó. El Feldwebel mató al anciano de un disparo en la cabeza.

En los cientos de kilómetros que recorrieron a trancas y barrancas, como en una pesadilla, Hamza cumplió todas las órdenes que el oficial alcanzaba a impartir en esa situación de escasez extrema, y veló en la medida de lo posible por su propio bienestar, esforzándose por no llamar la atención. Marchaba al compás y corría agachado, tal como había aprendido durante la instrucción, y disparaba el fusil cuando tenía que hacerlo, aunque no estaba seguro de haber alcanzado a nadie. Se ponía a cubierto, corría en zigzag y chillaba como los demás askaris, pero disparaba a las sombras, evitando los objetivos. Por fortuna o milagro, no se vio involucrado en ningún combate cuerpo a cuerpo y siempre se las arregló para no ser él quien disparaba a los aldeanos contra los que a veces tomaban represalias por algún engaño o traición. Comía los alimentos que robaban, como todos los demás, era testigo de la destrucción que dejaban a su paso y, como todos los demás, se iba en cuanto podía sin mirar atrás. Vivía en estado de terror desde que abría los ojos con las primeras luces del alba, pero estaba tan extenuado que a veces se volvía inmune al miedo, sin que hubiera en ello el menor asomo de jactancia o afectación: simplemente se desconectaba del presente y aceptaba de buen grado lo que el destino le tuviera reservado. Otras veces, en cambio, la desesperación se apoderaba de él.

6

A lo largo de la costa, la guerra de Tanga generó incertidumbre durante meses, pero tras el calamitoso desembarco británico las aguas volvieron a su cauce para la mayoría de la población. Se cumplieron los pronósticos y la batalla sirvió para demostrar la superioridad de la schutztruppe frente al ejército británico. Mientras la noticia de la victoria viajaba hacia el sur desde Tanga, se multiplicaron los relatos que magnificaban la fiereza y la disciplina de los askaris al tiempo que ridiculizaban la caótica huida de las tropas indias, que según todos los rumores habrían encabezado la desbandada. Jalífa dijo que Ilyas no tardaría en escribirles para compartir con ellos la proeza alemana —¿cómo iba a resistirse pudiendo cubrir a la schutztruppe de alabanzas?—, pero no tuvieron noticias suyas.

Gran Bretaña reaccionó a la derrota sufrida en Tanga ordenando el bloqueo naval de la costa. Era imposible cruzar el estrecho para comerciar con Zanzíbar, Mombasa o Pemba, no digamos ya salvar todo un océano. De la noche a la mañana, empezaron a escasear ciertos productos, pues los comerciantes se apresuraron a acaparar mercancías, tanto para tener provisiones como a la espera de que los precios se dispararan. De paso, mantenían esos bienes a salvo de las autoridades alemanas, que sin duda querrían confiscarlos para abastecerse a sí mismos y a sus tropas. Nassor Biashara, cuyo negocio se recuperaba poco a poco de un descalabro que casi lo había llevado a la quiebra tras saldar las deudas que dejó su padre al morir, se descubrió de pronto en una situación todavía más complicada. Se había comprometido a comprar diversos productos al por mayor para distribuirlos a sus clientes en el interior —azúcar indio, trigo en grano para elaborar harina, sorgo y arroz—, todo ello pagado de antemano y pendiente de entrega. Creía que podría recuperarse de las pérdidas sufridas embarcándose en esa ambiciosa empresa, pero el bloqueo vino a frustrar sus planes.

Los comerciantes como Nassor Biashara no eran los únicos afectados por el bloqueo de la armada británica. Muchos bienes de primera necesidad —entre ellos el arroz, el café, el té— empezaron a escasear, incluidos los de origen local, como el azúcar, el pescado en salazón o la harina. La schutztruppe arramblaba con todo lo que encontraba a su paso y, aprovechando la excusa de la guerra, disponía a su antojo de todas las provisiones. El pescado aún abundaba y cultivos como el coco, el plátano y la yuca seguían prosperando pese a la armada británica y la schutztruppe. Durante un tiempo, la población practicó el trueque —una camisa por un cesto de mangos, un rollo de tela de algodón a cambio de un carnero—, y el dinero pasó a un segundo plano. Allí donde no había bienes de primera necesidad, siempre había joyas para el intercambio. La mayoría de las familias tenía alguna que otra alhaja valiosa procedente de una dote, heredada de generación en generación. Los mercaderes y comerciantes eran conscientes del valor imperecedero del oro y las piedras preciosas, y no se resistían a echarles el guante. Durante un tiempo, el temor a la escasez se adueñó de todo.

Apenas llegaban noticias de la guerra que se libraba en el interior, y las pocas que iban llegando lo hacían por medio de la administración alemana. Al parecer, la experiencia de Tanga había bastado para disuadir a los británicos de intentar otro desembarco y, a medida que se alargaba el cese de las hostilidades, la población se fue adaptando a las circunstancias y aprendiendo a sobrellevar las consecuencias del bloqueo. Además, en medio del caos general, se las arreglaban para no pagar a las autoridades germánicas los impuestos que normalmente les imponían. Los negocios y el comercio empezaron a recuperarse, aunque la situación de Nassor Biashara seguía siendo delicada.

—Tu astucia sólo nos ha traído la ruina —le espetó Jalífa.

Al mercader no le gustaba el tono con que su empleado le hablaba a veces, como si careciera de experiencia, y en esa ocasión se esforzó visiblemente por controlar su ira. Lo fulminó con la mirada, apretando los labios con fuerza, y apartó la vista unos segundos antes de contestarle con tono sereno, sin entrar al trapo:

—No pretendía ser astuto, pero había que hacer algo para reflotar el negocio. ¿Cómo iba a saber que vendría una guerra y luego un bloqueo comercial?

—Jugárselo todo a una sola carta —apuntó Jalífa— no fue lo más sensato.

—¿Qué esperabas que hiciera, quedarme de brazos cruzados hasta acabar en la ruina? No me lo jugué todo a una sola carta, aún nos queda la carpintería —replicó Nassor Biashara, irritado. Luego respiró hondo y, al cabo de unos instantes, continuó en un tono más sereno—. De todos modos, si tanto sabes de negocios, ¿dónde estabas cuando las deudas empezaron a acumularse, en vida de mi padre? ¿Por qué no le leíste la cartilla en vez de tomarla ahora conmigo?

—Ya te lo he dicho, no estaba al tanto de todos sus negocios —repuso Jalífa.

—Le llevabas los libros, era tu deber enterarte de esas cosas —le dijo Nassor Biashara—. Tendrías que haber dejado constancia de todo.

—¿Me estás reprochando por los secretos de tu padre? —preguntó Jalifa sin perder la compostura, con una sonrisa desdeñosa.

Nassor Biashara se puso las gafas, que durante todo este intercambio habían permanecido posadas sobre su frente, y se volcó de nuevo en el libro de contabilidad que estaba repasando por enésima vez en un intento de arrojar luz sobre las transacciones de su padre, confiando en que tal vez se le hubiese escapado algo en las auditorías previas. Ese día no volvió a dirigir la palabra a Jalifa y evitó todo contacto visual con él. Su humor taciturno persistió a lo largo de los días siguientes y no despegaba los labios salvo estricta necesidad, aunque siempre en tono educado. El negocio estaba en horas bajas, de modo que apenas salía de su diminuto despacho en la carpintería. La principal ocupación de ambos hombres consistía en matar el tiempo en la oficina, charlando con quienes se dejaban caer por allí a lo largo de la jornada. No volvieron a tener un intercambio como aquél, pero un día Nassor Biashara anunció a Jalifa que había encontrado un inquilino para la oficina de la planta baja, que pasaría a ser una duka o tienda de víveres.

—Trasladaré los documentos a la carpintería y venderé todos los muebles. De hoy en adelante, serás el encargado del almacén, pues no hay libros que llevar y yo me encargaré del poco papeleo que vaya surgiendo. Además, tendré que recortarte el sueldo. Todos tendremos que apretarnos el cinturón mientras las cosas sigan así.

Nassor Biashara hizo este anuncio en un tono desabrido que buscaba disuadir todo intento de diálogo. En cuanto acabó de hablar, se puso la kofia y se fue al piso de arriba.

—Lo que quiere es deshacerse de ti —concluyó Bi Asha—, maldito cerdo desagradecido, se le tendría que caer la cara de vergüenza a ese alfeñique hipócrita, ese ladrón, con todo lo que has hecho por él y por su padre.

Bi Asha dio rienda suelta a su indignación durante un buen rato, mientras Jalífa la escuchaba agradecido. Sabía que Nassor Biashara no tenía más remedio que imponer recortes, pero aun así disfrutaba de lo lindo oyéndola despotricar contra el pequeño tayiri. Le sorprendía que el muchacho al que siempre había tomado por un joven tímido e incluso apocado pudiera revelar tamaña determinación. Hasta sonreía para sus adentros al pensar en ello. Alquilar la oficina se le antojaba una medida un poco desesperada, pero no demasiado trascendente a la larga, porque siempre podría recuperar el inmueble. Se preguntó qué iba a hacer en un almacén casi vacío. Temía que Bi Asha estuviera en lo cierto, que el mercader quisiera deshacerse de él. El negocio en sí corría el peligro de desaparecer, y ¿quién necesitaba un oficinista en esos tiempos de escasez?

Pero el mercader no se deshizo de Jalífa. Mientras la guerra iba perdiendo protagonismo, reducida a los rumores de encarnizados combates que llegaban del interior, Nassor Biashara invirtió en la compra de madera para las tareas de reparación y reconstrucción que se acometerían en cuanto terminaran las hostilidades, convencido de que no podían durar mucho más. Tomó la decisión sin consultarlo con Jalífa ni pedirle consejo, y llevaba personalmente la contabilidad del negocio, pues no quería delegar esa tarea en un oficinista incompetente. Jalífa, por su parte, despejó y organizó el almacén para guardar la madera que el mercader había comprado y empezó a llevar sus propios libros, no fueran a acusarlo más adelante de incompetencia o algo peor.

Uno de los antiguos socios de Amur Biashara, Rashid Maulidi, nahodha de un barco que seguía atracado en el muelle a causa del bloqueo, le habló a Nassor Biashara de su plan para introducir arroz y azúcar en la ciudad desde Pemba.

Aun sin conocer los detalles de la empresa, el mercader sabía que Rashid Maulidi formaba parte de una turbia red de comerciantes que su padre había financiado, conque le dijo que no, que le parecía demasiado arriesgado: si los británicos lo interceptaban, hundirían el barco y era posible incluso que lo metieran entre rejas; si los alemanes se enteraban de que hacía contrabando de arroz y azúcar, arramblarían con las provisiones y lo azotarían con un kiboko por acaparar bienes de primera necesidad. Rashid Maulidi acudió entonces a Jalífa, que estaba más familiarizado con la clase de negocios que tenía en mente, y le explicó su plan. El encargado del almacén lo escuchó con atención y al cabo le preguntó si podría traer una primera remesa a crédito. El nahodha dijo que no tenía problemas de crédito en Pemba, su tierra natal, pero no estaba seguro de querer asumir en solitario todo el riesgo de la operación. Si algo salía mal, no disponía de medios para enderezar la situación y acabaría perdiendo el barco. Jalífa le dijo que el mercader era un joven temeroso al que había que persuadir con hechos consumados y le insistió para que encargara una pequeña remesa a crédito, sólo para demostrar que el plan era viable, antes de volver a hablar con él. Según lo acordado, Rashid Maulidi se hizo con un pequeño cargamento de arroz y azúcar y, cuando ya lo tenían a buen recaudo en el almacén, llevaron al mercader a verlo.

—Tú no sabes que esto está aquí —le dijo Jalífa—. Me das el dinero, yo lo pago como si fuera mío y luego me encargo de vender la mercancía. A partir de ahí, el negocio se financia solo, porque usaremos los beneficios para comprar nuevas remesas. No hace falta que te involucres. De las ganancias que saquemos, tú te llevas cuatro partes, otras tantas se las queda Rashid Maulidi y yo me quedo las dos partes restantes. No tienes por qué saber nada más de todo el asunto.

Hubo que regatear, pero pese a los argumentos de unos y otros, eso fue lo que acordaron al fin. Durante los años de bloqueo que quedaban, Rashid Maulidi se encargó de suministrar pequeñas remesas de las mercancías disponibles en Pemba que Jalífa escondía en el almacén, al que acudían comerciantes de confianza para comprarlas. No se hicieron ricos, pero esta estratagema les permitió mantener el negocio a flote y a Jalífa compaginar el puesto de encargado de almacén con esa nueva faceta de contrabandista. Su relación con Nassor Biashara era cortés, si bien a ratos tirante, y por lo general se dejaban en paz mutuamente.

Las fuerzas británicas entraron en Tanga el 3 de julio de 1916, casi dos años después del fallido desembarco de 1914. Un pequeño contingente de unos cientos de soldados indios tomó el puerto sin disparar un solo tiro. A su llegada, encontraron una ciudad que aún no se había recuperado del bombardeo de la armada británica, mientras que los edificios del puerto y la aduana, así como el muelle, habían quedado reducidos a escombros, pues los alemanes los habían volado con explosivos antes de partir. Las tropas germánicas en la región se desplazaron hacia el interior para reunirse con su comandante, que estaba reagrupando a todas las unidades antes de retirarse más hacia el sur. Esto supuso el fin de la guerra en esa parte de la costa, aunque en agosto volvería a haber enfrentamientos por el control de Bagamoyo y Dar es-Salam. También supuso el fin del bloqueo y la lenta recuperación de las relaciones comerciales con Mombasa, Pemba y Zanzíbar. Paralelamente, empezaron a llegar más detalles sobre la guerra en el interior. Todos se mostraban convencidos de que el final del conflicto estaba cerca. «No durará más allá de los monzones», decían.

Afiya tenía trece años cuando los británicos tomaron el control de la costa. Habían pasado más de dos años desde que Ilyas partió hacia Dar es-Salam, y en todo ese tiempo no habían sabido nada de él. Según Baba Jalífa, las noticias que llegaban del interior hablaban de combates generalizados con numerosas bajas entre las tropas alemanas, británicas, sudafricanas, indias y sobre todo africanas. «Los askaris de la schutztruppe, los King's African Rifles, los ejércitos del África occidental, se está derramando mucha sangre africana para resolver esta disputa entre europeos», sentenció. Málim Abdal-lá persuadió a Habib, que había trabajado con Ilyas en la plantación de sisal, para que hiciera algunas averiguaciones en su nombre, y éste confirmó lo que ya sabían —que Ilyas había sido destinado a Dar es-Salam para hacer la instrucción militar— y que, tras formarlo como encargado de señales, lo habían enviado al distrito de Lindi, en el sur. Habib no logró averiguar nada más, y tampoco tenía a quién preguntárselo porque el gerente alemán de la fábrica estaba en un campo de internamiento británico.

Jalífa había oído decir que Tabora había sido tomada por la Force Publique belga en una batalla cruenta. Los combates más feroces se habían desplazado al sur y se libraban ahora en la región de Lindi, exactamente donde se suponía que Ilyas estaba destinado con el cuerpo de señales. Jalífa empezaba a sospechar que su largo silencio no auguraba nada bueno, pero intentaba disimular su inquietud por el bien de Afiya.

—Un encargado de señales desempeña tareas pacíficas —le aseguraba—. Seguro que está sano y salvo. Su trabajo consiste en subirse a la cima de un monte, lejos de todo el follón, y enviar mensajes en clave mediante espejos. No te preocupes, no tardaremos en tener noticias suyas.

Afiya ya no era una niña sino una kiyána, una joven casadera, y empezaba a comprender las infinitas limitaciones y los resentimientos que marcaban la vida de las mujeres. Ya no visitaba a Jalida tan a menudo como antes porque Bi Asha se lo había prohibido. «Menuda familia de pillos», decía, y también que las descerebradas amigas de Jalida se pasaban el día chismorreando y hablando mal de la gente, «vergüenza debería darles». Afiya sabía que el tema de conversación preferido de Bi Asha eran sus vecinos, en cuyos vicios y defectos se recreaba con fruición. La joven no se opuso a esta nueva prohibición, pero siguió visitando a su amiga sin decírselo a Bi Asha, del mismo modo que no compartía con Jalida los comentarios que oía en casa sobre ella y su marido, o sobre las calumnias que esparcían sus amigas. Quitando las visitas a Jalida y Yamila, Afiya vivía encerrada en casa día y noche, y sólo podía salir envuelta en un buibui que la cubría de pies a cabeza. Notaba que algo en su interior se iba encogiendo y desarrollando aristas, como si viviera esperando una reprimenda. Eran muchas las cosas que ahora no le estaba permitido hacer porque se consideraban indecorosas, como tocar la mano de un chico o un hombre, ni siquiera a modo de saludo, o dirigirse a un hombre por la calle, salvo que él se dirigiera a ella y siempre que fuera un conocido de la familia. Tampoco podía sonreír a los extraños, y cuando hablaba debía hacerlo con la mirada ligeramente gacha para evitar el contacto visual con el sexo opuesto. Bi Asha controlaba todos sus movimientos, o procuraba hacerlo, indicándole con firmeza cómo debía comportarse, a quién no debía visitar y lo que no debía hacer.

Su amiga Yamila no se había casado aún y Bi Asha sentenció que seguramente la boda acabaría cancelándose, pues eso era lo habitual cuando el noviazgo se alargaba tanto: señal de que uno de los dos se lo estaba pensando. El prometido de Yamila vivía en Zanzíbar y tenía previsto irse a vivir con ella después de la boda, algo que no sorprendía a Bi Asha. ¿Quién no querría marcharse de Zanzíbar? Todos los males del mundo se daban cita allí, incluyendo el pecado y la decepción. Afiya se encogía de hombros e intentaba volverse inmune a su amargura. La familia de Yamila no parecía inquietarse por esta demora y hasta la comentaba sin tapujos, refiriéndose a la cuestión con su habitual tono despreocupado. Siempre que Afiya iba a visitarlos, la acogían con los brazos abiertos y compartían con ella sus planes. Después de la boda, Yamila se instalaría en la habitación de la planta baja que Ilyas había alquilado en su día, y la joven la estaba decorando a su gusto.

Afiya aún no tenía prohibido visitar a su amiga, pero presentía la creciente desaprobación de Bi Asha.

—¿Cuántos años tiene Yamila? Casi diecinueve, supongo. Será mejor que la casen antes de que se meta en un lío. No sabes lo taimados que pueden ser los hombres y lo insensatas que llegan a ser las jóvenes. Escúchame bien, niñita: se la están jugando.

«No soy una niñita», se dijo Afiya, procurando no darle más importancia. En todo el tiempo que llevaba viviendo con Bi Asha nunca se había opuesto abiertamente a sus deseos, y las triquiñuelas a las que recurría para salirse con la suya sólo atañían a asuntos de escasa importancia. Mantener en secreto sus visitas a Jalida había sido su mayor acto de desobediencia, más allá de sisar un plátano cuando iba al mercado para comérselo por la noche si se quedaba con hambre o esconder un collar de cauri que Yamila y Sáda habían sacado del joyero de su madre para regalárselo. Bimkubwa no aprobaba los adornos, pero cuando sorprendía a Afiya probándose alguna alhaja se limitaba a sonreír, sin ofenderse por esos pequeños engaños. «Unakuwa mjanja we —le decía—. Te vuelves astuta.» A veces Baba acudía en su auxilio, pero Bi Asha sólo la amonestaba con severidad si estaban las dos a solas.

Cuando el mercader cerró la oficina y se trasladó a la carpintería, Baba se las arregló para rescatar un libro de contabilidad casi en blanco que regaló a Afiya. Tenía páginas gruesas y lustrosas, la cubierta marmolada en tonalidades de gris y rosa, y era tan hermoso que le dio pena estropear aquellas hojas con sus torpes garabatos. Jalífa también le llevaba cualquier ejemplar atrasado del *Kiongozi* que encontrara. Con la llegada de los británicos el diario había dejado de imprimirse, pero los números antiguos seguían en circulación. Además de éstos, conseguía varios ejemplares del *Rafiki Yangu* gracias a Málim Abdal-lá. Esos periódicos eran las lecturas de la niña, que copiaba párrafos enteros para practicar la escritura. Bi Asha recelaba de estas publicaciones, que en su opinión daban voz a los infieles que pretendían convertir al pueblo con sus mentiras y sólo buscaban hacer el mal. A veces recitaba una casida mientras trabajaba, y cuando estaba de humor hasta le dictaba a Afiya algún versículo del Corán para que ella lo escribiera bajo su mirada indulgente. «Trae, que lo vea», le decía la mujer, sonriendo complacida con su habilidad. Afiya también se sentía satisfecha, pero no se creía demasiado habilidosa, porque leía muy despacio y su letra era laboriosa y torpe comparada con la elegante caligrafía de Baba.

—Sólo tienes que practicar —le decía él—. Esforzarte más.

—No hace falta que escribas tan bien como él —terciaba Bi Asha—. Él es un oficinista, pero tú nunca lo serás, niñita.

«No soy una niñita.»

Cuando cumplió quince años, el primer día del Aíd de ese año, Afiya se puso un vestido que sus amigas Yamila y Sáda le habían hecho como regalo. El canesú era de raso azul y corte entallado, el escote redondo tenía una orla de encaje blanco y la falda era amplia y plisada, hecha de un popelín azul claro con diminutas florecillas verdes. La madre de las jóvenes aportó las telas, que habían sobrado de otras labores.

Yamila tenía un don especial para confeccionar vestidos con retales desparejados, por lo que se encargó de diseñar la prenda. Cuando Afiya se lo probó en casa de sus amigas, las dos hermanas se miraron sonrientes, congratulándose por el resultado, y le aseguraron que le sentaba como un guante. Era el vestido más bonito que Afiya había tenido jamás. Se lo llevó a casa escondido debajo del buibui y lo guardó en el fondo de su armario, pues intuía que Bi Asha no lo vería con buenos ojos.

Coincidiendo con la festividad del Aíd, mucha gente se mandaba hacer ropa nueva: un vestido o una kanga en el caso de las mujeres, un kanzu con su kofia o incluso una chaqueta en el caso de los hombres. Seguían siendo tiempos difíciles, pese al fin del bloqueo, de modo que ese año Afiya heredó un antiguo vestido de Bimkubwa, una prenda que ésta se había hecho años atrás y ahora había adaptado para que la muchacha pudiera llevarla. Era delgada y aún estaba creciendo, de modo que el vestido le venía grande y demasiado holgado, algo que en opinión de Bi Asha no era un inconveniente. «Ya lo llenarás.» Cuando se lo probó la víspera del Aíd y desfiló por la casa luciendo el vestido, Baba hizo una mueca a espaldas de Bi Asha, arrugando la nariz, y luego sonrió con gesto compasivo.

La primera mañana del Aíd, Afiya llevó a cabo sus tareas y ayudó a preparar el banquete que ponía fin al ayuno enfundada en su ropa de trabajo. A media mañana, cuando ya lo tenía todo hecho y justo antes de que se sentaran a la mesa, fue a su habitación para cambiarse. Bi Asha y Baba esperaban verla con el vestido heredado, pero se puso el que sus amigas le regalaron, del que no había dicho una palabra a ninguno de los dos. Al verla, Baba asintió con una sonrisa y aplaudió en silencio.

—Estás preciosa —dijo—. Más que una huérfana, pareces una princesa. ¿De dónde lo has sacado?

—Me lo han hecho Yamila y Sáda —reveló Afiya.

Bi Asha se la quedó mirando de hito en hito y, justo cuando Afiya creía que la mandaría de vuelta a su habitación para cambiarse, se las arregló para esbozar una sonrisa.

—Ya es toda una mujer —dijo.

El peso de las palabras de Bi Asha se fue haciendo evidente poco a poco durante los meses siguientes. Cada vez que Afiya se disponía a salir, le preguntaba adónde iba y para qué. Al volver, exigía saber con todo lujo de detalles a quién había visto y lo que se había dicho. De forma paulatina, al principio sin ser consciente siquiera de ello, Afiya se descubrió pidiendo permiso antes de salir y sometiéndose a la mirada escrutadora de Bi Asha, que la elogiaba o reprendía según el atuendo escogido. El vestido del Aíd no tardó en quedar descartado porque, en opinión de Bi Asha, le iba pequeño. Le ceñía demasiado el pecho, no era decente. Desde hacía algún tiempo, Afiya debía cubrirse con una kanga en presencia de Baba, dejando sólo el rostro descubierto. Bi Asha parecía saber cuándo tenía que venirle la regla y le pedía toda clase de detalles al respecto. La joven aún no había superado del todo la aprensión que le provocaba el período y le resultaba humillante tener que describir el color y volumen de su flujo menstrual.

Bi Asha le hablaba a menudo con tono crispado, como si refunfuñara entre dientes. Sólo parecía contenta con Afiya cuando la acompañaba en las plegarias o se sentaba a leer el Corán con ella por las tardes. Cuando quería ir a ver a sus amigas, la joven allanaba el terreno con una demostración de fervor religioso, y otras veces lo hacía tan sólo para que Bi Asha le diera un respiro. Se sentía cercada y constantemente vigilada, como si planeara cometer toda clase de pecados. Estaba segura de que Bi Asha aprovechaba su ausencia para registrarle la habitación, y se sentía resentida y culpable a la vez porque no olvidaba la bondad con que la había acogido cuando era una niña herida y asustada. Quería decirle a Bimkubwa que ya no era una niña, pero no se atrevía a hacerlo. Ni siquiera sabía a ciencia cierta qué edad tenía, porque nadie se había molestado en registrar su nacimiento.

Se lo comentó a Baba, que dijo:

—Podemos calcularlo. Sabemos en qué año naciste porque fue el año que Ilyas se escapó de casa, así que elige tu fecha de nacimiento. No todo el mundo tiene ese privilegio. La mía la apuntó mi padre, y la de Bi Asha quedó registrada en un libro de contabilidad que pertenecía a buana Amur Biashara. Tú puedes escoger tu propia fecha de cumpleaños, así que date el capricho.

Afiya escogió el sexto día del sexto mes, mwezi sita wa mfungo sita, porque le gustaba cómo sonaba.

—De ahora en adelante sabrás exactamente cuántos años tienes —concluyó Baba.

Unos meses después de cumplir los dieciséis, fue consciente al fin del verdadero alcance de las palabras que Bi Asha había pronunciado aquel primer día del Aíd, cuando se puso el vestido que sus amigas le habían regalado.

—Ya eres toda una mujer —le recordó Bi Asha un año después, sentada a la mesa del desayuno del siguiente Aíd—. Ha llegado el momento de buscarte marido.

Baba se rió entre dientes, dando por sentado que Bi Asha le estaba tomando el pelo. La propia Afiya sonrió, pensando lo mismo.

—Lo digo en serio —recalcó Bi Asha con sequedad, y fue entonces cuando Afiya comprendió de golpe lo que tendría que haber sabido de entrada: que lo decía completamente en serio—. No podemos tener a una mujer hecha y derecha metida en casa sin nada que hacer, acabará metiéndose en líos. Necesita un marido.

—¡Una mujer hecha y derecha! ¡Pero si es una chiquilla! —exclamó Baba sin salir de su asombro, y con tal sentimiento que Bi Asha dio un respingo, sorprendida por su reacción—. Siempre la llamas niñita, y de pronto ya es toda una mujer.

—De pronto, no —replicó Bi Asha—. No finjas que no te has dado cuenta.

—Deja que disfrute de la juventud antes de cargarla con hijos. ¿Qué prisa tienes? ¿Alguien la ha pedido en matrimonio, acaso?

—Todavía no, pero alguien lo hará muy pronto, según mis cálculos. Tú mismo lo has deducido: tiene dieciséis años —insistió Bi Asha, empecinada—. Es una edad perfectamente normal para que una chica se case.

—Es ignorancia y estrechez de miras —sentenció Baba con vehemencia, y Bi Asha frunció los labios, batiéndose en retirada para volver a la carga más tarde.

7

Cierta noche, un destacamento liderado por el Oberleutnant e integrado por cinco soldados, entre ellos Hamza, partió hacia una misión alemana llamada Kilemba con la esperanza de que el mando británico no la hubiese alcanzado todavía. Los británicos tenían por norma cerrar todos los puestos avanzados, granjas o misiones de los alemanes para impedir que abastecieran a la schutztruppe de provisiones. Siempre que eso sucedía, dispensaban a los civiles germánicos la cortesía debida a los ciudadanos de una nación enemiga ilustrada y los trasladaban a Rodesia, al África Oriental británica o a Blantire, en Nyasalandia, donde permanecerían internados bajo la custodia de otros europeos hasta el cese de las hostilidades. Era sencillamente inconcebible tener a ciudadanos europeos en campos de internamiento controlados por africanos sin supervisión alguna. Cuando alguna de las partes beligerantes se topaba con autóctonos —que no se consideraban ciudadanos de ningún tipo ni miembros de una nación, no digamos ya ilustrada—, los ignoraban, les requisaban las provisiones o, si la necesidad así lo dictaba, los reclutaban a la fuerza como porteadores.

Con la ayuda de su mapa, el oficial podía determinar la ubicación aproximada de la misión, pero en medio de una guerra no tenía manera de saber si seguía abierta o si los británicos se les habían adelantado. En otras circunstancias habría encargado esa misión a los askaris, expertos en tareas de reconocimiento y rastreo, pero sentía curiosidad por la misión religiosa, de la que había oído hablar a otro oficial que había pasado allí unas semanas recuperándose durante la guerra contra el Maji Maji. Hamza sospechaba que también lo atraía la promesa de una comida tradicional alemana y un buen schnapps.

Encontraron la misión sin esfuerzo y llegaron allí al atardecer. Habían cruzado un bosque que ascendía hasta una escarpada cornisa rocosa y luego descendía hacia una llanura de pastos cercada a lo lejos por una cordillera. La misión ocupaba la cima de un promontorio en el centro de la llanura y era un recinto amurallado con varias construcciones encaladas y una imponente higuera. Encaramado a lo alto de la colina, el conjunto transmitía una sensación de paz y serenidad. El pastor seguía allí con la mujer y las hijas de ambos, dos niñas rubias, y cuando llegaron salió a recibirlos a la puerta interior del recinto, a todas luces contentos de ver a un grupo de soldados alemanes, rostros adultos que respondían con sonrisas a los saludos de las niñas.

Dentro del recinto, junto al muro externo, había dos pequeños bancales cercados con calabazas, coles y otro cultivo que Hamza no reconoció. El destacamento esperó allí mientras el oficial se adelantaba para saludar al misionero y a su familia, que lo guiaron hacia el interior de la misión. Al cabo de unos instantes, un hombre africano invitó a los soldados a entrar en el recinto. Tenía la frente y el rostro surcados de arrugas y una cicatriz de bordes irregulares en el lado derecho del cuello. En un suajili fluido, les dijo que se llamaba Pascal y trabajaba allí. El recinto de la misión era grande y se componía de varios edificios, además de una escuela, un dispensario, un corral y un huerto donde cultivaban fruta y verdura.

Desde que habían empezado los combates en los alrededores, los habitantes de las aldeas vecinas habían huido, dejando la misión desierta. Normalmente habrían visto niños en la escuela y un constante trasiego en el dispensario, donde trataban el sinfín de dolencias de los habitantes de la zona: parásitos, la enfermedad del sueño, malaria. Los británicos permitieron que la misión siguiera abierta porque el pastor y su familia habían cuidado de un oficial rodesiano herido que suplicó a sus superiores que les dejaran quedarse en vez de enviarlos a un campo de internamiento en Blantire.

—¿Por qué no acudió la gente a la misión en busca de refugio? —preguntó un askari llamado Frantz.

—Porque el pastor les dijo que no lo hicieran —contestó Pascal—. No quería que los británicos lo acusaran de dar cobijo a los ruga-ruga.

—¿Hay ruga-ruga en la región? —preguntó Frantz, hablando por todos los presentes.

—No lo sé —contestó Pascal—. Yo nunca los he visto. Ellos sí que nos dan miedo, no los británicos ni los rodesianos, sino los ruga-ruga. Se dice que practican el canibalismo.

Algunos de los askaris se rieron al escucharlo.

—¿Quién te ha dicho eso? —preguntó un soldado llamado Albert. Algunos askaris se habían aficionado a adoptar nombres alemanes.

—Eso es lo que dice la gente —repuso Pascal sin perder la compostura—. El oficial rodesiano que estuvo aquí le dijo al pastor que los ruga-ruga no hacen prisioneros y que comen carne humana. No sé si es cierto.

—Son chusma, hombres de la peor calaña, pero no son caníbales, sino salvajes que se hacen pasar por guerreros feroces con sus pieles de cabra y sus plumas —dijo Frantz tras otra risotada general—. Los usamos porque tienen una fama terrible, siembran el caos y aterran a la gente. ¿Sabes por qué se llaman ruga-ruga? Porque fuman tanto bangi que siempre están dando saltos, «ruga, ruga», ¿entiendes? Quien os tendría que dar miedo somos nosotros, la schutztruppe, porque somos unos hijos de puta despiadados y brutales que disfrutamos imponiendo nuestra voluntad, acosando y mutilando a los civiles washenzi. Nuestros oficiales son expertos en infundir terror. Sin nosotros no existiría la Deutsch-Ostafrika. Temednos a nosotros.

—Ndio mambo yalivyo —dijo el empleado de la misión, «así son las cosas». Su educada indiferencia daba a entender que no acababa de creer a Frantz, o bien que los askaris no le inspiraban tanto temor como quisieran.

Más tarde, Pascal les llevó un guiso de maíz y pescado en salazón, así como ciruelas e higos, y les hizo compañía mientras los hombres comían con gran deleite en el cobertizo donde los acomodaron con sus pertrechos y esteras. «Menudo banquete —le dijeron—. No sabes las cosas que hemos llegado a comer.» Después Pascal fue en busca de otros dos hombres que también trabajaban en la misión, Testigo y Jeremiah, que prefería hacerse llamar Juma. Ambos eran cristianos y formaban parte de la comunidad misionera. Cuidaban de los animales y los cultivos, y la mujer de Testigo se encargaba de las tareas domésticas en la casa del pastor. Allí estaba en ese preciso instante, informó Pascal, sirviendo una deliciosa cena alemana a la familia y su invitado, el oficial. Entonces Frantz empezó a relatar las batallas y los terribles hechos en los que habían participado y los demás askaris se sumaron a la conversación con sus propias y atroces anécdotas. Su intención era amedrentar a los hombres de la misión, pero éstos se limitaron a escucharlos boquiabiertos. Para eso habían ido hasta allí, para oír las hazañas de los temibles askaris. Cuanto más truculentos eran los relatos de los soldados, mayor era el asombro y más profundo el silencio de los oyentes.

—Hemos tenido la guerra casi encima —dijo Pascal—, pero por suerte pasó de largo. En este tiempo hemos cuidado de un oficial alemán y del hombre rodesiano al que me he referido antes. Dios ha velado por todos ellos y por nosotros, y no hemos perdido una sola vida en la misión.

Al caer la noche, la temperatura bajó en picado. Hamza subió por la escalera de piedra que conducía a lo alto de la muralla y notó un viento gélido azotándole el rostro. En la llanura, un charco resplandecía a la luz de la luna con un brillo extraño e inquietante. Harían noche allí y emprenderían el regreso al alba después de que el oficial saciara su curiosidad acerca de la misión y los misioneros, que gozaban a todas luces de la protección divina. Partieron de Kilemba llevando consigo diversos regalos: unas salchichas, una botella de schnapps para los demás oficiales y también tabaco, el cultivo que Hamza no había reconocido en el bancal. Pascal les había enseñado la choza en la que secaban las hojas pero no dejó a los askaris coger ni una. El pastor se encargaba personalmente del secadero y sabía contar, por lo que se daría cuenta si faltaba alguna hoja. Pascal no quería que lo tomara por un ladrón.

El destacamento partió temprano al día siguiente y se reunió con el resto de la compañía sin percance. Esa noche, después de que los oficiales alemanes se dieran un festín, el Oberleutnant se acostó en el catre mientras Hamza se acomodaba en una estera a su lado para la clase de conversación. La visita a la misión y el schnapps lo habían dejado de buen humor.

—El pastor es un hombre honrado, aunque tal vez un poco rígido —apuntó.

—Sí, es un hombre honrado —concedió Hamza.

—¿Cómo se le ocurre venir con la mujer y dos hijas pequeñas a un lugar tan remoto, aislado y plagado de enfermedades? Ella es encantadora y amable. Los huertos son preciosos, ¿verdad? Es ella la que se encarga de los frutales y la escuela. El clima fresco que tienen allá arriba ayuda, es perfecto para cultivar fruta, pero la pobre mujer estaba aterrada por los rumores de canibalismo de los ruga-ruga. Intenté tranquilizarla diciéndole que todo eso son patrañas de los británicos. Los ruga-ruga están de nuestra parte, son tropas auxiliares del ejército alemán, y nosotros jamás tendríamos tratos con caníbales.

—Me alegro de que lograra tranquilizarla —dijo Hamza.

Tenía que intervenir de vez en cuando, porque de lo contrario el oficial se enfadaba y le decía que se trataba de tener una charla, no de escuchar un sermón. Si no se le ocurría ningún comentario, repetía lo último que él hubiese dicho.

—Pero puede que sea cierto, lo del canibalismo, ¿no crees? Cualquier cosa es posible cuando el ser humano es llevado al límite, como nos viene pasando a nosotros, no digamos ya a esos salvajes sanguinarios. Por eso recurrimos a ellos, porque siembran el pánico entre nuestros enemigos con sus costumbres salvajes. ¿Qué les impide comer los cadáveres de sus víctimas? ¿Te imaginas haciendo algo así, comiendo carne humana? No como un acto de locura instigado por la guerra, ni como el ritual de un pueblo primitivo que devora a sus enemigos para apropiarse de su fuerza, ni tan siquiera como un elemento tradicional o habitual de la dieta cotidiana, sino más bien como un deseo, una curiosidad, una aventura. ¿Te imaginas haciendo algo así?

—No, no me lo imagino —contestó Hamza, al ver que el oficial esperaba una respuesta.

El Oberleutnant sonrió con desdén.

—No, diría que no tienes la osadía necesaria para algo así —sentenció.

Las últimas semanas de guerra, que la compañía pasó huyendo y escondiéndose de las tropas enemigas, fueron una auténtica pesadilla. La retirada hacia el sur sirvió de acicate a las fuerzas británicas y aliadas, que los persiguieron sin descanso hasta el río Ruvuma. La schutztruppe no se limitaba a replegarse y huir, sino que se mostró implacable a la hora de hostigar a los británicos y sus aliados —entre los que se contaban tropas sudafricanas, rodesianas, los fusileros de los King's African Rifles e incluso los portugueses, que por fin se habían decidido a entrar en la guerra—, pero también sufrió grandes bajas, sobre todo en la batalla de Mahiwa. Los porteadores desertaban en masa cada pocos días o se quedaban por el camino, víctimas del hambre y el agotamiento. No siempre era seguro desertar. Estaban en la región donde la schutztruppe se había enfrentado a los hehe casi treinta años atrás y cometido graves atrocidades durante la guerra del Maji Maji, unos quince años después. Quienes habían sobrevivido a esos tiempos y se veían ahora sometidos a nuevas penalidades y expolios por parte de la schutztruppe estaban hartos de su violencia y difícilmente se mostrarían amables con los porteadores que decidieran desertar de sus filas.

Los askaris se mantenían firmes y leales, lo que no dejaba de ser asombroso, puesto que no recibían la paga desde hacía meses o incluso años, desde que Dar es-Salam había caído en manos enemigas y el gobierno colonial alemán había perdido el control de la casa de la moneda. De todos modos, era más seguro para un askari permanecer con los suyos pese a las dificultades que desertar en un territorio tan hostil. Había escasez de munición y víveres, y las incursiones en las aldeas enemigas para conseguir víveres rara vez daban fruto. Habían diezmado la región, dejando tras de sí un reguero de aldeas famélicas o desiertas cuyas provisiones habían saqueado una y otra vez los ejércitos de ambos bandos. Tras cruzar el Ruvuma, la schutztruppe se dirigió al oeste, hacia las dos Rodesias, arrasando deliberadamente cuanto encontró a su paso para obstaculizar el avance de sus perseguidores, que también pasaban apuros para obtener víveres y combatir las enfermedades que los acechaban. La compañía de Hamza iba a la cola de la retirada, donde se producían más escaramuzas, y él estaba tan agotado por la marcha constante que a veces se quedaba dormido mientras caminaba. Los hombres iban vestidos con harapos, incluidos los oficiales alemanes, y parecían más una turba de maleantes que un ejército digno de ese nombre. Por entonces habían recibido la orden de volver sobre sus pasos hasta la región donde habían estado meses atrás, cerca de la misión de Kilemba. Fue allí donde Hamza vivió sus últimos días como soldado.

A primera hora de la mañana, antes de que amaneciera, olió la lluvia sin necesidad de abrir los ojos. Al despertar, los hombres descubrieron que la mayoría de los porteadores habían desertado durante la noche, algo que apenas sorprendió a Hamza, ni a nadie capaz de entender lo que llevaban días mascullando, extenuados por la implacable persecución enemiga, las pesadas cargas y las tareas humillantes que les imponían. Eran porteadores a sueldo, pero no habían recibido el jornal prometido, por no decir que muchos de ellos sólo habían accedido a trabajar para el ejército alemán bajo coacción. Las bajas eran muy elevadas entre los suyos, pues estaban malnutridos y carecían del equipo adecuado: en su mayoría iban descalzos y cubiertos con cualquier harapo. Morían de enfermedad y negligencia y no veían más salida que abandonar un ejército abocado a la derrota. Habían ido desertando día tras día en pequeños grupos, pero la de esa mañana era una fuga masiva y organizada, el reconocimiento de que la schutztruppe ya no podía asegurarles la supervivencia ni el bienestar. El Oberleutnant montó en cólera y los demás alemanes también se mostraron indignados con la indisciplina de los porteadores, como si creyeran de veras que las miserables huestes a las que pegaban, despreciaban y explotaban les debían lealtad.

—No queda otra, los askaris tendrán que asumir la carga de los porteadores —anunció el Feldwebel con el tono inapelable que usaba cada vez más a menudo, dirigiéndose al oficial al mando, exigiendo su conformidad con una vehemencia rayana en la indisciplina.

El Oberleutnant negó con la cabeza y miró de reojo a los otros tres alemanes que seguían a su lado. El oficial médico también movió la cabeza en señal de negación. Para entonces, su estado de salud era preocupante: a la malaria se sumaban el agotamiento y una infección gástrica que lo obligaba a internarse en la maleza con frecuencia para aliviarse. Los otros dos oficiales que se habían unido a la compañía durante los últimos meses de difícil retirada guardaron silencio. Eran un antiguo profesor de música que obligaba a los soldados a ejercitarse todas las mañanas a punta de pistola mientras vociferaba y un teniente de la reserva, un hombre educado y de aspecto enfermizo que había venido a África como colono y parecía atormentado por algún conflicto íntimo. El silencio de ambos era respetuoso pero de significado claro. Los soldados tendrían que plegarse pese a la norma sagrada, por todos conocida, de que los askaris no se rebajaban a hacer de mulas de carga: era una cuestión de honor. Como los europeos, los askaris defendían con uñas y dientes sus privilegios. El Oberleutnant volvió a menear la cabeza con una mezcla de congoja, vacilación e impotencia, porque sabía que no tenía alternativa. Puestos a abandonar los suministros y pertrechos, más les valía marchar directamente hasta el puesto enemigo más cercano y presentar su rendición. Eso sería más seguro que vagar desarmados a merced de nativos hostiles.

Tras unos minutos de infructuosa reflexión, el Oberleutnant cedió a la tensa y muda exigencia de sus oficiales y ordenó que los askaris cargaran la impedimenta. El Feldwebel sonrió con gesto triunfal y asumió el mando. Reunió a la tropa a voz en cuello, mandó formar y anunció la nueva orden. Tras un breve silencio, los hombres rompieron filas en medio de un clamor generalizado. Pasó un buen rato hasta que el Feldwebel, escandalizado por semejante muestra de indisciplina, logró restablecer el orden con la ayuda de los suboficiales, que echaron mano de las varas e incluso de sus armas para acallar y someter a los askaris. Para entonces había empezado a llover y los hombres se avinieron a formar dos filas, plantándose con gesto hosco frente a los oficiales y al Feldwebel, que no dudó en reprenderlos por su actitud. A los suboficiales cupo la tarea de repartir las cargas entre los askaris antes de que emprendieran la marcha del día, bajo una lluvia que para entonces arreciaba, un aguacero frío y torrencial que los azotaba sin piedad mientras se abrían paso a duras penas por la nyika o llanura en dirección a la cornisa rocosa.

Avanzaban despacio pese a las arengas y azotes de los oficiales. Los suboficiales tampoco les daban tregua, pues el ombasha y el shawush, azuzados por el Feldwebel, parecían haber perdido la cordura y se empleaban a fondo con los askaris. Al cabo de un rato la compañía se abría paso a marchas forzadas pese al empeño de los suboficiales, que también empezaban a acusar el cansancio. Los hombres se detenían a menudo para descansar o ajustar las cargas, y cada vez que lo hacían recibían reproches y miradas fulminantes. Al cansancio se sumaron las molestias habituales —las picadas de los insectos y el calor, los intensos chaparrones, el dolor de pies provocado por las botas desgastadas—, más difíciles de soportar, si cabe, ahora que se veían obligados a hacer algo que no les correspondía por rango. Cuando al fin se detuvieron para montar el campamento al atardecer, se palpaba una tensión en el aire que no presagiaba nada bueno. Los hombres rezongaban sin molestarse en disimular su descontento, deseando que los oyeran, quejándose de que no se habían alistado para trabajar como washenzi esclavizados. Sabían que los británicos los animaban a desertar, habían visto sus panfletos en las aldeas que asaltaban en busca de víveres y habían oído rumores de labios de otros askaris. Se quejaban de que los británicos no trataban a sus soldados con semejante desprecio y consideraban intolerable ese ataque a su dignidad. Hamza se sorprendió al comprobar el alcance de su indignación, que a veces parecía a punto de desbordarse, y todos sabían de lo que eran capaces los askaris cuando cedían a sus impulsos violentos. Esas últimas semanas, tenía la impresión de que los oficiales temían el estallido de una revuelta capaz de provocar una matanza. Esa misma tarde oyó al Oberleutnant susurrar a los demás alemanes: «No bajéis la guardia. Puede que haya jaleo.»

El Feldwebel se dio cuenta de que Hamza lo había oído. Las privaciones de la campaña lo habían convertido en un hombre flaco y nervudo, con la piel curtida por el sol, los ojos relucientes y siempre alerta, el pelo y la barba desgreñados, la actitud amenazadora y desdeñosa para con todos, incluido el Oberleutnant. Hamza tenía la impresión de que sentía una inquina hacia el oficial al mando que se hacía extensible a su persona y que, de algún modo, la exacerbaba incluso. En ese instante, cuando el Feldwebel vio que Hamza había oído la advertencia del oficial, le lanzó una mirada asesina y el joven se apresuró a apartar los ojos.

Al caer la noche, los aguaceros intermitentes dieron paso a una tormenta en toda regla. En contra de lo habitual, habían acampado en una zona boscosa porque necesitaban ponerse a resguardo de las patrullas enemigas. Algunos de aquellos árboles eran imponentes. Unas horas antes, al rodear un tronco con los brazos, Hamza había notado cómo latía el corazón del árbol, cómo la savia fluía con fuerza hacia las ramas. Los relámpagos restallaban sobre la arboleda que los cobijaba, arrojando sombras inquietantes. Hamza se preguntó si sería un lugar seguro para pasar la tormenta. Estaba calado hasta los huesos, tendido en un suelo anegado por la lluvia que la tierra ya no podía absorber. El agua goteaba desde las copas de los árboles, y notó que algún insecto se arrastraba sobre su cuerpo, pero estaba demasiado agotado para moverse. En plena madrugada oyó ruidos y primero pensó que algún animal se habría colado en el campamento, hasta que de pronto comprendió que eran los askaris y se quedó inmóvil y en silencio, sin mover un solo músculo, presionando el cuerpo contra la tierra mullida como si así pudiera volverse invisible. El resplandor de un relámpago lo obligó a cerrar los ojos involuntariamente, pero justo antes de hacerlo vislumbró las siluetas apiñadas de un grupo de hombres alejándose entre los árboles. Aquellos ruidos furtivos se prolongaron durante unos minutos y luego enmudecieron. Lo único que ahora alcanzaba a oír era el chapoteo de la lluvia en la tierra encharcada. Sabía que los askaris estaban desertando pero se quedó inmóvil bajo el chaparrón, a la espera del alba.

Un griterío lo despertó de golpe. Empezaba a clarear y uno de los suboficiales —creyó reconocer la voz del shawush— descubrió la deserción masiva y dio la voz de alarma. Varios hombres se levantaron a trompicones, gritando y mirando a su alrededor, presas de gran agitación, sin saber a ciencia cierta de dónde procedía el peligro. «¡Wamekimbia, wamekimbia!», gritaba el shawush, fuera de sí. «¡Han huido, han huido!» El oficial al mando ordenó contar a los presentes. El Feldwebel iba de aquí para allá bajo la lluvia, con la espada desenvainada, llamando a los suboficiales para que hicieran el recuento. «¡Traidores, traidores!», chillaba, yendo y viniendo a grandes zancadas. Veintinueve askaris se habían marchado durante la noche, dejando atrás a una docena de compañeros. Dos de ellos eran el ombasha y el shawush que había dado la voz de alarma, ambos nubios y veteranos de la schutztruppe. El Feldwebel recorrió con mirada colérica a los restantes y se detuvo en Hamza, que clavó los ojos en el suelo. Pero era demasiado tarde.

—¡Ven aquí! —chilló el Feldwebel, señalando las punteras de sus botas. Hamza obedeció pero se situó un poco más atrás—. Ayer éste de aquí nos oyó decir que podría haber jaleo —insinuó el Feldwebel Walther dirigiéndose al Oberleutnant. Los alemanes formaban un grupo disperso frente a los askaris que quedaban, y tanto el profesor de música como el teniente empuñaban sus revólveres—. ¡Esta putita suya nos traicionó! ¡Los animó a fugarse! ¡Les contó patrañas para que desertaran! —berreó el Feldwebel, furibundo.

Entonces dio un paso al frente, blandió la espada con furia y atacó a Hamza, que se volvió bruscamente para esquivar la estocada pero no pudo evitar que lo alcanzara en la cadera, desgarrando carne y hueso. Oyó que alguien chillaba y lo siguiente que notó fue el golpetazo de su cabeza al estrellarse contra el suelo. Oyó gritos a su alrededor y a alguien chillando fuera de sí. Se quedó sin aliento, boqueando desesperadamente sin poder respirar. Debió de perder el conocimiento.

Volvió en sí durante unos instantes y, en medio del aturdimiento, creyó ver al oficial médico de rodillas a su lado mientras varios brazos lo sujetaban. Cuando se despertó de nuevo, oyó voces airadas que impartían órdenes a gritos. Más tarde, comprendió que iba tumbado en una camilla que cargaban dos askaris. Llovía y el agua le resbalaba por la cara. Pasó un rato despierto hasta llegar a esa conclusión, reuniendo poco a poco impresiones fragmentarias y confusas, y luego volvió a perder el conocimiento. En uno de aquellos despertares intermitentes vio al Oberleutnant caminando al lado de la camilla, pero su imagen no tardó en desvanecerse. Para entonces Hamza tenía alucinaciones y no estaba seguro ni de la existencia de aquella camilla. Cuando volvió a ver al Oberleutnant avanzando a su lado, le preguntó: «¿Sind Sie das?» «¿Es usted?» Un violento temblor sacudía todo su cuerpo y notó el regusto del vómito en el paladar. El dolor era más intenso en el costado izquierdo, pero atenazaba todo su cuerpo. No tenía fuerzas para mover un solo músculo, no quería mover un solo músculo, y abrir los ojos le costaba un esfuerzo sobrehumano. Cuando lo depositaron en el suelo, una punzada de dolor le atravesó la pierna, arrancándole un alarido. Entonces se espabiló del todo y vio al ombasha Haydar al-Hamad apoyado sobre una rodilla a su lado.

—Shush wacha kelele —dijo—. Shush shush alhamdulilá. No grites tanto, askari.

La lluvia dibujaba vetas en el rostro del ombasha, que fruncía los labios como si consolara a un niño.

Tumbado boca abajo sobre la manta de la camilla, con el dolor machacándole todo el costado y sin poder respirar por culpa de las náuseas, vio al Oberleutnant a unos metros de distancia, mirándolo desde arriba.

—Ja, ich bin es. Macht nichts —le dijo. «Sí, soy yo. No te preocupes.»

Luego volvió a perder el conocimiento. En algún momento de la noche hicieron un alto en el camino. Lo sabía porque se despertó varias veces, aunque por poco tiempo. Hacía mucho frío. Estaba calado hasta los huesos y todo su cuerpo temblaba de forma violenta. Más tarde oyó el ladrido de las hienas y un extraño carraspeo que no acertó a identificar. También oyó el aullido de un animal al que arrebataban la vida.

Ya no llovía cuando reanudaron la marcha al alba, y notó cierto alivio al sentir la caricia del sol. Para entonces sabía que aquella sensación de humedad se debía no sólo a la lluvia, sino también a la sangre que estaba perdiendo. Las moscas pululaban a su alrededor, posándose en su cara y cuerpo sin que tuviera fuerzas para ahuyentarlas. Alguien buscó un harapo con el que cubrirle el rostro. Ahora temblaba sin cesar, sumido en un agitado duermevela. Era de noche cuando volvió en sí y le llevó mucho tiempo comprender que estaba acostado en una cama, en una habitación débilmente iluminada por la lámpara de aceite que descansaba sobre una mesa cercana. Seguía temblando y gimiendo de manera involuntaria cada vez que un espasmo de dolor lo traspasaba sin piedad. Atrapado en ese sufrimiento atroz, era indiferente a todo lo demás. Más tarde intuyó el amanecer por la luz que se colaba a través de la puerta entreabierta, y al cabo de un rato se dio cuenta de que alguien entraba en la habitación y se acercaba a la cama.

—Ah, estás despierto —dijo el hombre. Era una voz familiar, pero Hamza estaba demasiado agotado para abrir los ojos—. Ahora estás a salvo, hermano. Estás en la misión de Kilemba. Soy Pascal, ¿te acuerdas de mí? Claro que te acuerdas. Voy a llamar al pastor.

—Te hemos cosido lo mejor que hemos podido —dijo el pastor, acercando al paciente su rostro curtido por el sol. Pascal tradujo sus palabras a pesar de que Hamza entendía el alemán. Las voces de ambos iban y venían, desvaneciéndose a ratos—. La hemorragia aún... alguna filtración. No sabemos... los daños en el hueso... infección. Lo importante... bajar la fiebre... alimentación. A partir de ahí, sólo nos queda esperar y confiar en que todo saldrá bien. Le diré... oficial que... despierto.

El Oberleutnant entró en la habitación y acercó una silla a la cama. Hamza no lograba mantener los párpados abiertos y sólo volvía en sí a ratos, pero siempre que eso sucedía el oficial seguía allí, a su cabecera. Se había aseado, pero vestía la misma ropa harapienta que llevaba puesta al llegar y le habló con su habitual sonrisa socarrona. Ya no le costaba tanto seguir su discurso.

—Parece ser que saldrás de ésta, contra todo pronóstico —dijo el Oberleutnant, hablando despacio y con voz tranquilizadora—. No me das más que quebraderos de cabeza. Y ahora te vas a quedar ahí tumbado, recuperándote mientras... volvemos... la compañía y seguimos con esta guerra sin sentido. Zivilisierungmission... Hemos mentido y matado en nombre del imperio con la excusa de la misión civilizadora.

Y aquí seguimos, matando en su nombre. ¿Te duele mucho? ¿Puedes oírme? Parpadea si me oyes.... Por supuesto que me oyes... dolerá mucho, pero el misionero y los suyos... me lo han prometido. Son buena gente. Tirarán tu uniforme para que nadie... que has sido un askari y te alimentarán bien y, con eso y unas cuantas plegarias, no tardarás en recuperarte.

Sus palabras sonaban inverosímiles y lejanas. Hamza no intentó hablar.

—Dime, ¿cuántos años tienes realmente? —preguntó el oficial, y de pronto lo oyó con toda claridad—. Tu expediente dice que tenías veinte cuanto te alistaste, pero no me lo creo.

Hamza intentó hablar, pero le suponía demasiado esfuerzo reunir las palabras necesarias.

—No, no te creo —insistió el oficial—. Puedo ordenar que te den cincuenta latigazos por mentirle a un oficial, un hamsa ishirin multiplicado por dos. No podías tener más de diecisiete años cuando te uniste a la schutztruppe. Mi hermano pequeño tenía esa misma edad cuando murió a causa de un incendio en el cuartel. Yo estaba allí cuando sucedió. Dieciocho años... era muy apuesto, y pienso en él a menudo. —El oficial se acarició la piel tirante de la sien y enmudeció durante unos minutos, como si no fuera a decir una palabra más. Entonces alargó la mano en dirección a Hamza, pero la retiró bruscamente a medio gesto—. Fue un incendio terrible. Mi hermano no quería alistarse en el ejército, no tenía madera de soldado, pero mi padre se empeñó. Era una tradición familiar... todos militares... y mi hermano pequeño no quería decepcionarlo... un soñador. Ha sido muy inteligente por tu parte aprender alemán... tan deprisa y tan bien. A mi hermano Hermann le encantaba Schiller. Bueno, será mejor que descanses mientras nosotros nos preparamos para partir.

El ombasha Haydar al-Hamad y el otro askari entraron a despedirse de él.

—Eres un chico afortunado —le dijo el ombasha con su habitual tono bronco, pegando los labios al oído de Hamza como si quisiera asegurarse de que no se perdía detalle—. Eres el ojito derecho del Oberleutnant, y ésa es tu suerte. Si no, te hubiésemos dejado tirado en el bosque, hamal.

El otro askari le tocó el brazo y dijo:

—Amri ya Mungu. Mungu Akueke, sisi tunarudi kwenda kuuliwa.

«Es la voluntad de Dios. Que Él te proteja, nosotros volvemos para enfrentarnos a una muerte segura.»

Cuando el oficial entró de nuevo, listo para partir, Hamza oyó todo lo que dijo.

—¿Sabes por qué te he hablado de mi hermano? —preguntó con una de sus sonrisas irónicas—. No, por supuesto que no lo sabes. No eres más que un askari y no se te está permitido hacer conjeturas sobre las inquietudes personales de un oficial alemán. Sigues acumulando faltas en tu expediente: a la mentira y la deserción se suma ahora la insolencia. —El oficial depositó un libro sobre la mesa que había al otro lado de la estancia—. Te dejo esto. Te hará compañía mientras te recuperas y te ayudará a practicar alemán. Dáselo al misionero cuando estés lo bastante restablecido para marcharte. La guerra no tardará en llegar a su fin, y puede que algún día vuelva a recogerlo. Supongo que los británicos nos encerrarán durante un tiempo en campos de internamiento con delincuentes negros, para humillarnos por haberlos incordiado tanto, pero luego nos mandarán a casa.

Hamza quedó al cuidado de Pascal, que iba a verlo varias veces al día para darle agua, ayudarlo con la sopa que el pastor había ordenado que comiera o asearlo. Sólo era consciente a ratos de lo que sucedía a su alrededor. La fiebre se resistía a bajar y no había una sola parte del cuerpo que no le doliera.

De hecho, ya no lograba localizar el origen del dolor. La herida estaba en el muslo derecho, y todo ese costado latigueaba y palpitaba con fuerza. Había perdido la sensibilidad en la pierna derecha y no podía mover los brazos. A veces tenía que hacer un esfuerzo enorme sólo para abrir los ojos. El pastor iba a examinarlo durante el día y daba instrucciones a Pascal sobre cómo limpiarle los vendajes y ponerlo cómodo. Los rostros de los dos hombres tan pronto aparecían como se desvanecían ante sus ojos, y los días y noches se sucedían sin solución de continuidad. A veces Hamza notaba una mano fresca sobre la frente, pero no habría sabido decir de quién era.

Cierta noche, se despertó en medio de la más completa oscuridad y comprendió que era él la persona que lloraba en su pesadilla. El suelo estaba empapado en sangre, al igual que todo su cuerpo. Notaba la presión de extremidades y torsos mutilados, y en sus oídos resonaban gritos de terror y locura. Logró contener el llanto, pero no podía dejar de temblar ni lograba secarse las lágrimas. Pascal lo oyó y entró en la habitación sosteniendo una lámpara de aceite. Sin decir palabra, apartó la sábana para examinar el vendaje y dejó la lámpara sobre la mesa que había al otro lado de la estancia. Entonces volvió con Hamza y le puso la mano sobre la frente. Le enjugó las lágrimas con una gasa mojada, le limpió la mucosidad de las fosas nasales y los labios y le dio un poco de agua. Por último, acercó una silla y se sentó junto a la cama pero no habló hasta que Hamza empezó a respirar con normalidad.

—Aquí estás a salvo, hermano. Hawa wazungu watu wema. —«Estos europeos son buena gente»—. Son gente piadosa —añadió, y no pudo reprimir una sonrisa—. No soy médico, pero creo que te está bajando la fiebre, y el pastor ha dicho que cuando la fiebre remite empieza la recuperación. Sabe mucho de medicina. Llevo bastante tiempo trabajando para él, desde que vivía en la costa, antes de que se instalara en Kilemba. Me salvó cuando me hirieron —dijo Pascal, y se acarició la cicatriz del cuello—. A ti también te salvará, pero no lo dejaremos todo en sus manos, sino que pediremos ayuda a Dios. Rezaré por ti.

Pascal cerró los ojos, juntó las palmas de las manos y empezó a rezar. Sólo entonces lo vio Hamza con nitidez, como si hasta entonces un velo le hubiese empañado la visión. Observó a Pascal, que estaba sentado a su lado —el rostro curtido por los elementos y surcado de arrugas, los ojos cerrados— recitando las palabras sagradas a media voz. Hamza miró a su alrededor y fue como si lo viera todo por primera vez: la mesa con la lámpara, la puerta entornada. A media plegaria, Pascal alargó el brazo, asió su mano derecha, que descansaba sobre la cama, y la levantó. Hamza vio cómo la mano de Pascal sostenía la suya rodeándola con firmeza, pero no percibió ninguna sensación física. Pascal posó la otra mano sobre la frente de Hamza y recitó una bendición en voz alta.

—¿Estabas recordando malos tiempos? —preguntó al acabar—. Me quedaré contigo si así lo deseas, pero creo que es mejor que intentes descansar. Si me llamas, te oiré. Dejaré la puerta abierta y estaré en la habitación de al lado. ¿Quieres que me quede? Creo que mañana el pastor se alegrará mucho de ver ese brillo en tus ojos.

A la mañana siguiente, el pastor le tomó la temperatura y asintió, complacido. Cuando le retiró el vendaje se le torció un poco el gesto, pero disimuló como buenamente pudo. Pascal le reajustó las almohadas mientras el pastor esperaba. Era un hombre delgado, pulcro y recto que adolecía de cierta rigidez, tal como había dicho el oficial. Cuando Pascal hubo terminado, le preguntó en alemán:

—Verstehst du? ¿Me entiendes? ¿Quieres que Pascal traduzca lo que digo?

—Lo entiendo —contestó Hamza, y se sorprendió de lo rara que le sonaba su propia voz.

Una sonrisa iluminó el rostro adusto del pastor.

—Ya nos lo dijo el Oberleutnant. Eso está muy bien. Niega con la cabeza si no entiendes algo de lo que digo. Creo que la fiebre ha remitido, pero ése es tan sólo el primer paso hacia la recuperación. Será un proceso muy largo —dijo con severidad, como si Hamza pudiera malinterpretar sus palabras y creerse a salvo—. La hemorragia debe cesar por completo para que puedas empezar a moverte y hacer algunos ejercicios. De momento, sigue habiendo filtraciones. Esta guerra hace que todo se complique. Haremos lo que podamos hasta que sea posible trasladarte a un hospital donde te cuidarán como es debido. Lo más importante ahora mismo es no dejar que la herida se infecte. A ver qué tal te sienta la dieta sólida, y a partir de ahí vamos viendo. ¿Puedes mover el brazo derecho? Empezaremos los ejercicios con el brazo y la pierna de ese lado. Pascal te enseñará cómo hacerlos.

Pascal era el enfermero principal. Pasaba la noche en la habitación contigua pese a tener su propio alojamiento en el recinto de la misión. Todos los días por la mañana aseaba a Hamza, lo ayudaba a incorporarse y le masajeaba los brazos y la pierna derecha mientras le hablaba en un tono pausado y ligeramente solemne. Luego recitaba una oración con los ojos cerrados y lo ayudaba a comer una mezcla de yogur, sorgo y puré de calabaza que, según le dijo, era también lo que comían los trabajadores africanos de la misión. Después, hacía cuanto podía para dejarlo cómodo antes de ir a atender sus otros quehaceres.

A través de la ventana abierta, Hamza alcanzaba a ver parte de la higuera y la casa del misionero. Por las mañanas, una pequeña garza de plumaje verde claro se posaba durante largo rato sobre el caballete del tejado, completamente inmóvil, hasta que de pronto echaba a volar sin motivo aparente. No sabía por qué, pero el hecho de ver a la garza plantada en lo alto del tejado lo llenaba de tristeza. Se sentía muy solo. A media mañana el pastor pasaba a verlo y, cuando se acercaba a la cama, Hamza notaba los efluvios mezclados del jabón, el sudor y cierto olor vegetal que recordaba la levadura de panadero. El pastor examinaba la herida a conciencia, ejercitaba las extremidades de Hamza y le hacía una serie de preguntas, siempre con expresión seria y grave, fuera cual fuese el resultado del examen.

A través de la ventana, oía un piano y las voces de las niñas cantando y ensayando. También las oía cuando jugaban en el patio. En algún momento del día, la esposa del pastor iba a visitarlo. Era una mujer rubia y delgada, acostumbrada al trabajo duro y tal vez un poco fatigada, pero de sonrisa fácil. Por lo general le llevaba algún tentempié en una bandeja metálica: un puñado de galletas y una taza de hojalata con café, un bol con higos o pepino cortado a rodajas. Mientras le hacía compañía, le hablaba de la temporada que habían pasado en la costa, antes de mudarse a Kilemba. ¿Verdad que el paisaje de la misión era maravilloso? Por la noche, las temperaturas frescas mantenían a los mosquitos a raya, toda una bendición después de haber vivido a orillas del mar. Tanto ella como su marido descendían de agricultores y el clima de Kilemba era perfecto para sus cultivos. «¿No te encanta este lugar? El clima te sentará de fábula, ya lo verás.» Cuando le hacía preguntas, se maravillaba de su dominio del alemán: «¡Tienes una dicción excelente!» Al despedirse de ella, Hamza siempre se sentía mejor de lo que realmente estaba. Cuando la mujer del pastor no podía llevarle el tentempié como de costumbre, era la esposa de Witness, Subiri, quien acudía a verlo con la bandeja metálica, que depositaba sobre la mesilla de noche al tiempo que murmuraba unas palabras amables.

Pasaron dos semanas hasta que vio por primera vez a las hijas del pastor en el patio. Una tarde, cuando ya había recuperado algo de fuerza en los brazos, con la ayuda de Pascal y apoyándose en las muletas de madera que éste le fabricó, Hamza fue hasta la ventana a la pata coja. Sintió que la sangre circulaba con fuerza por la pierna izquierda y notó un inesperado cosquilleo en todo el cuerpo. Al otro lado de la ventana se veía un rincón del patio al que daba la casa de los misioneros, donde las dos niñas jugaban con una casa de muñecas, sentadas en una estera. Oyó a la madre hablando con ellas pero no llegó a verla. No eran conscientes de que las estaba observando. Colocó la silla junto a la ventana y a veces pasaba allí toda la mañana, contemplando el trasiego de la misión. Más adelante, según fue recuperando la movilidad, empezó a salir de la enfermería apoyado en las muletas para que le diera el sol y saludaba a las hijas del pastor, que le devolvían el saludo bajo la atenta mirada de su madre. Al verla revoloteando en torno a las niñas, Hamza recordó lo que le había dicho el oficial sobre lo mucho que se desvivía por ellas. A veces la veía en el huerto que había a un lado de la casa, seguida de cerca por sus hijas, cada una con su cesta.

Cierta mañana, Hamza estaba sentado fuera, en la silla que había sacado de la enfermería, cuando el pastor se acercó y se lo quedó mirando sin decir palabra, entornando los ojos para protegerlos del sol.

—Nos acaban de comunicar que la guerra ha terminado y Alemania se ha rendido —anunció—. El comandante en jefe de las tropas en Ostafrika acaba de rendirse ante los británicos con las tropas que le quedan. Al parecer, ha tardado tres semanas en enterarse de que se había firmado un armisticio en la metrópoli, pero el caso es que la guerra ha concluido. Dios te ha mantenido con vida y debemos estar agradecidos por ello y por haber convertido esta misión en el instrumento de Su misericordia.

Más tarde, Pascal le dijo que iba a celebrarse una misa por el alma de todos los que habían perdido la vida durante el conflicto, una misa a la que debería acudir.

—El pastor y su mujer estarán contentos, y Dios también. Además —añadió—, si no vienes el pastor se ofenderá, y eso no te conviene. Es un hombre precavido y le gustaría verte lejos de aquí antes de que vengan los británicos y rodesianos, que sin duda vendrán. Si te encuentran aquí, sabrán que eres un askari herido y puede incluso que ordenen el cierre de la misión. Si el pastor no está contento contigo, dejará que te lleven al centro de detención, pero si te considera parte de su rebaño no lo consentirá.

Con el fin de la guerra, un puñado de los aldeanos que se habían marchado regresaron a la misión, y más de una docena de fieles asistieron al oficio, en su mayoría mujeres. Era la primera vez que Hamza visitaba la capilla, una construcción austera con las paredes encaladas, un crucifijo en la pared y un atril a sus pies. Creía entender lo que se proponía Pascal: salvarle la vida al tiempo que conquistaba su alma para el Redentor. Hamza no conocía ninguno de los cánticos religiosos, así que permaneció en silencio con la mirada gacha mientras los feligreses cantaban y el pastor rezaba por los caídos en combate.

La salud de Hamza mejoró a un ritmo constante durante las semanas siguientes, aunque persistiera el dolor en la articulación de la cadera y en la ingle, sobre todo cuando andaba. La herida externa se había curado y, gracias a los ejercicios, había logrado recuperar cierta movilidad, pero el pastor le dijo que seguramente tenía algún tendón o nervio dañado que no podía tratar por carecer de los conocimientos necesarios. Hamza necesitaba muletas para desplazarse porque la pierna aún no estaba lo bastante fuerte para sostener su peso. Según Pascal, y en vista de que seguramente pasaría una buena temporada en la misión, había llegado el momento de buscarle un alojamiento más cómodo. Con la ayuda de Testigo, cerró el cobertizo anexo al edificio que compartía con Juma, cubriendo la cerca de cañizo con una gruesa pasta de adobe, y después ayudó a Hamza a instalarse en la habitación resultante. «No tienes más que levantar la voz para que uno de nosotros te oiga», le dijo.

El dispensario había recuperado su función habitual, ahora que los lugareños acudían de nuevo a la misión en busca de asistencia médica. Con el fin de la guerra empezaron a llegar rumores de una enfermedad que se extendía por todo el territorio, aunque de momento no se habían dado apenas casos en Kilemba. Hamza empezó a echar una mano en la misión, al principio con tareas que le permitieran estar sentado: clasificar las hojas de tabaco, limpiar verduras, reparar muebles. Descubrió que tenía cierta facilidad para esto último, y tanto la mujer del pastor como Pascal le buscaban piezas que necesitaran algún arreglo. El pastor lo veía trabajar con las hojas de tabaco o los muebles y, a su manera callada, se mostraba complacido. Era un hombre de natural receloso que observaba con atención cuanto sucedía a su alrededor pero rara vez intervenía para corregir o reprender a nadie públicamente. Por la noche, Hamza se reunía con Pascal y los demás trabajadores de la misión y, durante la cena, hablaban del caos reinante al otro lado de aquellos muros.

La mujer del pastor opinaba que la recuperación de Hamza era un auténtico milagro, algo que sin duda se debía a que el paciente siempre había llevado una vida ejemplar. Él sabía que lo decía en broma para levantarle el ánimo, pero aun así le estaba agradecido. Cuando él se sentaba a la sombra del patio, las hijas del pastor —Lise y la pequeña Dorthe— se acercaban con sus cantorales y le enseñaban la letra de los himnos religiosos, leyéndolos en voz alta y pidiéndole que repitiera las palabras como un loro, aunque podría haberlas leído por sí mismo. Hamza se esforzaba, pero las niñas eran maestras exigentes y lo obligaban a repetir los mismos versos una y otra vez. En cierta ocasión, mientras las dos hermanas discutían sobre la forma de pronunciar una palabra, Hamza cogió la hoja de manos de Lise sin pensarlo para echarle un vistazo. La niña se la arrebató al instante.

—¡Eso es mío! —exclamó.

Fue entonces cuando Hamza recordó vagamente algo que el oficial le había dicho antes de marcharse, algo relacionado con un libro. ¿De qué libro se trataba? ¿Acaso había sido una alucinación? ¿Lo habría soñado?

—¿El Oberleutnant dejó un libro para mí? —le preguntó a Pascal.

—¿De qué libro me hablas? —repuso el hombre—. ¿Sabes leer?

«Un poco», pensó Hamza, recordando al oficial.

—Sí, sé leer —afirmó.

—Yo también sé leer. Tengo algunos folletos en el armario de la capilla, por si buscas material de lectura —sugirió Pascal—. Podríamos leerlos juntos por la noche. A veces les leo a Testigo y Subiri, que son muy devotos.

—No... Quiero decir, sí, podemos leer juntos si quieres, pero ¿sabes si el oficial dejó un libro para mí? —dijo Hamza.

Pascal se encogió de hombros.

—¿Por qué iba a hacerlo? ¿Acaso era tu hermano?

Más tarde, la mujer del pastor le comentó con una sonrisa:

—Lise me ha dicho que le has cogido la hoja de los cánticos mientras ella te enseñaba la letra. Se ha escandalizado al verte tomando semejantes confianzas, pero yo me he preguntado si te gustaría que te enseñe a leer.

—Ya sé leer —repuso Hamza.

La mujer del pastor reaccionó con un leve arqueo de cejas.

—No lo sabía —dijo.

—Un poco —añadió Hamza con humildad—. Necesito seguir practicando. ¿Sabe usted si el Oberleutnant dejó un libro para mí?

Ella apartó la mirada sin contestar y dijo:

—Se lo comentaré al pastor. ¿Por qué lo preguntas?

Justo antes de que apartara los ojos, Hamza advirtió un destello en su mirada y supo que no habían sido alucinaciones suyas, que muy probablemente el oficial le había dejado un libro. Negó con la cabeza, como si no lo supiera a ciencia cierta o fuera un asunto sin importancia. No quería causar un gran revuelo, por si todo era realmente producto de su imaginación febril.

—Me ha parecido recordarlo, pero no estoy seguro. Mis recuerdos son confusos.

Cuanto más lo pensaba, más se convencía de que tenía razón y empezó a recordar con cierta coherencia lo que el oficial le había dicho aquel día: algo sobre un incendio que le había costado la vida a su hermano pequeño siendo apenas un muchacho, y también que le dejaba el libro para que practicara alemán, e incluso algún comentario sobre delincuentes negros, aunque no habría sabido decir a qué se refería. Siguió practicando sus ejercicios de recuperación y se mostraba agradecido al pastor y a Pascal por cuidar de él, reprimiendo el anhelo de leer. La herida se había curado completamente por fuera, aunque seguía necesitando una muleta para apoyar el peso al caminar. Su recuperación se alargó durante muchas semanas, más allá de la Navidad, el Año Nuevo e incluso la visita de un oficial británico, durante la cual lo mantuvieron oculto. Según ese oficial, una epidemia de gripe asolaba el continente y el mundo entero, y ya se había cobrado miles de vidas. En Alemania, mientras tanto, se había desatado el caos tras el destierro del káiser y la proclamación de la república, al igual que en Rusia, donde la revolución había costado la muerte del zar y toda su familia. El mundo entero se tambaleaba, dijo. En la misión tenían asegurada la subsistencia, y lo mejor que podían hacer era esperar allí hasta que la situación se aclarase.

Fue el pastor quien volvió a sacar el tema del libro, pero de una forma indirecta. Tras uno de sus habituales exámenes físicos, sugirió a Hamza que salieran a dar un paseo para que ejercitara la pierna. Caía la tarde y se encaminaron primero hasta la verja de la misión y luego hasta el portón del recinto amurallado. El pastor se detuvo en este punto, abarcando con la mirada la llanura que se extendía a sus pies y la cornisa rocosa que se elevaba a lo lejos.

—La puesta del sol da un aspecto benigno a este paisaje, ¿no crees? Sin embargo, sabemos que nunca ha sido escenario de nada reseñable —comentó—. Es un lugar que no tendrá la menor trascendencia en el recuento de las proezas y conquistas humanas. Podríamos arrancar esta página de la historia de la humanidad y nada cambiaría. Uno puede llegar a entender que la gente viva satisfecha en un lugar así, pese al azote de incontables plagas. —El pastor lanzó una mirada fugaz a Hamza y luego esbozó una sonrisa plácida, de quien se siente a gusto en su propia piel—. O por lo menos así era hasta que llegamos nosotros con palabras como progreso, pecado y salvación, palabras que traen consigo el descontento. Las gentes de por aquí comparten una misma característica: no saben retener una idea durante mucho tiempo. A veces puede dar la impresión de que no son sinceras, pero lo que pasa es que les falta seriedad, formalidad, diligencia. Por eso es necesario repetir las instrucciones que se les dan y supervisar cuanto hacen. Si nos marcháramos mañana, volverían a sus viejos hábitos como hace la maleza si no se mantiene a raya.

El pastor volvió a mirarlo fugazmente y dio media vuelta para volver a la misión. Hamza lo veía como un hombre que se debatía entre la presión externa para que ejerciera su autoridad y un íntimo deseo de ayudar al prójimo, y se preguntó si sería lo habitual entre los misioneros europeos que trabajaban con pueblos atrasados como el suyo.

—El oficial que te atacó debía de estar completamente enajenado —continuó el pastor mientras regresaban a paso tranquilo—. El Oberleutnant me habló de él. Dijo que era militar competente pero también un hombre politizado y lleno de rencor hacia la nobleza y la clase dominante en Alemania. Nuestro país sufre una terrible escisión y ahora, tras la derrota militar, los descontentos han derrocado al káiser y sembrado el caos. Uno no puede por menos que preguntarse qué hacía un hombre como el Feldwebel en las filas del ejército imperial en Ostafrika. Tal vez lo atrajera la violencia y viera en la schutztruppe la oportunidad de ejercerla sin cortapisas. El Oberleutnant me dijo que no resultaba fácil tenerlo bajo control, que detestaba tanto a los nativos que rompía constantemente las normas de conducta, sobre todo con los askaris. Lo que te hizo es un delito según el reglamento de la schutztruppe. El Oberleutnant me dijo que, cuando te golpeó, fue como si quisiera atacarlo a él.

»¿Has entendido todo lo que he dicho? Por supuesto que lo has entendido. El Oberleutnant me dijo que tu alemán es muy bueno y yo mismo te he oído hablarlo. Puede que los demás oficiales alemanes no vieran con buenos ojos que él... tuviera amistad contigo, que se... mostrara tan protector y... afectuoso. Sólo son suposiciones, no sé... a partir de otras cosas que me dijo el Oberleutnant. Puede que algunos oficiales pensaran que su comportamiento minaba la autoridad del mando alemán. Entiendo que llegaran a esa conclusión. También entiendo que la guerra genera vínculos inesperados.

El pastor no dijo nada más hasta que volvieron a la enfermería, y entonces se apostó junto a la ventana, mirando ora al paisaje, ora a Hamza pero rehuyendo todo contacto visual.

—Le preguntaste a mi mujer si el Oberleutnant dejó un libro para ti, y así es. Me dijo que sabías leer, pero no compartí esa información con ella. El Oberleutnant creía que la schutztruppe no era lugar para ti, y ahora que llevas aquí varios meses yo también lo creo. Te he visto recuperar la salud con la estoica perseverancia que nace de la inteligencia y la fe. No me refiero a la fe religiosa. No te conozco lo bastante para saber si eres creyente, aunque Pascal confía en salvar tu alma. Es un gran romántico y un hombre sabio.

»Cuando me llevé el libro, no sabía todas estas cosas sobre ti y creía que el Oberleutnant se comportaba de un modo insensato, dejándose llevar por sus emociones porque se sentía responsable de tu desgracia. Eso fue lo que me hizo pensar que se había excedido al protegerte, que eran esas... atenciones las que habían incitado al Feldwebel a atacarte. El Oberleutnant me dijo que le recordabas a alguien de su juventud, y me pareció que sus palabras revelaban un exceso de sentimentalismo viniendo de un oficial alemán y en referencia a un mero soldado africano. Ese libro se me antojó un regalo demasiado valioso para un nativo. Cuando mi mujer me dijo que habías preguntado por él, reflexioné sobre lo que había hecho, pero no le conté que el oficial me había revelado que sabías leer. Me limité a afirmar que el libro era demasiado valioso para dejarlo al alcance de cualquiera, lo cual es cierto. Pero entonces ella añadió que sabías leer y, al decirle yo que estaba al tanto de ese dato, me instó a devolverte el libro, pues así lo habría querido el Oberleutnant. Yo sabía que ésa sería su reacción, y por eso había guardado silencio al respecto. Le comenté que dudaba de que pudieras sacar verdadero provecho de ese libro, y sigo dudándolo, pero mi mujer replicó que eso no era asunto mío y que debía devolverlo a su legítimo dueño.

El pastor sonrió al decir esto.

—Echó por tierra todos mis argumentos, aunque quizá debería decir que me convenció de que había obrado mal arrebatándote el libro. De modo que decidí devolvértelo y explicarte por qué te había privado de él. Estaba equivocado. Puede que algún día seas capaz de leerlo con tanto placer como anticipó el Oberleutnant.

Dicho esto, le entregó un librito de cubierta negra y dorada, el *Musen-Almanach für das Jahr 1798* de Schiller.

TERCERA PARTE

8

El barco bordeó el rompeolas en la penumbra del crepúsculo y el nahodha ordenó que arriaran la vela mientras se adentraba en el puerto con mucha cautela. La marea estaba baja y no se fiaba de los canales. En esa época del año —después de los monzones kaskazi y antes de que los vientos y las corrientes viraran hacia el sudeste— había corrientes tan poderosas que llegaban a desplazar los canales de navegación. El barco iba muy cargado y no quería acabar encallado en un banco de arena o golpear la quilla contra el fondo. Finalmente, tras debatirlo con la tripulación, decidió que era demasiado tarde para atracar en el muelle con seguridad, por lo que echaron el ancla cerca de la costa y esperaron a que saliera el sol. Había luces en la orilla, y en el puerto se veían siluetas en movimiento cuyas alargadas sombras se proyectaban hacia delante y hacia atrás en la penumbra. Más allá de los almacenes del muelle, la ciudad se extendía hasta perderse de vista y el cielo crepuscular se teñía de un fulgor ambarino. Hacia la derecha, una carretera mal iluminada discurría paralela al accidentado contorno costero, en dirección al cabo, para luego internarse en la oscuridad del campo. Hamza recordaba esa carretera que pasaba por delante de su casa y luego se estrechaba para acomodarse al angosto paso que comunicaba la costa con el interior.

Mar adentro, el cielo se llenó de estrellas y una luna inmensa se elevó sobre el horizonte, alumbrando el agua encabritada más allá del rompeolas y, a lo lejos, la cresta espumosa del arrecife. En su ascenso, la luna sumió al mundo entero en un resplandor sobrenatural, transformando los almacenes, el muelle y las embarcaciones abarloadas en siluetas incorpóreas. Para entonces el nahodha y los tres miembros de la tripulación habían comido sus exiguas raciones de arroz y pescado en salazón, que compartieron con Hamza, y luego se tumbaron a descansar amontonados sobre los sacos de mijo y lentejas que constituían el cargamento. Él se acostó cerca de ellos, de modo que alcanzaba a oír su cháchara, entreverada de blasfemias y canciones melancólicas, mientras el barco cabeceaba mecido por la marea, que entretanto iba subiendo. Se quedaron dormidos casi al unísono, respirando con una misma cadencia lenta y profunda que fue dando paso al silencio. Tras la momentánea quietud, el barco reanudó su atormentado crujir mientras el mar lo zarandeaba, incansable. Hamza se tumbó sobre el costado bueno, pero no pudo evitar que el dolor regresara, de modo que se apartó un poco del grupo de marineros dormidos. Al cabo de un rato, sin embargo, se alejó todavía más por temor a que su insomnio les impidiera descansar. Buscó un rincón y allí se encajó, mal que bien, entregándose a una incomodidad que le permitía abstraerse del dolor, hasta que al fin logró conciliar el sueño.

Al salir el sol tomaron puerto tirando de las amarras, trabajando en silencio, envueltos en la luminosidad malva de la aurora. Gracias a la pleamar, el barco navegaba ahora a flor de agua, sin peligro de quedar embarrancado. El nahodha no quiso que Hamza los ayudara a descargar la mercancía y le sonrió con benévolo desdén, enseñando la dentadura manchada.

—¿Te crees que esto es coser y cantar? —le preguntó, mirándolo de arriba abajo con amistosa socarronería—. Se necesita experiencia, y la fuerza de un buey.

Hamza dio las gracias al nahodha, que había aceptado llevarlo a bordo sin cobrarle el pasaje, y estrechó la mano a los tripulantes. Luego bajó con cuidado por la plancha hasta el muelle. Tenía el cuerpo agarrotado por el esfuerzo de disimular el dolor en la cadera, agravado tras pasar la noche encajonado entre las cuadernas del barco. Ninguno de los hombres le había preguntado por su malestar, pese a que todos debieron de advertir su cojera. Les estaba agradecido por ello, dado que la compasión en tales circunstancias exigía a cambio algún tipo de confidencia. No miró atrás al enfilar el muelle casi desierto, pero se preguntó si el nahodha y su tripulación lo estarían mirando y quizá hablando de él.

Cruzó la verja del puerto, abierta y sin vigilancia, y se adentró en la ciudad, cruzándose con personas que iban en dirección contraria, dirigiéndose apresuradamente al trabajo. No conocía bien esa parte de la ciudad. Había vivido en las afueras y apenas había pisado el centro, pero no quería dar la impresión de estar perdido o fuera de lugar, de modo que también apretó el paso y avanzó con toda la determinación que le permitía el dolor al tiempo que buscaba con la mirada alguna calle o edificio familiar. La calle que enfiló, inicialmente ancha y flanqueada por margosas de la India, no tardó en estrecharse y ramificarse con bocacalles a ambos lados. Según avanzaba, una leve sensación de pánico se fue apoderando de él. Los transeúntes se incorporaban a la vía principal desde las bocacalles, seguros de sus pasos, y él aún no sabía dónde estaba. Cada vez le costaba más orientarse entre la multitud, pero al mismo tiempo le tranquilizaba estar en una calle concurrida, donde su vacilación e incertidumbre podían pasar inadvertidas. Tarde o temprano reconocería algún punto de referencia. Cuando se topó con el antiguo edificio de Correos se sentó aliviado en los escalones de la entrada y dejó que aquel agujero en la boca del estómago remitiera mientras veía desfilar ante sus ojos a peatones, ciclistas y algún que otro coche que se abría paso pacientemente entre la multitud.

Dejó atrás la oficina de Correos para ir en busca de calles menos ajetreadas, ya más tranquilo pero sin acabar de situarse. Deambuló sin rumbo por callejones frescos y sombreados con puertas entreabiertas y alcantarillas rebosantes. Cruzó anchas avenidas con cafés abarrotados de clientes que tomaban el desayuno y luego volvió a internarse en las angostas callejuelas donde las casas se inclinaban unas hacia otras con descarada intimidad. Hamza no respiraba tranquilo en esas calles, donde el aire olía a comida y a aguas estancadas, donde las voces de las mujeres resonaban al otro lado de patios tapiados. Se sentía como un intruso, pero siguió adelante pese a la angustiosa extrañeza que le inspiraban los callejones, familiares y amenazadores a un tiempo. Al cabo de un rato se dio cuenta de que estaba caminando en círculos y suscitando miradas de curiosidad, de modo que se apartó del recorrido al que invitaba la inercia y tomó una dirección distinta.

A media mañana llegó a un patio cuyo portón de madera estaba abierto de par en par. A ambos lados de la carretera de tierra batida que lo había llevado hasta allí se alzaban viviendas que prestaban al patio un aire familiar, como si formara parte de la vida cotidiana del vecindario. Algo le hizo detener sus pasos y acercarse, pensando que parecía la clase de lugar donde tal vez pudiese encontrar trabajo o, cuando menos, sentarse a descansar. Por el portón abierto llegaba un clamor de voces y golpes de martillo que creaban una atmósfera de trabajo honrado, y más allá del portón vio a dos hombres cambiando la rueda de una furgoneta calzada con una pila de ladrillos; uno de ellos estaba arrodillado con la rueda entre las manos y el otro permanecía de pie a su lado, sujetando una llave inglesa y un martillo. El primero, un hombretón, hablaba con una voz que retumbaba en todo el patio. Estaba de espaldas a Hamza y vuelto hacia su compañero, que lo miraba con los labios entreabiertos, como si fuera a romper a reír. Tenía la cabeza demasiado grande respecto al cuerpo, tanto que era imposible no reparar en ello. Hamza les lanzó una mirada fugaz y reconoció en sus bromas, risas y bravuconadas el tono familiar de la cháchara callejera, tan inconsecuente que daba igual quien la escuchara. Los dos hombres hicieron caso omiso de su presencia, o quizá fingieron no reparar en él.

Un poco más allá de los dos operarios y la furgoneta, a la sombra de un cocotero joven que se erguía en un rincón del patio, un chico claveteaba una caja de embalaje. Cerca de allí descansaban otras tres cajas ya cerradas y una cuarta abierta, llena de virutas de madera. Otros dos jóvenes, poco más que niños, sostenían un caldero caliente entre dos pértigas y se encaminaban al edificio que ocupaba uno de los lados del gran patio. A juzgar por el olor que desprendía, Hamza dedujo que transportaban aceite o barniz. Las puertas del edificio estaban abiertas de par en par, y reconoció los sonidos característicos de una carpintería —el serrucho, el cepillo, el golpeteo intermitente de un martillo—, así como el aroma astringente de las virutas de madera. En un extremo del edificio había una puertecita a través de la cual vio a un hombre sentado al escritorio, encorvado sobre un libro de contabilidad con las gafas de montura metálica en la punta de la nariz. Fue hacia él renqueando despacio, esforzándose por disimular la cojera con pasitos cortos.

El hombre vestía una camisa de algodón fino, de manga larga y corte holgado, con la que parecía sentirse fresco y cómodo. Tenía el cráneo afeitado, la barba rala salpicada de canas. Sobre el escritorio, junto al libro de contabilidad, descansaba su kofia bordada. Rondaría los treinta años y era de complexión robusta. Al verlo volcado sobre el escritorio, completamente enfrascado en sus asuntos, Hamza pensó que sólo podía ser el dueño del negocio. Se plantó en el umbral sin decir palabra, esperando que el hombre levantara la vista y lo invitara a pasar o lo echara sin contemplaciones. Hacía una mañana agradable y él estaba acostumbrado a esperar. Se quedó allí durante unos minutos, o eso le pareció, procurando no aparentar impaciencia o nerviosismo, hasta que el hombre levantó la mirada con brusquedad, como si todo ese tiempo hubiese sido consciente de su presencia pero se le hubiese agotado la paciencia de pronto. Se colocó las gafas en lo alto de la cabeza y miró a Hamza con el aplomo y la parsimonia de quien ocupa el lugar que le corresponde en el mundo. Frunció el ceño fugazmente pero no dijo nada, como esperando a que el desconocido se presentara y anunciara el motivo de su visita. Al cabo de unos instantes, ladeó la barbilla levemente, algo que Hamza interpretó como una altiva invitación a hablar.

—Busco trabajo —dijo.

El hombre ahuecó la mano en torno a la oreja izquierda porque Hamza había hablado en un tono apenas audible.

—Me preguntaba si podría usted darme trabajo, si es tan amable —repitió, levantando la voz y apelando a la generosidad del desconocido, preguntándose si querría oírlo suplicar, demostrar su humildad.

El hombre se recostó hacia atrás y entrelazó las manos sobre la nuca, flexionando los hombros, como si hubiese decidido tomarse un descanso.

—¿Qué clase de trabajo estás buscando? —preguntó.

—Cualquier clase de trabajo —contestó Hamza.

El hombre sonrió. La suya era la sonrisa amarga, descreída, de un hombre cansado que cree estar a punto de perder el tiempo.

—¿Qué sabes hacer? —le preguntó—. ¿Trabajar en el campo?

Hamza se encogió de hombros.

—Sí, pero también otras cosas.

—No necesito jornaleros —dijo el hombre de forma abrupta, dando el asunto por zanjado, y se volvió de nuevo hacia su libro de contabilidad.

—Sé leer y escribir —afirmó Hamza con un atisbo de orgullo en la voz, y luego, recordando sus circunstancias, añadió—: Buana.

El hombre lo miró a los ojos, como esperando más detalles.

—¿Qué estudios tienes? —preguntó.

—No he ido a la escuela —respondió Hamza—. Me enseñaron un poco... y lo demás lo aprendí por mí mismo.

—¿Y cómo has hecho eso? Bueno, da igual... ¿Sabes llevar un libro de contabilidad? —preguntó, señalando el que tenía delante, pero Hamza sabía que no hablaba en serio. Un mercader jamás permitiría que un perfecto desconocido le llevara las cuentas.

—Puedo aprender —repuso al cabo de una larga pausa.

El hombre soltó un suspiro y se quitó las gafas de la cabeza. Se frotó el cuero cabelludo con la palma de la mano derecha y Hamza distinguió el leve crujir de su pelo cortado al rape.

—¿Sabes trabajar la madera? —preguntó—. Me vendría bien tener a alguien más en el taller.

—Puedo aprender —repitió Hamza, y el hombre volvió a sonreír, esta vez sin tanta amargura, quizá incluso con un punto de cordialidad. El joven vio un resquicio de esperanza en esa sonrisa.

—Así que no sabes trabajar la madera pero sí leer y escribir. ¿Cuál fue tu último trabajo? —preguntó.

No contaba con esa pregunta, y comprendió que debería haberla visto venir. Tardó tanto en responder que el hombre se recolocó las gafas sobre la nariz y se inclinó de nuevo sobre el libro de contabilidad. Hamza se quedó donde estaba, ligeramente adelantado respecto al umbral, y esperó mientras el hombre anotaba algo. Se dijo que tal vez debía marcharse antes de que perdiera los estribos y lo echara con malos modos, pero era incapaz de moverse, se sentía paralizado. Al cabo de unos minutos, el hombre lo miró con gesto cansino, cerró la pluma con el capuchón, cogió el gorro y dijo:

—Acompáñame.

Y así, contra todo pronóstico, Hamza empezó a trabajar para el mercader Nassor Biashara, que, según habría de revelarle más adelante, le dio una oportunidad porque le gustó su aspecto. A sus veinticuatro años, estaba sin blanca y no tenía dónde caerse muerto, acababa de llegar a una ciudad que apenas reconocía, se sentía cansado y dolorido y no alcanzaba a imaginar qué había visto el mercader en él.

Nassor Biashara lo guió hasta el patio y llamó al chico que estaba claveteando cajas. El mercader era más bajo de lo que parecía al verlo encorvado sobre el escritorio, pero echó a andar con pasos enérgicos, urgentes, y alcanzó al chico antes incluso de que éste hiciera ademán de ir a su encuentro.

—Acompaña a este hombre al almacén. ¿Cómo has dicho que te llamas? Dile a Jalifa que iré dentro de un rato —ordenó al chico, que se hacía llamar Sungura, «conejo», aunque ése no era su verdadero nombre.

Tampoco era un chico, sino un hombre adulto con las hechuras de un adolescente larguirucho cuyo rostro expresivo, ceniciento y curtido por los elementos desmentía el aire juvenil que transmitía de entrada. Había algo familiar en sus facciones angulosas, los pómulos altos, el mentón afilado, la nariz delgada, la frente surcada de arrugas: era el rostro de un hotentote. Hamza había visto muchos rostros así en los últimos años, pero esos rasgos peculiares sumados al físico frágil de un adolescente enfermizo resultaban ligeramente siniestros. Lo más probable era que no fuera un hotentote, sino de alguna etnia con la que no se había topado hasta entonces, tal vez de Madagascar, Socotra o alguna otra isla remota de la que nunca había oído hablar. Desde el estallido de la guerra, su mundo se había llenado de rostros extraños, sobre todo en las ciudades costeras, a las que siempre habían llegado gentes del otro lado del océano y del otro lado del continente, algunas de forma más voluntaria que otras. Pero tal vez no fuera siquiera eso, sino tan sólo el rostro de un hombre criado en la escasez y el dolor, o que había sufrido una de las muchas desdichas que asolaban la vida humana.

Sungura echó a andar y Hamza lo siguió. Al pasar por delante de los hombres que estaban arreglando la furgoneta, el grandullón frunció los labios para imitar el sonido de un beso y miró a Sungura poniendo los ojos en blanco con gesto sensual, como si apenas pudiera reprimir su deseo. La áspera barba que despuntaba en su cara redonda le endurecía las facciones. Su compañero, que vestía unos harapientos pantalones pesqueros de percal, soltó una risita atolondrada, dejando claro que era un vasallo en la corte del fanfarrón local. Sungura no dijo nada ni dejó traslucir emoción alguna, pero Hamza advirtió que todo su cuerpo se tensaba. Algo le dijo que estaba acostumbrado a ese trato y que a menudo le exigían que hiciera tareas humillantes. Cuando salieron a la calle, Sungura aminoró la marcha y miró de reojo a la cadera de Hamza, como diciéndole que se había fijado en su cojera —un tullido reconociendo a otro— y lo invitaba a marcar el paso.

Avanzaron despacio por calles polvorientas y atestadas de gente en las que se sucedían comercios rebosantes de mercancías —ropa, sartenes y cazuelas, alfombras de oración, sandalias, cestos, perfumes e incienso—, así como fruterías y puestos de venta de café. La temperatura empezaba a subir, pero aún se estaba bien y reinaba el buen humor entre el gentío que se abría paso a empujones. Los carreteros irrumpían entre los transeúntes dando voces de advertencia y se oía el tintineo de las bicicletas que serpenteaban como podían entre aquella marea humana. Dos matronas de avanzada edad caminaban con su paso cansino, indiferentes a todo, y la muchedumbre las sorteaba como si fueran piedras en medio de un arroyo.

Fue un alivio cuando, al cabo de unos minutos, enfilaron una bocacalle ancha y sombreada que los condujo a un descampado alrededor del cual se erguían varios almacenes, cinco en total: tres en un mismo edificio y otros dos en sendos edificios contiguos. El almacén de Nassor Biashara era una construcción independiente que ocupaba un rincón del descampado, junto a la bocacalle. La puerta de madera rústica estaba entreabierta, pero resultaba imposible distinguir ninguna forma en la penumbra del interior. Sungura se llegó a la puerta y llamó. Después de lo que a Hamza se le antojó una eternidad, tuvo que volver a llamar para que saliera un hombre alto y delgado de unos cincuenta años, recién afeitado y con el pelo entrecano. Lucía pantalón caqui y camisa a cuadros y, por su aspecto pulcro, parecía más un oficinista que el encargado de un almacén. Miró a los recién llegados y, volviéndose hacia Sungura, preguntó con cara de pocos amigos:

—¿A qué viene tanto alboroto? ¿Estás tonto o qué?

Su tono era irascible y desdeñoso, como si en cualquier momento fuera a escupirles. Se sacó un pañuelo del bolsillo y lo usó para limpiarse las manos.

Hamza pensó que tampoco era para tanto, pero Sungura no protestó.

—Buana Nassor me ha pedido que te lo traiga. Dice que ahora vendrá. Yo me marcho ya —dijo, y se dio media vuelta.

—Oye, oye ¿de qué estás hablando? —preguntó el encargado del almacén, pero Sungura siguió caminando sin replicar ni mirar atrás, inseguro pero obstinado.

El hombre resopló audiblemente al ver que Sungura se batía en retirada y masculló algo que Hamza no alcanzó a entender. Luego alzó la mano a modo de saludo, sostuvo la puerta para invitarlo a pasar y señaló el banco que había en la entrada. El joven tomó asiento, notando la mirada escrutadora del desconocido.

—¿De qué va todo esto? ¿Eres un nuevo cliente? —preguntó.

Hamza negó con la cabeza.

—¿Por qué te ha enviado?

—He venido a trabajar —contestó.

—A mí no me ha informado de nada.

El hombre que él supuso era Jalífa esperó a que dijera algo más y, al ver que no lo hacía, negó con la cabeza, visiblemente molesto. Se quedó inmóvil unos instantes más, conteniendo la ira, y luego asintió despacio varias veces con aire de exasperada resignación. Tras echarle otra mirada y soltar otro profundo suspiro, volvió a internarse en las profundidades del almacén. Hamza pensó que se trataba de una exhibición innecesaria, y que el hombre era un amargado. Si ése era el tipo a cuyas órdenes pretendía el tayiri mercader que trabajase, qué se le iba a hacer: aprendería a complacerlo.

Desde fuera el almacén no parecía demasiado grande, mediría quizá sesenta pasos a lo largo, como un pabellón militar de seis habitaciones. Estaba hecho con una mezcla de mortero y piedra coralina que asomaba allí donde la capa externa se había erosionado, mientras que el tejado era de chapa metálica. Si había ventanas, estaban cerradas y sólo una luz difusa se colaba por debajo de los aleros. A medida que los ojos se le fueron acostumbrando a la penumbra, Hamza distinguió contenedores y cajas de madera cerca de la entrada, así como voluminosos sacos de arpillera apilados hacia el fondo. Creyó reconocer el olor a madera y cuero, y quizá también a aceite de motor, así como el intenso aroma de la fibra de yute. Aquellos olores despertaron en él recuerdos del tiempo que había pasado en esa ciudad. Miró hacia el descampado. Un hombre lo cruzaba desde el extremo opuesto, pero no se advertía ningún otro movimiento. Era una explanada amplia, aunque quizá diera una falsa impresión de grandeza por estar desierta. Todos los demás almacenes parecían cerrados a cal y canto. Era un lugar solitario, silencioso, que transmitía un aire de abandono y decadencia pese a que ninguno de los edificios se veía deteriorado. Su mera visión desanimaba a cualquiera.

Hamza negó con la cabeza para sacudirse estos pensamientos, combatiendo su propensión a la melancolía. «La pena reduce la capacidad de resistencia», solía decir Pascal. Sonrió al recordarlo. Era una suerte haber encontrado trabajo nada más llegar a la ciudad, aunque haría bien en permanecer alerta, en no lanzar las campanas al vuelo hasta estar seguro de que el puesto era suyo. Llevaba muchos meses —años— deambulando sin rumbo fijo y ahora volvía a empezar de cero en compañía de una espectral hueste de acusadores. Su regreso a la ciudad había sido imprevisto. El día que huyó de allí creía haber dejado atrás toda una vida, pero de momento lo único que había conseguido era volver al punto de partida, unos años mayor, lisiado y con las manos vacías.

No sabía qué clase de trabajo le asignaría el mercader. Esperó sentado en el banco con la mirada gacha para que el resplandor de fuera no lo cegara, agradecido por el ambiente umbrío de la entrada, por la oportunidad de descansar. El dolor de cadera iba remitiendo poco a poco. Solía disminuir con el paso de las horas y el movimiento, aunque no podía estar mucho tiempo de pie y necesitaba descansos frecuentes. Tendría que aprender a sobrellevarlo. La alternativa era dejar que el dolor lo aplastara y lo convirtiera en un inválido, como a tantos tras la guerra. Pero eso estaba fuera de cuestión. Había tardado mucho, pero finalmente se había curado. Después de abandonar la misión se había obligado a hacer cosas para las que no estaba preparado y había perdido la noción de lo que su maltrecho cuerpo podía soportar. En adelante tendría que medir mejor sus fuerzas. En ese momento era consciente de que estaba casi al límite, de que sentía un cansancio rayano en el agotamiento. Tenía la cabeza a punto de estallar y le dolían los ojos. Necesitaba dormir. Su cuerpo se había acostumbrado a subsistir sin apenas comer, pero aún no estaba hecho a una permanente falta de sueño.

Creyó oír un murmullo de voces al fondo del oscuro almacén y se preguntó cómo se las arreglaba Jalífa para ver en medio de la penumbra, para moverse tan sigilosamente sin tropezar con la mercancía. Llevaba un rato sentado en el banco cuando advirtió un movimiento con el rabillo del ojo y se sobresaltó al encontrarlo a escasos metros de distancia, en la entrada del almacén, escrutándolo con aquellos ojos que brillaban en la oscuridad. Hamza apartó la mirada y, por unos instantes, creyó sentir la de Jalífa clavada en él, pero al volverse en esa dirección no vio a nadie. Tampoco se alarmó. El encargado del almacén parecía demasiado escrupuloso y educado para suponer una amenaza, y Hamza estaba cansado y sólo ligeramente perplejo por su excéntrico comportamiento.

Cuando llegó, luciendo una chaqueta de lino beige y tocado con la kofia, Nassor Biashara parecía tener prisa por seguir con sus otros quehaceres. Hamza se levantó del banco, listo para cumplir sus órdenes.

—¡Jalífa! —llamó el mercader a voz en grito—. ¿Dónde se ha metido ese hombre? ¡Jalífa!

El encargado del almacén apareció al cabo de unos instantes.

—Naam, buana mkubwa —respondió, irónico y burlón. «Sí, gran señor.»

—Éste es nuestro nuevo empleado —anunció Nassor Biashara—. Te lo he mandado para que te ayude en el almacén.

—¿Ayudarme con qué? —replicó Jalífa con insolencia—. ¿Qué andas tramando?

El mercader hizo caso omiso de esta provocación y siguió hablando en tono resuelto y profesional.

—¿Has hecho sitio para la nueva remesa? Él podría ayudarte con eso. Debería llegar en los próximos días.

—Ya está hecho —repuso Jalífa, sacudiéndose las palmas de las manos como para dar mayor énfasis a sus palabras.

—Sawa —dijo Nassor Biashara—. La furgoneta vendrá a recoger la madera tan pronto como hayan cambiado la rueda. Puede que tarden un rato porque tienen que llevar el otro neumático al mecánico para repararlo. Esa furgoneta me está costando un ojo de la cara. En fin, enséñale cómo funciona todo. Podría ayudar a cargar la madera en la furgoneta. De hoy en adelante será nuestro vigilante nocturno. Acompáñalo a la carpintería cuando cierres aquí para que sepa cómo llegar. Tengo que ir al banco.

—¿Cómo te llamas? —le preguntó Jalífa cuando el mercader se hubo marchado.

—Hamza —contestó.

—¿Hamza qué más? —preguntó el encargado con lo que a Hamza le pareció una sorprendente grosería, y por toda respuesta se encogió de hombros. No estaba obligado a contestar a esa clase de preguntas, y menos en ese tono. Volvió a sentarse en el banco—. ¿Cómo se llama tu familia? —insistió Jalífa, como si creyera que Hamza no había entendido la pregunta.

—Eso no es asunto tuyo.

Jalífa sonrió.

—Entiendo... Tienes algo que ocultar, ¿eh? Da igual. Puedes empezar por barrer toda esa porquería de ahí —dijo, señalando el espacio, poco menos que impoluto, que había delante del almacén—. Encontrarás la escoba detrás de la puerta... Y no levantes mucho polvo. ¡Haya, haya!, no has venido aquí a descansar.

Estupefacto por su mala educación, Hamza barrió la explanada como le había ordenado, formó una pequeña pila de polvo y basura junto a la puerta y luego volvió a sentarse en el banco. Cuando la furgoneta pasó a recoger la madera, Jalífa abrió una ventana enrejada y la luz del mediodía inundó el almacén. Uno de los dos hombres que Hamza había visto antes en el patio de la carpintería, el de la voz estentórea, que al parecer se llamaba Idrís, se quedó holgazaneando en la penumbra del almacén, fumando y gritando palabras de ánimo a Hamza y su harapiento compañero, que se encargaron de cargar la madera en la furgoneta, una partida de tablones mal cepillados que debían transportar al taller. La madera era de una tonalidad rosa pálido y Hamza no resistió la tentación de inclinarse para aspirar su perfume. Jalífa seguía con la mirada los movimientos de los dos hombres, apostado junto a la puerta del almacén pero sin mover un dedo para ayudar. No les llevó más de unos minutos cargar la furgoneta, y después Jalífa fue a sentarse en el banco, mientras que Hamza se acomodó sobre una caja de embalaje. No parecía haber mucho más que hacer. Quería preguntarle el nombre de aquella madera, pero lo disuadió el gesto de mal contenido desprecio que vio en el rostro del encargado.

—Nuestro vigilante nocturno —repitió Jalífa, sonriendo desdeñosamente a Hamza y luego apartando los ojos para mirar hacia el descampado—. ¿Para qué demonios te habrá traído hasta aquí? ¿Qué andará tramando? ¿Te ha prometido trabajo como encargado del almacén? ¡Nuestro vigilante nocturno, dice! Con sólo mirarte los ladrones se irán corriendo como alma que lleva el diablo, ¿a que sí? ¡Nuestro tayiri ha contratado a un vigilante nocturno! ¿Por qué ahora? Siempre hemos tenido aquí mercancías valiosas y nunca se le había ocurrido contratar a un vigilante nocturno. Te dará una sábana de marekani para taparte, un palo para defenderte, y te hará pasar la noche aquí plantado, con todos los shetáni y fantasmas. A veces se pone nervioso por el dinero. Supongo que esto tiene algo que ver con la nueva maquinaria que quiere comprar. No tienes pinta de vigilante. Los vigilantes tienen muslos recios, la piel lustrosa y grandes testículos. No entiendo por qué contrata a un alfeñique como tú para hacer de vigilante nocturno.

Hamza no pudo por menos que sonreír ante semejante ataque gratuito, pero no se le ocurrió ninguna réplica. Él tampoco se hubiese contratado a sí mismo como vigilante nocturno.

—Pareces enfermo —dijo Jalífa—. Le habrás tocado la fibra, o recordado alguna época difícil de su vida. A veces se le meten ideas estúpidas en la cabeza. ¿Has visto cómo se hacía pasar por un gran hombre de negocios? «Me voy al banco», dice. ¡Qué vida tan ajetreada!

Jalífa soltó un profundo suspiro, cerró los ojos y se recostó contra la puerta del almacén. Su rostro era afilado y podría decirse que ascético: el rostro de un hombre frugal, quizá, o que había conocido de cerca la amargura y el fracaso. Hamza suspiró en silencio ante la idea de trabajar para un hombre tan hosco y malhumorado.

—Pronto no quedará nada de todo esto —dijo Jalífa tras una larga pausa, mascando las palabras como si las escupiera—. Tendrías que haber visto este sitio en sus buenos tiempos, abarrotado de gente que iba y venía, regateando con los comerciantes: el vendedor de café con su puesto ambulante, las carretas que traían mercancías del puerto, el frutero con su gari, el heladero con su carrito y, por todas partes, el ruido, el bullicio y el vocerío. Ese local que ahora está tapiado era un café, y ahí en medio se apostaban los vendedores de zumos y yuca. Aquí mismo había un grifo de agua potable. Ahora fíjate en este lugar. Ya nadie viene hasta aquí, todo está abandonado. ¿Ves esos almacenes de ahí? —dijo, señalando el bloque de tres edificios—. Vino un contratista y se los quitó al Bohra tayiri Alidina. ¡Ése sí que era un gran hombre! ¿Has oído hablar del Bohra Alidina? Ésos eran sus almacenes, aunque tenía más tiendas y almacenes en todos los países de alrededor, pues su imperio se extendía hasta la región de los Grandes Lagos. Comerciaba con la India, Persia, Inglaterra y

Alemania. Ahora almacenan cemento, inodoros y cañerías en esas naves que antes estaban repletas de cereales, azúcar y arroz. Ya lo verás: de vez en cuando el contratista manda venir un camión y lo cargan de objetos que luego llevan a las mansiones de los ricos. Antes había un trajín constante de gente que venía a comprar y vender sus mercancías y este sitio bullía de vitalidad y comercio, pero ahora no es más que el lugar donde los de arriba guardan todo aquello que los de abajo no podemos permitirnos.

Jalífa volvió a enmudecer, rumiando su ira, mirando a Hamza de vez en cuando con cara de fastidio, como si esperara una respuesta por su parte.

—¿Qué demonios te pasa? ¿No tienes lengua? —preguntó al fin, succionando los carrillos y desencajando la mandíbula como si estuviera masticando algo ácido y amargo a la vez.

Hamza no dijo ni mu. Al cabo de un rato, mientras esperaban en silencio, notó que la cólera de Jalífa se había desvanecido por el cambio en su respiración, que se volvió más pausada. Cuando habló de nuevo, había mucho menos resentimiento en su voz, como si hubiese aceptado con resignación lo que quiera que fuese que antes lo estaba sacando de quicio.

—Ese otro almacén pertenece al Chino —dijo, señalando la otra nave independiente—. La usa para guardar aleta de tiburón seca, pepino de mar y vipusa... Ya sabes, cuerno de rinoceronte y todas esas cosas que les gustan a los chinos. Almacena allí la mercancía y cada pocos meses, cuando ha reunido una cantidad suficiente, la carga en un barco y la despacha a Hong Kong. No creo que sea legal, pero sabe apañárselas para no meterse en líos y tener contentos a los de aduanas. A los chinos les pirran esas cosas que les ponen el zub como un garrote. Nunca descansa, el Chino, ni deja descansar a nadie de su familia. ¿Has visto su casa? Hay bandejas de fideos secándose en el patio trasero, bandadas de patos chapoteando en el barrizal de delante, y su tienda de comestibles está abierta desde el alba hasta bien entrada la noche... Siempre va en pantalón corto y camiseta, como si fuera un jornalero, y trabaja de sol a sol. ¿Lo has oído hablar? Suena como cualquiera de nosotros, nada que ver con el galimatías que uno esperaría de un chino. Y lo mismo vale para todos sus hijos. Si los oyeras hablar con los ojos cerrados, nunca sospecharías de dónde son. ¿Los has oído hablar?

—No —contestó Hamza.

Jalífa se lo quedó mirando unos instantes y luego preguntó:

—¿No conoces al Chino? No recuerdo haberte visto antes. No eres de por aquí, ¿verdad?

Hamza tardó lo suyo en contestar.

—Más o menos.

—¿Cómo que más o menos? Ya veo que sigues con tus secretitos —concluyó Jalífa con una sonrisa fatigada—. ¿Por qué no mientes y ya está? Todo sería más fácil y te ahorrarías problemas. Suelta una mentira y a otra cosa. De lo contrario, parece que estés ocultando algo.

—No soy un forastero —dijo Hamza—. Viví aquí hace años, pero luego me marché.

—¿Cómo se llama tu gente? —preguntó Jalífa de nuevo.

—Viven muy lejos de aquí —mintió Hamza, tal como le acababa de aconsejar el encargado.

—¿Has visto mundo? Tienes pinta de que sí —dijo Jalífa, y en su rostro había un atisbo de desdén—. Dime, ¿has ido a la guerra? Eso es lo que he pensado nada más verte. Pareces un vagabundo.

Por toda respuesta, Hamza se encogió de hombros y Jalífa no insistió. Poco después de la llamada a la oración del mediodía, el encargado cerró el almacén y volvieron los dos a la carpintería. Hacía calor, pero no era insoportable, de modo que disfrutaron del paseo hasta que llegaron a la concurrida calle principal, donde la abundancia de productos desbordaba las tiendas, agravando la congestión de la calzada y las aceras. El caos, el barullo y las irascibles invectivas del gentío que se agolpaba en las calles a mediodía los obligaban a abrirse paso a codazos entre personas igualmente empeñadas en llegar cuanto antes a casa, al mercado o la mezquita. Nassor Biashara aún no había vuelto del banco, de modo que, mientras Jalífa esperaba delante de la oficina del mercader, Hamza entró en la carpintería ahora silenciosa, atraído por el olor a madera y resina. Encontró a un anciano sentado en un rincón, bordando un gorro. Levantó la vista por encima de las gafas para mirarlo unos instantes y reanudó su tarea. Hamza dio por sentado que era el carpintero, disfrutando de la pausa para almorzar. Lo saludó y se dispuso a retirarse.

Había varios objetos de madera dispersos en la carpintería: una silla reclinable, varias mesitas de centro, un banco ricamente tallado, un aparador sobre el que descansaban objetos más pequeños —cuencos ornamentales, cofres—, algunos de madera cobriza y otros de madera pálida, muchos de ellos sin rematar. Era como si el carpintero estuviera trabajando en varios encargos a la vez, o como si hubiese más de un carpintero.

El aroma a madera era muy intenso y Hamza se preguntó de qué árboles serían las que allí se usaban. En la misión había restaurado algunos muebles, pero aquellos trabajos no pasaban de los titubeantes esfuerzos de un aprendiz que se limitaba a arreglar lo que se había soltado o desmontado. No sabía nada de la madera, pero su olor se le antojaba reconfortante, natural. Cogió un puñado de virutas del suelo e inhaló su perfume. El anciano apartó los ojos de la labor y dijo:

—Mvule.

Hamza memorizó el nombre, agradecido. Luego se fue hacia otra pila de virutas, de las que provenía aquel olor astringente, y antes incluso de que las alcanzara, el anciano anunció:

—Msonobari. —Y sonrió como si aquello fuera un juego—. El mvule dura para siempre, es más duro que el metal —dijo—. ¿Has venido a comprar?

—No, he venido a trabajar para el mercader —contestó Hamza.

El anciano emitió una especie de gruñido y siguió bordando.

Cuando Hamza volvió a salir, comprendió que Jalífa se había marchado. Se sentó a la sombra, a esperar las instrucciones del mercader, y allí seguía por la tarde, cuando la actividad se fue reanudando poco a poco. Un hombre al que no había visto hasta entonces cruzó el patio en dirección a la carpintería. Tenía el pelo negro azabache y reluciente, recogido en una cola de caballo. Entró en el local con toda parsimonia y, al pasar por delante de Sungura, soltó una sarta de obscenidades: «¡Oye, pillastre, dile a tu madre que se unte bien con aceite, que esta noche iré a verla!» Sungura se echó a reír como un niño, enseñando una boca llena de dientes apiñados.

Hamza pasó toda la tarde esperando. Vio cómo Idrís y su compinche se tumbaban en la furgoneta durante un par de horas antes de escabullirse hasta el día siguiente, y seguía allí sentado cuando el viejo carpintero y su ayudante de pelo reluciente cerraron el taller y se marcharon. Se sentía como un mentecato por la larga espera, pero no tenía adonde ir, estaba cansado y no sabía si el mercader se acordaba siquiera de su existencia. Nassor Biashara volvió a la carpintería unas horas después, justo cuando el almuecín llamaba a la oración del atardecer. Aparte de él, sólo quedaba Sungura, que lo estaba esperando para cerrar. El mercader se sorprendió al ver a Hamza.

—¿Qué haces aquí? —preguntó—. ¿No te has ido en todo este tiempo? ¿Se puede saber qué te pasa? Vete a casa, anda. Mañana empiezas en el almacén.

9

Esa noche Hamza durmió a las puertas del almacén porque no tenía adonde ir. Vagó por las calles durante un rato en busca de algún lugar conocido, pero todos le resultaban extraños y las más de las veces no sabía dónde estaba. Se dejó llevar por la multitud hasta que de pronto se descubrió en la carretera de la costa, que reconoció con un leve escalofrío de emoción. La enfiló con la esperanza de hallar la casa en la que había vivido de niño, en vano. Creía haber dado con la zona, pero tal vez hubiesen demolido la casa y levantado otra en su lugar. Entonces la ciudad pertenecía a la Deutsch-Ost-afrika y ahora era una colonia británica, pero esa circunstancia por sí sola no justificaba la desaparición de aquella casa, que tenía un jardín cercado por un muro y una tienda en la planta baja. Era como si la ciudad se hubiese expandido más allá de sus propios límites, engullendo de paso algunos de sus viejos barrios. Hamza sólo se había ausentado durante siete años y la fisonomía de la ciudad no podía haber cambiado tanto durante ese tiempo. Tal vez estuviera buscando en el lugar equivocado. Cuando vivía allí apenas salía de casa —el miedo lo mantenía recluido en la trastienda— y había olvidado las pocas calles que conocía. Tal vez hubiese perdido una parte de los recuerdos por el camino, abrumado por las atrocidades que desde entonces había presenciado. Se sentía muy cansado, lo que tal vez contribuyera a la sensación de que todo a su alrededor le era ajeno. Algunas personas lo saludaban como si lo conocieran con una sonrisa, un ademán amistoso o incluso estrechándole la mano, pero él dio por sentado que lo confundían con otra persona. En cualquier caso, él no las conocía.

Cuando empezó a oscurecer volvió al almacén. Había una farola en el otro extremo del descampado que, si bien parecía multiplicar las sombras con su luz mortecina, también mitigaba hasta cierto punto aquella inquietante sensación de vacío. Hamza sabía que desde ese punto partía un callejón que llevaba a una mezquita, pues había oído al almuecín llamar a la oración del mediodía. Fue hasta allí para asearse y se unió a las plegarias. Los fieles se apartaron para hacerle un hueco y allí se quedó un rato, disfrutando de sentirse acompañado. Al caer la noche, cuando la mezquita cerró sus puertas hasta el día siguiente, volvió al almacén y se tumbó junto a la puerta, en el lugar que había barrido horas antes, usando la bolsa de lona en la que guardaba todas sus pertenencias a modo de almohada. Apenas pegó ojo pese al cansancio. Le dolía la cadera y los mosquitos se cebaron con él. Unos cuantos gatos merodeaban por el descampado, los oía maullar y de vez en cuando veía sus ojos reluciendo en la oscuridad. Las pesadillas interrumpieron su duermevela: soñó que caía a un abismo oscuro, que se arrastraba sobre una pila de cadáveres bajo la mirada amenazadora de un rostro deformado por el odio, entre gritos, golpes y colinas lejanas sembradas de vísceras rojas y translúcidas.

Solía tener sueños inquietantes. Fue un alivio cuando oyó la llamada a la oración del alba y volvió a la mezquita para asearse.

Cuando llegó poco después, Jalífa se sorprendió al encontrarlo en el suelo con aire abatido, la espalda apoyada contra la puerta del almacén. Se detuvo en seco, se lo quedó mirando fijamente y preguntó, exagerando su asombro:

—¿Qué haces aquí tan pronto? No son ni las siete de la mañana —dijo—. ¿Vives cerca?

Hamza estaba demasiado cansado para disimular.

—He dormido aquí —dijo, señalando el suelo.

—Nadie te lo ha pedido —repuso Jalífa—. ¿Qué eres, una especie de gamberro que duerme en la calle?

Hamza no contestó. Se levantó con cuidado, rehuyendo la mirada atónita del encargado.

—El mercader quiere un vigilante para que custodie la mercancía que está esperando —dijo Jalífa, escogiendo las palabras como si le hablara a alguien sin demasiadas luces—. Va a abrir una nueva línea de negocio con material de pesca y teme que uno de los pescadores locales se le cuele en el almacén para robárselo. Siempre andan medio alelados por culpa del hachís, pero no creo que sean capaces de algo así. No había necesidad de que te quedaras a dormir. ¿No te lo ha pedido, verdad que no?

—No tenía adonde ir —confesó Hamza.

Jalífa lo fulminó con la mirada, como esperando que se deshiciera en lastimeras súplicas y, al ver que no lo hacía, se fue hacia la puerta para abrir el candado mientras Hamza se apartaba. Abrió una de las hojas y entró en el almacén, pero al cabo de unos instantes volvió a salir bruscamente.

—¿Cómo que no tenías adonde ir? ¿No conoces a nadie en la ciudad? ¿No me dijiste que habías vivido aquí?

—Hace muchos años, en las afueras. No sé si queda alguien con vida —contestó Hamza—. Y, aunque así fuera, dudo que quisieran saber nada de mí.

Por unos instantes Jalífa se quedó sin palabras, el gesto ceñudo. En sus ojos ardían mil preguntas.

—¿De modo que duermes al raso, como un vagabundo? ¿Quién es tu gente? No puedes dormir en la calle —rezongó—. Podrían hacerte daño. ¿No conoces a nadie con quien puedas quedarte? ¿No tienes dinero?

—Acabo de llegar —dijo Hamza, como si eso lo explicara todo.

—¿Por qué no le pediste un adelanto al mercader? —preguntó Jalífa exasperado y, al ver que Hamza no contestaba, añadió—: ¿Cuánto hace que no comes nada? Pero ¿tú qué eres, un imbécil, una especie de santo? —Dicho lo cual, asió la muñeca derecha de Hamza y le plantó una moneda en la palma de la mano—. Busca un café y cómprate una taza de té y un bollo. Anda, largo de aquí.

Hamza no le había pedido dinero al mercader por vergüenza, temeroso de que éste se lo negara o le retirara la oferta de trabajo. De hecho, ni siquiera le había preguntado cuánto iba a cobrar. Esto último no se lo dijo a Jalífa, pero siguiendo sus órdenes fue en busca de un café donde tomó un bollo y una gran taza de té. Cuando volvió, el encargado del almacén hizo caso omiso de su presencia, probablemente, pensó Hamza, porque lo consideraba demasiado lamentable para perder el tiempo con él. A media mañana llegó el camión del contratista y tres de sus hombres descargaron varios sacos de cemento y barras metálicas. Cuando se marcharon, el conductor iba tocando el claxon como si se abriera paso por una calle atestada de gente. El Chino también se dejó caer por allí, ataviado con pantalón y camisa, y se detuvo a charlar con Jalífa, que mientras departía con él iba mirando a Hamza de reojo como diciendo: «Fíjate... habla como cualquiera de nosotros, este Chino sí que sabe.»

La furgoneta del mercader también vino a entregar cajas de cuencos y cofres que Sungura había empaquetado la víspera, y de paso a recoger más madera. Jalífa enseñó a Hamza dónde apilar las cajas de embalaje y le explicó qué otras mercancías se guardaban en el almacén y cómo se repartían y organizaban. Aquí los tablones de madera, allí las cajas de cofres ornamentales, más allá los sacos de mijo y a este lado, en los estantes, paquetes de incienso envueltos en paja. También le enseñó el libro de contabilidad donde se anotaban todos los productos que entraban o salían del almacén.

—¿Sabes leer? —le preguntó. Hamza asintió y Jalífa lo miró con el ceño fruncido—. ¿Y sabes escribir? —Hamza volvió a asentir y Jalífa sonrió amargamente, viendo confirmadas sus sospechas sobre las razones del mercader para contratarlo—. Se está preparando para darme el finiquito, ¿verdad?

Entre unas cosas y otras, la mañana del segundo día de Hamza en el almacén fue bastante ajetreada y el descampado dejó de ser un páramo silencioso y desierto para convertirse en un bullicioso lugar de trabajo. Era casi mediodía cuando por fin las cosas se calmaron y pudo dar un descanso a sus piernas doloridas.

—¿Qué te ha pasado? —preguntó Jalífa, señalando la cadera de Hamza. Recorrió su pierna con la mirada y luego posó los ojos en su rostro—. ¿Enfermedad o herida?

—Herida —concedió Hamza.

—¿Qué pasó? —insistió Jalífa—. ¿Has estado en la guerra? —preguntó, adelantando la barbilla en un gesto de impaciencia, como si la lentitud del chico lo sacara de quicio.

—Un accidente —contestó Hamza. Apartó la mirada, listo para levantarse e irse si Jalífa seguía insistiendo. No estaba por la labor de someterse a un interrogatorio.

Pero el encargado se echó a reír.

—Eres un hombre de pocas palabras que oculta un secreto inconfesable, de eso no me cabe duda —sentenció con una sonrisa—, pero me gusta tu aspecto. Se me da bien calar a la gente. Escúchame: no es seguro dormir aquí a la intemperie. Nunca se sabe quién o qué puede andar merodeando por estos lugares desiertos de noche, o qué viene a hacer la gente al abrigo de la oscuridad. Nada bueno, eso seguro. Si algo te pasara, nadie vendría a ayudarte. Deberías dormir dentro del almacén y cerrar la puerta por dentro, pero Nassor no te dará las llaves hasta estar seguro de que puede confiar en ti.

Hizo una pausa, esperando que Hamza hablara, pero éste no abrió la boca. Jalífa soltó un suspiro de resignación.

—¿Entiendes lo que te estoy diciendo? No es seguro dormir en la calle —dijo—. Tengo un trastero anexo a mi casa que puedes usar durante unos días. Antes se lo alquilaba a un barbero. Estuvo allí cerca de dos años, hasta que un buen día se marchó dejando atrás la silla de barbero y el espejo. Pobre diablo, no sé qué habrá sido de él. Puede que un día de éstos vuelva para recoger sus cosas y reabrir el negocio.

»Puedes usar el cuarto trastero unos días si quieres, pero sólo unos días. Ya veo que eres poco más que un mendigo, así que no voy a pedirte que me pagues un alquiler, al menos de momento. Puedes quedarte un par de semanas, quizá, hasta que logres arreglar tu situación. No creas que vas a vivir allí de gorra para siempre, y ni se te ocurra traer mujeres o amigos tarambanas. Es sólo para que pases la noche a salvo. Y más te vale tenerlo limpio, ¿entendido?

Aquella generosa oferta, unida a la moneda de esa mañana, hizo que Hamza mirara a Jalífa con nuevos ojos: tanta amabilidad no acababa de casar con su carácter irascible y su trato hosco. «Me gusta tu aspecto», le había dicho. Nassor Biashara le había dicho lo mismo. No era la primera vez que Hamza obtenía favores de forma inesperada gracias a su apariencia. El oficial alemán también se lo había dicho en más de una ocasión.

Jalífa vivía en una casa de una sola planta, nyumba ya chini, que lindaba con otra vivienda más alta a un lado y por el otro daba a un callejón. Kibanda chetu, solía llamarla, «nuestra choza», aunque fuera mucho más que eso. En un extremo de la fachada quedaba la puerta principal, retranqueada respecto al amplio porche, cuyo tejado se sostenía sobre dos gruesos postes de mangle barnizados. El cuarto trastero donde dormiría Hamza quedaba al otro lado del porche y daba directamente a la calle. Era una estancia pequeña en la que, como le había dicho Jalífa, había una silla de barbero, una mesa sobre la que descansaba el espejo y un banco de madera apoyado contra la pared para el cliente que esperaba su turno. Jalífa abrió los robustos postigos de madera de la ventana y el cuartito se llenó de luz. Hamza no tuvo que esforzarse para imaginar la barbería, con uno o dos clientes charlando mientras esperaban, o tal vez un amigo del barbero que lo ayudaba a llenar las horas muertas intercambiando cotilleos. Creyó ver algunos cabellos mezclados con pelusa en el suelo de hormigón, pero quizá fueran fruto de su imaginación. Jalífa se apostó junto a la ventana, observándolo con una mano apoyada en el marco y el ceño fruncido, como siempre, pero con una sonrisa ufana bailándole en los labios.

—¿Le place, Eminencia? —preguntó.

Le dio la llave del candado y una escoba. Hamza barrió las telarañas y el suelo, puso el espejo de cara a la pared y redistribuyó los muebles para hacerse un hueco donde dormir. Luego se sentó en la silla de barbero y se reclinó sobre el reposacabezas, congratulándose por su buena suerte. Al otro lado de la puerta, las casas altas de alrededor proyectaban su sombra sobre la calzada, que el constante trasiego humano se encargaba de compactar pese a no estar asfaltada. Pasaron varias personas que le lanzaron miradas furtivas a través de la puerta abierta. La cerró y se quedó allí sentado durante mucho tiempo, varias horas, sin mover un solo músculo, disfrutando de la sensación de seguridad que le brindaba aquel cuartucho ahora que la noche se acercaba.

Oyó a los almuecines llamando a la oración del magrib ligeramente desincronizados. Contó cuatro voces distintas y recordó que había un gran número de mezquitas en la ciudad. Se propuso ir en busca de una, para asearse y sentirse acompañado. Sus viajes lo habían llevado a muchos lugares en los que no existían las mezquitas y las había echado de menos, no tanto por la posibilidad de rezar cuanto por la sensación de pertenencia a una comunidad que hallaba en su interior. Se levantó enseguida para no dejarse vencer por la pereza y salió en busca de la mezquita más cercana. Una vez allí no se sintió obligado a hablar con nadie, sino que permaneció sentado sin despegar los ojos del suelo hasta que llegó el momento de postrarse junto a los demás fieles para rezar. Después de las plegarias, estrechó en silencio la mano de los dos hombres que tenía a cada lado y siguió su camino.

Pasó por delante de tiendas, quioscos y cafés en las calles iluminadas, donde la gente paseaba o se reunía en pequeños corros para charlar o simplemente ver pasar a los demás. En general parecían tranquilos y satisfechos, y Hamza se preguntó si era porque había ido a parar a otro barrio más próspero de la ciudad o porque había salido a una hora distinta, cuando la gente tendía a mostrarse más relajada, si es que esa indolencia colectiva no se debía sencillamente al tedio. Cuando volvió a la casa, encontró a Jalífa sentado en una estera en el porche, donde mientras tanto se habían encendido varias luces. Su anfitrión le indicó por señas que se sentara con él y le sirvió una pequeña taza de café de un termo.

—¿Has comido algo? —preguntó.

Entonces entró en la casa y volvió con un plato de plátano macho guisado y una jarra de agua, que Hamza aceptó agradecido. Cuando llegaron los amigos de Jalífa, los saludó y se quedó unos minutos más por educación antes de retirarse a su cuartito. Permaneció mucho tiempo tumbado a oscuras en el suelo desnudo, incapaz de conciliar el sueño mientras su mente divagaba, remontándose al tiempo que había pasado en esa ciudad, a todas las personas que había perdido desde entonces y las humillaciones que había sufrido. No tenía más remedio que aceptar las que le habían tocado en suerte. Los peores errores que había cometido mientras vivía allí habían nacido de su temor a la humillación, que lo había hecho perder a un amigo que era como un hermano y a la mujer que estaba aprendiendo a amar. La guerra le arrebató de un zarpazo todos esos escrúpulos y le mostró escenas de una brutalidad atroz que le enseñaron humildad. Estos pensamientos lo llenaban de la clase de amargura que se le antojaba el ineludible destino del hombre.

Durante los días siguientes, Hamza notó que Jalífa se volvía menos arisco y le daba consejos que él acataba sin rechistar. Una tarde, insistió para que Hamza le pidiera un adelanto al mercader. Pasaron por la carpintería de camino a casa y Hamza fue a buscarlo a su oficina y le pidió una parte de la paga mientras Jalífa esperaba al otro lado de la puerta, a la vista de ambos pero lo bastante lejos para no alcanzar a oír lo que decían. Hamza se dio cuenta de que el mercader se sentía contrariado, pero no habría sabido decir qué le molestaba más: que le pidiera dinero o la presencia de Jalífa.

—¡Llevas aquí tres días y ya quieres cobrar! Te pagaré cuando hayas hecho tu trabajo, no antes —le dijo Nassor Biashara, sin dar su brazo a torcer. En realidad habían pasado cinco días, pero Hamza se quedó allí plantado en silencio, sin añadir ruegos ni súplicas a su petición, hasta que Nassor Biashara le dio cinco chelines y volvió a su libro de contabilidad—. No te acostumbres —refunfuñó, volcado sobre sus papeles.

Mientras volvían a casa, Jalífa se rió entre dientes.

—¡Menudo tacaño, bajili malun! Cree que puede tratar a la gente de cualquier manera. Le debe dinero hasta a la anciana de al lado, que le hace pan de mijo. La obliga a llevarle todos los días una hogaza y nunca se la paga. Tendrías que ver el trabajo que le cuesta hacer uno de esos panecillos. Deja el mijo en remojo la víspera, lo muele en el mortero, lo mezcla y amasa, y luego lo cuece en un horno de barro que tiene en el patio trasero. Después de todo ese esfuerzo, sólo cobra veinte céntimos por un pan y ese miserable del tayiri no le paga hasta que la mujer se lo implora.

Cuando llegaron a casa, Jalífa estaba de buen humor por haber puesto en evidencia al mercader, o eso creía.

—Pasa y come algo —le dijo a Hamza en un nuevo arranque de generosidad—. Hodi, tenemos un invitado —anunció levantando la voz mientras abría la puerta.

Era la primera vez que Hamza entraba en la casa, y se preguntó si no sería demasiada hospitalidad, demasiado pronto. No era habitual invitar así a un perfecto desconocido, o poco menos, al hogar de alguien, pero para entonces había comprendido que Jalífa era un hombre impredecible y transmitía una impresión inicial equivocada. Los arrebatos de mal genio se le pasaban deprisa, y no era la primera vez que lo sorprendía con un acto de generosidad. Hamza apenas había vivido en familia, sólo de manera fugaz siendo un niño. Más tarde, su hogar había sido la trastienda de un comercio y después, durante mucho tiempo, había llevado una vida itinerante y fugitiva, de modo que en realidad no sabía cómo comportarse en un entorno familiar, más allá de los recuerdos que conservaba de la más tierna infancia.

La casa se dividía en dos estancias, una a cada lado de la puerta principal, y un pasillo la cruzaba hasta la parte trasera, donde se abría a un patio interior cercado por un muro que Hamza había visto desde fuera al pasar por el callejón. Jalífa lo guió hasta la habitación de la izquierda, cuyo suelo estaba cubierto por una estera trenzada y unos cojines apoyados contra la pared: era a todas luces una estancia destinada a recibir visitas. Dejó a Hamza solo unos instantes y, al volver, le pidió que lo acompañara para presentarle a los demás habitantes de la casa. Lo siguió hasta la puerta que daba al patio trasero y esperó en el umbral hasta que lo invitaron a salir. Una mujer rolliza de cuarenta y pocos años estaba sentada en una banqueta a la sombra de un toldo, preparando comida. A su izquierda había un brasero con una olla y, a sus pies, una cazuela de barro cubierta con una tapa de paja trenzada. Llevaba una kanga fuertemente ceñida a la frente y las mejillas, de modo que el óvalo del rostro sobresalía por efecto de la presión. Era evidente que se había cubierto la cabeza en cuanto Jalífa anunció que tenían visita, pese a lo cual algunos mechones de pelo entrecano asomaban bajo el tocado. La mujer miró a Hamza sin hablar ni mucho menos sonreír, escrutándolo con cara de pocos amigos. Jalífa la presentó como su mujer, Bi Asha.

—Shikamú —dijo Hamza.

Ella lo miró sin inmutarse y respondió al saludo con una especie de gruñido.

—¿Es el desconocido del que me has hablado? ¿Ése al que has metido en un cuarto que no te pertenece? Nos has buscado un problema —afirmó con voz firme y tono quejumbroso, mirando a Jalífa. Luego se volvió de nuevo hacia Hamza, al que siguió escudriñando sin el menor disimulo—. ¿De dónde viene? ¿Sabemos de dónde es? Traes a un perfecto desconocido y lo metes en casa como si fueras su dueño.

—No hables así —protestó Jalífa con impaciencia.

—No hay más que verlo: balá —sentenció la mujer, levantando más la voz y sin molestarse en disimular la ira—. Sólo nos traerá problemas. Y vas y lo invitas a que duerma y coma a nuestra costa como si fuéramos una institución benéfica cuando resulta que no tienes donde caerte muerto. Primero eso, y ahora encima lo metes dentro de casa para que pueda mirarnos bien y decidir qué le gustaría hacer con nosotros. No conoces a su gente, ni sabes dónde ha estado ni qué fechorías habrá hecho, pero todo eso te trae sin cuidado. Vas y nos lo metes dentro de casa para que pueda hacer con nosotros lo que le plazca. ¡Tienes la cabeza llena de serrín!

—Basta ya, no hables mal de alguien a quien no conoces —dijo Jalífa.

—Te lo estoy diciendo, no hay más que verlo. Hana maana, un inútil —vociferó la mujer con el rostro crispado por la ira—. Balá, eso es lo que es. Nada más que problemas.

—De acuerdo, déjalo ya y danos de comer —replicó Jalífa, empujando suavemente a su invitado hacia la puerta—. Vuelve dentro, yo iré en unos instantes.

Hamza volvió a la sala de estar y se sentó a esperarlo. La inesperada regañina lo había dejado perplejo —«¡Hana maana!»—, pero no quiso ahondar en esa sensación. Ya volvería sobre ello más tarde. De momento, lo único que quería era que Jalífa regresara y le pidiera que se marchase. Tal vez Bi Asha se encontrara mal de salud y por eso estaba de tan mal humor, aunque lo más probable era que fuese una persona mezquina y algo trastornada. Creyó reconocerlo en sus ojos, una especie de delirio. Cuando Jalífa volvió con dos platos de arroz y pescado, también estaba de un humor de perros, como si hubiese discutido con su mujer. Comieron deprisa y en silencio. Después, Jalífa salió al patio para lavarse las manos y llamó a Hamza. Bi Asha no estaba allí y, siguiendo las instrucciones de su anfitrión, el joven se aseó en el fregadero. Antes, la primera vez que salió al patio, había visto a una muchacha o mujer agachada en un rincón al otro lado del toldo, junto a la puerta de un cuarto o trastero anexo a la casa. Supuso que era la criada, y ahora, mientras se lavaba las manos, vio que esa misma joven estaba fregando los cacharros junto al grifo del rincón. Tenía la cabeza cubierta y no levantó la vista, de modo que Hamza no pudo verle la cara. La saludó y ella contestó sin mirarlo.

• • •

Desde hacía algún tiempo, Jalífa y Bi Asha se hablaban en un tono cada vez más destemplado. Ella siempre lo había tratado con una severidad que era hasta cierto punto impostada y la hacía parecer más descontenta de lo que estaba, circunstancia que aprovechaba para soltar toda clase de barbaridades. Eso no significa que no dijera lo que pensaba en todo momento o no intentara salirse siempre con la suya. Lo hacía, y se había acostumbrado a tener la última palabra respecto a casi todo. Jalífa desempeñaba el papel de marido sufrido y tolerante que estaba dispuesto a dejarse llevar pero que también sabía imponerse llegado el momento. Sus discusiones acababan a veces con un intercambio de sonrisas casi imperceptibles, como si ninguno de los dos se hubiese dejado engañar por la farsa del otro, pero en los últimos tiempos ella le hablaba a menudo en un tono brusco y desconfiado, a lo que él reaccionaba a la defensiva, excusándose entre quejumbrosos lamentos o bien mostrándose hosco y desagradable.

Afiya no entendía qué motivos podía tener Baba para meter a ese hombre dentro de casa. Nunca había hecho algo así, por lo menos desde que ella vivía con la pareja. Cuando Ilyas iba de visita nunca pasaba de la sala de estar, y era Bi Asha la que salía a saludarlo. Baba debía de saber que a Bimkubwa no le haría ninguna gracia ver a un desconocido invadiendo su intimidad de ese modo. Ni siquiera el pescadero y el carbonero, que los visitaban habitualmente, traspasaban el umbral de la puerta del patio. La única excepción, que ella recordara, era el colchonero, un hombre de avanzada edad al que Bi Asha conocía desde la infancia y que llevaba toda la vida reparándole los colchones.

Baba debería haber tenido presente que Hamza no era santo de la devoción de su mujer, en parte debido a las cosas que él mismo le había contado acerca de él: que si parecía enfermizo, que si no soltaba prenda sobre su familia y lugar de procedencia.

—Para mí que ese hombre es un vagabundo —sentenció Bi Asha con desdén.

—Creo que ha estado en la guerra —apuntó Baba.

—En tal caso, lo más probable es que también sea peligroso, un asesino —replicó ella en tono brusco, como si escupiera las palabras, para provocarlo.

—No, no —negó Baba—. Creo que lo ha pasado mal. Podría ser Ilyas.

—¡Sí, hombre! Ilyas tenía familia, y éste no la tiene, según tú —repuso Bi Asha—. ¿Cómo va a ser una persona de bien si no tiene familia? Ése no es más que un cantamañanas.

Tal vez Baba no hubiese olvidado la aversión de Bi Asha a los desconocidos. Tal vez lo había traído a casa como una forma de demostrar a Afiya que, si Hamza había sobrevivido a la guerra, Ilyas también podría estar vivo y tratando de volver con ella. Habían pasado tres años desde el final del conflicto y seguían sin tener noticias suyas. Afiya se abstenía de decirlo en voz alta, pero no podía evitar la sensación de que su hermano se había perdido para siempre. Si Baba había metido a otro hombre en casa para avivar el recuerdo de Ilyas, era un error, porque lo único que había conseguido era que Bi Asha lanzara su malévola y agorera profecía. ¡Balá! La mujer se comportaba de un modo cada vez más extraño y agresivo con Baba, y Afiya sabía que su mera presencia la volvía más irascible porque tenía diecinueve años y seguía soltera, aunque no acababa de entender por qué le concedía tanta importancia a esa cuestión. Sospechaba que Bi Asha había empezado a hacer de casamentera en su nombre, pues ya había recibido y rechazado dos proposiciones de matrimonio.

La primera se la había hecho un hombre de cuarenta y tantos años que trabajaba como oficinista en el nuevo Departamento de Agricultura creado por la administración colonial británica. Afiya nunca lo había visto ni oído hablar de él, pero el hombre sí la había visto por la calle y, tras algunas indagaciones, había pedido su mano. Baba lo rechazó por su mala reputación y añadió, en presencia de Afiya, que no entendía a qué venía tanta prisa.

—¿De qué reputación me hablas? —había replicado Bi Asha con tono quejumbroso—. Tiene un buen trabajo en la administración pública, nos ha hecho llegar la petición a través de fuentes respetables y ofrece una buena dote. Dime por qué no debería aceptarlo.

—Para empezar, porque no se te ha declarado a ti, sino a Afiya —contestó Baba, irritado—. Así que es ella la que debe aceptar o rechazar la proposición.

—No me vengas con monsergas. No es ella quien decide. Necesita consejo para tomar la decisión correcta. ¿A qué reputación te refieres?

—Te lo diré más tarde —repuso Baba, y Afiya comprendió que se trataba de un asunto que él prefería no ventilar delante de ella.

Bi Asha se rió con sorna y le espetó:

—Lo que pasa es que la quieres para ti, ¿verdad? Crees que estoy ciega. Rechazarás a cualquier pretendiente porque estabas esperando que se convirtiera en una mujer para poder tomarla como segunda esposa.

Afiya se quedó sin aliento al escucharla. Miró a Baba, que estaba boquiabierto. Al cabo de unos instantes, éste acertó a decir con un hilo de voz:

—Se ve que tiene una obsesión por las mujeres de vida alegre... mujeres a las que paga a cambio de... Prostitutas. Ése es su pasatiempo. Ahórrale esa desgracia a nuestra niña y simplemente dile que no.

La segunda petición de mano había llegado tan sólo unas semanas atrás, de parte de otro hombre de mediana edad, el gerente de un café. Afiya lo conocía de oídas porque era un hombre popular. El café que regentaba estaba en la calle mayor y ella había pasado por delante del local muchas veces. A diferencia del primer pretendiente, que seguía soltero, éste parecía demasiado aficionado a casarse. Afiya habría sido su sexta esposa consecutiva, aunque nunca tenía más de una mujer a la vez. Era un marido fiel mientras durara el matrimonio y tenía preferencia por las jóvenes huérfanas o de familias pobres que sabían apreciar su generosa dote. Se casaba con ellas y las mantenía durante unos años y luego, cuando se encaprichaba de otra jovenzuela, pedía el divorcio y vuelta a empezar. El negocio del café iba viento en popa, de modo que podía permitirse ese lujo. No hizo falta persuadir a Bi Asha de que lo rechazara.

—Menuda alimaña, qué espanto de hombre. No estamos tan desesperados como para aceptar su asquerosa dote —dijo.

La acusación que Bi Asha había lanzado contra Baba se cernía como una sombra sobre todos ellos, pero ayudó a Afiya a comprender mejor el origen de aquella hostilidad hacia ella. Le daba lástima que Bi Asha la creyera capaz de semejante traición, por no decir nada de su propio marido. Estaba convencida de que sus temores eran completamente infundados. Después de aquello, Baba se puso de pie y salió de casa, y las dos mujeres se quedaron un buen rato en silencio, hasta que Bi Asha se levantó a su vez y se fue a su habitación. No volvió a formular aquella acusación, pero tampoco cejó en su empeño de casar a Afiya, que ahora se preguntaba si el hecho de que Baba hubiese metido a un extraño en casa tendría algo que ver con eso. Había resistido la tentación de alzar la cabeza cuando el desconocido la saludó, pero lo había mirado fugazmente cuando salió al patio la primera vez. Sabía, por todo lo que les había contado Baba, que Hamza era un hombre joven y se le ocurrió que quizá quisiera enseñarle una alternativa a la caterva de pretendientes maduros y libertinos que parecía atraer.

Afiya no sabía cómo, pero pronto se corrió la voz de aquellas peticiones de mano, y sus amigas Yamila y Sáda no dejaron pasar la ocasión para meterse con ella. Tal vez la celestina, fuera quien fuese, se hubiese ido de la lengua con mala intención. Para entonces Yamila estaba casada y embarazada de su primer hijo. El caso es que las dos hermanas se echaron unas buenas risas a cuenta de los pretendientes rechazados, asegurando a Afiya que se merecía un partido mejor y recomendándole que esperara al joven apuesto y solvente que sin duda vendría a pedir su mano el día menos pensado. «¿Quién quiere ser la segunda mujer de nadie?» Al oír estas palabras de labios de Jalida, Afiya sintió que el corazón le daba un vuelco y se preguntó si habría llegado a sus oídos la acusación que Bi Asha había lanzado contra Baba. Pero las palabras no llegaron acompañadas de miradas cómplices ni seguidas de un elocuente silencio, de modo que las tomó como una simple muestra de rechazo hacia la idea en general y no como una indirecta.

10

Esa misma tarde, después del desagradable incidente del almuerzo en casa de Jalífa, Hamza se fue al mercado para gastar los cinco chelines que el mercader le había dado como adelanto. Compró una vela para su habitación, una gruesa estera de paja enrollada y una sábana de algodón. Se tumbó en la estera y gimió al sentir una familiar punzada de dolor que sólo empezó a remitir al cabo de unos minutos. Dejó que su cuerpo se acomodara lo mejor posible mientras se pasaba la mano por la gruesa cicatriz de la cadera y se masajeaba el músculo dañado. «Mejorará. Ya está mejorando.» No podía hacer nada más. Esa ciudad que apenas reconocía era lo más parecido a un hogar que había tenido en mucho tiempo. «El dolor pasará.»

Por las mañanas salía de casa temprano y se iba a la mezquita para asearse, rezar una plegaria de gratitud y, en el camino de vuelta, detenerse en algún café para comprar una taza de té azucarado. Después se encaminaba al almacén y esperaba a Jalífa. Casi todos los días había trasiego de mercancías entre la carpintería y el almacén, y a veces entre el almacén y el puerto, a medida que las partidas salían hacia sus respectivos destinos y el almacén se iba vaciando. Casi todos los días Idrís y su compañero iban hasta allí en la destartalada furgoneta para entregar o recoger algo. Se diría que el hombretón no sabía abrir la boca sin soltar alguna obscenidad, y que su compañero, Dubu, no podía evitar desternillarse de risa cada vez que eso sucedía.

Hamza era el encargado de barrer la explanada que había delante del almacén y de rociar el suelo con agua los días de mucho viento para evitar que se levantara polvareda. A veces acompañaba la furgoneta hasta la carpintería u otros lugares, para ayudar a Idrís y Dubu a cargar o descargar mercancía, pero aún tenía tiempo de sobra para sentarse un rato en la penumbra del almacén a contemplar el descampado desierto mientras charlaba con Jalífa. Al encargado le gustaba conversar y Hamza era un oyente voluntarioso e incansable. Sospechaba que Jalífa creía que le debía esa deferencia. No había vuelto a mencionar el encontronazo con Bi Asha.

—Idrís es un mal hombre —sentenció—. Siempre que viene por aquí se me pone la carne de gallina. Es un bravucón cruel y despreciable que sólo sabe decir vulgaridades, como una bestia que siempre estuviera en celo. Trata a Dubu igual que si fuera su esclavo. ¿Sabes por qué se llama así? De niño, la gente creía que era corto de entendederas porque tenía un cabezón enorme, como si fuera una deformidad, ¿entiendes? Ahora no se ve tan desproporcionado, pero cuando era pequeño... A veces esas burlas te acompañan de por vida. Quizá no fuera Idrís quien le puso ese mote cruel, pero tampoco le deja olvidarlo. Se mofa de él y a saber qué más le hará en sus horas libres. Es un hombre débil y estúpido, ese Dubu.

»¿Y sabes a qué se dedica Sungura en sus ratos de ocio? Pues resulta que el amigo Conejito ejerce de proxeneta, ¿qué te parece? ¿No se te había pasado por la cabeza? ¡No me digas que no te has dado cuenta de que es un crápula! No será uno de esos chulos violentos, pero basta con echarle un vistazo para darse cuenta de que no es trigo limpio. Tiene a dos mujeres trabajando a sus órdenes, todo el mundo lo sabe. Si un hombre quiere acostarse con ellas, sólo tiene que hablar con él, Sungura se encarga de todo. Por eso lo llaman así, porque es pequeño y cobarde como un conejo, pero igual de astuto. Nadie se atreve a tocarle un pelo porque esas dos mujeres lo protegen como si fuera su hijo. De hecho, se refiere a ellas como sus madres. Son unas deslenguadas, no tienen vergüenza y, a poco que te descuides, te dejan a la altura del betún. No te acerques a él, es una mala influencia.

Hamza llevaba una vida tranquila en el cuartito anexo, del que entraba y salía con la máxima discreción posible. No volvieron a invitarlo a la casa, aunque oía la voz de Bi Asha, que ahora reconocía, siempre que gritaba de irritación o impaciencia. A veces Jalífa iba en su busca al caer la noche y lo invitaba a sentarse en el porche con él y con quien quiera que se dejara caer por allí para charlar un rato. Había dos hombres que lo visitaban de manera habitual y formaban parte de su baraza: Málim Abdal-lá, maestro de escuela, y Topasi, un lavandero que vivía cerca y tenía amistad con ambos desde la infancia. Una gruesa estera de paja trenzada cubría el suelo del porche, iluminado por una lámpara de aceite o kandili que colgaba de una viga del techo y cuyo suave resplandor dorado bañaba ese espacio semiabierto, dándole un aire íntimo y acogedor. Quienes pasaban por la calle los saludaban en susurros, como si hacerlo en voz alta fuera una descortesía. Los tres hombres adoraban reunirse para intercambiar cotilleos.

Málim Abdal-lá solía ser el último en tomar la palabra. Era el sabio, y a menudo intervenía para apaciguar los ánimos después de que Topasi anunciara los últimos rumores. Lo llamaban así —«el Basurero»— porque se encargaba de recoger todos los chismes que circulaban por la ciudad. Después de que Topasi les revelara algún escándalo, Jalífa protestaba indignado porque todo se estaba yendo al garete y luego era el turno de Málim Abdal-lá, que por lo general arrojaba algo de luz en la conversación con su habitual perspicacia.

Málim Abdal-lá había empezado a estudiar en Zanzíbar y luego había frecuentado la escuela superior alemana para llegar a ser maestro. Tenía un conocido que trabajaba como mensajero en la oficina del oficial de distrito, sede local del gobierno colonial británico, y gracias a él leía los periódicos atrasados después de que los archivaran, concretamente la *Tanganyika Territory Gazette*, que era el diario oficial del gobierno, y el *East African Standard*, el diario de los colonos kenianos. Su dominio del inglés era rudimentario, pues lo poco que sabía lo había aprendido durante los estudios elementales en Zanzíbar, pero le sacaba un gran provecho, tanto en el ejercicio de su profesión como en el baraza. El acceso esporádico a lo que llamaba «publicaciones internacionales» prestaba a sus opiniones y juicios un peso incontestable, cuando menos a su juicio. Los debates de los tres hombres eran apasionados y a menudo melodramáticos, acompañados de muchas risas y exageraciones. Hamza no estaba obligado a participar, pero los tertulianos tenían en cuenta su presencia, y a veces se interrumpían a media frase para explicarle algún detalle. Así fue como supo el origen del apodo Topasi. No era raro que los tres hombres se metieran con él por ser tan tímido y apocado, pero apreciaba su compañía y sabía que esas bromas no eran sino una distracción inofensiva.

Cierta noche, tras la llamada a las oraciones de la ishá, que los tres amigos desoyeron, la puerta de la casa se abrió ligeramente y Jalifa se levantó para coger una bandeja en la que había una cafetera y varias tazas. Hamza no alcanzó a ver quién la había sacado, pues habría sido de mala educación mirar directamente, pero supuso que era la sirvienta a la que había visto el día que Jalifa lo invitó a almorzar. No imaginaba a Bi Asha, la irascible señora de la casa, rebajándose a llevar una bandeja de café a los charlatanes del porche. La primera vez que les llevaron el café estando él presente sólo había tres tazas, circunstancia que Hamza aprovechó para retirarse.

—Menudo santito nos has salido —comentó Jalífa con sorna—. Te vas a la mezquita, supongo. Que sepas que ya llegas tarde.

—Harto estará de oír tus paparruchas —dijo Málim Abdal-lá—. No le hagas ni caso, joven, y ve a ganarte la bendición de Dios.

Unos días más tarde, mientras estaba en el baraza y justo después de la llamada del almuecín a las oraciones de la ishá, la puerta de la casa volvió a entornarse. Jalífa miró de reojo a Hamza, que se apresuró a levantarse para coger la bandeja. No se acordaba de la lesión en la cadera y, al ponerse en pie, no pudo reprimir un leve gemido de dolor. Se apoyó en el poste de mangle para no perder el equilibrio y avanzó rápidamente hasta la puerta antes de que los demás se percataran de lo sucedido. Al coger la bandeja, miró a la mujer que esperaba de pie en la penumbra del umbral y vio una expresión de sorpresa en sus ojos, y quizá también de leve inquietud. Sonrió levemente para tranquilizarla y farfulló unas palabras de agradecimiento, tan embrolladas que no estaba seguro de haberse hecho entender. Cuando se dio la vuelta con la bandeja, vio que había cuatro tazas. La depositó delante de Jalífa pero no volvió a sentarse.

—Quédate y tómate un café con tus mayores —le dijo Jalífa—. Ya tendrás tiempo de rezar.

—¡Serás káfir! —lo increpó Topasi—. No intentes disuadir a un hombre de rezar sus oraciones. Estás echando piedras sobre tu propio tejado: con la de pecados que ya llevas a la espalda, no te hacen falta más.

—Nunca hay que inmiscuirse entre un hombre y su Dios —sentenció Málim Abdal-lá.

Hamza sonrió, pero se abstuvo de decir que no eran sólo las plegarias y bendiciones las que lo llevaban a la mezquita. A menudo iba hasta allí huyendo de la cháchara del baraza, huyendo de todo el mundo. En una mezquita nadie estaba obligado a hablar, así estuviera repleta de fieles. Mientras se alejaba, recordó el gesto de preocupación de la joven y reflexionó sobre la sorpresa y la ligera turbación que le había provocado. En su fugaz intercambio con la esbelta silueta, había visto a alguien cuya mirada y rostro transmitían la pureza de la sinceridad. No habría sabido describirlo de otro modo, pero estaba seguro de que eso era lo que había visto, y se compadeció de sí mismo de un modo que no acertaba a explicarse: se sentía apenado por los años que había vivido sin afecto, por lo efímeros que habían sido los escasos momentos de ternura que había conocido. Había dado por sentado que aquella joven era una sirvienta, y tal vez lo fuera, pero desde luego no era una adolescente, sino una mujer de unos veinte años. Se preguntó si no sería la esposa de Jalífa. No era raro que un hombre volviera a casarse a su edad, ni que lo hiciera con una mujer mucho más joven. Deambuló por las calles durante una hora o más, reconviniéndose por estos sentimientos ingenuos y nostálgicos que achacaba a la soledad y la autocompasión, como si no hubiese visto lo bastante en su corta vida para saber que debía permanecer alerta, con todos los sentidos bien despiertos, si quería mantener la cabeza en su sitio y el cuerpo a salvo.

Unos días después, el mercader mandó llamarlo y le pidió que acompañara a Idrís y Dubu al puerto para recoger un cargamento, pues había llegado parte de la mercancía que estaba esperando. Era la primera vez que Hamza pisaba el muelle desde la mañana que había regresado a la ciudad. El tiempo había pasado volando y, sin embargo, habían sucedido tantas cosas que era como si llevara meses de vuelta. Idrís conducía la furgoneta, ufano como un aristócrata que pasara ante una multitud de vasallos en su carruaje dorado, con un brazo apoyado en la ventanilla abierta, el otro sobre el volante, rebotando por las calles sin asfaltar y saludando a algún que otro conocido mientras desgranaba una sarta de obscenidades. Dubu, que iba sentado en medio del asiento de cabina, le reía las gracias mientras Hamza, al otro lado, miraba por la ventanilla. Esos dos ya no le provocaban el rechazo que había sentido al principio, aunque todavía no había encontrado la manera de hacer oídos sordos a la indecente cháchara de Idrís.

El cargamento que el mercader estaba esperando resultó ser una gran hélice de barco. Idrís detuvo la furgoneta ante la verja de un almacén del muelle, donde Nassor Biashara los estaba esperando con una gran sonrisa al pie de la reluciente hélice, que descansaba sobre unos sacos de arpillera. Dijo que ya tenía todo el papeleo a punto y les ordenó que transportaran el artilugio al almacén. Los hombres cargaron la hélice en la caja de la furgoneta y Dubu y Hamza se acomodaron a su alrededor, mientras que el mercader viajó en la cabina con Idrís. Nassor Biashara estaba emocionado con su nueva adquisición, cuyo almacenamiento supervisó personalmente en un espacio que Jalífa había preparado siguiendo sus instrucciones en el corazón del almacén, protegida y camuflada entre mercancías menos atractivas. Tras dejar la hélice a buen recaudo, el mercader ordenó la retirada de la furgoneta y, volviéndose hacia Hamza, le indicó por señas que lo siguiera hasta la calle. Jalífa se tomó a mal este pequeño aparte y desapareció entre las sombras del almacén.

Cuando estaban fuera, junto a la puerta del almacén, el mercader miró a su alrededor, como si quisiera asegurarse de que nadie los observaba, y sacó del bolsillo de la chaqueta un fajo de billetes doblados.

—Aquí tienes la paga de las tres últimas semanas. Cuando hayan pasado otras tantas, volverás a cobrar —dijo con tono tajante, como si esperara una reacción adversa—. Te pago generosamente porque has trabajado bien, tal como esperaba que hicieras. De hoy en adelante serás el vigilante nocturno del almacén. Quiero que pases las noches aquí y protejas las valiosas mercancías que hay dentro. De momento eso es lo que harás, y más adelante ya veremos qué más puedes hacer. Durante el día trabajarás aquí como de costumbre y por la noche te encerrarás por dentro hasta el día siguiente. ¿Entendido?

Le entregó el fajo de billetes, que Hamza aceptó sin decir palabra y guardó sin detenerse a contarlos. El mercader sonrió y asintió, sin duda divertido por el alarde de dignidad de aquel pelagatos, o eso pensó Hamza. Nassor Biashara se quitó el gorro, se frotó la cabeza con un gesto que le era característico y luego se marchó a grandes zancadas. Hamza esperaba que Jalífa saliera del almacén indignado, protestando por haber sido excluido de la conversación, pero al ver que no lo hacía sospechó que estaba más molesto aún de lo que había supuesto. Hamza se sentó a esperarlo en el banco que había junto a la puerta y, unos minutos después, lo llamó levantando la voz. Cuando Jalífa salió del almacén, le enseñó el fajo de billetes. El encargado alargó la mano como si fuera a cogerlo y Hamza volvió a guardarlo en el bolsillo.

—A partir de hoy seré el vigilante nocturno y durante el día trabajaré en el almacén —anunció.

—Ese hombre es imbécil —dijo Jalífa—. ¿Cuánto te paga?

—No lo sé —contestó Hamza—. No lo he contado.

—Tú también eres imbécil, pero de ti me compadezco porque entiendo que lo haces por alguna noción equivocada de educación o dignidad. Sé de qué hablo, créeme —le aseguró Jalífa—. Pero el mercader es sencillamente tonto, un niño que nunca llegó a crecer. ¿A qué viene tanto jaleo con la hélice? Está convencido de que todos los barqueros y pescadores de la ciudad se la quieren arrebatar. Ése es su nuevo proyecto, la niña de sus ojos. Hace un par de años se gastó una fortuna en un barco con el que pensaba ganar dinero a espuertas fletando mercancías. No ha sido así, y ahora ha despilfarrado otra fortuna en una hélice con la esperanza de sacarle provecho, y es muy posible que lo consiga, pero mientras tanto se comporta como un botarate y te pone en peligro. Has de atrancar la puerta por dentro en cuanto oscurezca, y ni se te ocurra abrirle a nadie. Hay borrachos y fumadores de hachís que vienen a dormir en estos lugares abandonados, ¿entiendes? Oigas lo que oigas fuera, no abras la puerta. Deja que se las arreglen entre ellos y tú quédate dentro.

Jalífa parecía tan preocupado por su seguridad que Hamza sintió el impulso de decirle que había visto cosas mucho peores que borrachos y fumadores de hachís, pero se limitó a asentir y asegurarle que tendría cuidado. Esa tarde recogió sus cosas del cuarto trastero y luego se detuvo en un café para comprar una pequeña hogaza de pan y un trozo de pescado en salazón antes de volver al almacén. Por la noche oyó a los gatos correteando por el tejado y maullando en los callejones y, justo antes de quedarse dormido, a un borracho cantando desafinadamente y luego llorando a moco tendido, llamando a alguien con tono lastimero, como si se muriera de añoranza. Cuando se despertó aún no había amanecido y se quedó acostado pensando en sus cosas, a la espera del alba.

Todas las noches, antes de que oscureciera, apilaba varios sacos de arpillera y extendía encima la estera de paja trenzada, su tira de busati, pues el mullido lecho de sacos mitigaba un poco el dolor del costado, salvo cuando se revolvía entre sueños. Luego salía a comer algo en un café cercano: curri de cabra, pescado o una simple rebanada de pan con mantequilla. Después de cenar se iba a la mezquita para asearse y rezar, y cuando volvía al almacén era ya noche cerrada, de modo que encendía la lámpara de aceite que le había pedido al mercader, atrancaba la puerta por dentro y se acostaba. Si no podía conciliar el sueño, sacaba uno de sus libros de la bolsa y lo hojeaba. La luz que arrojaba la lámpara era demasiado débil para leer cómodamente la vieja letra impresa del libro de Schiller, de modo que sólo podía repasar los pasajes que ya conocía. Cogía el libro no tanto por lo poco que alcanzaba a leer cuanto por el placer de tenerlo entre las manos.

Luego se quedaba allí tumbado, envuelto en el resplandor dorado de la lámpara, intentando hacer caso omiso de los ratones que correteaban entre los sacos y cajas de mercancías. A veces se sentía como un hombre primitivo que al caer la noche se retirara a su guarida, un cavernícola que huyera de los terrores nocturnos. Dejaba la lámpara encendida toda la noche para mantener a raya esos mismos terrores, pero no podía defenderse de los murmullos que lo rondaban durante las horas de insomnio. Muchas noches se quedaba dormido sin dificultad, pero a veces soñaba con cadáveres desgarrados o mutilados, oía voces llenas de odio increpándolo a gritos y notaba la mirada iracunda de unos ojos gelatinosos y transparentes. Con el paso de las semanas, empezó a dormir durante más horas seguidas, y al final incluso hasta el alba. Se despertaba sorprendido de haber dormido tanto y contaba las horas de sueño ininterrumpido como un comerciante avaro contaría las monedas en su caja de caudales, agradecido por la bendición del descanso.

El mecánico que instalaba hélices tardó casi un mes en poder ocuparse del dhow de Nassor Biashara. Los trabajos de instalación se llevarían a cabo en la restinga o lengua de arena que había al final de la ensenada, por detrás del puerto, donde por lo general se reparaban las embarcaciones. Al bajar, la marea dejaba la ensenada sin agua y volvía a subir con fuerza al caer la tarde, pero no llegaba a anegar la lengua de arena salvo en las noches de luna llena. El mecánico anunció su llegada y la pospuso cuatro veces consecutivas. Unos días antes de que por fin cumpliera su palabra, vararon el barco en la restinga aprovechando la bajamar. La tripulación dispuso varios troncos de mangle en la playa y esperó a que la marea subiera, momento en que toda la mano de obra disponible, incluido el personal del mercader y cualquier transeúnte dispuesto a arrimar el hombro, unió fuerzas para arrastrar el barco sobre los troncos hasta dejarlo lo más arriba posible sobre la lengua de arena. Una vez varado, lo amarraron a unos postes para impedir que resbalara pendiente abajo y allí se quedó a la espera del gran día, que se iba posponiendo. Jalífa no se involucraba en estas tareas y se limitaba a hacer preguntas sarcásticas sobre el mecánico que tanto se hacía de rogar. El mercader tampoco prestaba demasiada atención al desarrollo de los acontecimientos y ni siquiera parecía exasperado por la reiterada ausencia del hombre, como si nada de todo aquello fuera con él. Hamza pensó que su actitud era desconcertante, pero llegó a la conclusión de que tal vez fuera un modo de salvaguardar la dignidad, negándole al mecánico la satisfacción de saberse indispensable. El barco siguió varado varios días, como un escarabajo boca arriba. El día que el mecánico anunció al fin su disponibilidad, la furgoneta se acercó al almacén para recoger la hélice y de paso a Hamza, que tenía órdenes de acompañar a los hombres y echarles una mano. Ni siquiera Jalífa pudo resistirse a la tan esperada instalación de la hélice, de modo que se sumó a la expedición.

A diferencia del mercader, el nahodha del barco no sentía ninguna necesidad de salvaguardar su dignidad, de modo que, cuando el mecánico se dignó aparecer, los dos hombres se pasaron la primera hora intercambiando acusaciones e improperios mientras Dubu y Hamza aprovechaban la exigua sombra del barco para resguardarse del sol, en tanto que Jalífa e Idrís contemplaban la escena desde la cabina de la furgoneta. El nahodha, un hombre menudo y canoso de cincuenta y pico años cuyo rostro, curtido por el sol y el mar, parecía hecho de recio cuero, le dijo al mecánico que no tenía dos dedos de frente y que era un cretino y un sinvergüenza por haberles hecho perder tanto tiempo. El mecánico, que tendría unos treinta años y había llegado montado en una motocicleta con su barba primorosamente recortada y una gorra de visera, se tenía en alta estima y le advirtió al nahodha que midiera sus palabras y no lo tomara por uno de los apuestos muchachitos con los que le gustaba tontear. No podía desatender su propio negocio, y si el nahodha no estaba conforme, podía ir buscándose a otro mecánico. Puesto que nadie les aseguraba que pudieran reemplazarlo a tiempo, la suya era una amenaza de peso. Al cabo de un rato los ánimos se calmaron y los dos hombres empezaron a instalar la hélice sin por ello dejar de increparse. Cuando la marea subió, echaron el barco al agua, donde el mecánico terminó la instalación. Idrís se llegó con la furgoneta a la carpintería para recoger al mercader, que quería estar presente cuando el mecánico pusiera la hélice en marcha, algo que hizo entre vítores y aclamaciones. Para entonces, el nahodha y el mecánico charlaban amigablemente, congratulándose por la hazaña como si se conocieran de toda la vida, algo que bien podía ser cierto.

El mercader sonreía con nerviosismo mientras celebraban la instalación de la preciada hélice, quizá angustiado por el futuro de esa nueva y arriesgada empresa. Llamó a Hamza y, en aquella lengua de arena junto a la ensenada, le comunicó que ya no necesitaba un vigilante nocturno en el almacén ahora que la hélice estaba a salvo en el barco, de modo que podía recoger sus cosas y volver a casa. Le dijo que fuera a verlo a la mañana siguiente para devolverle las llaves del almacén y cobrar el finiquito, añadiendo que tal vez más adelante surgiera algún otro trabajo para él, aunque no podía prometerle nada.

Hamza no esperaba que el mercader prescindiera de sus servicios tan pronto y le apenó abandonar el puesto de vigilante en el almacén. Guardaba un buen recuerdo del tiempo que había pasado allí, pese a los ocasionales arrebatos de soledad y angustia. Trabajar en el almacén durante el día, charlar con Jalifa —o más bien escucharlo cuando estaba de humor para hablar— y dormir tranquilo por la noche, bañado por el resplandor dorado de la lámpara de aceite, envuelto en el extraño y cálido vaho de las mercancías, le había permitido descansar, pensar y encontrar un poco de serenidad. También le había hecho revivir muchas penas y lamentos, pero ésos siempre los llevaba consigo y tal vez nunca lograra conjurarlos del todo.

Al día siguiente, le dijo a Jalifa que ya no era el vigilante nocturno.

—Me ha pedido que le devuelva las llaves esta mañana. Creo que trataba de decirme que no va a darme más trabajo, pero no estoy seguro.

—Es un bellaco, un oportunista y un mentiroso —dijo Jalifa, como si se regodeara en la mezquindad del mercader—. Supongo que esperabas que te diera un uniforme, te nombrara guardia de seguridad y te pusiera un cuarto de baño para que pudieras hacer tus abluciones y rezar en el almacén. Eres un majadero por haber confiado en él. —Al cabo de unos instantes masculló algo a media voz y luego añadió—: Será mejor que vuelvas al cuarto trastero. Ya te saldrá otro trabajo.

Hamza fue a ver a Nassor Biashara al taller de carpintería y lo encontró hablando con el hombre al que había visto semanas atrás bordando un gorro. Apenas había vuelto allí, sólo para hacer algún que otro recado, pero siempre se asomaba al interior del taller para ver qué se cocía allí dentro y por el placer de oler la madera. Ahora sabía que ese hombre se llamaba Sulemani y que era el maestro carpintero. Todo el mundo lo llamaba Mouze Sulemani, con la fórmula de tratamiento reservada a los ancianos, aunque no parecía haber cumplido aún los sesenta. Tenía otro hombre más joven a sus órdenes, el que llevaba el pelo negro recogido en una cola de caballo que se atusaba a menudo con evidente orgullo, pero esa mañana no estaba allí. Se llamaba Mahdí y dejaba a su paso un olor a alcohol fermentado, como si al despertar tras una noche de borrachera se fuese a trabajar sin ni siquiera enjuagarse la boca. A veces se presionaba las sienes con los dedos, como si le doliera la cabeza, y Hamza se decía que trabajar en lo suyo con resaca, entre golpes, martilleos y ruido de sierras, debía de ser un suplicio. Recordaba lo mucho que sufría el Oberleutnant con los efectos de la resaca tras haber empinado el codo con los demás oficiales alemanes. Otro de los habituales en la carpintería era un muchacho llamado sefu que se encargaba de tareas como lijar y barnizar la madera o recoger y limpiar el local al acabar la jornada. A veces su hermano pequeño iba a ayudarlo, sólo para tener las manos ocupadas y quizá también para demostrar su buena disposición por si en el futuro surgía alguna vacante. Fue a ellos a los que Hamza vio cargando un caldero lleno de barniz el día que sus pasos lo llevaron hasta el patio de la carpintería. El propio Nassor Biashara también recalaba a veces en el taller. Había diseñado todo el mobiliario de su oficina y le gustaba añadir los últimos retoques a las pequeñas piezas decorativas que allí se manufacturaban.

Cuando Hamza llegó a la carpintería, Mouze Sulemani estaba escuchando al mercader con el ceño levemente fruncido, algo raro en él, pues por lo general se mostraba imperturbable y su rostro era la viva imagen de la templanza. El mercader dio la conversación por zanjada y se volvió hacia Hamza alargando la mano para que le devolviera las llaves.

—Ven conmigo —le ordenó, y salió sin esperarlo.

Hamza miró fugazmente al carpintero, que le sostuvo la mirada sin revelar emoción alguna.

Cuando dio alcance a Nassor Biashara en su diminuto despacho contiguo a la carpintería, éste le dijo, como si se le acabara de ocurrir en ese instante, aunque era evidente que la idea le rondaba desde hacía tiempo:

—Te gustaría trabajar con la madera, ¿verdad? Te he visto entrar en el taller de vez en cuando, y sé cuándo a alguien le atrae este oficio. También te he visto olisqueando la madera, otra señal infalible. El caso es que no puedes seguir trabajando en el almacén; sólo te ofrecí el puesto de vigilante porque me gustó tu aspecto y necesitabas trabajo, y has demostrado que hice bien al confiar en ti. Lo que no entiendo es cómo has podido aguantar a ese viejo cascarrabias de Jalifa, que para colmo parece haberse encariñado contigo, algo raro en él. ¿Te apetece trabajar en el taller? Podrías ayudar a Mouze Sulemani, que te enseñaría el oficio. Es un carpintero de primera, parco en palabras pero de confianza. Podrías aprender mucho de él, quizá incluso llegar a ser un buen carpintero. ¿Vipi...? ¿Qué me dices?

La propuesta era tan inesperada que, en un primer momento, Hamza sólo acertó a sonreír. El mercader le devolvió la sonrisa al tiempo que asentía.

—Ese aire risueño te favorece —dijo—. Diría que la idea te hace ilusión. Mahdí no va a volver. Ese chico se ha echado a perder... bebe como un cosaco y luego va dando tumbos por las calles, buscando camorra, y cuando llega a casa se desquita pegando a su mujer y a su hermana. Si por mí fuera ya lo habría puesto en la calle hace tiempo, pero su padre y el mío eran buenos amigos y no he tenido más remedio que aguantar por respeto a ambos. Pero esta vez se ha enemistado con alguien que ha amenazado con coserlo a navajazos. Su madre le ha suplicado que se vaya a Dar es-Salam, donde tienen familia, como si eso fuera a salvarlo de sí mismo. El caso es que no sé a qué esperas, vete al taller y ponte manos a la obra.

Al principio, Mouze Sulemani encargaba a Hamza tareas sencillas, como trasladar las piezas de mobiliario o sujetar el extremo de un tablón para que él pasara el cepillo o taladrara, y mientras tanto le iba enseñando los secretos del oficio. Hamza obedecía sin rechistar y se disculpaba por la más mínima equivocación. El carpintero siguió nombrando otras clases de madera para que él las aprendiera: mkangazi o caoba, mvinje o casuarina, mzaituni u olivo. Le hacía olerlas y acariciar los tablones para que supiera reconocerlas. Hamza le hacía preguntas sin molestarse en reprimir su entusiasmo, y al cabo de unos días se dio cuenta de que el hombre ya no recelaba tanto de él. Al acabar la jornada, Mouze Sulemani se encargaba personalmente de meter todas las herramientas en un baúl con candado cuya llave guardaba en el bolsillo. Luego cerraba todas las ventanas y explicaba a Hamza cómo debía dejar el taller. Cuando lo llamaba por su nombre a la hora del cierre y le decía «Hamza, mañana inshallah», él lo interpretaba como una invitación: «Vuelve mañana.» Siempre hacían una pausa a la hora del almuerzo para que Mouze Sulemani pudiera retomar su labor de aguja, aunque no probaba bocado. La idea de trabajar como carpintero ilusionaba a Hamza como ninguna otra ocupación que hubiese tenido hasta entonces.

Le habló a Jalífa de su nuevo trabajo con tanto entusiasmo que éste se echó a reír y repitió sus palabras ante los amigos del baraza, que bromeaban con el joven llamándolo fundi seramala. Hamza volvió a instalarse en el cuarto trastero de la casa de Jalífa y recuperó sus viejos hábitos: se aseaba en la mezquita, cenaba en algún café y, a veces se sentaba en el porche con el encargado del almacén y sus amigos mientras debatían sobre el estado del mundo. Sin embargo, esta vuelta a la rutina no duró sino unos días. Cierta mañana, Bi Asha lo llamó desde la puerta de la casa y lo mandó a hacer un recado. El muchacho que solía llevarles una hogaza de pan y bollos a primera hora de la mañana no se había presentado ese día y le pidió que se acercara al café en su lugar. Era la primera vez que la mujer le dirigía la palabra desde el incidente del patio, pero se comportó como si nada hubiese sucedido: «Ten, coge este dinero y llégate al café a por pan y bollos. Andando.» Ésa pasó a ser su primera tarea todas las mañanas. Llamaba a la puerta y la mujer más joven le daba el dinero para el café y un cesto para el pan y los bollos. Al volver, Hamza llamaba otra vez a la puerta y le entregaba el cesto. A cambio, ella le daba una rebanada de pan y una taza de té para desayunar. La joven, que atendía al nombre de Afiya y a la que Hamza ya no consideraba una simple criada, lo llamaba por su nombre y él se acercaba a la puerta para recoger el desayuno.

A veces le encargaban otros recados, como llevar un paquete, un cesto de comida o un mensaje a algún vecino o pariente. Otras veces Bi Asha cedía sus servicios a alguna que otra vecina necesitada de ayuda, aunque no era raro que abominara de esa misma vecina a sus espaldas, enumerando sus infinitos desaires y repetidas blasfemias. Se diría que estaba rodeada de herejes y, cada vez que enviaba a Hamza a casa de alguien, recitaba algún pasaje del Corán para brindarle protección, o eso quería creer el propio Hamza. La mujer le hacía estos encargos con su habitual brusquedad, como si tuviera todo el derecho del mundo a imponérselos. Jalifa se negaba a cobrarle un alquiler, lo que convertía a Hamza en una carga y hacía que se sintiera en deuda con él. Hasta cierto punto, esta dependencia le resultaba reconfortante, pues se sentía parte de la familia y no le importaba hacer de correveidile. Hasta se acostumbró al trato hosco de Bi Asha, que no daba la menor señal de ablandarse con el paso del tiempo. Aun así, era mejor ser el recadero que un portador de las peores calamidades: Balá. Hana maana.

—Mouze Sulemani está contento contigo —le dijo Nassor Biashara—. No me sorprende en absoluto. Sabía que se te daría bien. Dice que tienes modales, lo que viniendo de él son palabras mayores. No se refiere sólo a la buena educación, sino que para él esa palabra abarca mucho más.

Nassor Biashara hizo una pausa. Hamza tuvo la sensación de que lo estaba poniendo a prueba, pero no acababa de entender en qué sentido. Esperó a que el mercader se explicara.

—No me lo ha dicho expresamente, pero eso creo. Lo conozco desde hace tiempo y siempre mide mucho sus palabras. No es que no use lenguaje malsonante, sino que ni siquiera apela a Dios como hacemos todos cuando queremos enfatizar algo, con expresiones como wallahi y demás. Si dices wallahi en su presencia te mandará callar como si estuvieras blasfemando. Lo peor que puede llegar a decir de alguien es «No creo en su palabra.» Deposita una gran fe en la verdad, aunque dicho así suena demasiado pomposo. Tal vez sea más acertado decir que cree en la franqueza, la transparencia o algo parecido, sin necesidad de ruido ni estridencias... Tú también eres así. Y además educado, cosa que le gusta. A eso se refería cuando ha dicho que tienes modales. Él nunca te dirá nada de esto a la cara, así que te lo digo yo.

Hamza no supo qué contestar, conmovido por saberse tan bien considerado y por la amabilidad que demostraba el mercader compartiéndolo con él. Le escocían los ojos de emoción. A veces le molestaba que Jalífa tuviera tan mal concepto de Nassor Biashara, a su juicio inmerecidamente.

—También me ha dicho que has vuelto a casa de Jalífa —añadió el mercader mientras se atareaba con sus libros, en un tono ya menos íntimo, menos cómplice—. Qué calladito te lo tenías. Ya veo que las cosas te van muy bien. Eso sí, no sé si yo querría vivir bajo el mismo techo que ese viejo gruñón.

—No vivimos exactamente bajo el mismo techo —repuso Hamza—. Me dejan usar un cuartito que antes era una barbería.

—Conozco esa casa como la palma de mi mano. En realidad no le pertenece, y a ella tampoco. ¿Qué opinión te merece Bi Asha? Un poco arisca, ¿no? No sé cuál de los dos le ha agriado más el carácter al otro, pero sospecho que ella se lleva la palma. Es una mujer muy rencorosa. No te irás de la lengua sobre esto que te estoy diciendo, ¿verdad? Aquí donde nos ves, estamos emparentados. Bueno, dejémoslo en que estoy emparentado con la familia —matizó el mercader, zanjando la conversación con un gesto de la mano para concentrarse en el papeleo que tenía ante sí.

—He oído decir que estás emparentado con Nassor Biashara —le dijo Hamza a Jalífa más tarde—. Bueno, en realidad, ha dicho que está emparentado con la familia.

El hombre reflexionó unos instantes.

—¿Eso te ha dicho? —preguntó al cabo—. ¿Que está emparentado con la familia?

—¿Por qué lo dice así? —preguntó Hamza—. ¿Se refiere a Bi Asha?

Jalífa asintió.

—Es un bellaco, ya te lo dije. Un zorro taimado al que le gusta ese lenguaje anticuado y rimbombante. Los de su calaña creen que es de mal gusto referirse a las mujeres de la casa.

Hamza intuyó que Jalífa dudaba sobre si decir algo más. Esa noche no había nadie más con ellos en el porche, de modo que le sirvió otro café y luego le preguntó:

—¿Qué clase de parentesco os une?

Jalífa se tomó su tiempo: le dio un sorbo al café y ordenó sus pensamientos mientras Hamza esperaba, a sabiendas de que acabaría contándole la historia.

—Ya sabes que trabajé a las órdenes de su padre, Amur Biashara, el mercader pirata, durante muchos años. Fue entonces cuando Bi Asha y yo nos casamos. Buana Amur era pariente suyo y fue él quien concertó... bueno, digamos que fue él quien nos unió.

—¿Cómo empezaste a trabajar para él? —le preguntó Hamza tras una larga pausa, al ver que Jalífa se mostraba reacio a continuar. Por lo general, no hacía falta incitarlo.

—¿De verdad te interesan estas viejas historias? No me cuentas nada de tu vida y luego me pides que te cuente la mía y no puedo resistirme. Es lo malo de hacerse mayor, que uno no sabe tener la boca cerrada.

—Te aseguro que me interesa todo lo relacionado con el viejo pirata —le dijo Hamza, sonriendo de oreja a oreja porque sabía que Jalífa no se resistiría a contárselo.

Apenas había empezado la temporada de los kusi, los monzones estivales, cuando Hamza llegó a la ciudad un día al caer la noche. Para entonces, los comerciantes llegados del otro lado del océano se habían abierto paso hasta Somalia, el sur de Arabia y la costa occidental de la India. No recordaba apenas nada del clima de esa tierra que había abandonado muchos años antes, y desde entonces había vivido tiempos arduos en el corazón del continente, lejos de los vientos costeros. Todos decían que esos meses centrales del año eran los más benignos, pero al poco de haber regresado no era consciente de ello. La tierra seguía verde tras la temporada de lluvias larga y los vientos eran moderados. Después, durante el último tercio del año, aproximadamente, el ambiente se volvía más seco y caluroso hasta que, con la llegada de los kaskazi o monzones invernales, arreciaban los temporales marítimos y los fuertes vientos, seguidos de la temporada de lluvias corta y, por último, coincidiendo con el año nuevo, los vientos constantes del nordeste.

Estos vientos traían de vuelta a los mercaderes que habían zarpado desde el otro lado del océano. Su destino final era Mombasa o Zanzíbar, ciudades prósperas con ricos comerciantes ansiosos por hacer negocios, pero algunos se dispersaban hacia otras ciudades portuarias, incluida aquélla. La llegada de los barcos era un acontecimiento que generaba expectación durante semanas, y mientras tanto volvían a circular toda clase de leyendas sobre los capitanes y su tripulación: el caos que sembraban al sentar sus reales en cualquier terreno baldío, convertido en improvisado campamento, las fabulosas mercancías que pregonaban en las calles —baratijas en su mayoría, pero también algún que otro artículo más valioso de lo que suponían los propios vendedores—, sus gruesas alfombras y perfumes exquisitos, los cargamentos de dátiles y el pescado en salazón —tiburón, caballa real— que vendían por lotes a los comerciantes locales, su notable pasión por la fruta y en particular el mango, su violenta insumisión, que en tiempos había desencadenado batallas campales en las calles y obligado a los aterrados lugareños a recluirse en sus casas. Los marineros abarrotaban las mezquitas y perfumaban el aire con sus kanzus y kofias, tan impregnados de salitre y manchados de sudor que habían tomado una pátina parduzca. La zona que rodeaba el puerto era la más castigada por sus excesos. La carpintería y la casa de Jalífa quedaban un poco más retiradas, y los únicos forasteros con los que se cruzaban eran los vendedores ambulantes con sus cestos de resina aromática, especias, perfumes, collares, baratijas de latón y gruesos paños teñidos y bordados con colores medievales. De vez en cuando, algún mercader sirio de porte altivo se perdía y cruzaba el barrio a grandes zancadas, blandiendo su bastón en el aire como si atravesara territorio enemigo. Un tropel de niños seguía sus pasos, burlándose de él con palabras que el forastero no alcanzaba a entender e imitando con la boca sonoras ventosidades porque, según se decía, los sirios las encontraban especialmente ofensivas.

Era improbable que mercaderes y marineros llegaran a la carpintería y la casa de Jalífa, pero el descampado del almacén era harina de otro costal. Se congregaban allí todos los días, y algunos lo usaban para acampar durante la noche, atrayendo a los vendedores de fruta, café y maíz o yuca asados a la parrilla, que lo transformaban en algo parecido al bullicioso mercadillo que Jalífa había descrito a Hamza con tanta nostalgia meses atrás. El almacén de Nassor Biashara se había ido vaciando de mercancía a lo largo de las últimas semanas, de modo que estaba listo para recibir nuevas remesas. Por las mañanas, el mercader cambiaba su cuchitril de la carpintería por un rincón igual de pequeño en el almacén, justo al lado de la puerta. Por las tardes volvía al taller para encargarse del papeleo, dejando en manos de Jalífa la recepción y colocación de la mercancía. Eran semanas de mucho ajetreo para el encargado del almacén, que se quedaba trabajando hasta tarde y se afanaba de aquí para allá con aire resuelto, sujetapapeles en mano, llevando la cuenta de las existencias. Hamza tenía la impresión de que Jalífa se sentía como pez en el agua trabajando a las órdenes de un mercader pirata, organizando las idas y venidas de Idrís y Dubu al puerto y supervisando a los mozos de almacén contratados para apilar la mercancía.

El trajín de esos días no se parecía demasiado a una jornada de trabajo habitual. En circunstancias normales, Jalífa cerraba el almacén a primera hora de tarde, dejaba las llaves en la carpintería y se marchaba a casa. Si Hamza no estaba muy atareado en el taller, lo acompañaba y almorzaba en su habitación o en el porche. Mouze Sulemani se quedaba en la carpintería, como siempre sin probar bocado. Hamza volvía a su puesto después de almorzar y seguía trabajando hasta que el almuecín llamaba a las oraciones de la tarde, momento en que barrían el taller y cerraban hasta el día siguiente. Cuando Hamza no volvía a casa para almorzar, le guardaban un plato y comía más tarde, al llegar del trabajo. Había pasado a formar parte de la familia, aunque hiciera su vida de forma independiente en el cuarto trastero. No volvió a entrar en la casa después de aquella primera ocasión, y cuando Bi Asha lo llamaba alzando la voz desde el patio interior para pedirle algún recado, él se plantaba delante de la puerta principal. Si la mujer lo reconvenía con impaciencia, ordenándole que entrara, él se limitaba a traspasar el umbral y esperaba que ella se acercara. Intentaba trazar una línea divisoria entre lo que suponía ser un sirviente, algo que no deseaba, y alguien que tenía obligaciones para con la familia que lo había acogido.

Uno de esos días en los que Jalifa poco menos que vivía en el almacén, Hamza llamó a la puerta para que le dieran el almuerzo, como de costumbre, y fue Afiya quien salió a abrir. Le tendió una taza con agua y un bol con arroz y espinacas. Al ver que, en contra de lo habitual, la joven no cerraba la puerta enseguida, Hamza se sentó en el porche y empezó a comer, notando su presencia en la penumbra de la casa, al otro lado del umbral. Llevaba varios meses viviendo en el cuarto trastero pero no había intercambiado sino un par de palabras con Afiya, aunque ocupaba buena parte de sus pensamientos. Después de los primeros bocados, que comió notando en todo momento su cercanía física, le preguntó en voz baja, para que Bi Asha no lo oyera desde dentro:

—¿Quién te puso ese nombre, tu madre o tu padre?

—¿Afiya? Significa «buena salud» —contestó ella—. Me lo puso mi madre.

Había dado por sentado que la joven cerraría la puerta, pero no lo hizo, sino que siguió al otro lado porque también quería conversar con él. Desde hacía algún tiempo, Hamza pensaba en ella a menudo, sobre todo cuando estaba a solas en su habitación. A veces, cuando Afiya pasaba por delante de su ventana abierta, lo saludaba en voz alta sin detenerse y él corría para intentar verla mientras se alejaba por el callejón. Otras veces pasaba sin saludarlo, pero él vislumbraba su silueta y se estremecía por dentro de todos modos. Siempre que lo llamaban a la casa o la veía pasar, se dirigía a ella con las escasas palabras que podía usar sin arriesgarse a ofenderla, sólo para oír su voz, que era un poco ronca y poseía una calidez especial que lo conmovía.

—Te puso ese nombre para desearte buena salud —aventuró Hamza, incitándola a seguir hablando al ver que no decía nada más.

—Sí, a mí y tal vez a sí misma. Estaba enferma —repuso Afiya—. Eso tengo entendido. Murió siendo yo muy pequeña, tendría dos años, tal vez. No la recuerdo.

—¿Y tu padre, está bien de salud? —preguntó Hamza sin saber si debería, pensando que quizá se estaba propasando.

—Murió hace mucho. No llegué a conocerlo.

Hamza farfulló un pésame y se concentró en su bol de arroz. Quería decirle que él también había perdido a sus padres, que lo habían arrancado de su hogar y ya no sabía dónde estaban los suyos, del mismo modo que ellos desconocían su paradero. Quería preguntar qué le había pasado a ese padre que Afiya no llegó a conocer. ¿Había muerto siendo ella un bebé, como su madre, o simplemente la había abandonado a su suerte tras quedarse viudo? No se lo preguntó porque hacerlo sólo serviría para satisfacer su curiosidad e ignoraba qué recuerdos amargos podría desatar con sus preguntas.

—¿Te duele la pierna? —preguntó ella—. Antes te he visto hacer una mueca de dolor, y también hace un momento, cuando te has sentado.

—Me duele, pero un poco menos cada día —contestó él.

—¿Qué te pasó? —preguntó Afiya.

Él se rió entre dientes y, tras soltar un suspiro, contestó como restándole importancia:

—Otro día te lo cuento.

Instantes después, la oyó retirarse y lamentó no haberle dado algo a cambio de su confidencia. Afiya volvió al poco para recoger el bol vacío y ofrecerle un platito con gajos de naranja.

—Puedes entrar a lavarte las manos cuando hayas terminado —le dijo.

Hamza la llamó en voz alta antes de entrar en la casa y esperó a que Afiya apareciera en el umbral del patio para devolverle el plato vacío y seguirla hasta fuera. Una vez allí, ella señaló el fregadero adosado al muro izquierdo y él fue a lavarse las manos. No había ni rastro de Bi Asha. Hamza dedujo que había salido porque sólo eso explicaría que la joven le hablara sin cortapisas y lo hubiese invitado a entrar. Después de lavarse las manos, miró alrededor sin disimular su curiosidad cuando en el pasado había huido despavorido ante el destemplado recibimiento de Bi Asha. En el muro del fregadero había un grifo junto al cual había visto a Afiya fregando platos en aquella ocasión. Se dio cuenta de que el lavabo quedaba al fondo del patio, junto al toldo, y que a lo largo del muro derecho había dos habitaciones más, una de las cuales había tomado por un trastero. Frente a ésta había dos braseros o seredani, uno de ellos lleno de carbón y listo para ser encendido. La otra habitación era más amplia de lo que recordaba y, pese a que la puerta estaba cerrada, atisbó el interior a través de la ventana abierta, protegida por una mosquitera y una cortina. Si aquélla era la habitación de Afiya, disfrutaba de mejores condiciones que la mayoría de sirvientes, que a menudo podían darse por satisfechos si les daban una estera y un rincón del pasillo. A lo mejor no era una sirvienta, sino la segunda mujer de Jalifa, como había supuesto al principio.

Afiya siguió la dirección de su mirada y asintió levemente. La kanga se le resbaló hacia atrás y quedó enganchada en una horquilla o pasador, gracias a lo cual Hamza tuvo ocasión de verla mejor, y más de cerca, que nunca hasta entonces. Se peinaba con la raya en medio y se había hecho dos trenzas que se juntaban sobre la espalda. Sujetó la kanga holgadamente para que él vislumbrara también parte de su torso y la cintura, pero al cabo de unos segundos volvió a envolverse en ella y la ciñó en torno a la cabeza. Aunque se trataba de un gesto de recato habitual, Hamza se preguntó si lo habría demorado unos instantes para que él pudiera contemplarla. Intercambiaron una sonrisa, y luego él le dio las gracias y se marchó, convencido de que Afiya sabía lo que sentía por ella. Apenas podía contener la euforia. Si ella conocía sus sentimientos y le sonreía de ese modo, no podía ser la mujer de Jalífa. El hecho de que le hiciera compañía mientras comía y luego lo invitara a la casa para lavarse las manos en ausencia de Bi Asha significaba que había aprovechado esa circunstancia para intimar con él. A su juicio, aunque no tenía demasiada experiencia en tales asuntos, todo apuntaba a un incipiente cortejo, y cuando volvió al taller se sentía exultante.

Sin embargo, su alegría se veía empañada por el hecho de saber que apenas tenía nada que ofrecerle: un puesto de trabajo que no era seguro, un hogar que se reducía a un cuartucho donde vivía de prestado y del que podían echarle sin miramientos si sus atenciones eran motivo de ofensa, un busati en el suelo a modo de cama. Físicamente, se resentía de las lesiones y los malos tratos sufridos. No podía ofrecerle un pasado dichoso ni un futuro prometedor, sólo una historia lamentable que se sumaría a la suya, cuando quizá confiara en dejar atrás sus propias desdichas. Además, no podía descartar la posibilidad de que Afiya estuviera casada, con lo que quizá se estuviera involucrando en un asunto escabroso del que podía salir malparado. Pero no pudo reprimir su propio entusiasmo, por más que no estuviera seguro de tener la determinación necesaria para llevar sus deseos a buen puerto. En todo caso, cabía la posibilidad de que hubiese interpretado equivocadamente lo que acababa de ocurrir. Le habían arrebatado tantas cosas a lo largo de la vida que a veces una sensación de desaliento lo paralizaba ante cualquier nueva empresa. Era algo que trataba de combatir a diario y que su trabajo en la carpintería, así como la compañía diaria y benévola del carpintero, ayudaba de algún modo a disipar.

Esa tarde Mouze Sulemani también parecía estar de especial buen humor, y hasta tarareó algunas de sus casidas preferidas mientras trabajaba. Tal vez hubiese recibido una buena noticia, o acabado de bordar su última kofia. El caso es que su alegría vino a sumarse a la sensación de euforia de Hamza, que no podía parar de sonreír. Tanto era así que el carpintero reparó en ello y lo miró con curiosidad pero sin decir palabra. Hamza estaba tan distraído que el taladro le resbaló de las manos y más tarde perdió una escuadra que rebuscó a su alrededor, irritado, cuando la tenía delante de las narices. Eran fallos que no acostumbraba a cometer. En otra ocasión, la mirada de Mouze Sulemani se cruzó con la del joven aprendiz mientras éste sonreía para sus adentros y, cuando el carpintero arqueó las cejas como preguntándole el motivo de tanta dicha, Hamza no pudo evitar reírse de su propio atolondramiento. Haciendo gala de su habitual discreción, Mouze Sulemani no dijo nada, pero Hamza se dio cuenta de que reprimía una sonrisa. ¿Habría adivinado su secreto? ¿Siempre eran tan evidentes estas cosas?

—Leuchtturm Sicherheitszündhölzer —leyó Hamza en voz alta al encontrar una caja de cerillas en uno de los cajones del taller.

Mouze Sulemani estaba lijando una pieza y levantó los ojos con gesto inquisitivo.

—¿Qué has dicho? —preguntó.

Hamza repitió las palabras, Leuchtturm Sicherheitszündhölzer: cerillas de seguridad El Faro. El viejo carpintero se acercó a Hamza, cogió la caja de cerillas, la observó por unos instantes y luego se la devolvió. Entonces fue hacia un estante, cogió una lata en la que guardaban los clavos torcidos y se la llevó a Hamza.

—Wagener-Weber Kindermehl —leyó éste en voz alta.

—Sabes leer —concluyó el carpintero.

—Sí, leer y escribir —afirmó Hamza, sin disimular su orgullo.

—En alemán —puntualizó el carpintero. Y entonces, señalando la lata, preguntó—: ¿Qué pone ahí?

—Leche para bebés Wagener-Weber.

—¿También sabes hablar alemán?

—Sí.

—Mashalá... —musitó Mouze Sulemani.

11

Desde hacía algún tiempo, Afiya no podía dejar de pensar en él. Cuando Hamza llamaba a la puerta por la mañana para recoger el dinero del pan, se abstenía de dirigirle la palabra por si Bi Asha la oía desde dentro. Según su concepción del pecado, hablar con un hombre equivalía a quedar para verse en secreto con él. Hamza le decía «Habari za asubuhi», a lo que ella contestaba «Nzuri» al tiempo que le tendía el cesto y el dinero, cuando en realidad lo que deseaba hacer era tocarlo o aplastar el cuerpo contra el suyo. Cuando pasaba por delante de su cuarto y veía la ventana abierta, tenía que resistir la tentación de asomarse y hablar con él o tenderle la mano. A veces lo saludaba de pasada, sin atreverse a parar. Cada vez que Hamza llamaba a la puerta, el corazón le daba un vuelco en el pecho y una sonrisa le asomaba a los labios, aunque se contenía para no parecer impaciente o nerviosa cuando salía a abrirle. Anhelaba los breves instantes que compartía con él, aunque ya no lo llamaba para darle una rebanada de pan y una taza de té desde que un día le dijo: «Ni que fueras el perro de la casa.» Desde entonces, era la propia Afiya la que llamaba a su puerta y le llevaba el desayuno en una bandeja. Él siempre estaba listo, esperándola con una sonrisa. Un día, cuando iba a darle el dinero para el pan y los bollos del desayuno, ella le tocó la mano de un modo que podría parecer accidental pero no lo era, por descontado, y prolongó el roce durante un instante más sólo para despejar cualquier duda que él pudiera albergar. Hasta un idiota habría captado el mensaje.

—Estás mejor de la pierna, ¿verdad? —dijo—. Lo noto por cómo te mueves.

—Va mejorando, sí —contestó él—. Gracias.

Se acercaba el momento de poner palabras a lo que estaba sucediendo, pero Afiya no sabía a ciencia cierta si debía dar el siguiente paso o esperar a que Hamza tomara la iniciativa. No quería dar la impresión de que sabía desenvolverse en semejante tesitura, como si lo hubiese hecho antes. Deseaba poder sincerarse con Yamila y Sáda, y estuvo a punto de hacerlo en incontables ocasiones, pero siempre había algo que la refrenaba, quizá el temor a que sus amigas se burlaran de Hamza y la exhortaran a entrar en razón, pues no podía dejarse cortejar por un hombre cuyos orígenes desconocía. Tal vez lo tomaran por un vagabundo y un descamisado, aunque ella no podía presumir de mucho más. Pero era una mujer, le dirían, y lo único que tenía era su honor, de modo que debía preguntarse si estaba segura de que Hamza era merecedor del riesgo al que se exponía. Así las cosas, tampoco se atrevía a decirle nada a Jalida, porque seguramente iría con el cuento a sus amigas, que se echarían unas buenas risas a su costa y la incitarían a cometer atrevimientos de los que no se creía capaz. ¿Y qué prisa había, en realidad? No se sentía impaciente, y en el fondo hasta disfrutaba de la tensa expectación previa al desenlace.

Pero a veces temía perder a Hamza, que se marchara tal como había llegado, sin rumbo fijo pero lejos de ella. Era una de las pocas conclusiones a las que había llegado observándolo y escuchándolo: era un hombre desarraigado, sin nada a lo que aferrarse y al que nada ataba a ese lugar. O al menos eso había deducido al constatar que era demasiado tímido para dar el paso definitivo: que un buen día ella se quedaría esperando en vano que llamara a la puerta para coger el dinero del pan porque habría abandonado su vida para siempre. A veces este temor la sumía en un profundo desánimo, y entonces se proponía enviarle una señal clara, pero luego el momento pasaba y Afiya volvía a atrincherarse en su propia cautela e inseguridad.

Hamza ocupaba sus pensamientos hasta tal punto que a veces se quedaba abstraída en compañía de otras personas. Yamila reparó en ello y un día le preguntó con tono risueño en quién estaba pensando. ¿Acaso la habían pedido en matrimonio? Afiya se echó a reír y cambió de tema sin desvelarle los últimos acontecimientos, y es que, el día antes de que Yamila la sorprendiera entregada a sus ensoñaciones, Bi Asha le había dicho al volver de una de sus visitas vespertinas, sonriendo con una picardía nada habitual en ella:

—Creo que pronto tendrás buenas noticias.

Sólo podía referirse a una propuesta de matrimonio. Ése era otro de sus temores; habían pasado varios meses desde que rechazara a sus dos primeros pretendientes, y Bi Asha había insinuado que tal vez se hubiesen precipitado y que eso podría haberles granjeado una inmerecida fama de altaneras. La sonrisa de alivio y satisfacción de Bi Asha la llenó de angustia. No le preguntó nada sobre el supuesto pretendiente ni la persona que había hecho averiguaciones en su nombre. Bi Asha se la quedó mirando con gesto desconfiado y extrajo sus propias conclusiones, en las que seguramente no vio motivo de alarma, porque no se le borró la sonrisa. Cuando Yamila le preguntó en quién estaba pensando, Afiya trataba de descubrir una manera de revelar sus sentimientos a Hamza. ¿Debería escribirle una nota? ¿Asomarse a su ventana y decirle «No puedo dejar de pensar en ti»? ¿Y si sus sentimientos no eran correspondidos? Todo aquello era un tormento que sólo se veía agravado por el hecho de tener tiempo de sobra para pensar y no poder desahogarse con nadie.

Hamza tenía sus propios quebraderos de cabeza. A menudo recorría a pie la carretera de la costa en dirección a la que en tiempos había sido su casa. Había vivido allí varios años, desde que era poco más que un niño bruscamente arrebatado de su hogar hasta el día que huyó para unirse a la schutztruppe. Había pasado buena parte de esos años recluido en la tienda del mercader al que lo habían vendido como esclavo, salvo por los meses que lo acompañó en una larga y ardua expedición al interior del país, caminando sin descanso durante semanas en compañía de porteadores y escoltas, atravesando una región que le provocaba fascinación y terror a partes iguales. El mercader seguía la ruta de las caravanas, y más tarde Hamza se enteró de que los alemanes querían poner fin a esa forma de comercio, pues pretendían controlar toda la actividad económica desde la costa hasta las montañas y no pensaban tolerar la resistencia de los mercaderes, a los que habían castigado severamente durante la revuelta de Abushiri, cuando hubo que dejarles claro a esos traficantes de esclavos barbudos, esos comedores de arroz, que su tiempo había pasado y debían someterse al orden germánico. Por entonces, Hamza apenas era consciente de lo que estaba en juego, aunque hubiese oído hablar de la inminente llegada de los alemanes. Sí era consciente, en cambio, de su propio sometimiento e impotencia. Tal vez no lo entendiera cabalmente, pero sentía que le aplastaba el espíritu y lo convertía poco a poco en una sombra.

Mientras vivió en la tienda del mercader, apenas pisó la ciudad. Desde que salía el sol hasta bien entrada la noche, Hamza y otro chico un poco mayor que él se afanaban en atender el constante vaivén de clientes. Cuando oscurecía, cerraban las puertas del local y dormían en la trastienda.

Ahora estaba empeñado en encontrar aquella casa. Recordaba que la tienda daba a la carretera, y que a un lado de la casa había un jardín cercado por un muro y un rudimentario grifo que usaban para hacer sus abluciones. Pero no quedaba ni rastro de todo aquello, y allí donde él ubicaba la tienda se erguía ahora una casa de aspecto grandioso, pintada de un suave color arena. Tenía dos plantas, un balcón con celosía a lo largo de toda la fachada y un patio delantero cubierto de grava y rodeado por un murete. Hamza había pasado varias veces por delante de la puerta, pero no se había atrevido a llamar para preguntar qué había sido de la casa que antes ocupaba su lugar. «Aquí —le diría a quienquiera que saliese a abrir—, hace muchos años, vi mi cobardía y mi timidez reluciendo como vómito en el suelo. Aquí vi cómo la humildad y el retraimiento se convertían en humillación.» Pero nunca llamó a la puerta ni dijo nada de todo esto, sino que se limitaba a dar vueltas alrededor de la casa y luego volvía al centro.

Había partes de la ciudad en las que ya no se sentía como un forastero y, al final de la tarde o al caer la noche, paseaba por esas zonas que le resultaban familiares. A veces se sentaba en un café y picaba algo, o acompañaba alguna conversación o juego de cartas. La gente lo saludaba, le sonreía y hasta intercambiaba unas pocas palabras con él sin hacerle preguntas incómodas ni entrar en detalles. Las conversaciones que escuchaba aquí y allá le permitían conocer los nombres de algunas personas e incluso retazos de su vida, aunque bien podrían ser fanfarronadas nacidas al calor de las tertulias de café.

Un día, al cabo de la calle, avistó a un grupo de personas sentadas en un banco. A escasos metros de allí, un grupo de músicos ensayaba en una planta baja. Se detuvo un rato en la calle bañada por el siseante resplandor de una lámpara de queroseno que alumbraba el local de ensayo y a las personas que ora de pie, ora sentadas, se habían congregado fuera. La cantante que acompañaba a los músicos entonaba una canción de añoranza dedicada a un amante al que juraba y perjuraba su devoción. La letra melancólica y su voz evocadora lo llenaron de nostalgia, pena y euforia a la vez. Durante una pausa, preguntó al joven que tenía al lado:

—¿Están ensayando para algún concierto?

El adolescente pareció sorprenderse y se encogió de hombros.

—No lo sé —dijo—. Suelen tocar aquí y nosotros venimos a escucharlos. Puede que también den conciertos.

—¿Tocan a menudo?

—Casi todas las noches —contestó el chico.

Hamza supo que volvería.

Cuando Mouze Sulemani se enteró de que Hamza no sólo sabía leer, sino que además hablaba alemán, empezó a tratarlo con renovada admiración. Le pedía que tradujera frases sueltas y él lo complacía, encantado de seguirle el juego, considerándolo un pequeño obsequio a cambio de todo lo que el maestro le enseñaba sobre el oficio de carpintero.

—Guíanos por el camino recto, haznos inquebrantables ante la duda y el escepticismo, ante la oscuridad y las lamentaciones. ¿Cómo se dice eso en alemán? —preguntaba el viejo carpintero con gesto ilusionado.

Hamza se esforzaba, pero había momentos en los que se veía obligado a reconocer su derrota, sobre todo cuando Mouze Sulemani le pedía que tradujera un pasaje de tono más místico o piadoso. El carpintero le soltaba algún proverbio y aguardaba, expectante, mientras Hamza farfullaba la traducción. Luego se reía complacido tanto con sus éxitos como con sus fracasos y aplaudía de todos modos.

—Yo sólo fui a la escuela un año, para aprender a leer el Corán. Luego me pusieron a trabajar por deseo de mi padre y de su amo.

—¿De su amo? —preguntó Hamza, aunque creía conocer la respuesta.

—Nuestro amo —rectificó Mouze Sulemani sin perder la compostura—. Mi padre era un esclavo, al igual que yo. En su testamento, el amo nos concedió la libertad, que Dios se apiade de su alma. Mi padre quería que yo fuera carpintero y el amo le dio su consentimiento, de modo que tuve que dejar la escuela para ponerme a trabajar. Los escasos suras que conozco los he aprendido de memoria. Alhamdulilá, aun siendo pocos, me han liberado de la condición de bestia.

Mouze Sulemani puso en conocimiento del mercader el don de lenguas de su empleado, pero el hombre decidió hacer caso omiso de esa información durante un tiempo, hasta que un buen día le preguntó:

—¿Qué es eso de que sabes hablar y leer en alemán? ¿Dónde lo aprendiste? ¿No me habías dicho que no fuiste a la escuela?

—Y así es. He ido aprendiendo aquí y allá —contestó Hamza.

—¿Dónde, exactamente? Mouze Sulemani me ha dicho que te recita versículos del Corán y tú los traduces al alemán. Eso no se aprende así como así.

—Son traducciones muy modestas. Hago lo que puedo —se excusó Hamza.

Jalífa estaba presente durante este intercambio, y se volvió hacia el mercader con una sonrisa maliciosa.

—Hamza tiene sus secretos —le dijo—. Un hombre tiene derecho a guardarse ciertas cosas.

—¿Qué secretos? —preguntó el mercader—. ¿A qué te refieres?

—Eso es asunto suyo —repuso Jalífa, llevándose a Hamza consigo y riendo entre dientes por el placer de exasperar a Nassor Biashara.

Esa noche, en el baraza, Jalífa compartió con sus amigos la revelación, el interrogatorio del mercader y cómo lo habían dejado con un palmo de narices. Málim Abdal-lá era maestro y todos sabían que leía diarios en inglés y alemán, mientras que Jalífa había trabajado a las órdenes de banqueros guyaratíes y del mercader pirata, de modo que fue Topasi, que no había podido permitirse el lujo de estudiar, quien expresó su regocijo y admiración por las habilidades de Hamza, que tenían más mérito si cabe por haberlas adquirido sin necesidad de ir a clase.

—Siempre digo que la escuela es una pérdida de tiempo. Sin ánimo de ofender, Málim, no me refiero a tu escuela, pero sí a la mayoría. Se puede aprender lo mismo sin pisar un aula.

—Tonterías —replicó Málim Abdal-lá sin vacilar, y nadie osó llevarle la contraria, ni siquiera Topasi, sobre todo porque en ese instante apareció Afiya con la bandeja de café y Hamza se levantó para ir a cogerla.

La vio sonreír en la penumbra y supo que había escuchado la conversación. Depositó la bandeja para que el grupo de viejos amigos se sirviera y se fue a la mezquita para las oraciones de la ishá. Los demás lo dejaron irse sin protestar ni meterse con él. Después de rezar, deambuló por las calles durante un rato, como de costumbre, y luego volvió a casa. Los amigos de Jalífa se habían ido a cenar, de modo que lo encontró sentado a solas en el porche.

—Te he guardado un poco de café —le dijo—. Ella también sabe leer y escribir —añadió, señalando la puerta de la casa, sin duda refiriéndose a Afiya aunque no pronunciara su nombre.

Era la primera vez que le hablaba de ella. Hamza había advertido que la joven se movía sigilosamente en presencia de Jalífa, y que él se comportaba como si ella fuera invisible. Podía ser su manera de demostrar respeto hacia una mujer soltera que vivía bajo su techo, pues al no mencionar su nombre ni desviar la atención hacia ella era como si la cubriese con un velo. Pero también podía ser una muestra de respeto hacia la que era su mujer mientras conversaba con un hombre que no pertenecía a la familia. Hamza no se atrevió a salir de dudas por temor a ofender a Jalífa, pues no estaban emparentados y las mujeres de la casa no eran asunto suyo. Tarde o temprano encontraría el modo de preguntárselo, se dijo, pero ése no era el momento. Se quedaron un rato en silencio, tomando café, y luego se levantaron los dos al unísono. Jalífa entró en la casa, llevándose la bandeja, mientras Hamza enrollaba la estera y la deslizaba por dentro de la puerta.

Afiya urdió su plan durante la noche. Había oído a los hombres comentar que Hamza hablaba alemán con soltura, y se le ocurrió pedirle que le tradujera un poema escrito originalmente en esa lengua. Hasta un dummkopf se daría cuenta de que le estaba pidiendo que le dedicara un poema romántico, lo que venía a ser como escribirle una carta de amor.

—Conque sabes leer y escribir en alemán... —le dijo por la mañana, al darle el dinero para el pan—. ¿Me buscas un buen poema y me lo traduces? Yo no hablo alemán.

—Sí, por supuesto. No conozco muchos poemas, pero buscaré alguno.

Al finalizar la jornada, Hamza enfiló una vez más la carretera de la costa, bajó a la playa y buscó un rincón en sombra para sentarse. Los afilados escollos llegaban hasta el agua en ese trecho de la costa, por lo que no era frecuentado por los pescadores ni los bañistas. Le encantaba pasar allí un rato contemplando el mar, simplemente siguiendo la cresta de las olas con la mirada hasta que rompían en la orilla con un rugido sordo y se retiraban con un siseo impaciente. Antes de marcharse de la carpintería, se había colado en el despacho del mercader mientras éste hablaba con Mouze Sulemani y le había cogido una hoja de papel del escritorio. Llevaba el membrete con su nombre y dirección impresos en la parte superior, pero no le costaría recortarlo. Una carta de amor debía entregarse en secreto, y cuanto más pequeña fuese, más fácil sería ocultarla.

Los únicos poemas alemanes que Hamza conocía eran los del libro que le había regalado el oficial, *Musen-Almanach für das Jahr 1798*. Tomó los cuatro primeros versos de «Das Geheimnis», de Schiller, y los tradujo:

> Sie konnte mir kein Wörtchen sagen,
> Zu viele Lauscher waren wach,
> Den Blick nur durft ich schüchtern fragen,
> Und wohl verstand ich, was er sprach.

Escribió la traducción en la hoja de papel que había birlado del despacho de Nassor Biashara, la recortó para que no cupiera más texto que esos versos y luego la dobló de tal modo que no superara la anchura de dos dedos. Sabía que todo se vendría abajo si ese papelito cayera en las manos equivocadas. Suponiendo que sus temores fueran ciertos y Afiya estuviera casada con Jalifa, lo menos que podía pasarle era que lo expulsaran de la casa, lo cubrieran de insultos y le dieran algún sopapo más que merecido. Pero las cosas habían llegado demasiado lejos para seguir vacilando y, a la mañana siguiente, cuando Afiya salió a abrirle, se las arregló para deslizarle en la palma de la mano ese cuadradito de papel en el que había escrito:

> Alijaribu kulisema neno moya, lakini hakuweza –
> Kuna wasikilizi wengi karibu,
> Lakini yicho langu la hofu limeona bila tafauti
> Luga gani yicho lake linasema.

Ella lo estaba esperando en la puerta cuando Hamza volvió apresuradamente del café, y al ir a coger el cesto con el pan y los bollos, Afiya le asió la mano y no la soltó, como queriendo asegurarse de que captaba el mensaje.

—Yo también entiendo lo que dicen tus ojos —dijo, refiriéndose a los últimos dos versos de la traducción: «Mis ojos comprenden sin vacilar / la lengua que hablan los suyos.» A continuación, se besó las yemas de los dedos y tocó la mejilla derecha de Hamza. Poco después, cuando le llevó la bandeja del desayuno, se coló en su habitación y se fundieron en un abrazo.

—Habíbi —murmuró ella.

—¿Eres su mujer? —le preguntó Hamza a bocajarro mientras la tenía entre sus brazos y se aferraban el uno al otro. La pregunta pilló a Afiya por sorpresa. Justo cuando estaba disfrutando al fin de ese momento, sintiendo el dulce cuerpo de su amado pegado al suyo, ¡no se le ocurría sino preguntarle si estaba casada con otro! Se apartó bruscamente y notó que Hamza intentaba retenerla—. Perdona —susurró.

—¿La mujer de quién? —preguntó Afiya, y en sus ojos había ahora una expresión de alarma.

Hamza señaló con la mirada la casa a su espalda. Cuando ella comprendió que se refería a Jalífa, la alarma dio paso a un brillo travieso en sus ojos, y una sonrisa afloró a sus labios mientras se dejaba abrazar de nuevo.

—No soy la mujer de nadie... todavía —añadió, justo antes de desasirse y marcharse.

Era un viernes por la mañana cuando Afiya se coló en el cuarto de Hamza para besarlo y luego marcharse, dejándolo mudo de felicidad. Los viernes por la tarde la carpintería cerraba sus puertas, pues la actividad cesaba casi por completo en toda la ciudad para que los fieles pudieran acudir a las plegarias del jum'a, que se celebraban en la mezquita aljama o principal. No todos lo hacían, claro está, aunque pudieran salir antes del trabajo, sino sólo aquellos que acataban la ley de Dios y los que no tenían más remedio, sobre todo niños y adolescentes. Jalífa y Nassor Biashara no frecuentaban la mezquita, a diferencia de Hamza —«el santito»—, que disfrutaba sintiéndose arropado por una multitud de ánimo benévolo y escuchaba el fervoroso sermón del imán sin prestarle demasiada atención. De niño nadie lo había obligado a acudir a la mezquita y ahora se complacía en tomar sus propias decisiones. Pero esa tarde sabía, más allá de toda duda, que Afiya buscaría la manera de volver a colarse en su habitación. Dejó la ventana cerrada, la puerta entreabierta, y en el deslumbrante calor de las primeras horas de la tarde, cuando las personas sensatas permanecían dentro de casa o se acostaban a descansar, la vio pasar envuelta en su buibui. En cuanto Hamza cerró la puerta, la habitación se llenó de su perfume. Durante unos instantes de intenso júbilo, se besaron, acariciaron e intercambiaron susurros, pero cuando él tiró delicadamente del buibui, cuya tela resbaladiza le impedía notar el cuerpo de Afiya bajo sus manos, ella negó con la cabeza y se liberó del abrazo. Dijo que debía volver antes de que Bi Asha la echara de menos y pusiera el grito en el cielo. Le había dicho que se llegaba un momento a la tienda de Muqaddam Sheij para comprar unos huevos que necesitaba para hacer el postre.

—¿Y qué prisa hay? —replicó él.

—Bi Asha sabe que la tienda de Muqaddam está muy cerca.

—¿Tienes que trabajar para ella? —preguntó Hamza, reacio a dejarla marcharse.

La pregunta sorprendió a Afiya.

—No trabajo para ella. Ésta es mi casa.

—No te vayas —suplicó él.

—Tengo que irme, luego te lo cuento —repuso ella.

Hamza pasó el resto del día evocando el recuerdo de aquellas caricias y reprendiéndose por su ridícula impaciencia. Ese viernes era también el último antes del Ramadán y el jirón de luna que apareció tímidamente en el cielo fue como el colofón a todas las emociones del día. Bi Asha le encargó que anunciara la noticia por el vecindario, para que todos supieran que la luna nueva había dado paso al cuarto creciente, de modo que los blasfemos no tuvieran excusa para comer o beber al día siguiente hasta que el sol se pusiera. Pero lo que hizo Hamza fue dar un largo paseo, procurando alejarse de ella. Lo último que quería era ser el hazmerreír del barrio y que lo acusaran de beato y metomentodo.

El Ramadán traía consigo numerosos cambios en las rutinas cotidianas. La jornada laboral empezaba más tarde y eran muchos los comercios y recintos que permanecían cerrados hasta la tarde, pues los fieles dormían durante el día para que las horas pasaran más deprisa y no se acostaban hasta bien entrada la noche. El mercader lo consideraba una práctica anticuada, una excusa para regodearse en la pereza, y pedía a sus empleados que siguieran haciendo el mismo horario de siempre, pero no todos se dejaban persuadir por sus argumentos. Jalifa no le hacía ni caso y a mediodía cerraba el almacén para irse a casa a dormir. A primera hora de la tarde, Idrís, Dubu y Sungura se declaraban agotados por el hambre y la sed y se desplomaban en algún rincón umbrío del patio para echar una cabezada o simplemente se escabullían sin previo aviso. Mouze Sulemani insistía en respetar la pausa del mediodía, que aprovechaba para rezar, recitar los suras del Corán que sabía de memoria y seguir bordando su gorro, aunque lamentaba no poder leer el libro sagrado de principio a fin como se suponía que debían hacer los fieles durante el mes del Ramadán: un capítulo al día, de modo que, al llegar a fin del mes, hubiesen leído los treinta capítulos.

La forma de comer también cambiaba, no sólo por el hambre y la sed que marcaban las horas diurnas, sino porque durante unos días se erradicaba la miseria en la ciudad. El Ramadán era una celebración comunitaria y se consideraba señal de virtud compartir la comida con la que se rompía el ayuno, de modo que, cuando se ponía el sol, en vez de picar cualquier cosa en un café, Hamza entraba en la casa como invitado para cenar con la familia. Los banquetes del Ramadán siempre eran especiales, pues las cocineras se esmeraban en su preparación y disponían de más tiempo para planearlos y cocinarlos. Aquellos manjares eran también una recompensa por el estoicismo demostrado a lo largo del día. En sentido estricto, Hamza rompía el ayuno con Jalífa en el porche, donde, según la costumbre, compartían un puñado de dátiles y una taza de café antes de entrar en la casa para degustar el humilde festín que Bi Asha y Afiya habían preparado y que comían en compañía de los hombres. No era la cantidad sino la variedad de los platos lo que convertía aquellos ágapes en verdaderos banquetes que merecían comentarios elogiosos por parte de los comensales. Hasta Bi Asha se mostraba más afable que de costumbre, y ese día bromeó con Hamza a propósito de sus habilidades como carpintero y su sorprendente don de lenguas.

—El día menos pensado empezarás a escribir poesía —le dijo.

Hamza tuvo que hacer un esfuerzo descomunal para no mirar a Afiya, pero el amago de ese gesto fue cuanto bastó para que Bi Asha lo interceptara y llevara su atención primero a la joven y luego a Hamza, que clavó los ojos en el plato y se atareó con el pescado.

Aquellos días, después de cenar, se sentaba en el porche con Jalífa, donde no tardaban en unírseles Málim Abdal-lá y Topasi, y a veces otros vecinos que se sumaban a la tertulia. Las noches de Ramadán se llenaban de conversaciones en medio de un constante vaivén de gente. En otros porches, y en los cafés que no cerraban hasta tarde, se celebraban maratonianas partidas de cartas, dominó o carrom, pero en el porche de Jalífa no se admitían semejantes frivolidades, sino que las conversaciones seguían girando en torno a las últimas intrigas políticas, flaquezas humanas y antiguos escándalos. Hamza salía a pasear por las calles abarrotadas de gente y a veces seguía con interés alguna partida o escuchaba las ingeniosas ocurrencias de un grupo de amigos. Los músicos habían dejado de tocar durante el Ramadán, pero confiaba en que volvieran tras los primeros días de ayuno. Todas las noches, durante las semanas anteriores, el grupo que había descubierto por casualidad daba un breve concierto ante un público entregado del que el propio Hamza había pasado a formar parte. Al parecer, tocaban por amor al arte; no pedían dinero y nadie pagaba por escucharlos. Algunas noches los acompañaba la misma cantante del primer día, y con el tiempo Hamza escuchó varias baladas de amor de su repertorio, cuyo tono nostálgico lo conmovía. Le hubiese gustado llevar a Afiya a escucharlos, pero no sabía cómo hacerlo, ni siquiera cuándo tendría ocasión de hablarle del grupo. Ahora que había empezado el Ramadán nadie desayunaba, de modo que no acudía a la casa por las mañanas para recoger el dinero del pan y los bollos. Cuando iba a cenar, evitaba todo contacto visual con ella, pero sabía que Bi Asha había reparado en su intercambio de miradas y desde entonces lo escrutaba con suspicacia.

El primer viernes de Ramadán, a la misma hora que la semana anterior, Afiya volvió a colarse en la habitación de Hamza, que había dejado la puerta entornada. Esta vez sí, se besaron, se desnudaron e hicieron el amor con pecaminosa urgencia, implorándose silencio el uno al otro, temerosos de ser descubiertos.

—Es mi primera vez —dijo ella con un hilo de voz.

Él no dijo nada por unos instantes y luego murmuró:

—Para mí también.

—¿Esperas que me lo crea? —preguntó Afiya.

—Seguramente da igual —susurró él entre risas, satisfecho de haber cumplido sus expectativas y de que lo tomara por un amante más experimentado.

—No está bien hacer esto durante el Ramadán —dijo ella más tarde, mientras yacían desnudos en la estera de Hamza—. Sólo podemos arreglarlo si tú prometes ser mío y yo prometo ser tuya. Yo lo prometo.

—Yo también lo prometo —dijo él, y ambos se echaron a reír de aquella absurda cháchara amorosa.

Afiya alargó el brazo por encima del cuerpo de Hamza y posó la mano derecha sobre la cicatriz de su cadera izquierda, acariciándola por unos segundos con la yema de los dedos como si quisiera alisar su contorno irregular. Justo cuando iba a hablar, él le tapó los labios con la mano izquierda.

—Ahora no —dijo.

Afiya apartó su mano con delicadeza.

—De acuerdo, es tu secreto —dijo, y entonces se dio cuenta de que él tenía lágrimas en los ojos—. ¿Qué ocurre? ¿Qué te ha pasado?

—No es un secreto. Pero ahora mismo no quiero hablar de eso —repuso él, y su tono era de súplica—. No justo después de hacer el amor.

Ella lo consoló, lo cubrió de besos y, una vez que Hamza se hubo tranquilizado, alzó la mano izquierda, acercándola al rostro de su amado, y flexionó los dedos como si intentara cerrarlos, en vano.

—Está rota. No puedo coger nada con esta mano —dijo.

—¿Qué te ha pasado? —preguntó Hamza.

Ella sonrió y le acarició el rostro con la mano dañada.

—Eso mismo te he preguntado y te has puesto a llorar —repuso ella—. Me la rompió mi tío. En realidad no era mi tío, pero de pequeña vivía en su casa. Me pegó porque según él no debería saber escribir. Me dijo «¿Qué vas a escribir? No puede ser nada bueno, seguro que le mandas cartas a tu chulo.»

Se quedaron unos instantes en silencio.

—Lo siento mucho. Por favor, cuéntame más —pidió Hamza.

—Me golpeó con una vara. Se puso hecho una furia cuando descubrió que sabía leer y escribir. Fue mi hermano quien me enseñó, pero luego tuvo que marcharse, de modo que volvió a dejarme con mi tío. Cuando se enteró de que sabía leer y escribir, perdió los estribos y me dio una paliza, pero se equivocó de mano, de modo que todavía puedo escribir, aunque me cuesta bastante cortar verduras.

—Cuéntamelo todo desde el principio —le dijo Hamza.

Afiya se levantó y empezó a vestirse, y él hizo lo mismo. Entonces ella se acomodó en la silla de barbero y él se quedó sentado en el suelo, con la espalda apoyada en la pared.

—De acuerdo, pero si te lo cuento, la próxima vez que te pregunte qué te pasó no me rechazarás, ¿verdad?

—Eres mi amor. Te lo prometo —le aseguró Hamza.

—Te lo contaré en pocas palabras porque tengo que ir a ayudar a Bimkubwa a hacer la comida. Se supone que estoy visitando a una vecina, pero como me retrase enviará a alguien a buscarme.

Entonces le contó que su hermano la había rescatado cuando ella tenía diez años, y que por entonces ni siquiera estaba al tanto de su existencia. Estuvo con él durante un año, y durante ese tiempo Ilyas le había enseñado a leer y escribir, pero luego se fue a la guerra.

—¿Dónde está ahora? —preguntó Hamza.

—No lo sé. No lo he visto ni he vuelto a saber nada de él desde que se alistó.

—¿No es posible averiguar su paradero?

Afiya se lo quedó mirando unos instantes.

—No lo sé. Lo hemos intentado —dijo al fin, y luego miró de reojo la cadera de Hamza—. ¿Eso te pasó en la guerra?

—Sí —contestó él—. Durante la guerra.

Esa noche, tras romper el ayuno, Jalifa se sentó en el porche como de costumbre, pero sus dos amigos tardaban más de lo habitual. Hamza se quedó haciéndole compañía, aunque hubiese preferido ir a dar una vuelta y comprobar si los músicos habían reanudado los conciertos. Charlaron de esto y lo otro durante un rato, y Hamza mencionó el grupo al que se había aficionado. Por supuesto, Jalifa se había enterado de su existencia y conocía su trayectoria sin necesidad de salir del porche.

—Ah, el poder de los rumores y los cotilleos... —comentó con una sonrisa—. Durante el Ramadán dejan de tocar, sólo ensayan de puertas adentro. Los santurrones ven con malos ojos cualquier actividad festiva que se lleve a cabo en esta época. Quieren que todos suframos, pasemos hambre y nos desollemos la frente de tanto rezar. —Luego, al cabo de un prolongado silencio, y sin mirar a Hamza, añadió—. Te gusta Afiya.

Cuando se volvió hacia él, Hamza asintió en silencio.

—Es una buena mujer —afirmó Jalifa, apartando la mirada de nuevo y midiendo sus palabras como si quisiera borrar cualquier arista de su voz. Al fin y al cabo, se trataba de un asunto delicado—. Lleva muchos años viviendo con nosotros, Bi Asha y yo la hemos criado como si fuera nuestra hija. Debo conocer tus intenciones, es mi responsabilidad.

—No sabía que estuvierais emparentados —dijo Hamza.

—Se lo prometí a su hermano —repuso Jalifa.

—¿Ilyas? —preguntó Hamza.

—Ya veo que estás al tanto de su existencia. Sí, Ilyas. Al volver de sus andanzas se instaló en esta ciudad con su hermana pequeña y, como hablaba alemán con soltura, encontró trabajo en la gran fábrica de sisal. Era algo que entonces se valoraba mucho. Hacía poco que me había casado con Bi Asha y nos hicimos amigos. A veces, cuando venía de visita, se traía consigo a la pequeña. Luego, cuando estalló la guerra, decidió alistarse en el ejército, no me preguntes por qué. A lo mejor había empezado a sentirse alemán, o siempre había querido ser un askari. Solía contarme que un askari shangaan lo había secuestrado y llevado a un pueblo de las montañas donde un terrateniente alemán lo liberó y cuidó de él. En cierta ocasión me dijo que, desde ese incidente con el shangaan, había pensado que pertenecer a la schutztruppe debía de ser una experiencia de lo más gratificante. Luego, cuando estalló la guerra, no pudo resistir la tentación de alistarse en el ejército alemán. No sabemos si ha sobrevivido. Han pasado ocho años desde que se fue a la guerra y no hemos vuelto a tener noticias suyas. Pero le prometí que cuidaría de ella —concluyó Jalífa—. No sé hasta qué punto conoces la historia de Afiya.

—Me ha hablado de unos parientes en el campo.

—La trataban como una esclava. ¿Te lo ha contado? El hombre al que tenía por su tío le dio una paliza y le rompió la mano con una vara. Cuando eso pasó, Afiya me hizo llegar una nota. Sí, como lo oyes. Ilyas le había enseñado a leer y escribir, y yo le había dicho que si se veía en apuros me mandara recado a través del tendero de la aldea. Eso hizo la pobrecilla, ya ves qué valiente. Me escribió una nota y el hombre me la hizo llegar con un carretero, de modo que fui a buscarla y desde entonces vive con nosotros, hace ya ocho años. Le vendrá bien empezar una nueva vida —concluyó Jalífa—. ¿Lo has hablado con ella?

—Sí —contestó Hamza.

—Me alegra saberlo —repuso Jalífa—. Tienes que contarme más cosas sobre los tuyos, sobre tu familia. ¿Cómo se llaman tu padre y tu madre, y tus abuelos? Me lo puedes contar más tarde. Te conozco lo bastante para estar tranquilo, pero se lo prometí a su hermano, tengo una responsabilidad. Pobre Ilyas: estaba convencido de que nada malo podría sucederle, pese a que tampoco había tenido una vida regalada, y lo cierto es que caminaba sobre una cuerda floja. No puedo imaginar a nadie más generoso, ni más iluso, que él.

Hamza había empezado a ver a Jalífa como una especie de chivo expiatorio sentimental, alguien que asumía en parte la responsabilidad de las penas ajenas y los agravios que se habían cometido en su tiempo: Bi Asha, Ilyas, Afiya y ahora Hamza... personas por las que sufría y se preocupaba en silencio aunque se cuidara de disimular este inesperado afecto con una franqueza insolente y un cinismo pertinaz.

El viernes siguiente Afiya volvió a la habitación de Hamza, pero esta vez le dijo a Bi Asha que iba a ver a su amiga Yamila, que mientras tanto había abandonado el hogar familiar para irse a vivir a la otra punta de la ciudad, de modo que los amantes tenían toda la tarde para sí.

—Me sorprende mi propia audacia —le dijo ella—. Miento descaradamente, me cuelo en la habitación de mi amante en pleno Ramadán, ¡el mero hecho de tener un amante! Nunca me hubiese creído capaz de algo así, pero ¿cómo no iba a venir sabiendo que estarías aquí tumbado, tan cerca de mí?

Hicieron el amor entre susurros y luego se quedaron abrazados en silencio en la penumbra del atardecer.

—Me cuesta creer que me esté pasando algo tan hermoso —dijo él al cabo.

Ella recorrió su cuerpo despacio con las manos, como si quisiera aprenderlo de memoria: la frente, los labios, el pecho, la pierna y la cara interna del muslo.

—Se te ha escapado un grito —dijo Afiya—. ¿Ha sido la pierna?

—No —contestó él, sonriendo—. Ha sido el éxtasis.

Ella le dio una palmadita en el muslo y luego le masajeó la cicatriz de la cadera, como había hecho en otras ocasiones.

—Cuéntamelo —pidió.

Hamza le habló de los años que había pasado en la guerra, empezando por la caminata al alba hasta el campo de entrenamiento, luego el boma y la instrucción en la Exerzierplatz, lo agotador pero a la vez estimulante que le resultaba todo aquello, la brutalidad reinante. Al principio hablaba atropelladamente, porque había mucho que contar. Ella escuchaba sin interrumpir ni hacer preguntas, a lo sumo reprimiendo alguna exclamación. Cuando él le habló del oficial que le había enseñado alemán, Afiya meneó la cabeza levemente y le pidió que repitiera lo que acababa de decir, y Hamza se dio cuenta de que estaba yendo demasiado deprisa. Continuó más despacio y se prodigó en detalles: los ojos del oficial, la incómoda intimidad que se estableció entre ambos, los juegos de palabras que tanto le gustaban. Le habló del ombasha, el shawush y el Feldwebel.

—Fue él quien me hizo esto, el Feldwebel —dijo Hamza—. Justo al final de la guerra, cuando todos estábamos exhaustos y medio trastornados por toda la sangre derramada y la brutalidad en la que vivíamos instalados desde hacía años. Era un hombre cruel, siempre lo había sido. Me atacó con el sable porque estaba furioso, pero sospecho que siempre había querido hacerme daño, no sé por qué. Creo que tenía algo que ver con el oficial.

—¿A qué te refieres? —preguntó ella.

Hamza dudó unos instantes.

—El oficial me tomó bajo su protección, siempre quería tenerme cerca, no sé por qué... O no estoy seguro. Decía que le gustaba mi aspecto. Creo que ciertas personas... el Feldwebel y quizá también los otros alemanes... veían en ese afán protector algo inmoral, indecoroso... Algo... excesivo, excesivamente afectuoso.

—¿Te tocaba? —preguntó Afiya con un hilo voz, invitándolo a desahogarse si lo necesitaba.

—En una ocasión me abofeteó, y a veces apoyaba una mano en mi brazo mientras hablaba conmigo, pero sólo de pasada, sin ninguna intención. Creo que los demás pensaban que el oficial... me tocaba. El Feldwebel lo insinuaba en mi presencia, me acusaba de cosas horribles. Su crueldad era obsesiva y me hacía sentir vergüenza, como si la mereciera por algún motivo.

En la penumbra, Afiya negó con la cabeza.

—Eres demasiado bueno para este mundo, amor mío. No te avergüences: detéstalo, deséale toda clase de males, escupe sobre él.

Hamza se quedó callado un buen rato y ella aguardó.

—Sigue —le dijo al cabo.

—Cuando me hirieron, el oficial hizo que me llevaran a una misión alemana, en un lugar llamado Kilemba. El pastor que dirigía la misión era médico y me curó. Era un lugar precioso. Pasé allí más de dos años, ayudando en la misión, recuperándome, leyendo los libros que me prestaba la mujer del pastor. Cuando el departamento médico británico asumió el control de la misión, decidió que el pastor carecía de la formación reglamentaria, pues no era un médico plenamente cualificado. Los británicos querían elevar el dispensario de la misión a la categoría de puesto médico rural y él no podía seguir dirigiéndolo, de modo que decidió volver a Alemania. Para mí también llegó el momento de seguir adelante con mi vida. Me marché y por el camino fui aceptando toda clase de trabajos, en fincas, cafés y casas de comidas, como barrendero, criado... lo que fuera saliendo. A veces lo pasaba mal por culpa de la pierna, y seguramente me excedí en más de una ocasión, pero trabajé en Tabora, Mwanza, Kampala, Nairobi, Mombasa. No tenía ningún destino en mente, o no creía tenerlo —añadió, sonriendo—. Sólo ahora veo que sí lo tenía.

Tras otro largo silencio, mientras asimilaba sus palabras, Afiya se levantó y empezó a vestirse.

—Se me hace tarde. Quiero oírlo todo, quiero saber más cosas sobre el buen pastor y la misión y cómo te curó, pero ahora debo irme —dijo ella—. Bi Asha se enfadará si vuelvo tarde porque anda con la mosca detrás de la oreja. Me dijo que hay un hombre interesado en mí, pero ahora es demasiado tarde. Ya no estoy disponible. Cuando vengas a romper el ayuno aún oleré a ti. Te echaré de menos hasta la próxima vez que hagamos el amor. Cuando me cuentas tus aventuras, pienso también en Ilyas. Es mayor que tú. ¿Te he contado que canta muy bien? Imagino cómo habrá sido la guerra para él y, si está sano y salvo en alguna parte, me gusta pensar que puede contárselo a alguien como tú me lo cuentas a mí.

—Podemos averiguar su paradero —afirmó Hamza—, o al menos intentarlo —matizó—. Tiene que haber registros. A los alemanes se les da muy bien el papeleo. Sabrán qué ha sido de él.

—¿Qué vamos a averiguar? Tal vez sea mejor no saberlo a ciencia cierta, y lo pasado, pasado está. Si mi hermano está a salvo en alguna parte, eso no va a cambiar por el hecho de que yo lo sepa, y es posible que no quiera que lo encuentren —aventuró Afiya—. Debo irme.

12

—Los buenos tiempos nunca duran, si es que llegan alguna vez —sentenció Jalífa la tercera noche del Aíd, mientras estaban en el porche—. Sólo llevas unos meses entre nosotros, pero tengo la impresión de que te conozco desde hace mucho. Me he acostumbrado a ti. Supe desde el primer momento que había un corazón latiendo bajo esa apariencia de muerto viviente. Parecías a punto de desplomarte a mis pies el día que llegaste, y ahora no hay más que verte: has encontrado un oficio que te va como anillo al dedo y hasta has conseguido caerle en gracia al miserable papanatas de tu jefe. Pero no te olvides de pedirle un aumento de sueldo, ahora que has demostrado ser un buen carpintero. ¡Válgame Dios, ya te veo esperando humildemente a que te caigan las bendiciones del cielo!

»Pero atiende a lo que te digo: los buenos tiempos nunca duran. Imposible saber cuándo se acabarán o si volverán alguna vez. La vida está llena de reveses, de modo que debes reconocer los buenos momentos, dar las gracias cuando llegan y atraparlos al vuelo, aunque eso suponga asumir riesgos. No estoy ciego: estos días he estado atento y he visto lo que he visto, y algunas de las cosas que he visto me producen intranquilidad. Tenía intención de esperar a que estuvieras listo para venir a hablar conmigo, sin presionarte ni ponerte en evidencia, con la esperanza de que nada indecoroso sucediera mientras tanto. Ahora que el Ramadán ha pasado y hemos dejado atrás ese tiempo sagrado, ahora que ha empezado el Aíd, trayendo consigo un nuevo año, tal vez haya llegado el momento de coger el toro por los cuernos. Si esperas demasiado, tal vez se te escape la oportunidad o te veas arrastrado a algo de lo que puedes arrepentirte más adelante, así que he decidido darte un pequeño empujón.

»Bi Asha también tiene ojos en la cara, una cabeza para atar cabos y, como seguramente te habrás dado cuenta, una lengua afilada. No sé si ha hablado ya con Afiya, pero supongo que nos habríamos enterado. El caso es que tiene sus propios planes y es posible que no coincidan con los tuyos. Yo me hago una idea de lo que sientes por Afiya, tú mismo me lo has dicho. Éste podría ser uno de esos momentos decisivos a los que me refería, la clase de oportunidad que no puedes dejar pasar. ¿Todo esto que te estoy diciendo te parece un acertijo o entiendes de qué te estoy hablando? Ya veo que sí lo entiendes. No quiero que te precipites, y no tengo ninguna prisa por deshacerme de Afiya. Antes te he preguntado si has hablado con ella y me has dicho que sí. Si es algo que habéis acordado los dos, me alegro por vosotros. Me gusta la idea, pero tendrás que contarme algo sobre tu familia para que podamos estar seguros de que nadie sale perjudicado. ¿Por qué nunca hablas sobre ti mismo? Tus silencios levantan sospechas, como si hubieses hecho algo malo.

—¿Qué me impide mentirte, como me has sugerido en alguna ocasión? ¿Qué me impide inventarme algo? —preguntó Hamza, provocándolo porque sabía adónde quería ir a parar y confiaba en no decepcionarlo.

—Sí, ya sé que te aconsejé que mintieras, pero esto es distinto. No te lo tomes a broma, no se trata de salirse por la tangente y a otra cosa. A lo mejor crees que me estoy comportando como un patriarca autoritario que pretende interferir en la vida de su joven protegida. No soy su padre ni su hermano, pero la hemos criado y me siento responsable por ella. Es importante que te conozcamos para estar tranquilos. No tenéis dónde vivir y lo más probable es que sigáis haciéndolo aquí con nosotros. A mí me gustaría que así fuera, y ése es otro motivo por el que quisiera conocerte mejor. No sé nada de ti. Vaya por delante que no creo ni por un segundo que hayas hecho nada malo antes de venir aquí, o nada peor de lo que hemos hecho los demás, pero necesito que me lo digas. Mírame a los ojos y dímelo. Si mientes sobre ti mismo, lo sabré.

—Tienes una gran fe en tus poderes —repuso Hamza.

—Ponme a prueba. Dime la verdad y lo sabré al instante —replicó Jalifa, con tal vehemencia que borró de un plumazo la sonrisa del joven—. De acuerdo, déjame que te haga algunas preguntas y contesta como te plazca. Dices que habías vivido en esta ciudad años atrás, cuando no eras más que un niño. Cuéntame cómo llegaste hasta aquí.

—Eso no es una pregunta —protestó Hamza, reacio a abandonar el tono provocador.

—No me seas impertinente. Ya sé que no es una pregunta. De acuerdo, ¿cómo es que viniste a vivir a esta ciudad? —preguntó Jalifa, irascible. La actitud desenfadada del joven no le hacía ni pizca de gracia.

—Mi padre me vendió a un mercader para saldar sus deudas —dijo Hamza—. No lo supe hasta después, de modo que ignoro cuánto dinero le debía y si no tenía más remedio que deshacerse de mí. A lo mejor el mercader quería castigarlo por ser un mal pagador. El caso es que vivía aquí y me trajo a esta ciudad para que trabajara en su tienda, aunque no era un tendero, sino que se dedicaba al comercio de caravanas. La tienda era tan sólo una pequeña parte del negocio. Se parecía un poco a tu mercader pirata, Amur Biashara, porque estaba metido en toda clase de chanchullos. Me llevó en uno de sus viajes al interior, que duró varios meses. Fue increíble. Llegamos hasta la región de los lagos y más allá, hasta las montañas que hay al otro lado.

—¿Cómo se llamaba el mercader? —preguntó Jalífa.

—Lo llamábamos tío Hashim, pero no era mi tío —dijo Hamza.

Jalífa se quedó pensando unos instantes y luego asintió.

—Hashim Abubakar, sé a quién te refieres. Así que trabajabas para él. ¿Y qué te pasó?

—No es que trabajara para él, sino que estaba obligado a servirle para saldar la deuda de mi padre o algo así. El mercader no me explicaba nada, ni me pagaba por mi trabajo. Me trataba como si fuera su esclavo.

Se quedaron un rato en silencio, cada cual enfrascado en sus propios pensamientos.

—¿Y qué pasó? —volvió a preguntar Jalífa.

—No soportaba seguir viviendo así, de modo que me escapé para ir a la guerra —dijo Hamza.

—Vaya, igual que Ilyas —repuso Jalífa con tono desdeñoso.

—Sí, igual que Ilyas. Después de la guerra volví a la ciudad donde había nacido, pero mis padres ya no estaban allí y nadie supo darme sus señas. El mercader que me separó de ellos, el tío Hashim, me había advertido de ello antes de que huyera, pero quise asegurarme. Durante mucho tiempo me negué a buscarlos, creía que se habían desembarazado de mí porque no me querían. Más tarde, después de la guerra, intenté encontrarlos pero fue en vano. De modo que no me queda una familia de la que hablarte, la perdí siendo muy joven y no sé qué puedo decirte que resulte de utilidad a un hombre adulto que se siente responsable de otra persona. Quieres que te hable de mí como si tuviera una historia coherente, pero lo único que tengo son fragmentos inconexos y lagunas inquietantes, cosas sobre las que habría preguntado en su momento de haber tenido ocasión, episodios que terminaron de forma abrupta o cuyo final ignoro.

—Lo que me estás contando ya es mucho. ¿Qué te trajo de vuelta a esta ciudad, donde habías sufrido semejante vergüenza? —preguntó Jalífa.

—¿Vergüenza? ¿Qué vergüenza?

—La de vivir esclavizado, la de pertenecer en cuerpo y alma a otro ser humano. ¿Acaso puede haber mayor vergüenza?

—Yo no pertenecía en cuerpo y alma al mercader —repuso Hamza—. Nadie puede poseer a otra persona, eso lo aprendí hace mucho. Me utilizó mientras carecí del discernimiento y la capacidad necesarios para huir, y ni siquiera entonces tuve la sensatez de ponerme a salvo sino que, para escapar de él, me fui a la guerra. Si alguna vez sentí vergüenza fue por mis padres, pero eso sólo vino después, cuando me hice mayor y aprendí en carne propia lo que era la vergüenza. Regresé a esta ciudad porque no tenía otro lugar al que ir. He pasado mucho tiempo dando tumbos, aceptando trabajos que me estaban matando poco a poco, y acabé volviendo aquí por pura inercia, supongo.

»Hice un amigo cuando me vine a esta ciudad la primera vez y, al echar la vista atrás, creo que es el único que he tenido en la vida. Siempre que me sentía triste o perdido, sentía el impulso de volver. Él también era esclavo del mercader, pero cuando regresé la tienda ya no estaba y no logré dar con él. No me atrevía a preguntar por el tío Hashim, por si la deuda de mi padre había pasado a ser mía.

—Muy atinado por tu parte. Siempre es mejor ser precavido, como sin duda sabrás. Puedo decirte qué fue de tu mercader, Hashim Abubakar —reveló Jalífa, sonriente, encantado como siempre de ser el portador de noticias, el traficante de cotilleos—. El joven que regentaba la tienda en su nombre se dio a la fuga con todo el dinero que el mercader tenía escondido en la casa. No sólo eso, sino que huyó con su joven mujer, la segunda esposa de Hashim Abubakar. Se desvanecieron los dos sin dejar rastro y nunca más se supo de ellos. Eso fue justo antes de que empezara la guerra, de modo que a saber qué fue de ellos. Se perdió tanta gente en la guerra... Para el mercader, aquel escándalo supuso un duro revés; vendió todas sus pertenencias y se marchó. Lo último que supe de él era que estaba en Mogadiscio, Adén, Yibuti o por ahí. Era uno de los últimos comerciantes de caravanas que quedaban, de modo que el negocio tenía los días contados. Los alemanes querían poner fin a todo eso y controlar el comercio en la región. ¿Cómo se llamaba ese amigo tuyo que trabajaba para Hashim Abubakar?

—Faridi —contestó Hamza.

—¡Ése era, justamente! —exclamó Jalífa, dándose una palmada en el muslo, deleitándose con la creciente enjundia del relato—. ¡Menudo zascandil! ¡El dinero y la esposa! Debía de ser un granuja de cuidado, ese amigo tuyo.

—Yo era poco más que un niño cuando me vine aquí, y él me cuidó como un hermano. Ninguno de los conocía a nadie en la ciudad, trabajábamos día y noche en la tienda. A veces dábamos un paseo hasta el centro, pero él tampoco sabía orientarse, así que nos limitábamos a deambular de aquí para allá. Si huyó con el dinero justo antes de que estallara la guerra, debió de ser poco después de mi huida. La joven esposa con la que se dio a la fuga era su hermana, y también la habían vendido al tío Hashim.

Jalífa soltó un suspiro al descubrir este nuevo detalle de una historia que se había vuelto tan novelesca que nadie se la creería.

—Conque éste eres tú... —concluyó—. Mientras yo estaba aquí, trabajando para mi mercader pirata, tu amigo y tú estabais en la otra punta de la ciudad, tramando la caída de ese otro bribón. No sé por qué, pero me alegro de que Faridi pusiera tierra de por medio, dejando al mercader con un palmo de narices. Todos dimos por sentado que la joven esposa lo había planeado todo. ¿Cómo, si no, podría saber un simple criado dónde escondía el mercader su fortuna? Tenían que estar compinchados para llevárselo todo. Bueno, por su propio bien, espero que nunca los encuentren, porque robar ese dinero estuvo mal, aunque Faridi fuera tu amigo.

—¿Qué pasó con la casa? Quedaba al final de la carretera de la costa y tenía un jardín precioso. Eso sí lo recuerdo bien, ¿verdad? —preguntó Hamza.

—Un hombre de negocios indio la compró y la echó abajo para construir la mansión que ahora ocupa su lugar. No todo el mundo sabe apreciar un jardín. Ese tal hombre de negocios llegó con los británicos, que trajeron a sus propios comerciantes cuando relevaron a los alemanes al frente del gobierno. Venían de la India y de Kenia, y no tardaron en adueñarse de todo. Ahí siguen, dominando el comercio y exigiendo al gobierno los mismos derechos que los mzungus por ser ciudadanos británicos. Se niegan a que los traten como a nosotros, los nativos.

La mañana del cuarto y último día del Aíd, mientras aún perduraba el ambiente festivo, Afiya entró en el cuartucho de Hamza empujando la puerta de espaldas porque tenía las manos ocupadas con la bandeja del desayuno, que contenía una rebanada de pan y una taza de té. Como seguía siendo fiesta, le llevó una rebanada especial, una especie de torrija que había frito después de empaparla en huevo batido. Hamza cogió la bandeja, la dejó sobre la mesa y abrió los brazos para recibirla. Fue entonces cuando se lo preguntó. Le había asegurado a Jalifa que se lo preguntaría en persona, porque quería oírla decir que ése era también su deseo. Jalifa le había dicho que las cosas no se hacían así, sino que debía pedirle la mano de Afiya a él, que a su vez hablaría con Bi Asha, que se encargaría de trasladar la pregunta a la joven, cuya respuesta recorrería entonces el camino inverso hasta llegar a Hamza. Así era cómo se hacían las cosas, y así se harían por más que él lo hubiese hablado previamente con ella. Pero, si además quería preguntárselo en persona, no se lo impediría.

La tenía entre sus brazos cuando le dijo:

—¿Te parece bien que nos casemos?

Ella se apartó para mirarlo a los ojos, como queriendo asegurarse de que no le estaba tomando el pelo. Al verlo tan serio, sonrió, lo estrechó con más fuerza y contestó:

—Idd mubarak, me parece perfecto.

—No tengo nada —dijo él.

—Ni yo —repuso ella—. Compartiremos esa nada.

—Tampoco tenemos un lugar donde vivir, más allá de este trastero en el que, por no haber, no hay ni una mosquitera. Deberíamos esperar hasta que pueda alquilar algo mejor —aventuró.

—No quiero esperar —replicó ella—. Había perdido la esperanza de encontrar a alguien a quien querer. Pensaba que, tarde o temprano, algún hombre vendría a pedirme en matrimonio y no tendría más remedio que aceptarlo. Pero eres tú quien ha venido y no quiero seguir esperando.

—No tenemos dónde asearnos, ni más cama que esta estera. Vivirás como un animal en su guarida —insistió él.

Ella se echó a reír.

—No exageres —dijo—. Podemos lavarnos y cocinar en la casa, y hacer el amor en el suelo siempre que nos apetezca. Será como un viaje que iniciamos juntos, y saldremos adelante aunque nuestros cuerpos huelan a sudor viejo. Hace tiempo que Bi Asha quiere deshacerse de mí. Ha llegado a decir que no le gusta cómo me mira Baba Jalifa desde que me he convertido en una mujer. Lo ha acusado de querer tomarme como su segunda esposa, dice que así son los hombres, como animales que no saben contenerse.

—No tenía ni idea —repuso Hamza—. Me dijiste que éste es tu hogar.

—Bi Asha tiene un corazón amargo. Odia vivir bajo el mismo techo que una muchacha soltera. Quiere que me vaya y no soporta que los hombres jóvenes se fijen en mí. Basta que me echen una simple mirada en la calle para que ponga el grito en el cielo. Me ha llegado a decir que le repugna ver cómo me miran y me ha acusado de alentarlos, cosa que jamás he hecho. Su intención era casarme con un hombre mayor que me tomara como su segunda esposa. No quería que me sintiera joven y atractiva, sino entregarme a alguien que me usara para su propio placer, que me humillara con sus caprichos. Tiene una amargura que la consume, que la vuelve mezquina. No era así cuando yo era pequeña. Siempre ha tenido un carácter de armas tomar, pero no era cruel. Se volvió así cuando yo dejé de ser una niña y me convertí en mujer.

—No lo sabía —repitió Hamza—. ¿Alguien te ha pedido en matrimonio?

Afiya se encogió de hombros.

—Un par de hombres. A uno no lo conocía, pero el otro regenta el café de la calle mayor y me conocía de vista. Lleva años viéndome pasar delante del local, desde que era una niña de diez años. Así son los hombres como él: les sobra el dinero y quieren una mujer joven con la que divertirse durante unos meses. Te ven por la calle y se preguntan «¿quién es esa mujer?» y van por ti porque pueden permitírselo. Eso me dijo Baba Jalífa.

—Pero tú te negaste.

—Yo me negué y Baba Jalífa también. Fue entonces cuando Bi Asha lo acusó por primera vez de quererme para sí. Estuvo erre que erre con eso durante días. Creo que, cuando Baba Jalífa te hizo pasar aquel día, cuando te invitó a entrar en la casa, quería que yo te viera. No sé si ésa era realmente su intención, puede que sencillamente le cayeras bien. Pero el caso es que me fijé en ti, y cada vez que te veía me gustabas un poco más. No sabía que podía pasarme algo así. Por eso no quiero seguir esperando, y por eso no veo esta habitación como la guarida de un animal.

—¿Te ha hablado Bi Asha de lo nuestro? Jalífa me dijo que no sabía si ella te había comentado algo.

—Hace dos días me advirtió que no trajera la vergüenza a esta casa, pero tampoco es la primera vez que me lo dice. —Afiya sonrió al añadir—: Demasiado tarde.

Cuando supo por Hamza que la pareja tenía intención de instalarse en el cuarto trastero, Jalífa se negó en redondo. El joven no podía repetir lo que Afiya le había revelado sobre el acoso que sufría, y sólo tras muchos balbuceos acertó a pronunciar el nombre de Bi Asha. Jalífa se encogió de hombros y negó con la cabeza, categórico.

—Os instalaréis en la casa y viviréis con ella, con nosotros —dijo—. No ahí fuera, como pordioseros. Dentro estaréis más cómodos. Ese cuartucho tal vez sea suficiente para un yalota como tú, acostumbrado a vivir a salto de mata, pero no para una hija de mi casa.

—Buscaremos una casa de alquiler —sugirió Hamza—. Tal vez sea mejor esperar un tiempo, hasta que pueda permitirme algo mejor.

—¿Qué vas a esperar? —replicó Jalífa—. Podéis mudaros con nosotros ya mismo, y más adelante, cuando tengáis dinero para alquilar vuestra propia casa, nadie os lo impedirá.

—Bueno, ya veremos —dijo Hamza, que no las tenía todas consigo. No quería sentirse obligado a soportar la amargura de Bi Asha.

La pareja se casó catorce días después. La boda fue tan discreta que Nassor Biashara y los empleados de la carpintería no se enteraron hasta después de la ceremonia. Jalífa invitó a comer al imán y a sus amigos del baraza, y Bi Asha hizo lo propio con las vecinas. Contrataron a un cocinero que fue a la casa para preparar un biryani y se adueñó del patio trasero. Las mujeres se recluyeron en el dormitorio que compartían Bi Asha y Jalífa, cuya cama levantaron y apoyaron contra la pared. Los hombres se reunieron en la sala de estar, donde el imán invitó a Hamza a pedir a Afiya en matrimonio. Puesto que la ceremonia era un acto que tenía lugar en presencia de varios testigos, lo habitual llegados a este punto era que el novio declarara qué mahari o dote pensaba ofrecer a la novia, y que ésta o su representante se declarara satisfecho con la cantidad sugerida. Tales cuestiones se dirimían mucho antes de la boda, pero debían ratificarse ante los testigos. Hamza no tenía nada que ofrecer y así se lo comentó a Jalífa, según el cual cabía a Afiya decidir si aun así lo aceptaba. Puesto que ella no concedía importancia alguna al dinero —«Compartiremos esa nada»—, esta parte de la ceremonia se obvió discretamente y Hamza se limitó a preguntarle por persona interpuesta si lo aceptaba como marido, a lo que Jalífa contestó afirmativamente en nombre de Afiya. La buena nueva se transmitió a la novia y a las invitadas de Bi Asha congregadas en la habitación contigua, que ulularon de alegría. Entonces se sirvió el banquete que puso fin a la boda.

No tuvieron más remedio que mudarse a la casa familiar. Jalífa se empeñó en que así fuera, de modo que Afiya se encogió de hombros y dijo que podían probar suerte. Si no salía bien, siempre les quedaría el cuarto trastero. Hamza trasladó sus escasas pertenencias a la habitación de Afiya: la pequeña bolsa de lona en la que guardaba el ejemplar de *Musen-Almanach für das Jahr 1798* que el Oberleutnant le había dejado en la misión, un libro de Heinrich Heine, *Zur Geschichte der Religion und Philosophie in Deutschland*, que la mujer del pastor le había dado como un regalo de despedida, la estera y su ropa.

La habitación de Afiya era más espaciosa que el cuartito de delante, ofrecía una mayor comodidad y quedaba cerca del lavabo. Había cortinas tanto en la ventana como en la puerta, que ella solía descorrer para que pasara la brisa hasta la hora de dormir. El cabecero de la cama estaba pegado a una de las paredes, y el espacio a ambos lados era tan exiguo que apenas podían pasar. La mosquitera colgaba de un marco de madera rectangular suspendido del techo y, en la pared opuesta a la cama, había un viejo y destartalado armario ropero. La primera vez que lo vio, Hamza prometió hacer uno nuevo en el taller: sería su mahari. Dentro del armario había un pequeño cofre pintado a rayas diagonales verdirrojas y cerrado con llave. Afiya lo abrió para enseñarle sus tesoros: los cuadernos con los que su hermano le había enseñado a leer, el libro de contabilidad con tapas marmoladas que Baba Jalífa le había regalado, una pulsera de oro que Ilyas le había comprado el único Aíd que habían pasado juntos y que con los años se le había quedado pequeña, una postal del paisaje montañoso que rodeaba la finca alemana donde él había trabajado e ido a la escuela, y el diminuto trozo de papel en el que Hamza había escrito el poema de Schiller.

La habitación de Afiya daba al patio trasero, el lugar donde se cocinaba, donde la familia comía y se aseaba y donde las mujeres pasaban buena parte del día. Era su parcela de la casa, a la que no podían acceder los hombres ajenos a la familia. Hamza ya no era un extraño, pero tampoco se sentía como uno más. Después de lo que le habían contado sobre Bi Asha, le inquietaba la situación y no sabía cómo encajaría la mujer su presencia en el patio. La saludaba siempre que se topaba con ella y Bi Asha le respondía sin mirarlo a los ojos, pero aparte de esos saludos no habían intercambiado ni media palabra. Hamza percibía su resistencia y se sentía incómodo y cohibido. No quería estar allí. Por la mañana, nada más levantarse, iba al lavabo, tomaba el té en el patio con Jalífa, que insistía en reunirse allí con él, y luego los dos hombres se marchaban de casa juntos. Cuando volvía por la tarde, el patio estaba desierto y se iba derecho al dormitorio, donde lo esperaba Afiya. Por la noche, las dos mujeres preparaban la cena en el patio y a veces recibían a las vecinas; siempre que eso sucedía, Hamza se iba de casa por cortesía, para que pudieran hablar de sus cosas sin temor a ser escuchadas. El caso es que vivía esquivando a Bi Asha, yendo de sobresalto en sobresalto hasta que, al cabo de unos días, Afiya le dijo que dejara de escabullirse por los rincones.

—Usijitaabishe —dijo—. No te preocupes. Baba te ha invitado a vivir en su casa, así que haz como si no la vieras y acabará aceptándote.

—No me quiere aquí —repuso él—. Balaa, ¿recuerdas? Cree que sólo traeré calamidades.

—Te estaba provocando —dijo Afiya—. En el fondo no es tan maniática.

La animosidad de Bi Asha apenas si hacía mella en el placer de la nueva intimidad que Afiya y él estaban empezando a descubrir. Su buena estrella lo había mantenido a salvo durante la guerra y lo había guiado hasta ella, y la vida seguía adelante pese a la estela de caos y destrucción que el conflicto había dejado a su paso.

No obstante, la convivencia en el patio era tensa. Incluso cuando hablaban de cosas intrascendentes, siempre había en las palabras de Bi Asha un poso de agresividad, como si en cualquier momento fuera a decir algo hiriente. Si se dirigía a su marido en tono destemplado, Hamza hacía como que no la oía, pero hasta cuando comentaba asuntos del día a día, como el precio del pescado o la frescura de las espinacas del mercado, parecía abocada al resentimiento y la insatisfacción. Hamza se preguntaba hasta cuándo podría soportar tanta amargura.

Por entonces, Nassor Biashara le dijo:

—Aha, ¿por qué andas tan alicaído? Me ha dicho mi mujer que te casaste hace unos días y ni siquiera nos invitaste a la boda. ¡Deberías estar radiante de felicidad! A lo mejor lo que pasa es que apenas duermes por las noches, je, je... Conozco a Afiya, o la conocía de pequeña. Mi mujer me dice que se ha convertido en una mujer hermosa. Te felicito. Todo te está saliendo a pedir de boca, ¿eh? Te lo mereces. Mírate, tienes un buen trabajo, y ahora también una buena mujer que te ayudará a soportar la carga del día a día, y todo me lo debes a mí. No espero que me lo agradezcas, te lo has ganado a pulso, pero si no fuera por mí no habrías llegado hasta aquí. Nada más verte me dije: «¿Por qué no le tiendo la mano a este joven descarriado? Parece un caso perdido, pero tal vez merezca una oportunidad.» Yo sé calar a la gente, ¿entiendes? Algo vi en esa ruina humana que eras cuando te conocí, y ahora mírate. ¿Sigues viviendo en ese cuartucho? Espero que no, ahora que eres un hombre casado. Espero que hayas encontrado un lugar decente... ¡No me digas que te has ido a vivir con esos dos cascarrabias! Vaya una manera de empezar la vida conyugal. ¿Cómo que no puedes permitirte alquilar tu propia casa, de qué me hablas? ¿Acaso necesitas una mansión con baño turco, un jardín tapiado y una galería cubierta? ¿Que te vendría bien un aumento de sueldo, dices? ¿Acaso no te pago lo bastante? Yo creo que deberías darte por satisfecho. No me sale el dinero de las orejas, ya sabes. No te me vuelvas avaricioso sólo porque tienes mujer. ¿Ha sido Jalífa quien te ha metido todo esto en la cabeza?

Cuando Mouze Sulemani se enteró de que Hamza se había casado, le dijo:

—Pídele a ese tacaño que te suba el sueldo. Es lo menos que puede hacer teniendo en cuenta lo mucho que has trabajado desde que ese borracho de Mahdí se marchó. Alhamdulilá, que Dios os bendiga con muchos hijos. ¿Sabrías decir eso en alemán?

—Mögest du mit vielen Kindern gesegnet sein.

Mouze Sulemani se rió entre dientes, complacido, como siempre que Hamza le traducía algo.

CUARTA PARTE

13

En comparación con los años anteriores, aquélla fue una época de tranquilidad para Hamza. Las tensiones derivadas de la convivencia con Bi Asha y Jalifa se fueron disipando conforme las semanas dieron paso a los meses, o puede que los recién casados se acostumbraran a ellas. Buscaban formas de evitarse sin dar la impresión de estar enemistados y, en el caso de Hamza, de fingir que no veía las miradas acusadoras de Bi Asha ni oía sus rezongos. Aprendió a rehuirla a tal punto que muchos días sólo la vislumbraba al volver del trabajo por la tarde, aunque su voz nunca sonaba demasiado lejos. Afiya era la primera en levantarse, si bien por lo general Hamza ya estaba despierto, pues en cuanto salía el sol era incapaz de dormir profundamente. Ella preparaba el té mientras él se aseaba, y se iba de casa antes de que Jalifa y Bi Asha salieran de su habitación.

Cuando llegaba a la carpintería, Nassor Biashara siempre lo estaba esperando. Se saludaban y el mercader le tendía la llave del taller sin decir palabra y, las más de las veces, sin ni tan siquiera apartar los ojos de sus preciados libros de contabilidad. Cuando Mouze Sulemani llegaba, los tres hombres se reunían brevemente para revisar las tareas del día y, a veces, Nassor Biashara se pasaba por el taller para dar el toque final a unos cuencos o cofres, o bien para dar su opinión crítica sobre algún nuevo diseño. Tenía previsto empezar a fabricar sofás acolchados, de modo que tarde o temprano habría que contratar a un tapicero, pero de momento se limitaba a hacer pruebas con la estructura de los futuros sofás. La demanda de muebles no hacía más que aumentar y su negocio de flete marítimo también estaba en franca expansión. Pese a los malos augurios de Jalífa, la hélice había resultado ser una inversión muy provechosa que había atraído más volumen de negocio del que podía satisfacer un solo barco, por lo que Nassor Biashara había tenido que comprar una embarcación motorizada con mayor capacidad que se complacía en llamar su «vapor». Los negocios del mercader habían prosperado tanto que hasta diseñó un letrero, lo grabó y pintó con sus propias manos y luego ordenó a Sungura que lo colgara sobre la verja del patio: «Compañía Biashara de mobiliario y comercio al por mayor.»

—Me parece que habrá que ampliar la carpintería e instalar nueva maquinaria —dijo, mirando primero a Mouze Sulemani, que no pareció inmutarse, y luego a Hamza, que asintió en señal de aprobación—. Este patio es muy grande, ¿no creéis? Podríamos construir un nuevo taller ahí enfrente, debidamente equipado para ganar concursos públicos de fabricación de pupitres escolares, muebles de oficina, ese tipo de cosas. Podríamos conservar la vieja carpintería para clientes particulares y objetos de tocador. ¿Qué os parece?

A lo largo de las siguientes semanas, cuanto más hablaba sobre el nuevo taller, más se dirigía a Hamza, como si tuviera previsto ponerlo al frente del mismo. El gobierno del protectorado británico había anunciado la construcción de nuevas escuelas y un programa de alfabetización, lo que explicaba que el mercader se desviviera por conseguir un contrato público. El gobierno británico también pretendía multiplicar las inversiones en agricultura, obras públicas y sanidad, aunque sólo fuera para demostrar a los alemanes cómo se gobernaba una colonia. Todos esos departamentos y proyectos necesitaban oficinas, y las oficinas necesitaban escritorios y sillas. Hamza asentía, midiendo su entusiasmo, mientras Nassor Biashara —que ya no se presentaba como un simple mercader, sino como un hombre de negocios— se mostraba cada vez más convencido de las posibilidades de ese nuevo proyecto. Tarde o temprano, Hamza le pediría un buen aumento de sueldo, pero de momento prefería esperar.

A mediodía, retrasaba el momento de volver a casa para que Jalífa y Bi Asha pudieran almorzar primero. Por lo general, cuando él llegaba ya habían acabado de comer y se disponían a echar la siesta. Hamza comía algo ligero, tal vez un plato de arroz con espinacas y una pieza de fruta de temporada. A veces se contentaba con una paratha, un trozo de pescado y un bol de yogur antes de volver al trabajo. Por la tarde, al llegar a casa, se aseaba y se acostaba a descansar cerca de una hora. Salvo que hubiese salido, Afiya se reunía con él en la habitación y aprovechaban ese rato para charlar y repasar la jornada. Otras veces, ella iba a visitar a su amiga Yamila, que había tenido un bebé, o a Jalida, la mujer de Nassor Biashara, o acudía a alguna de las muchas obligaciones sociales que llenaban el día a día de las mujeres: reuniones en recuerdo de algún difunto, ceremonias de esponsales, bodas, visitas a los enfermos, a los bebés recién nacidos y sus madres.

Por las noches, Hamza salía a callejear y se reunía con personas a las que había conocido y con las que había trabado amistad, en especial uno de los músicos del grupo al que seguía yendo a escuchar siempre que tenía ocasión. Se llamaba Abu, le sacaba unos pocos años y también era carpintero. Quedaban después de las plegarias del magrib en un café cercano al puente sobre el riachuelo y charlaban con otros clientes habituales. Hamza no era demasiado hablador, de modo que siempre lo acogían de buen grado en esas reuniones de grandes charlatanes. Las tertulias eran desenfadadas e irreverentes, a menudo subidas de tono, y se diría que los hombres competían entre sí por ver cuál de ellos soltaba la mayor barbaridad. A veces sus ocurrencias eran tan groseras e hilarantes que le dolían los costados de tanto reír, pero después se daba cuenta de que no habían debatido sobre nada importante y se reprendía por haber desperdiciado el tiempo en frivolidades. Alguna que otra noche, Hamza acompañaba a Abu hasta el local donde el grupo ensayaba y pasaba un buen rato con los músicos mientras tocaban y practicaban.

Luego volvía a la casa —que seguía sin considerar su hogar— y se reunía en el porche con Jalífa, Málim Abdal-lá y Topasi, que reflexionaban sobre el estado del mundo y repasaban los últimos escándalos y cotilleos. Por entonces el gobierno había empezado a publicar una revista mensual en suajili, *Mambo Leo*, para informar a quienes supieran leer sobre la actualidad local e internacional, las buenas prácticas agrícolas, la higiene en el entorno sanitario e incluso los deportes. Jalífa la compraba y, cuando había acabado de leerla, se la pasaba a Hamza y Afiya. Málim Abdal-lá acudía al baraza con su propio ejemplar y comentaba con los amigos algún artículo especialmente digno de mención cuyo contenido procedía entonces a refutar, desacreditar o denunciar. En otras ocasiones llegaba con un viejo ejemplar del *East African Standard* —el diario colonialista de Nairobi— que un amigo suyo le sacaba prestado de la oficina del gobernador de distrito, donde trabajaba. Algunos artículos del *Standard* eran materia de debate para los tres sabios, sobre todo los encendidos intercambios de opinión entre dos facciones enfrentadas de colonos: los que querían expulsar a todos los africanos de Kenia para convertirlo en «un país de blancos» y los que querían expulsar a todos los indios y no dejar entrar sino a los europeos, pero conservando a los africanos como jornaleros y sirvientes, además de un puñado de pastores salvajes, debidamente recluidos en una reserva como si de un fenómeno de feria se tratara. Las propuestas y sus defensores sonaban a cual más descabellado. Era como si los colonos vivieran en otro planeta.

Tras recoger la bandeja de café de manos de Afiya, Hamza se marchaba a la mezquita para rezar las plegarias de la ishá. «Ahí va nuestro santito», bromeaba Jalifa. Al volver, se iba derecho a la habitación, donde se reunía con Afiya para la mejor parte del día. Hablaban durante horas, leían los diarios atrasados, comentaban las novedades de la jornada, sus planes de futuro, hacían el amor.

Una noche, Afiya se despertó sobresaltada a su lado. Lo cogió del brazo y susurró su nombre.

—Hamza, tranquilo, tranquilo... ya pasó.

Él tenía la cara mojada, el cuerpo empapado en sudor. Se despertó con un sollozo atrapado en la garganta. Se quedaron tumbados a oscuras, sin moverse, la mano de Afiya rodeando el brazo de Hamza con firmeza.

—Estabas llorando —dijo—. ¿Era él otra vez?

—Sí, era él. A veces es él, otras veces es el oficial o el pastor. Siempre son ellos —dijo—. Pero no son tanto las personas como lo que me hacen sentir.

—¿Qué te hacen sentir? Cuéntamelo.

—Una sensación de peligro, de pavor. Como si me enfrentara a una grave amenaza y no tuviera escapatoria. Todo en medio de un gran estrépito, gritos y mucha sangre.

Siguieron inmóviles en la oscuridad durante un buen rato.

—¿Siempre es la guerra? —preguntó ella al cabo.

—Sí, siempre. De niño también solía tener pesadillas —dijo Hamza—. Soñaba con animales que me devoraban mientras yo estaba acostado boca abajo, incapaz de moverme.

Pero la sensación que tenía no era de peligro, sino más bien de derrota, de tortura. Ahora, cuando tengo pesadillas, son aterradoras. Como si esa amenaza que se cierne sobre mí fuera a aplastarme, a castigarme con tormentos insoportables y a hacer me ahogue en mi propia sangre. Hasta noto cómo me llena la garganta. Ésa es la sensación que me aterra, no una persona en concreto. Pero a veces es él, el Feldwebel. No entiendo por qué la visión del pastor me hace sentir así. No sé qué pinta en medio de todo esto. Ese hombre me curó, y durante dos años me acogió en la misión.

—Háblame más de él —sugirió Afiya—. Háblame de las chozas donde secaban el tabaco, de los árboles frutales y los libros que la mujer del pastor te prestaba.

Lo notó sonriendo en la oscuridad.

—Así que estabas prestando atención... Creía que te habías quedado dormida mientras te hablaba de la mujer del pastor. Él era un hombre muy meticuloso, y creo que el secadero de tabaco le proporcionaba un gran placer, pues allí lo tenía todo bajo control. Siempre quería tener razón, no podía evitarlo. Era como si tuviera que obligarse a escuchar a los demás, que esforzarse por ser amable, hasta tal punto que no podías evitar preguntarte qué lo había llevado a hacerse misionero. Creo que fue su mujer la que le enseñó a ser tolerante, a ir en contra de su rigidez innata. Ella, en cambio, no necesitaba esforzarse para ser amable, considerada y generosa. Nunca la olvidaré. Me prestaba libros y me dio su dirección en Alemania para que le escribiera de vez en cuando. La apuntó en ese libro de Heine del que te he hablado.

—Quién sabe, puede que algún día le escribas —dijo Afiya—. Puede que consigas dejar atrás esa época terrible sin olvidarla a ella. A veces, cuando salgo de casa, pienso que al volver descubriré que te has marchado, que me has dejado y te has ido sin decir palabra. Aún hay facetas tuyas que no acabo de entender, y me aterra la posibilidad de llegar a perderte. Perdí a mis padres antes incluso de conocerlos, y creo que ni siquiera me acuerdo de ellos. Luego perdí a mi hermano Ilyas, que irrumpió en mi infancia como una bendición. No soportaría perderte a ti también.

—Yo nunca te dejaré —le aseguró Hamza—. Ya sabes que también perdí a mis padres siendo un niño. Perdí mi hogar y a punto estuve de perder la vida por el anhelo de escapar. Pero tampoco es que mi vida fuera gran cosa hasta que me vine a esta ciudad y te conocí. Nunca te dejaré.

—Prométemelo —dijo ella, acariciándolo, dándole así a entender que estaba lista para recibirlo.

Cinco meses después de la boda, Afiya perdió su primer embarazo. Había dicho a Hamza que estaba encinta cuando no le vino la regla por segundo mes consecutivo, advirtiéndole que no debía contárselo a nadie. «¿A quién se lo iba a contar?», fue su respuesta. Durante esos días, no podían evitar sonreír y recrearse en dulces fantasías sobre el Venidero, como empezaron a referirse a la vida que crecía en el seno de Afiya, y especulaban sobre el sexo del bebé y su nombre. Ella no se atrevía a dar nada por seguro todavía, y le dijo a Hamza que, según Ilyas, su madre había perdido más de un embarazo. Esperó hasta nueve días después de la tercera falta para comunicarle que, ahora sí, su embarazo era una realidad.

—Es un niño —añadió.

—No, es una niña —replicó él.

Al día siguiente, cuando habían pasado diez días desde su tercera falta, Bi Asha sacó el tema. Primero echó un vistazo a su vientre y luego la miró a los ojos.

—¿Estás encinta? —le preguntó a bocajarro.

—Eso creo —contestó Afiya, sorprendida de que se hubiese dado cuenta pese al cuidado que tanto Hamza como ella habían puesto en no revelar el secreto.

—¿De cuántos meses? —preguntó la mujer.

—De tres —contestó Afiya, vacilante. No quería sonar demasiado segura, temiendo una reacción adversa por su parte.

—Ya era hora —repuso la mujer sin el menor atisbo de alegría—. Lo que pasa... debes saber que no es raro que las mujeres pierdan su primer embarazo.

Al día siguiente, mientras tendía la colada en el patio, Afiya sintió algo mojado entre los muslos. Corrió a su habitación y descubrió que tenía la ropa interior teñida de rojo oscuro. Bi Asha, que también estaba en el patio, la siguió y la ayudó a desvestirse. Fue por unas sábanas viejas y la hizo acostarse.

—Puede que no lo pierdas —dijo—. La ropa no está demasiado manchada. Descansa y ya veremos.

La hemorragia continuó durante toda la mañana, empapando las sábanas sobre las que Afiya seguía acostada, sin moverse, haciéndose poco a poco a la idea de perder el embarazo. Cuando Hamza volvió a casa a la hora del almuerzo, Bi Asha trató de impedir que entrara en la habitación. «Son cosas de mujeres», dijo, pero él apartó su mano y fue a reunirse con su esposa.

—Hemos echado las campanas al vuelo demasiado pronto —se lamentó Afiya entre lágrimas—. No sé cómo lo ha sabido. Me dijo que lo perdería, me ha echado mal de ojo.

—No —dijo él—, es sólo mala suerte. No le hagas ni caso.

A la mañana siguiente la hemorragia empezó a remitir, aunque no se detuvo del todo. Tres días después ya no había ni rastro de sangre, pero Afiya estaba agotada, físicamente débil y se esforzaba por no sucumbir a la tristeza. Bi Asha le aconsejó que guardara reposo, pero ella negó con la cabeza, se levantó y se ocupó de algunas tareas. Como siempre acaba pasando en estos casos, su desgracia no tardó en llegar a oídos de todos y sus amigas Yamila y Sáda acudieron a verla, mientras que Jalida, que nunca la visitaba debido a la enemistad entre Bi Asha y su marido, mandó decir que lo sentía mucho y se ofreció para ayudar en todo lo necesario. Mientras tanto, Bi Asha ejercía celosamente su papel de cuidadora, preparándole una sopa de maíz sin quitar las barbas a las mazorcas por sus supuestos efectos beneficiosos, así como otras especialidades indicadas para convalecientes, como el hígado salteado, el pescado al vapor, la gelatina de leche o la fruta hervida. Se diría que volvía ser la Bi Asha que Afiya había conocido de niña, bondadosa pese a su hosquedad.

Pero ese período de gracia sólo duró el tiempo que Afiya tardó en recuperarse. Al cabo de tres semanas, se acabaron las comidas especiales y Bi Asha volvió a ser la de siempre. La pérdida del embarazo hizo que Afiya se afianzara en su papel como esposa de Hamza. Él la trataba con ternura y la abrazaba incluso mientras dormían, posándole una mano en el hombro o el muslo, hablándole en susurros como si temiera molestarla si levantaba la voz. Tras varios días deshaciéndose en atenciones y absteniéndose de hacer el amor con ella, Afiya lo buscó y le dijo al oído que podía dejarse de melindres. Él respondió que temía lastimarla, pero ella no tardó en demostrarle que sus temores eran infundados. Contra todo pronóstico, aquella pérdida también le brindó un mayor aplomo en el ámbito doméstico, como si se hubiese hecho adulta de golpe, casi una madre. Salía todas las mañanas al mercado y decidía lo que iba a preparar para el almuerzo sin consultarlo de antemano con Bi Asha. Compraba lo que le parecía más fresco y lo que le apetecía en un momento dado, nada demasiado sofisticado: unos plátanos macho de aspecto lozano, unos ñames o yucas recién cogidos o unas calabazas nuevas que relucían como si las hubiesen encerado. Para su sorpresa, Bi Asha no le ponía objeciones y sólo ocasionalmente la reñía o se burlaba de ella, sobre todo cuando creía que la habían estafado o algún plato no salía del todo bien: «¿De dónde has sacado estas ocras? Están podridas», ese tipo de comentarios.

Casi todas las tardes, Afiya iba a visitar a Yamila y Sáda, que desde hacía algún tiempo tenían un negocio de costura en casa, y además de hacerles compañía se encargaba de las tareas sencillas que las hermanas le permitían hacer, como coser botones o medir y cortar las puntillas y cintas que todas las mujeres querían lucir en sus vestidos. Con el tiempo, empezaron a darle tareas más complejas, y poco a poco aprendió a medir la tela para copiar el patrón de un vestido, a cortarla de modo que resultara favorecedor y a seleccionar puntillas, cintas y botones de la mercería india a la que sus amigas la llevaban. Puesto que todas las clientas del taller eran conocidas o vecinas, las hermanas les cobraban una bagatela por su trabajo. Su objetivo no era sólo ganar dinero, sino también llenar las horas muertas que dejaban las tareas domésticas haciendo algo que las motivaba y exigía cierta pericia, que mitigaba la frustración de una existencia encerrada entre cuatro paredes.

Afiya volvió a quedarse embarazada unos meses después, al poco de su primer aniversario de boda. Se lo dijo a Hamza cuando llevaba dos faltas y esperaron castamente hasta el tercer mes para empezar a referirse al Venidero, y sólo entre ambos.

Fue más o menos por entonces cuando empezaron los dolores de Bi Asha. No es que hasta ese momento no tuviera achaques y molestias ocasionales, como todo hijo de vecino, pero aquello era distinto. Afiya y ella estaban preparando el almuerzo un buen día cuando Bi Asha se levantó del banco de la cocina para ir a coger un abanico porque se notaba acalorada y sintió una súbita punzada de dolor en la parte baja de la espalda, una cuchillada tan repentina y atroz que no tuvo más remedio que dejarse caer otra vez en el banco sin poder reprimir un grito.

—¡Bimkubwa! —exclamó Afiya, y se levantó con los brazos extendidos.

Bi Asha se aferró a sus manos y soltó un gemido, algo insólito en ella. Afiya se arrodilló a su lado, sosteniéndole las manos temblorosas y murmurando dulcemente: «Bimkubwa, Bimkubwa...» Cuando llevaba unos minutos jadeando en silencio, Bi Asha soltó un gran suspiro y luego arqueó la espalda para comprobar si el dolor se había marchado. Afiya la ayudó a levantarse y la mujer dio unos pasos por el patio sin más percances.

—Caramba, ha sido como si algo me partiera en dos —dijo Bi Asha, masajeándose los costados justo por encima de la pelvis—. Ve a buscarme una estera. Me tumbaré aquí en el suelo un rato. Habrá sido un calambre.

Esa noche, Bi Asha pidió a Afiya que le diera unas friegas en la espalda, como había hecho desde que era una niña. La mujer se acostó sobre una estera en su habitación mientras Afiya, arrodillada a su lado, le masajeaba el cuerpo desde los hombros hasta las caderas. Bi Asha gimió de satisfacción y después dijo que se sentía mucho mejor, pero las molestias no desaparecieron. Se quejaba a diario de ese dolor en los costados, y a veces la cogía tan desprevenida que se le escapaba un grito. Con el paso del tiempo, el problema se agravó. Nada más levantarse de la cama caía presa de un dolor que apenas remitía a lo largo del día y más adelante empezó a atormentarla también de noche, impidiéndole descansar.

—Deberías ir al hospital a que te lo miren —le dijo Jalífa—. No puedes seguir sufriendo sin hacer nada al respecto.

—¡Qué hospital ni qué pamplinas! Ni hablar, allí no tratan a las mujeres —replicó Bi Asha.

—¡No digas tonterías! —dijo Jalífa, que no se tomaba sus protestas demasiado en serio—. En el hospital público tratan a las mujeres desde el tiempo de los alemanes.

—Sólo a las embarazadas —repuso ella.

—En el pasado puede que fuera así, pero ya no. El gobierno nos quiere a todos sanos para que podamos trabajar más. Lo he leído en *Mambo Leo*.

—Déjate de cuentos, eres incorregible. Encima te creerás gracioso... —dijo ella—. Déjame en paz, anda.

—¿Qué me dices del médico indio? —sugirió él—. Podemos pedirle que venga a casa, sé que hace visitas a domicilio.

—No pienso tirar el dinero. Ese matasanos me cobraría por darme agua de colores haciéndome creer que me curará.

—De eso nada —repuso Jalífa, sonriendo con malicia—. Lo que pasa es que te dan miedo las agujas y sabes que el médico indio pincha a todo el que pasa por sus manos. Hay pacientes tan adictos a sus inyecciones que se niegan a pagarle salvo que los pinche. En cuanto te ponga una inyección te sentirás mejor, ya lo verás.

Para entonces era evidente que los dolores de Bi Asha no venían de la espalda, sino de algún órgano interno, de las vísceras que se alojaban por encima de las caderas. Pasaba largos ratos sentada sobre una estera en el patio trasero con los ojos cerrados, soltando algún que otro gemido involuntario. Tenía una expresión hosca y taciturna, y saltaba a la vista que la fuente de su desgracia era su propio cuerpo. Afiya intentaba adelantarse a sus tareas. «Bimkubwa, déjame hacerlo a mí», le decía cuando la veía llevando una escoba al patio o recogiendo ropa y sábanas sucias para hacer la colada, pero Bi Asha era una mujer orgullosa y la apartaba diciendo:

—No estoy impedida.

Pronto perdió el apetito y empezó a adelgazar. Tras los primeros bocados de yuca o arroz, empezaba a sentir arcadas y ya no podía tragar. Afiya le preparaba caldo de carne y fruta triturada con yogur y se sentaba a su lado mientras comía, por si necesitaba ayuda. Al final tuvo que tragarse el orgullo, pues el dolor la obligaba a guardar cama, gimiendo y casi delirando.

Jalífa le suplicó que fuera al hospital, o por lo menos que le permitiera llamar al médico indio, pero Bi Asha se negó en redondo, aduciendo que no necesitaba esa clase de atenciones. No quería que unos hombres desconocidos la toquetearan con ese instrumento que llevaban al cuello y te ponían sobre el corazón para chuparte la sangre. No obstante, pidió que llamaran al hakim, el médico tradicional musulmán.

—¿Qué esperas que haga? ¿Crees que te curará con una oración? Eres una ignorante —le espetó Jalífa, volviéndose hacia Afiya en busca de apoyo, confiando en que la joven la persuadiera con sus propias palabras—. No eres lo bastante importante para que el hakim venga a verte. Sólo va a casa de los ilustres y los ricachones. Sus plegarias no son baratas. Lo que tú tienes es un problema físico y debes dejar que un médico te examine.

—Podríamos pedirle al médico que venga a verte —sugirió Afiya—. Sé que a veces hace visitas a domicilio.

Se abstuvo de decir que lo sabía porque el médico había visitado a Jalida cuando su hijo había tenido ictericia, pues sospechaba que la simple mención de ese nombre predispondría a Bi Asha en contra de la idea.

Una sonrisa desdeñosa afloró al rostro de la enferma.

—Claro, para que nos cobre todavía más por embaucarnos. Llégate a la casa del hakim y dile lo mal que lo estoy pasando. Pregúntale qué me recomienda.

Así pues, Afiya se fue a ver al hakim, que vivía cerca de una mezquita, junto a un antiguo cementerio que los alemanes habían ordenado clausurar muchos años atrás por temor a una epidemia, y sólo el estallido de la guerra evitó que cumplieran la amenaza de arrasarlo. El gobierno colonial británico no se había mostrado tan drástico, pero mantuvo la prohibición de usar el cementerio y ordenó que se desbrozara el recinto para evitar que la maleza favoreciera la propagación de la malaria.

Cuando llegó a la casa del hakim, la hicieron pasar a una estancia de la planta baja, al lado de la puerta principal. Afiya estaba embarazada de casi seis meses, de modo que se agachó con cuidado y se sentó lo más cómodamente posible para esperar al hombre. En el suelo había gruesas esteras de paja y, sobre el atril, un ejemplar del Corán y un incensario que, pese a estar apagado, desprendía un leve aroma a oud o resina de agar. La ventana, protegida por rejas, estaba abierta de par en par y dejaba pasar una suave luminosidad, tamizada por las ramas colgantes de una margosa de la India, única superviviente del desbroce del antiguo cementerio.

El hakim era un hombre de avanzada edad y aire ascético que gozaba de gran prestigio y era muy respetado. Lucía una túnica marrón sin mangas y una kofia blanca ceñida al cráneo. Afiya nunca le había dirigido la palabra y se sintió un poco intimidada al verlo tan sereno y dueño de sí. El hombre no sonrió ni la saludó, sino que entró con sigilo y fue a acomodarse discretamente junto al atril, donde escuchó en silencio mientras Afiya describía la enfermedad de Bi Asha. Cuando hubo terminado, el hakim le preguntó por la edad de la enferma y por su salud en general. Tenía una voz profunda y melódica, como si estuviera acostumbrado a hablar en público. Le dijo que volviera por la tarde a recoger algo que él prepararía para aliviar los males de Bi Asha.

Cuando Afiya regresó por la tarde, el hakim le dio un pequeño plato de porcelana con el filo dorado en el que había varios versículos del Corán manuscritos con tinta de color marrón oscuro. Según le explicó, la tinta en cuestión era extracto de nogal y tenía propiedades medicinales. También le dio un amuleto y le dijo que debía verter agua, media tacita de las de café, con mucho cuidado sobre el plato hasta que las palabras sagradas se desdibujaran, sin remover ni añadir nada al líquido. En cuanto las letras se desvanecieran, debía ofrecer el plato a la enferma para que bebiera la solución resultante llevando el amuleto anudado al tobillo derecho. A la mañana siguiente, Afiya debía llevarle el plato de vuelta para que él preparara una nueva dosis que pasaría a recoger por la tarde. La joven tomó los objetos con ambas manos y luego hizo entrega al hakim de la bolsita que Jalifa le había dado, y que el hombre aceptó sin comprobar la cantidad de dinero que contenía. El tratamiento se prolongó durante varias semanas, sin éxito.

Según iban pasando los días, se corrió la voz de que Bi Asha estaba muy enferma, de modo que las vecinas y conocidas empezaron a visitarla. Al principio las recibía en la sala de estar, pues no quería dar la impresión de estar en las últimas, pero finalmente dio su brazo a torcer y accedió a recibirlas en la cama. Fueron esas mujeres quienes la convencieron de que acudiera a una mganga que vivía cerca de allí. «Ya fui a verla y no me sirvió de nada», dijo Bi Asha. «No, ésa no —insistían las mujeres—, la gente habla bien de ésta. Sabe mucho de remedios.»

Llamaron a la mganga, que pasó un buen rato encerrada con la paciente, haciéndole preguntas mientras la examinaba en presencia de Afiya a petición de la propia Bi Asha. La mganga era una mujer madura pero de edad incierta, muy delgada, con los ojos perfilados de negro y una mirada intensa, los movimientos resueltos y precisos. Mientras examinaba a Bi Asha iba hablando sin apenas interrupción, llegando incluso a contestar por la paciente a las preguntas que le iba formulando. Después de esa primera visita, dejó unas hierbas para que Afiya le preparara una infusión que debía darle antes de dormir. «Eso la ayudará a conciliar el sueño», aseguró. La mganga iba a verla a diario y, mientras le hacía friegas con ungüentos y bálsamos, Bi Asha gemía de alivio y declaraba sentirse mucho mejor. Luego le ordenaba que se acostara boca arriba en el suelo y la tapaba de pies a cabeza con una sábana de grueso percal azul. Al cabo de unos minutos le pedía que se tumbara sobre el costado derecho y ondulara todo el cuerpo. Luego le ordenaba repetir con el costado derecho mientras recitaba plegarias y canturreaba palabras que Afiya no alcanzaba a comprender. Esta ceremonia se repitió durante cuatro días, al cabo de los cuales la curandera dejó instrucciones sobre la dieta que Bi Asha debía seguir, aunque no comiera sino un par de cucharadas al día. Pese a todo, el dolor no remitió y la mganga le comentó a Afiya en un aparte que tal vez fuera conveniente llamar a un sanador espiritual, por si el problema no estaba en el cuerpo de la paciente, por si un invisible se había apoderado de ella.

—Se lo he dicho —le aseguró la mganga—: «Solamente un sanador espiritual sabrá escuchar qué exige el invisible a cambio de tu liberación.» Pero se ha negado en redondo, como si supiera más que nadie. Sin un sanador espiritual, ¿cómo podrá averiguar qué quiere el invisible? Hay que saber cómo hacerlo hablar.

Afiya no le dijo nada a Jalífa acerca de este intercambio porque sabía que se burlaría, pero se lo comentó a Hamza, que no dijo nada. Con el tiempo, Bi Asha se quedó postrada en la cama hasta tal punto que necesitaba una cuña para hacer sus necesidades, y un día, al retirarla, Afiya vio sangre en la orina. En la cuña había también algunas heces, por lo que en un primer momento no supo determinar a ciencia cierta el origen de la sangre, pero con la siguiente micción comprobó que había diminutos coágulos de sangre en el líquido.

—Bimkubwa... —dijo, enseñándole la cuña—. Hay sangre... sangre oscura.

Bi Asha volvió el rostro hacia la pared como si no la sorprendiera.

—Bimkubwa, tienes que ir al hospital —le dijo Afiya.

Con el rostro todavía vuelto hacia la pared, Bi Asha negó con la cabeza y se estremeció de pies a cabeza, presa de un temblor incontrolable. Afiya se lo dijo a Jalífa, que salió al instante en busca del médico indio, pero éste se había ausentado para visitar a otro enfermo y no pudo ir a verla hasta la mañana siguiente. Era un hombre achaparrado de cincuenta y pico años, pelo canoso y gesto afable. Lucía camisa blanca y pantalón caqui, como si fuera un funcionario. Pidió a Jalifa que se marchara de la habitación y a Afiya que se quedara. Al principio hacía preguntas y miraba a Afiya en busca de confirmación. Bi Asha había perdido todo rastro de arrogancia y le contestó en un tono de derrota pero sin reticencias. ¿Cuánto tiempo hacía que perdía sangre con la orina? ¿Qué comía para desayunar, para almorzar? ¿Lograba retener la comida en el estómago? ¿Dónde le dolía más? ¿Sabía de algún familiar que hubiese tenido una dolencia parecida, su madre o su padre? Por último, examinó las zonas del costado donde el dolor era más intenso. Luego les dijo a Jalifa y Afiya que, si bien en un primer momento había atribuido la sangre a una esquistosomiasis vesical, lo más probable era que el problema estuviera en los riñones. El fallo renal en sí podía ser consecuencia de una esquistosomiasis sin tratar, pero para salir de dudas habría que ingresarla en el hospital y hacerle pruebas. No obstante, cabía la posibilidad de que la situación fuera más preocupante todavía, pues le había palpado un bulto en el costado que bien podría ser algo de cuidado. No tendrían que haber esperado tanto.

En el hospital le hicieron radiografías y le diagnosticaron un tumor avanzado en el riñón izquierdo y otro más pequeño en la vejiga. También tenía el parásito causante de la esquistosomiasis, pero los tumores estaban en una fase avanzada y eran casi con toda seguridad malignos. El médico indio les dijo que en el hospital le habían recomendado volver para que le hicieran más pruebas a fin de descartar la presencia de otros tumores, pero Bi Asha se había reservado el derecho a decidir. No había cura para los tumores, pero podrían tratarla para la esquistosomiasis. Volviéndose hacia Jalifa, el médico anunció que le quedaban pocos meses de vida y que lo único que podía hacer por ella era darle inyecciones para mitigar el dolor. Jalífa pensó que debía decírselo a Bi Asha, para que pudiera hacerse a la idea y poner sus asuntos en orden. Le comentó que el médico se había ofrecido para darle unas inyecciones que paliarían el dolor, si así lo deseaba, y no pudo evitar sonreír al pronunciar estas palabras. «Ya sabes cómo se las gasta el doctor Jeringa», añadió. No se atrevió a decírselo, pero pensó que tal vez hubiese llegado el momento de que Bi Asha se reconciliara con su sobrino, Nassor Biashara, aunque éste no hubiese hecho nada para merecerlo, y compartió esta inquietud con Afiya. Nadie debería irse de este mundo albergando semejante rencor, pero no se lo podía decir porque bastante tenía Bi Asha con asimilar la noticia de su enfermedad. Él nunca había pensado que ella pudiera morir antes que él. Siempre había sido una mujer muy fuerte.

Afiya fue a ver a Jalida, la mujer de Nassor Biashara, para ponerla al corriente de la situación. Estaba casi al final del embarazo, se notaba pesada y le costó subir la escalera de la casa del mercader.

—Baba me ha pedido que venga —le dijo Afiya, dejando claro que esa información era también una invitación implícita para que fueran a ver a la moribunda.

Esa misma tarde, Jalida se presentó en la casa. Besó la mano de Bi Asha, que estaba postrada en la cama, se sentó en un banquito a su lado y habló de cosas intrascendentes, como es habitual a la cabecera de un enfermo. La suya fue una reconciliación discreta, pues ni Jalida ni Bi Asha estaban por la labor de montar un drama. Al cabo de una hora, la mujer del mercader le deseó una pronta mejora y se marchó. Entonces Bi Asha soltó un profundo suspiro, como si hubiese superado una dura prueba. En sus últimos días de vida renunció a todo amago de resistencia. Sumida en un delirio intermitente, farfullaba palabras ininteligibles, a veces entre lágrimas.

14

Afiya dio a luz en casa, con la ayuda de una comadrona que había visto nacer a muchos bebés en la ciudad. Como tantas otras mujeres, prefería ponerse de parto en compañía de mujeres a las que conocía antes que someterse a los cuidados de unos perfectos extraños, de modo que, pese a la campaña de salud perinatal lanzada desde el gobierno, decidió no acudir a la nueva clínica de maternidad. En cuanto rompió aguas, mandaron llamar a la comadrona, así como a Yamila, que había prometido acompañarla durante el parto. Las contracciones empezaron al anochecer y se prolongaron durante toda la noche. Enviaron a Hamza a la salita que usaban para recibir a las visitas, donde Jalífa también buscó refugio. Nadie durmió demasiado durante esas largas horas de tensión. Dejaron las puertas abiertas para oír a Bi Asha, y Jalífa acudía a su habitación cada vez que ella lo llamaba gimiendo débilmente. La puerta que daba al patio también estaba abierta, de modo que los lamentos de la moribunda se mezclaban con los jadeos y gemidos de dolor de Afiya. Hamza fue a sentarse en el umbral de la puerta trasera por si necesitaban su ayuda y porque dentro de casa se sentía inútil. Cuando la comadrona salió de la habitación y lo vio allí plantado lo echó sin contemplaciones. Les esperaba una larga noche, dijo, y no estaba bien visto que el marido se mostrara tan ansioso. Hamza no entendía por qué estaba mal visto, pero obedeció y volvió a la sala de estar.

Por la mañana, una vecina vino a cuidar de Bi Asha para que Jalifa pudiera irse a trabajar, y las mujeres persuadieron a Hamza de que lo acompañara. Allí no podía hacer nada, y en cuanto hubiese alguna novedad lo mandarían llamar. Se marchó a regañadientes, sintiéndose coaccionado por las mujeres cuando hubiese querido estar cerca de Afiya durante el parto y no muy lejos cuando llegara el Venidero. Nadie fue en su busca a lo largo de la mañana, y apenas pudo concentrarse en el trabajo. Jalifa lo recogió en el taller justo después de la llamada a las plegarias del mediodía, impaciente por volver a casa, aunque por distintos motivos. Cuando llegaron, fue la vecina que se había quedado cuidando de Bi Asha quien les dijo que Afiya acababa de dar a luz a un niño. Hamza la encontró tendida en la cama, exhausta pero victoriosa, mientras Yamila sonreía a escasa distancia y la comadrona se atareaba en silencio.

—Sólo estábamos recogiendo un poco antes de ir a llamarte —le aseguró Yamila.

Pusieron al recién nacido el nombre de Ilyas, pues así lo habían decidido de antemano: Ilyas si era un varón, Ruqiya si era una niña.

Después del parto, Bi Asha cayó en un profundo letargo. No estaba del todo dormida, pero tampoco despierta. No probaba bocado y tampoco reaccionaba cuando la vecina o Jalifa le daban la vuelta para cambiar la toalla que la envolvía de cintura para abajo a modo de pañal. Su respiración era pesada y trabajosa, pero los débiles gemidos de los últimos días habían cesado. El tercer día después del parto, Yamila dejó el almuerzo preparado para la familia y se fue a su casa con la promesa de volver al día siguiente. Afiya ya estaba en pie y aprovechaba los ratos en los que el bebé dormía para ocuparse de las tareas domésticas. Esa misma tarde, sin haber llegado a recobrar la conciencia desde la llegada del bebé, Bi Asha falleció en medio de un silencio inusual.

Pasaron los siguientes días atareados con los rituales fúnebres y las formalidades de rigor, y sólo después empezó a tomar forma la nueva dinámica familiar marcada por la ausencia de Bi Asha. En público, Jalifa se mostraba circunspecto y compungido como correspondía a un hombre que acababa de quedarse viudo, e incluso de puertas adentro daba la impresión de sentirse un poco perdido, por más que supieran desde hacía meses que su muerte era inevitable.

—Es algo tan definitivo... Eso es lo sorprendente, lo que aún estoy tratando de asimilar —dijo—: que se haya ido para siempre. —Miró a Hamza y no pudo resistirse a añadir con malicia—: Salvo que uno crea en esos cuentos de hadas que dicen que los muertos volverán a la vida...

—Calla, Baba, no es el momento —lo regañó Afiya.

—Bueno, de todos modos habrá que hacer una serie de cambios —anunció—. No podéis seguir en ese cuartucho del patio con el bebé mientras yo vivo como un señor en una casa vacía. Sugiero que os mudéis a la casa, a las dos habitaciones contiguas, y yo me instalaré en el patio. Os vendrá bien el espacio y a mí el cambio de aires. ¿Qué me decís? Compraremos muebles nuevos para la otra habitación, que podréis usar como salita para pasar el rato y recibir a vuestros invitados, y el pequeño príncipe también podrá usarla para jugar e invitar a sus amigos.

Afiya sugirió que echaran abajo la pared del cuarto que daba a la fachada de la casa para ampliar el espacio disponible. De ese modo podrían conservar intacta la habitación de invitados, por si algún día tenían huéspedes o alguien venía a pasar una temporada con ellos. No lo dijo de forma explícita, pero todos sabían que tenía en mente el posible regreso de su hermano Ilyas. Debatieron estas sugerencias durante un rato, pero antes de que tomaran una decisión al respecto Hamza les recordó que la casa no les pertenecía y que harían bien en hablar con Nassor Biashara antes de echar nada abajo.

—La casa es ahora indudablemente de Nassor Biashara, y podría darse el caso de que quiera echarnos —aventuró.

Jalifa descartó la idea.

—No se atreverá —dijo.

Pese a su naturaleza sensata y pragmática, Jalifa parecía haber perdido cierto aliento vital. Iba al almacén por las mañanas y se pasaba el rato rezongando sobre lo que consideraba una pérdida de tiempo diaria. Por la noche se reunía con los amigos en el porche pero ya no manifestaba su indignación con la vehemencia de antes, sino que se mostraba más comedido a la hora de expresar sus opiniones y hasta reprendía a Topasi si se dejaba llevar por la imaginación, cuando hasta entonces habría contribuido de buen grado a adornar los cotilleos con buenas dosis de fantasía. Fue por entonces cuando les dijo a Afiya y Hamza que necesitaba nuevas metas, hacer algo más útil que pasarse el resto de la vida sentado en un banco a las puertas de un almacén.

—El gobierno está abriendo nuevas escuelas, tal vez pueda trabajar como profesor —dijo.

Nassor Biashara también tenía planes de futuro. La construcción de la nueva carpintería avanzaba a buen ritmo y había encargado lo último en maquinaria.

—La carpintería tardará unos meses en estar lista —le dijo a Hamza— y, cuando eso ocurra, quiero que la dirijas tú. En cuanto lleguen las máquinas, haré venir a alguien de Dar es-Salam para que te enseñe a usarlas. Mouze Sulemani seguirá en el antiguo taller, fabricando las piezas de siempre, pero habrá que contratar a otro carpintero para que lo ayude en la nueva línea de sofás y sillones... Puede que el joven sefu esté listo, ¿no crees? ¿Y qué me dices de tu amigo Abu? Es carpintero, ¿verdad? Me parece que hace chapuzas aquí y allá, pero no tiene nada fijo. Pregúntale si quiere venir a trabajar para mí. También necesitarás un ayudante, alguien debidamente formado, tal vez más de uno si el negocio prospera. Puede que sefu sea más indicado para ese puesto, es joven y aprenderá deprisa.

—Prefiero que venga Abu a trabajar conmigo, aprenderá tan deprisa como yo. Sefu ya trabaja con Mouze y está acostumbrado a su forma de hacer las cosas —dijo Hamza.

—Como quieras —concedió Nassor Biashara.

—¿Y qué hay de mi sueldo? —preguntó Hamza.

—De acuerdo, te daré un aumento. Es más, te pagaré el doble en cuanto empieces a trabajar en la nueva carpintería. Búscate una casa de alquiler y lárgate de ese cuchitril en el que vives.

—¿Y qué hay de Jalífa?

—También puede buscarse una casa de alquiler —repuso Nassor Biashara.

—¿Acaso pretende echarlo de la casa?

—Nada me gustaría más. Podría sacar un buen alquiler por esa propiedad.

—Pues alquílemela —replicó Hamza.

Nassor Biashara se echó a reír, sorprendido.

—Eres un tonto y un sentimental —dijo el mercader—. ¿Por qué te preocupas por ese viejo cascarrabias?

—Porque es el Baba de Afiya —contestó Hamza.

—Me lo pensaré —dijo Nassor Biashara—. ¿Qué te hace pensar que podrás permitírtelo?

—Es usted un buen hombre de negocios, no querrá amargarle la vida al gerente de su nueva carpintería cobrándole un alquiler desmesurado.

—¡Menudo granuja estás tú hecho! —le soltó Nassor Biashara—. Primero engatusas a ese viejo gruñón para que te meta en su casa, luego seduces a su hija y embaucas al viejo maestro carpintero con tus traducciones al alemán y ahora intentas chantajearme. Ya te lo he dicho, me lo pensaré.

La construcción de la nueva carpintería avanzaba a buen ritmo. Nassor Biashara se mostraba tan ilusionado con los nuevos planes como lo había estado años atrás con la compra de la hélice. «Otra de mis ideas brillantes», decía, y ni siquiera Jalifa osaba burlarse de él. Mouze Sulemani asistía impasible a todos estos cambios, concentrado en formar a su joven aprendiz para que ocupara el lugar de Hamza cuando éste se marchara. Finalmente llegó la resplandeciente maquinaria nueva, que hubo que conectar a la corriente eléctrica. Entonces, un operario y carpintero indio se desplazó desde Dar es-Salam para formar a Hamza y Abu en el manejo de las máquinas. La empresa de su padre era la importadora y distribuidora de los aparatos, así como la propietaria de un aserradero y una compañía de transportes. A lo largo de tres días, enseñó a Hamza y Abu cómo funcionaban las máquinas bajo la mirada atenta de Nassor Biashara, que lo seguía todo de cerca. Transcurrido ese tiempo, y tras repetidas pruebas con las sierras, amoladoras y fresadoras nuevas, el operario indio se dispuso a partir con la promesa de volver siempre que lo necesitaran y puntualmente al acabar el año, para revisar la maquinaria. «Tomáoslo con calma y, sobre todo, no corráis ningún riesgo», les aconsejó. Nassor Biashara confiaba en que el negocio prosperara gracias a su nuevo socio, cuyo aserradero se encargaría de suministrar madera a la carpintería recién inaugurada, por lo que se deshizo en agradecimientos y atenciones con el joven.

Los años que siguieron fueron una época de dicha para Afiya y Hamza. Su hijo gozaba de buena salud, aprendió a andar, a decir sus primeras palabras, y se desarrollaba sin aparente mácula o defecto. Siendo todavía un bebé, Hamza lo llevó al hospital para que le pusieran las vacunas recomendadas y se ocupaba diligentemente de su salud. La mortalidad infantil era elevada, pero muchas de las enfermedades que acababan con la vida de los niños eran evitables, como había aprendido de su paso por la schutztruppe, que no descuidaba la salud de los askaris. El año que nació Ilyas hacía poco que se había instaurado el protectorado británico por el que la Sociedad de Naciones había confiado a Gran Bretaña la misión de administrar la antigua Deutsch-Ostafrika y sentar las bases de su futura independencia. No todos lo vieron venir, pero esa última cláusula supuso el principio del fin de los imperios coloniales europeos, ninguno de los cuales se habría imaginado hasta entonces sentando las bases de nada parecido a la independencia de otro país. La administración colonial británica se tomó en serio el compromiso, aunque podría haberse limitado a actuar de cara a la galería o incluso negarse a cumplir el mandato de la Sociedad de Naciones. Esto pudo deberse a una afortunada confluencia de gobernantes responsables o a la docilidad de la población autóctona, exhausta tras la dominación alemana, que había asolado el país con sus guerras y el hambre y las enfermedades que acarrearon, por lo que estaba dispuesta a obedecer sin rechistar mientras la dejaran en paz. Los funcionarios británicos no temían el ataque de guerrillas ni bandoleros, por lo que podían implantar políticas coloniales sin resistencia por parte de los colonizados. Así pues, la educación y la sanidad pública se convirtieron en sus prioridades. Se llevó a cabo un gran esfuerzo para informar a la población sobre buenas prácticas de salud, formar a profesionales sanitarios y abrir dispensarios en los lugares más recónditos de la colonia. Se repartieron folletos informativos y los equipos médicos recorrieron el país para concienciar a la población sobre la prevención de la malaria y la salud infantil. Afiya y Hamza seguían con atención las nuevas pautas y hacían cuanto estaba en sus manos para protegerse a sí mismos y a su hijo.

También hicieron algunos cambios en la casa. Con el permiso de Nassor Biashara, abrieron una puerta en la pared del viejo cuartito que daba a la fachada y lo unieron a su dormitorio, que pasó a ser amplio y diáfano, con ventanas a la calle. Cuando Ilyas empezó a andar, recorría todas las estancias de la casa, incluido el patio e incluso la habitación de Jalífa, que estaba encantado de verlo entrar con paso tambaleante y trepar a su cama.

Uno de los disgustos de Hamza y Afiya durante ese tiempo fue la imposibilidad de darle un hermanito. En dos ocasiones a lo largo de los cinco años siguientes, Afiya se quedó encinta pero perdió el embarazo durante el tercer mes de gestación. Aprendieron a vivir con esa frustración porque en todo lo demás eran muy afortunados, o eso era lo que Hamza le decía a su mujer cada vez que un nuevo aborto espontáneo la sumía en la tristeza. Otro motivo de frustración para Afiya era el continuado silencio en torno a su hermano mayor. Seguían sin tener noticias suyas ni saber nada de él. Habían pasado ya seis años desde el final de la guerra y le angustiaba mucho no poder decidir si renunciaba a la esperanza y lloraba su muerte o seguía imaginándolo vivo y tratando de volver a casa. Al fin y al cabo, tampoco había sabido nada de él durante casi diez años, hasta que irrumpió en su vida como un milagro.

—No podemos quejarnos —insistía Hamza.

La nueva carpintería iba viento en popa y, en un gesto magnánimo acorde con su nueva prosperidad, Nassor Biashara pidió a Málim Abdal-lá que volviera a indagar sobre el paradero de Ilyas.

Málim Abdal-lá era ahora el director de un gran centro educativo y tenía buenos contactos en la oficina del gobierno colonial gracias al viejo amigo que trabajaba en la oficina del gobernador de distrito. Ofreció a Jalífa un puesto como profesor de inglés en primaria, pero éste no estaba seguro de querer lidiar con una patulea de chiquillos insolentes. Además, el floreciente negocio del mercader lo mantenía ocupado pero sin grandes agobios, y estaba tan contento con su nueva vida hogareña y la habitación del patio que hasta se le notaba en el semblante. Le daba cierto apuro empezar una carrera profesional a su edad, pues bastante tenía con ejercer de abuelo. Siempre guardaba alguna chuchería para Ilyas: el plátano más dulce del mercado, un trozo de guayaba madura, una galleta. «¿Dónde está mi nieto?», preguntaba en voz alta al llegar a casa. El juego preferido de ambos consistía en que el pequeño se escondía y Jalifa fingía buscarlo por los rincones.

Ilyas era un niño de facciones agraciadas y complexión esbelta cuyo carácter reservado se manifestaba de un modo cada vez más evidente. Sus silencios no parecían deberse a ningún conflicto interno, aunque a veces Afiya se preguntaba si no serían fruto de una pena que aún no había aprendido a nombrar. Hamza se encogía de hombros, absteniéndose de decirle que era imposible evitar del todo la pena. A veces, cuando él se acostaba en una estera a descansar, el niño le hacía compañía sin que ninguno de los dos sintiera la necesidad de abrir la boca, y Hamza tenía la impresión de que su hijo se refugiaba de algún modo en esos silencios.

Cuando Ilyas tenía cinco años, la Gran Depresión se abatió sobre la economía mundial, aunque el niño vivía poco menos que ajeno a estos avatares. Le tocó crecer en esa época de austeridad, cuando los negocios de Nassor Biashara sufrieron un nuevo revés y todo lo indispensable para el día a día se volvió escaso y costoso. Los planes del gobierno para construir nuevos hospitales y escuelas quedaron en suspenso y hubo despidos masivos que condenaron al hambre a ciudades y aldeas por todo el país. Se diría que los malos tiempos siempre estaban a la vuelta de la esquina. Nassor Biashara no despidió a ninguno de sus empleados, pero les rebajó el sueldo y reanudó discretamente el negocio de contrabando que había empezado durante la guerra, abasteciéndose en Pemba, introduciendo las mercancías en el continente sin pagar tasas aduaneras y luego vendiéndolas a precios exorbitados. Era un sálvese quien pueda.

Ahora que tenía más tiempo libre, Jalífa decidió enseñar a leer a su nieto.

—Pronto irás a la escuela y, cuanto antes empieces, mejor —le dijo.

Ilyas escuchaba boquiabierto los relatos de Jalífa, que intercalaba con los ejercicios de lectura y escritura para mantener vivo el interés del chico. «Érase una vez...», empezaba, y a Ilyas se le iluminaban los ojos. Luego, según la historia lo iba atrapando, se le descolgaba la mandíbula.

—Érase una vez... un mono que vivía en lo alto de una palmera a orillas del mar.

El chico conocía la historia, pero no sonrió ni hizo gesto alguno de reconocimiento, y sólo el brillo de su mirada delataba una expectación apenas contenida.

—Un día, un tiburón se acercó a la orilla y se hizo amigo del mono. Le dijo que vivía al otro lado del mar, en el reino de los tiburones, y le habló de esa tierra soleada y de lo felices que eran sus habitantes. También le habló de su familia y amigos, de las fiestas que se celebraban en determinadas épocas del año. El mono le dijo que parecía un reino maravilloso y que le encantaría visitarlo, pero que no sabía nadar y temía morir ahogado si intentaba cruzar el mar. «No tengas miedo», le dijo el tiburón, «yo te llevaré a la espalda. Agárrate bien a mi aleta dorsal y nada malo te pasará». Ni corto ni perezoso, el mono se bajó del árbol y se subió a lomos del tiburón. El viaje por mar hasta el...

—¡Reino de los tiburones! —gritó Ilyas, completando la frase que Jalífa había dejado a medias.

—El viaje por mar hasta el reino de los tiburones fue tan emocionante que el mono exclamó: «¡Qué buen amigo eres!»

Al oír esto, el tiburón sintió remordimientos y dijo: «Tengo que confesarte algo. Te llevo al reino de los tiburones porque nuestro rey está muy enfermo y el médico ha dicho que sólo el corazón de un mono podrá curarlo. Por eso te llevo hasta allí.» «¿Y por qué no me lo has dicho?», preguntó el mono al instante.

—«Verás, da la casualidad de que me he dejado el corazón en casa» —añadió Ilyas, sonriendo con regocijo.

—«Vaya por Dios», dijo el tiburón. «¿Y ahora qué hacemos?», a lo que el mono contestó: «Llévame de vuelta y lo cogeré del árbol.» Así pues, el tiburón llevó al mono de vuelta a la orilla. Una vez allí, trepó en un abrir y cerrar de ojos a lo alto de la palmera y el tiburón nunca más lo vio. ¿Has visto qué listo era el monito?

Ilyas no recordaba gran cosa de sus primeros días de escuela, pero los profesores no tardarían en elogiar la pulcritud de sus trabajos y su actitud obediente. A veces lo señalaban como un ejemplo para los demás alumnos —«Fijaos en Ilyas, ¿por qué no podéis hacer como él y estaros quietecitos, haciendo sumas y restas?»—, pese a lo cual los demás niños no la tomaron con él ni lo convirtieron en blanco de sus burlas. Por lo general permanecía al margen del grupo, observando los bulliciosos juegos de sus compañeros, a los que a veces se veía obligado a unirse porque necesitaban a uno más para formar algún equipo.

Eso no significa que no sufriera en carne propia alguna de las humillaciones inevitables en la infancia, como la ocasión en que calculó mal su urgencia por vaciar la vejiga y subestimó la distancia entre el aula y el lavabo. En otra ocasión, un compañero de clase le pegó piojos y hubo que afeitarle la cabeza. Un día, de camino a casa, tropezó con una piedra que sobresalía del suelo, con tan mala fortuna que al caer se clavó un trozo de cristal en la pantorrilla. Cuando llegó a casa tenía el pie bañado en sangre y Afiya lloró al ver la herida. Le vendó la pierna y lo acompañó al hospital, y mientras esperaban en la calle el chico se quedó embelesado contemplando las casuarinas que se cimbreaban con elegancia, mecidas por la brisa.

En otra ocasión, se perdió. Había ido con su padre hasta el muelle para asistir a una regata y, en el instante en que las embarcaciones cruzaban la meta, Hamza alargó el cuello para ver cuál de ellas era la vencedora y se dio cuenta de que Ilyas ya no estaba a su lado. Lo buscó por todas partes, en vano. Al final, desesperado y dándose a todos los demonios por haber perdido a su adorado hijo, volvió corriendo a casa con la esperanza de que algún conocido lo hubiese visto vagando por las calles y lo hubiese acompañado, pero tampoco estaba allí, de modo que se fue al hospital para comprobar que no estuviese herido. Lo encontró sentado en silencio a la sombra de las elegantes casuarinas, viendo cómo se mecían serenamente. Se sentó a su lado y respiró hondo varias veces para tranquilizarse.

—¿Crees que le pasa algo? —le preguntó Afiya, a lo que Hamza negó con la cabeza, tajante.

—A veces se queda encantado, nada más —dijo—. Es un soñador.

—Como su padre —apuntó Afiya.

—Pues yo creo que ha salido a su madre.

—¿Te recuerda físicamente a mi hermano Ilyas?

Hamza negó con la cabeza.

—No lo sé, no llegué a conocerlo.

—Es verdad —repuso Afiya—. Nuestro Ilyas es mucho más guapo. Se lo preguntaré a Baba.

El recuerdo del hermano ausente la rondaba a menudo, y Hamza se preguntaba a veces si no habría sido un error poner su nombre al pequeño, si eso no haría que estuviera presente a todas horas en los pensamientos de Afiya, avivando la angustia de la pérdida. Pensar en él la entristecía, aunque a veces también evocara los momentos felices que había vivido a su lado. Después de hablar de Ilyas, solía caer en un mutismo, que Hamza empezaba a reconocer, y tardaba un buen rato en desprenderse de esos recuerdos.

—Ojalá supiéramos qué le pasó —dijo Afiya—. Ojalá supiera cómo averiguarlo, pero no lo sé. Eres tú el que ha corrido mundo, trabajado aquí y allí, luchado en todos los frentes. A veces, cuando te oigo hablar de la gente y los lugares que has visto, me duele haber pasado la vida encerrada entre estas paredes.

—No lo sientas. El mundo no es como te lo imaginas —le dijo, abrazándola mientras ella lloraba mansamente en la oscuridad.

Por entonces, Hamza volvió a preguntar a Málim Abdal-lá si había sabido algo de Ilyas a través de sus contactos en la administración británica, y la respuesta fue negativa. A nadie le interesaba la desaparición de un askari. Eran tantas las bajas no contabilizadas que resultaba imposible obtener información sobre un individuo en concreto. Ni siquiera se sabía a ciencia cierta la cifra total de muertos, cientos de miles con toda probabilidad, incluyendo porteadores de ambos bandos y civiles que vivían en el sur y murieron de hambre o a causa de la epidemia de gripe. Entre los askaris también hubo numerosas bajas provocadas por enfermedades. «Hace mucho que su hermana perdió todo contacto con él —concluyó el málim—. Me temo que sólo hay una explicación posible.»

Afiya se enteró por Jalífa de una campaña gubernamental que reclutaba a madres jóvenes para formarlas como auxiliares de comadrona. La nueva clínica de maternidad era todo un éxito, aunque las gestantes sólo iban hasta allí para los controles prenatales, ya que la mayoría se negaba a dar a luz fuera de casa. El objetivo de la campaña era formar a auxiliares de comadrona para poder ofrecerles un servicio más completo que incluyera visitas a domicilio. Las candidatas debían poder redactar notas sencillas y leer manuales básicos, así como hablar suajili con soltura. Se creía que su experiencia como parturientas beneficiaría a las futuras madres, con las que podrían comunicarse a nivel personal, aportando toda clase de matices, en vez de limitarse a repetir instrucciones y advertencias de forma mecánica. Cuando se lo contó a Hamza, se mostró entusiasmado con la idea. «Cumples todos los requisitos —le dijo—. Es algo muy necesario, y además aprenderás cosas nuevas.»

Ilyas tenía once años cuando empezaron los susurros. Era hijo único, por lo que estaba acostumbrado a jugar solo, aunque era posible que esos ratos de plácido silencio, como los veía Hamza, también se debieran a su natural introversión. En sus juegos, los objetos cotidianos encarnaban papeles importantes: así, una caja de cerillas se convertía en una casa, un pequeño guijarro era el buque de guerra británico que el niño había visto en el puerto, un carrete de hilo era la locomotora que llegaba con gran estrépito al centro de la ciudad. Mientras desplazaba los objetos de aquí para allá, iba narrando la historia para sus adentros, de modo que nadie más podía oírlo, sólo sus juguetes y él.

Un día, al caer la tarde, justo cuando empezaba a oscurecer, Hamza llegó a casa tras dar un paseo por la orilla, como era su costumbre: caminaba por la playa al atardecer y luego se iba derecho a la mezquita para la oración del magrib. Ese día aún era un poco pronto para irse a rezar, de modo que decidió pasar por casa primero. Iba hacia el cuarto de baño del patio trasero para hacer sus abluciones antes de acudir a la mezquita cuando vio a Ilyas sentado en un banco junto a la pared, de espaldas a la puerta. No pareció advertir su llegada. Hablaba en extraños susurros con la cabeza erguida, no relatando una historia ni fingiendo ser una casa o un conejo, sino como si se dirigiera a alguien de estatura adulta que estuviera de pie ante él. Hamza debió de hacer algún ruido, o tal vez agitó el aire con su presencia, porque de repente Ilyas se volvió, enmudeciendo al instante.

A lo mejor, pensó Hamza después, lo sorprendió memorizando un poema o pasaje de algún libro para la clase de inglés. Su profesor era aficionado a ese método de aprendizaje y hacía que los alumnos copiaran poemas en el cuaderno de ejercicios para aprenderlos de memoria y luego recitarlos en clase mientras él les corregía la pronunciación y les ponía nota. Lo consideraba una forma provechosa y agradable de emplear su tiempo en el aula. Quería que los alumnos vieran los poemas como algo que habrían de atesorar toda la vida, o eso era lo que les decía siempre que había algún amago de rebelión en clase. A Hamza le sorprendían algunos de los poemas seleccionados por el profesor. No estaba familiarizado con los autores, ni con la poesía inglesa en general, pero se le antojaban una lectura difícil o incluso incomprensible para niños de la edad de su hijo. El propio Hamza apenas dominaba el inglés, pero aun así sabía que era un lector más competente que Ilyas. Se preguntaba qué provecho podría sacar un chico de once años de «El salmo de la vida» o «El segador solitario». Recordaba, no obstante, que el pastor había dado por sentado que Schiller y Heine eran demasiado elevados para él, algo que no le impidió disfrutar de su lectura. De modo que, cuando vio a Ilyas hablando en susurros por primera vez y reflexionó sobre lo ocurrido, dio por sentado que el chico estaba practicando un poema para recitarlo en clase.

Al día siguiente volvió a casa a la misma hora, pero Ilyas había salido, de modo que no lo encontró susurrando en el patio. Repitió la misma rutina durante varios días, para asegurarse. Afiya y él dormían en el antiguo cuartito que daba a la fachada, ahora comunicado por una puerta con la que había sido la habitación de Bi Asha y Jalifa. Ilyas dormía en esta última, donde había un escritorio hecho por su padre para que pudiera sentarse a hacer los deberes cómodamente. La puerta entre ambas estancias rara vez se cerraba, aunque había una cortina que daba privacidad a sus padres cuando así lo deseaban. A veces Hamza se quedaba pegado al umbral de la puerta, atento a los susurros de Ilyas, pero no volvió a oír nada fuera de lo normal. Lo espió durante varias noches seguidas, hasta convencerse de que lo que había presenciado aquel día en el patio no tenía la menor importancia.

Para entonces Jalífa tenía casi sesenta años y hablaba de sí mismo como si fuera un anciano al borde de la muerte. A veces se tambaleaba cuando se volvía de repente o se levantaba bruscamente después de haber pasado mucho rato sentado con las piernas cruzadas, pero Afiya no soportaba oírlo hablar así y le advertía que no llamara al mal tiempo. Quien tampoco soportaba su tono derrotista era Málim Abdal-lá, que para entonces era un importante funcionario del Ministerio de Educación y ya no trabajaba como profesor sino como inspector escolar. Solía decirle a Jalífa que no hablaría así si tuviera un trabajo como estaba mandado en vez de andar trajinando bienes de contrabando en un almacén. Jalífa, Málim Abdal-lá y Topasi seguían reuniéndose casi todas las noches en el porche para intercambiar cotilleos subidos de tono entre risitas pueriles, comentar cuanto sucedía en el mundo y denunciar sus infinitas calamidades. A veces, Hamza les hacía compañía un rato y hasta les llevaba la bandeja del café, tarea que ahora compartía con el pequeño Ilyas, pero por la noche le gustaba sentarse en la sala de estar con Afiya, que le hablaba de su día en la maternidad mientras él hojeaba los diarios atrasados que les llevaban Jalífa y Málim Abdal-lá. En los últimos años habían surgido varias publicaciones nuevas, en suajili, en inglés e incluso en alemán, para los colonos que habían decidido quedarse después de la guerra. A veces Ilyas pasaba un rato con ellos, escuchando la conversación de sus padres o leyendo por su cuenta, pero por lo general era el primero en acostarse.

—Aquí pone algo sobre las pensiones y compensaciones económicas a la schutztruppe —señaló Hamza cierta noche mientras leía uno de aquellos diarios—. Al parecer hay una campaña en marcha para persuadir al gobierno alemán de que restituya las pensiones a los antiguos soldados ahora que su economía empieza a recuperarse. No sé si te acuerdas, pero dejaron de pagarlas hace unos años.

—No, no me acordaba —repuso Afiya—. ¿Llegaste a cobrar algo?

—Había que presentar un certificado de licenciamiento, y yo no lo tenía porque deserté —dijo Hamza.

—¿Y mi hermano, crees que tendría derecho a cobrar una pensión? A lo mejor podríamos encontrarlo tirando de ese hilo.

—Si es que sigue vivo.

No bien pronunció estas palabras, Hamza se arrepintió de haberlo hecho. Afiya se tapó la boca con la mano, como para evitar que se le escapara una exclamación, y él se dio cuenta de que tenía los ojos arrasados en lágrimas. Ella misma había mencionado alguna vez esa posibilidad, y él siempre había replicado que no perdiera la esperanza de encontrar a Ilyas con vida, pero ahora acababa de referirse a su muerte sin paños calientes.

—Lo que más me duele es no saberlo... —musitó Afiya con voz rota.

—Lo siento —empezó Hamza, pero ella le impuso silencio con un gesto y miró fugazmente a Ilyas, que seguía allí, observando a su madre sin pestañear y con aire disgustado.

—En cualquier caso, tú no desertaste, sino que te hirieron, concretamente un oficial alemán trastornado. ¿No dicen nada sobre las pensiones de los soldados que resultaron heridos? —preguntó.

Hamza comprendió que intentaba desviar la atención de Ilyas, por lo que no dijo que, según le había contado el pastor, en el ejército imperial alemán lo habrían sometido a un consejo de guerra y lo habrían fusilado por darse a la fuga y deshacerse del uniforme. Ignoraba si era cierto o si el pastor sólo se lo había dicho para subrayar su posición de inferioridad. La verdad es que no estaba en condiciones de huir cuando abandonó la compañía, y fue el propio pastor quien ordenó quemar su uniforme por temor a que los británicos lo enviaran, a él y a toda su familia, a un campo de detención por dar cobijo a un soldado de la schutztruppe. De todos modos, Hamza no quería la pensión de Alemania.

—Aquí pone que el general sigue trabajando sin descanso por sus hombres desde Berlín, así que es posible que todos acaben cobrando su pensión —dijo—. Los colonos adoran al general.

Durante las vacaciones escolares, y los días que Afiya trabajaba en la maternidad, Ilyas acompañaba a su padre a la carpintería. A veces pasaba allí toda la mañana, pero otras veces deambulaba a solas durante un rato y regresaba al taller cuando se acercaba la hora de volver a casa. Mouze Sulemani saludaba al chico con una sonrisa y le dejaba hacer algún que otro trabajillo. Hasta le enseñó a bordar gorros. Cuando Idrís empezaba con su cháchara procaz, tenía un fiel oyente no sólo en Dubu, sino también en Ilyas, y a veces daba la impresión de que el hombre se esforzaba por elevar el grado de obscenidad de sus anécdotas con tal de encandilar al muchacho, hasta que Nassor Biashara, que seguía trabajando en su pequeño despacho pese a que podía permitirse algo mejor, se veía obligado a intervenir para meter en cintura al deslenguado conductor. «Le estás envenenando la mente al chico con tus cochinadas.» Ilyas observaba la escena con una sonrisa y siempre volvía a por más. A mediodía, de camino a casa, Hamza y él se detenían en el mercado para comprar fruta y verduras frescas, y algunas tardes el chico lo acompañaba un rato en sus paseos por la playa. No hablaban demasiado, lo suyo no eran las palabras, pero a veces Ilyas le daba la mano.

Cuando el baraza del porche se dispersaba, Jalifa tenía por costumbre cerrar la puerta de la calle antes de retirarse a su habitación del patio trasero. Por el camino, solía intercambiar unas palabras con Hamza y Afiya, si es que seguían despiertos, aunque a veces se limitaba a saludarlos con la mano. Cierta noche, llamó a Hamza con cara de pocos amigos al pasar, sin detenerse, por delante de la salita de estar. Afiya y Hamza se miraron, sorprendidos. «¿Qué has hecho?», preguntó ella, articulando las palabras en silencio. Hamza se encogió de hombros e intercambiaron una sonrisa. Señaló el porche con la mirada y dijo:

—A lo mejor se han peleado por algo ahí fuera. Será mejor que vaya a averiguarlo.

Encontró a Jalifa sentado en la cama con las piernas cruzadas y se dejó caer con cuidado en un extremo para poder mirarlo a la cara.

—Quería hablar contigo a solas por algo que Topasi acaba de comentarme —empezó Jalifa—. No te alarmes, pero antes que nada quería saber si estás al tanto de la cuestión. Se trata del chico, de Ilyas, que anda en boca de todos porque se dedica a dar largos paseos a solas por el campo. La gente se extraña de que, con doce años, un muchacho de ciudad recorra kilómetros sin compañía por esos caminos de Dios.

—Le gusta caminar —dijo Hamza al cabo de un instante, sonriente pero también preocupado por el hecho de que su hijo fuera objeto de habladurías—. A veces me acompaña cuando salgo a dar una vuelta a la pata coja. Puede que, de vez en cuando, le guste estirar las piernas dando un paseo más largo.

Jalifa negó con la cabeza.

—Habla solo mientras pasea. Va y viene por el campo hablando a solas.

—¡¿Cómo?! ¿Y qué dice?

Jalífa volvió a negar con la cabeza.

—En cuanto se le acerca alguien, enmudece de pronto. Nadie ha podido oír lo que dice. Sabes que para mucha gente eso es señal de... —Hizo una pausa, incapaz de pronunciar la palabra, el rostro crispado por el rechazo que le producía pensarlo siquiera.

—Puede que esté recitando los poemas que el profesor les obliga a memorizar en clase. Lo he visto hacerlo alguna vez. O puede que se invente alguna historia, es algo que también le gusta. Le diré que tenga más cuidado.

Jalífa asintió, pero a continuación meneó la cabeza una sola vez y miró a Afiya, que acababa de entrar en la habitación. Le indicó por señas que pasara y esperó a que cerrara la puerta.

—No se lo has contado —aventuró Jalífa, y ella negó con la cabeza—. Hace dos días, yo estaba aquí descansando al final de la tarde —empezó Jalífa, bajando más la voz—. Por lo general no estoy en casa a esa hora, como bien sabes. La ventana que da al patio estaba abierta, pero había cerrado la puerta de la habitación. Oí a alguien hablando muy cerca con una voz que no me resultaba familiar, una voz de mujer. No alcancé a entender las palabras, pero el tono era como de profunda pena. Por un momento pensé que se trataba de Afiya, pero enseguida me di cuenta de que no podía ser ella. No era su voz. Supuse que tendría visita y que, fuera quien fuese esa mujer, le estaría contando alguna desgracia, pero entonces recordé que, un rato antes, la había oído decirle a Ilyas que iba a salir. Pensé que se nos había metido alguien en casa, y me llevé un buen susto.

»El caso es que me levanté de la cama para ir a echar un vistazo, pero debí de hacer algún ruido porque la voz enmudeció al instante. Abrí la cortina y allí estaba Ilyas, sentado en un banco junto a la pared. Parecía sorprendido, como si no esperara verme allí. «¿Quién estaba hablando contigo?», le pregunté. «Nadie», contestó. «Pero he oído una voz de mujer», insistí, y entonces me miró con cara de perplejidad, se encogió de hombros y dijo: «No lo sé.» ¿Dónde está la gracia?

Esta última pregunta iba dirigida a Hamza, que sonreía.

—Me parece estar viéndolo —dijo—. Ésa es su respuesta preferida ante cualquier pregunta incómoda: «No lo sé»... ¿Por qué te preocupa tanto, Baba? Tal vez se estuviera haciendo pasar por una mujer desdichada en alguna historia salida de su imaginación.

Jalífa meneó la cabeza, empezando a dar muestras de impaciencia.

—Se lo comenté a Afiya cuando volvió. Le hablé de la voz desconocida que había oído. Tú no estabas allí, Hamza. Era una voz extraña, como de anciana, dolida y quejumbrosa a la vez. En cuanto saqué el tema, me di cuenta de que Afiya sabía de qué estaba hablando. Díselo.

Hamza estaba ahora de pie, apoyado en uno de los postes de la cama, vuelto hacia su mujer.

—Yo también lo he oído —empezó ella, acercándose a Hamza y cuidando de no levantar la voz—. Siempre ha hecho eso de jugar a interpretar varios papeles con sus respectivas voces. Ya van dos veces que lo he oído hablar como dice Baba, con una voz quejumbrosa, aquí en el patio. La primera vez no me vio asomada a la puerta y me quedé allí plantada, esperando a que acabase, porque no quería asustarlo ni darle a entender que estaba haciendo algo malo. Pensé que, como ocurre con los sonámbulos, lo mejor era dejar que volviera en sí sin intervenir. Luego, una noche, mientras tú estabas durmiendo, oí un ruido que parecía venir de su cuarto y me lo encontré hecho un ovillo, retorciéndose y gimoteando con ese mismo tono de voz.

—Algo está atormentando a ese niño —sentenció Jalífa.

Hamza se volvió hacia él con mirada iracunda, pero no dijo nada. Sabía que tenía todas las de perder.

—A lo mejor era una pesadilla. A lo mejor tiene una imaginación muy fértil. ¿Por qué habláis así de él, como si estuviera... trastornado?

—Recorre los caminos hablando solo —insistió Jalífa, levantando la voz con irritación. Afiya chistó para acallarlo, pero él continuó, impertérrito—. La gente habla de él, y si no le buscamos ayuda acabará trastornado por culpa de las habladurías. Algo lo está reconcomiendo.

—Hablaré con él —dijo Hamza, dando el asunto por zanjado. Miró de reojo a Afiya e hizo ademán de ir hacia la puerta.

—No lo espantes —pidió ella cuando se quedaron a solas.

—Sé cómo hablarle a mi hijo —repuso él.

Pero lo cierto es que no sabía cómo abordar la cuestión. Fueron pasando los días y Hamza iba encajando las miradas inquisitivas de Jalífa con gesto impasible. Nadie volvió a oír los extraños susurros de Ilyas durante los días siguientes, hasta tal punto que su padre se sintió tentado de creer que tal vez se hubiesen desvanecido, de que estaban a salvo. Ese sábado, cuando se disponía a salir hacia el club musical, Ilyas le preguntó si podía acompañarlo. El garito pertenecía a los músicos que había oído tocar por primera vez años atrás, ahora convertidos en una orquesta que todos los sábados daba un concierto gratis ante un público reducido. Ese día sólo tocaron durante una hora, y a las cinco de la tarde recogieron los instrumentos y siguieron ensayando a puerta cerrada. Padre e hijo volvieron a casa caminando por la orilla y, sintiéndose reconfortado por la música y alentado por el silencio absorto de Ilyas, que parecía haber disfrutado del concierto, Hamza se detuvo junto a un banco del paseo marítimo, donde se sentaron a contemplar el mar mientras el sol se ponía a sus espaldas. Intentó dar con un resquicio que le permitiera abordar la cuestión de las voces y, tras mucho dudarlo, preguntó al fin:

—¿Este fin de semana traes deberes?

—Tengo que repasar para el examen de álgebra del lunes.

—¿Álgebra? Suena complicado. Yo nunca fui a la escuela, ¿sabes? Así que no tengo ni idea de matemáticas.

—Sí, lo sé. En realidad no es difícil, de momento sólo estamos haciendo operaciones sencillas —repuso Ilyas—. Supongo que más adelante se complicarán.

—¿No tienes que memorizar ningún poema? ¿El profesor de inglés no os ha mandado ninguno esta semana?

—No, nos hace recitar los mismos poemas una y otra vez —dijo Ilyas.

—¿Es eso lo que haces mientras das tus paseos por el campo, recitar poemas? —Ilyas se volvió para mirar a su padre como si no entendiera a qué se refería. Hamza sonrió para que supiera que no tenía intención de reprenderlo—. He oído hablar de esos paseos tuyos, y de que hablas en voz alta mientras caminas. ¿Es porque vas recitando los poemas?

—A veces... —contestó Ilyas—. ¿Está mal que lo haga?

—No, pero hay personas que no acaban de entenderlo. Dicen que hablas solo. Cuando quieras practicar los poemas o inventar alguna historia, es mejor que lo hagas en casa o en la escuela. No querrás que esos ignorantes vayan por ahí diciendo que te falta un tornillo, ¿verdad que no?

Ilyas negó con la cabeza, desolado. En ese preciso instante, a sus espaldas, el disco ardiente del sol se hundió tras la línea del horizonte y Hamza pudo al fin cambiar de tema. Al cabo de unos instantes se hizo de noche y pusieron rumbo a casa.

● ● ●

Los italianos invadieron Abisinia en octubre de 1935, y con ellos llegaron rumores de una nueva guerra. En mayo del año 1936 conquistaron Adís Abeba y los británicos se tomaron esta amenaza tan en serio que a lo largo de los dos años siguientes iniciaron una campaña de reclutamiento para su ejército colonial, los King's African Rifles, que durante los austeros tiempos de la Gran Depresión había quedado poco menos que desarticulado. Les inquietaban no sólo las intenciones de los italianos respecto a sus colonias, sino también un reducto de alemanes de la antigua Deutsch-Ostafrika, que suponían contrarios a su presencia y favorables a Hitler. Además, temían que la violenta represión de la resistencia abisinia por parte de los italianos, incluido el uso de armas químicas contra civiles, provocara la sublevación de pueblos como los somalíes, los oromo y los galla, que vivían junto a la frontera septentrional y nunca habían aceptado de buen grado la dominación británica. La guerra y los rumores de guerra llenaban los diarios.

El misterioso mal que afligía a Ilyas, y que tanto había alarmado a su madre y a Jalífa, no se manifestó durante varios meses tras aquella charla con Hamza a orillas del mar. La familia respiró aliviada al comprobar que su extraño comportamiento no había pasado de un capricho infantil. Sin embargo, el inminente estallido de la guerra y la llamada a filas del ejército trajeron los susurros de vuelta a sus vidas. Un día, bien entrada la noche, Afiya encontró a su hijo tirado en el suelo junto a la cama, tapándose los oídos con las manos.

—¿Qué pasa? ¿Te duele la cabeza? —le preguntó, arrodillándose a su lado.

Al hacerlo, vio que estaba llorando a lágrima viva. Para entonces, Ilyas tenía trece años y no solía llorar.

El chico negó con la cabeza.

—Es la voz —dijo.

—¿Qué voz, de qué voz me hablas? —preguntó Afiya con el corazón en un puño, y supo al instante que no estaban a salvo, como habían creído.

—Es la mujer. No consigo que se calle.

—¿Qué te dice? —preguntó Afiya, pero Ilyas negó con la cabeza y no soltó prenda.

Sollozaba entre suaves hipidos y no parecía que fuera a parar, de modo que Afiya lo ayudó a levantarse y lo hizo acostarse en la cama. Para su alivio, no tardó en quedarse dormido, o en fingir que se dormía. Al día siguiente, cuando le preguntó si estaba bien, le contestó que sí con sequedad.

—¿Sigues oyendo a esa mujer? —insistió ella, pero él se limitó a negar con la cabeza y se marchó a la escuela.

Fue una tregua efímera. Unos días después volvió a suceder, y esta vez sus gritos despertaron a toda la casa en plena noche. «¡Ilyas, Ilyas!», clamaba, gritando su propio nombre, pero con voz de mujer. Su padre se metió en la cama con él y lo rodeó con los brazos mientras el chico se debatía. Cuando por fin se tranquilizó, después de lo que le parecieron horas, Hamza le preguntó:

—¿Qué quiere de ti?

—¿Dónde está Ilyas? —contestó el chico—. No hace más que preguntar dónde está Ilyas.

—Tú eres Ilyas —dijo Hamza.

—No —replicó su hijo.

—Está preguntando por tu hermano —afirmó Jalífa, dirigiéndose a Afiya—. Sabía que era un error ponerle ese nombre. Tanto hablar de la guerra no ha hecho más que avivar su recuerdo. Puede que el chico se culpe por su ausencia, o te culpe a ti. Quizá por eso habla con voz de mujer, porque habla en tu nombre. Aquí no hay nadie que pueda ayudarlo. Si lo lleváis al hospital lo mandarán a un manicomio a cientos de kilómetros de aquí y le pondrán cadenas. Tenemos que encargarnos nosotros de él.

A partir de ese día, la voz regresó todas las noches preguntando por Ilyas.

—Algo tenemos que hacer —dijo Afiya—. Yamila cree que deberíamos llevarlo a ver al hakim, dice que tal vez pueda ayudarlo.

—Yamila se crió en el campo —repuso Jalífa, desdeñoso, dirigiéndose a Hamza—, donde creen en todas esas paparruchas de brujas y demonios. Tú eres un hombre religioso, así que a lo mejor también esperas que el hakim te dé unos polvitos para ahuyentar a los malos espíritus.

—¿Por qué no? —replicó Hamza, aunque no tuviera la menor fe en esa clase de creencias.

Así pues, Afiya visitó una vez más al hakim, como había hecho cuando Bi Asha estaba enferma, y volvió a casa con un plato con el filo dorado en el que el hombre había escrito unos versículos del Corán. Echó un poco de agua en el plato para disolver las palabras y se la dio a beber a su hijo, pero las crisis no remitieron ni siquiera con dosis repetidas de las palabras sagradas. Para entonces, Ilyas ya no salía de casa. Estaba perdiendo peso a ojos vistas y dormía mucho durante el día porque apenas pegaba ojo por las noches. Afiya sufría lo indecible y se sentía cada vez más desesperada. Una noche, mientras su hijo yacía en la cama, gimoteando su propio nombre con un hilo de voz, exclamó, exasperada:

—¡Dios mío, no soporto más este tormento!

Al día siguiente, decidió llamar a una shejiya cuyo nombre le había dado la mganga que visitó a Bi Asha en sus últimos días.

—¿Y qué crees que va a hacer? —preguntó Hamza.

—Si Ilyas ha sido visitado, nos lo dirá.

—¿Cómo que «visitado»? —replicó Jalífa—. Ya os lo he dicho, esa mujer se crió en el campo. No puedo creer que vayamos a hacer brujería en nuestra propia casa —protestó, y se retiró a su habitación, indignado.

La shejiya entró en la casa envuelta en lo que parecía una nube de incienso. Era una mujer menuda, de tez pálida y un hermoso rostro de facciones angulosas. Saludó a Afiya alegremente y empezó a hablar en tono dicharachero mientras se quitaba el buibui, que liberó otra nube de incienso y perfume. Luego se acomodó en la estera de la sala de estar.

—En la calle hace un sol abrasador. Me he parado a descansar allí donde he encontrado alguna sombra, pero mírame, estoy empapada en sudor. Este calor te hace desear que vuelvan los kaskazi, que siempre traen un soplo de brisa. Veamos, hija mía, ¿estás bien, está tu familia bien? Alhamdulilá. Sí, lo sé, algo perturba a uno de tus seres queridos, pues de lo contrario no me habrías hecho venir. Haya, bismillahi. Dime qué lo está atormentando.

Afiya describió los extraños accesos de Ilyas y las voces que parecía imitar mientras la shejiya la escuchaba sin despegar los ojos del suelo, jugueteando con las cuentas de un rosario de piedra rojiza. Lucía un chal rojo de tela ligera y una túnica blanca de corte holgado que la cubría de pies a cabeza, de modo que sólo el rostro y las manos quedaban a la vista. No la interrumpió en ningún momento, pero iba alzando la cabeza de vez en cuando, como si le sorprendiera algún detalle. Afiya narró lo sucedido de un modo un tanto caótico, yendo hacia delante y hacia atrás en el tiempo, temerosa de no saber transmitir lo vivido en toda su intensidad, hasta que tuvo la impresión de que estaba divagando y dio el relato por concluido.

—Así que tu hijo llama a un tal Ilyas, que es su nombre y también el de tu hermano, que no volvió de la última guerra. Ignoras si abandonó este mundo o si sigue con vida pero no puede volver a casa. El padre del niño también estuvo en la guerra, pero él sí regresó —resumió la shejiya, y esperó a que Afiya se lo confirmara—. Ahora veré al chico.

Afiya llamó a Ilyas, que parecía débil y un poco nervioso. La shejiya sonrió abiertamente y dio unas palmaditas en la estera para invitarlo a sentarse a su lado. Lo escrutó por unos instantes, todavía sonriendo, pero no le hizo ninguna pregunta. Se quedó allí con los ojos cerrados durante lo que pareció una eternidad, con una expresión solemne y tranquila, y en un momento dado alzó las manos con las palmas vueltas hacia fuera, pero no tocó al chico. Luego abrió los ojos y sonrió de nuevo a Ilyas, que se estremeció.

—Haya, ya puedes irte a descansar —le dijo—. Déjame hablar a solas con tu madre.

—No hay duda de que tu hijo ha sido visitado —anunció la shejiya—. Un espíritu se ha adueñado de él. ¿Sabes de qué te estoy hablando? Se trata de una mujer, y eso es buena señal. Los espíritus femeninos suelen hablar, pero los masculinos no siempre lo hacen: los hay que se limitan a manifestar su ira. Además, le habla al chico, lo que también es buena señal. Por lo que me has contado, no le ha hecho daño y, a juzgar por lo que he sentido en presencia del chico, no creo que le desee ningún mal, pero debemos averiguar qué quiere, qué hace falta para aplacarla, y luego dárselo en la medida de lo posible. Si estás de acuerdo, volveré con mi gente, purificaremos al chico en esta misma habitación y preguntaremos al espíritu qué quiere. La ceremonia no será barata.

Varias personas se enteraron de la inminente celebración del ritual y, pese a los temores de Hamza, ninguna se burló de ello salvo Jalífa. Mouze Sulemani preguntó por el chico pero no dijo nada acerca de la ceremonia, por más que Hamza supiera que el viejo carpintero no la aprobaba. «Rezaré por su salud», se limitó a decir. Nassor Biashara estaba al tanto de todo a través de su mujer, que se había enterado por la propia Afiya. Él también preguntó por el joven Ilyas y dijo, encogiéndose de hombros: «No perdéis nada por probar.» Hamza sabía que no tenían más remedio que seguir adelante con la ceremonia, aunque no las tuviera todas consigo, ni mucho menos. En la schutztruppe había oído hablar de esos rituales, pues las familias nubias los celebraban todas las semanas en la aldea cercana al boma, pero sufría viendo que Afiya no pensaba en otra cosa, que la ceremonia la aterraba y que la angustia se había apoderado de ella. Temía que acabara enfermando.

A diferencia de Jalífa, Hamza no se burló de la ceremonia ni cuestionó su celebración. Se sentía culpable porque estaba convencido de que era su propio trauma lo que estaba atormentando al chico, como si fuera consecuencia de algo que él había hecho durante la guerra. No alcanzaba a imaginar qué podía ser, por lo que no veía justificación alguna a esa sensación de que algo de su pasado estaba emponzoñando el presente. Y luego estaba el hermano de Afiya, cuyo nombre de pila habían puesto a su hijo, estableciendo así un vínculo entre ambos que hacía que el chico experimentara en carne propia la tragedia que supuso su pérdida para Afiya y compartiera con ésta el sentimiento de culpa por no haber podido localizarlo o averiguar qué había sido de él.

En el ejemplar de *Zur Geschichte der Religion und Philosophie in Deutschland* que regaló a Hamza, la mujer del pastor había anotado su dirección de Alemania. En su día, cuando el pastor lo vio hojeándolo, le dijo:

—¿Qué haces con ese libro?

—Me lo ha prestado su mujer —contestó Hamza.

—¡Te ha prestado un Heine! —El recuerdo de su sorpresa, rayana en la estupefacción, aún hacía sonreír a Hamza pese a los años transcurridos—. ¿Y qué opinión te merece de momento?

—Me cuesta bastante —reconoció con humildad, a sabiendas de que el pastor no veía con buenos ojos que su propia esposa alabara los progresos de un askari en materia lingüística—, pero me ha parecido curioso descubrir que, hace tiempo, los alemanes se santiguaban cada vez que oían cantar a un ruiseñor. Lo consideraban un agente del mal, como todo lo que proporcionaba placer.

—Eso es exactamente lo que habría esperado de un lector ignorante —replicó el pastor—. Sólo alcanzas a entender lo que Heine tiene de frívolo, mientras que su pensamiento más profundo se te escapa por completo.

Cuando el pastor decidió volver a Alemania y Hamza se disponía también a partir, su mujer le regaló el libro, en cuya página de portada apuntó su nombre y dirección postal en Berlín. «Cuando te pase algo bueno, escríbeme para contármelo», le dijo. Desde entonces, Hamza había pensado varias veces en enviarle una carta para preguntarle si podía intentar averiguar el paradero de Ilyas a partir de los registros que se conservaban en Alemania, pero siempre acababa descartando esa idea por considerarla demasiado atrevida. ¿Por qué iba a tomarse esa molestia? ¿Cómo se las arreglaría para acceder a los registros de la schutztruppe? ¿A quién le importaba la suerte de un askari desaparecido? Por si eso fuera poco, durante mucho tiempo no había tenido una dirección postal para el remite. Recientemente, sin embargo, la Compañía Biashara de mobiliario y comercio al por mayor había adquirido un apartado de correos, de modo que ya no tenía excusa. Hamza redactó una breve carta dirigida a la mujer del pastor en la que le recordaba quién era, le explicaba que estaba buscando a su cuñado y le preguntaba si sabía cómo podían averiguar su paradero. Copió la carta en una hoja con el membrete de la empresa, anotó su dirección y la del pastor en el sobre y ese mismo día lo llevó a la oficina de correos. Corría el mes de noviembre de 1938.

Unos días después, en la fecha acordada, la shejiya se presentó en la casa después de la oración de la ishá, acompañada por su séquito. Vestía de riguroso negro y se había pintado los párpados y los labios con kohl. La cantante y los dos tamborileros que la acompañaban vestían de un modo menos formal, con prendas normales y corrientes. La shejiya cerró la ventana y encendió dos velas perfumadas. Luego roció la estancia con agua de rosas y echó carbón a los incensarios, uno con resina de agar y el otro con olíbano. Sólo cuando la estancia se llenó de perfume y vapores, llamó a Ilyas y a Afiya, a los que pidió que se sentaran de espalda a la pared. Nadie más debía entrar, aunque no cerró la puerta. Entonces se sentó delante de ambos con las piernas cruzadas y los ojos cerrados, momento en que los tamborileros empezaron a marcar un suave compás mientras la cantante tarareaba una melodía.

Hamza estaba a solas en su habitación, cuya puerta había dejado abierta por si lo necesitaban. Recordaba que las ceremonias eran largas, y que a veces se volvían tumultuosas y los participantes perdían el control de sus movimientos hasta llegar a hacerse daño. Jalífa se sentó en el porche con sus amigos, intentando hacer caso omiso de los tambores y cánticos. Esa noche hubo más trajín del habitual en la calle, pues los curiosos pasaban por delante de la casa con la esperanza de vislumbrar lo que ocurría en su interior, pero tanto la puerta principal como la ventana estaban cerradas, de modo que sólo alcanzaban a ver a los tres ancianos sentados en el porche, comportándose como si no estuviera pasando nada anómalo.

Los tambores siguieron sonando durante una hora, dos horas, monótonos y cada vez más atronadores. La voz de la cantante se volvió más aguda, pero sus palabras seguían siendo tan incomprensibles como antes, si es que eran palabras. La estruendosa letanía de los tambores ahogaba las plegarias de la shejiya, que se afanaba en mantener los incensarios humeando y los alimentaba con carbón que sacaba de una olla. En algún momento de la segunda hora, Afiya dejó caer la cabeza sobre el pecho, seguida al cabo de unos instantes por Ilyas. Entonces ella empezó a farfullar algo que, al cabo de un rato, se convirtió en una palabra: «¡Yal-la!, ¡yal-la!» Durante la tercera hora, madre e hijo se mecieron hacia delante y hacia atrás, sumidos en un trance, al igual que la shejiya, hasta que de pronto Ilyas se desplomó sobre un costado y Afiya soltó un grito. Los tamborileros y la cantante no le hicieron el menor caso, y la shejiya tampoco interrumpió sus plegarias.

Para entonces, Jalífa había cerrado todos los accesos a la casa y estaba en su habitación, sentado en la cama al lado de Hamza, esperando que el ritual y todo aquel alboroto cesaran de una vez. Justo antes de la medianoche, el tamborileo enmudeció y los dos hombres se acercaron a la sala de estar, donde vieron a Ilyas tumbado de lado en el suelo y a Afiya sentada con la espalda contra la pared y los ojos muy abiertos, como en éxtasis. Sin volverse, la shejiya los invitó a entrar por señas mientras los tamborileros y la cantante se levantaban con aire fatigado y se iban al patio para degustar la comida que habían pedido que les prepararan.

—El espíritu de una mujer vive en esta casa —les dijo entonces la shejiya—. Ya estaba aquí cuando el chico nació. Alguien murió poco después de que él llegara a este mundo, y el espíritu aprovechó la ocasión para abandonar al difunto y poseer al recién nacido. Está esperando a Ilyas, y mientras no halle paz seguirá atormentando al chico. No se curará hasta que encontréis al hermano de Afiya o averigüéis qué fue de él. Sólo cuando eso suceda aprenderá el espíritu a convivir con la pena de su ausencia y dejará de torturar a vuestro hijo. Hasta entonces, tendréis que llamarme cada vez que sufra una crisis, para que aplaquemos al espíritu con otra ceremonia. No tiene intención de hacer daño al muchacho, ella también está sufriendo mucho. Sólo quiere ver a Ilyas.

Dicho esto, la shejiya cobró la cantidad acordada, así como los regalos que había solicitado, y a esa hora tardía de la noche abandonó la casa con los suyos, dejando tras de sí un silencio perfumado.

Con la ayuda de Hamza, Ilyas se puso en pie y fue a acostarse en la cama de sus padres, por si tenía mala noche. «Yo dormiré en la cama del chico», se ofreció Hamza. Volvió a la salita para comprobar que todo estuviera en orden y vio a Jalífa plantado en el umbral.

—¡Menudo disparate! ¡Todo ese incienso, los tambores y esos ridículos gimoteos! —exclamó—. Esa mujer tiene buen olfato para los negocios. Sabe perfectamente qué quiere oír Afiya: «Busca a tu hermano.» Todo eso del espíritu que añora a su amado es una patraña que ni siquiera Topasi se tragaría. En fin, ojalá sirva para calmar al chico y acabar con sus pesadillas, o lo que quiera que sean. Lo único que tiene sentido para mí de todo lo que ha dicho es que el espíritu había poseído a Asha. Eso sí que no me sorprende.

La ceremonia de la shejiya tuvo lugar escasas semanas antes de la llegada de los vientos kaskazi, secos y constantes, que anunciaban el comienzo de un nuevo curso escolar. A lo largo de esas semanas, Ilyas no tuvo ninguna crisis y poco a poco fue dejando atrás el ademán tenso y expectante que por entonces lo caracterizaba. Al principio parecía taciturno y retraído, pero se esforzaba por mostrarse más solícito y afectuoso. Se diría que el tratamiento había servido para liberarlo de las voces y el temor que éstas le infundían, al menos durante un tiempo. A juicio de Jalífa, lo que pasaba era que la vieja bruja lo había asustado hasta tal punto que el chico había renunciado al capricho de los susurros. Afiya no le quitaba ojo, angustiada por el secreto temor de que la ceremonia no lo hubiese curado del todo.

El curso académico empezó con un relevo en la dirección de la escuela de Ilyas. El nuevo director era ahora su profesor de inglés y, a diferencia del anterior, no pedía a los alumnos que memorizaran poemas, pero concedía una gran importancia a la caligrafía y la escritura en general. Les ponía ejercicios a diario, y los estudiantes debían esmerarse en copiar con su mejor letra los breves pasajes que escribía en la pizarra. Se acabaron así las tediosas clases en las que, uno tras otro, se levantaban para recitar el mismo poema mientras el profesor los escuchaba sin levantarse de la silla. Además, todas las semanas, partiendo del título sugerido por el profesor, debían escribir un relato que el delegado de clase se encargaba de recoger a primera hora del lunes. Ilyas se entregó con entusiasmo a esta nueva tarea. Alentado por el profesor, empezó a escribir relatos cada vez más prolijos con una caligrafía primorosa que cosechaba grandes alabanzas. Con el paso de los meses, sus historias se fueron llenando de monos, gatos asilvestrados, encuentros fortuitos con desconocidos en caminos apartados, un oficial alemán trastornado que blandía una espada e incluso un yin de cinco mil años de edad que vivía en el barrio y visitaba a un chico de catorce años. Escribía estos relatos con dedicación y evidente placer, sentado al escritorio que Hamza había trasladado a la sala de estar para que su hijo pudiera trabajar sin ser molestado. Ilyas pasaba horas allí, escribiendo en su cuaderno de notas antes de copiar la versión final en la libreta de los deberes. En casa, todos leían sus historias. A veces, cuando se sentía especialmente orgulloso de alguna de sus creaciones, pedía permiso para leerla en voz alta.

—El muchacho tiene una imaginación portentosa —decía Jalífa con admiración—. Qué alivio que haya cambiado los susurros por la pluma.

—Como dije en su día, puede que eso estuviera haciendo desde el principio —comentaba Hamza sonriendo con aire ufano—: inventar historias.

Afiya los miraba sin dar crédito. ¿De veras habían olvidado ya aquella voz espeluznante, el llanto y los alaridos que los despertaban a media noche? ¿De verdad creían que no eran sino historias que pedían a gritos ser contadas? Ella había vivido todo aquello como un auténtico suplicio. No se veía capaz de volver a soportar el interminable tamborileo, los vapores del incienso, la presencia de la shejiya y todo su séquito. El chico parecía ilusionado y sus nuevos logros le habían devuelto la confianza, pero ella seguía temiendo que aquella voz monstruosa regresara el día menos pensado.

15

Un día de marzo del año siguiente, a media mañana, un policía en bicicleta apareció en el patio de la Compañía Biashara de mobiliario y comercio al por mayor. Caía una llovizna
que apenas si alcanzaba a mojarle el uniforme caqui, pues el
vuli, la temporada de lluvias corta, estaba llegando a su fin. El
policía era un hombre de estatura mediana, rostro anguloso y
gesto afable, sólo desmentido por un leve temblor nervioso
en la comisura del ojo izquierdo. Dejó la bicicleta apoyada
bajo un cobertizo y entró en la oficina de Nassor Biashara.

—Salámalaykum —saludó.

—Walaykum salam —respondió el mercader, retrepán-
dose en el asiento con las gafas sobre la frente y un aire desconfiado. La visita de la policía nunca auguraba nada bueno.

—Estoy buscando a Hamza Askari —anunció con una
voz tan poco amenazadora como su aspecto.

—Aquí hay un Hamza, pero no se hace llamar Askari
—dijo Nassor Biashara—. Aunque sirvió en el ejército, hace
mucho tiempo. ¿De qué se trata?

—Eso se lo diré a él. ¿Dónde puedo encontrarlo?

—¿De qué se trata? —insistió el mercader.

—Buana mkubwa, tengo mucho trabajo, al igual que usted. No quisiera desperdiciar su tiempo. Ese hombre debe

comparecer en la jefatura de policía y es mi deber llevarlo hasta allí —explicó el policía educadamente, sonriendo incluso—. Kwa hisani yako, por favor, vaya a llamarlo.

Nassor Biashara se levantó y guió al policía hasta el taller. Una vez allí, éste informó a Hamza de que debía acompañarlo cuanto antes a la jefatura de policía.

—¿Se puede saber qué ha hecho? —preguntó Nassor Biashara, pero el policía no se dignó contestar y, volviéndose hacia Hamza, señaló la puerta con el brazo izquierdo.

—¿De qué se trata? —preguntó Hamza.

—Eso no es asunto mío —replicó el policía—. Vámonos, no tardará en averiguarlo.

—No puede usted presentarse aquí de pronto y detener a un hombre sin ni siquiera decirle por qué —protestó Nassor Biashara.

—Buana, me limito a hacer mi trabajo. No he venido a detenerlo, pero lo haré si no accede a acompañarme por su propio pie —advirtió el agente, llevándose la mano derecha a las esposas que colgaban de su cinturón.

Hamza alzó las manos en un gesto apaciguador. Se abrió paso entre las calles, ligeramente adelantado respecto al policía, que lo seguía a pie con la bicicleta. Los transeúntes se fijaban en ellos al pasar, pero ninguno les dirigió la palabra. En la jefatura de policía, otro oficial anotó su nombre en un libro y señaló un banco donde debía esperar. Se esforzó por tratar de adivinar a qué venía todo aquello. El policía le había preguntado si se llamaba Hamza Askari, de modo que por fuerza debía de tratarse de algo relacionado con la schutztruppe. Nunca se había hecho llamar Askari. ¿Acaso iban a detenerlo, tantos años después? Se rumoreaba que algunos de los colonos alemanes de las zonas rurales se disponían a abandonar el país, pues la creciente amenaza de un conflicto internacional suscitaba el temor a la detención masiva de extranjeros considerados enemigos.

Al cabo de lo que se le antojó una hora pero seguramente fue menos, vinieron a buscarlo y lo escoltaron por un pasillo corto hasta un despacho. Allí, encontró a un policía europeo de pelo ralo, bigote hirsuto y ojos relucientes al otro lado de un escritorio. No lucía el uniforme policial, sino una camisa blanca de manga corta, pantalón caqui, calcetines blancos y zapatos marrones enlustrados: el atuendo de los funcionarios coloniales británicos. Cerca de allí, otro policía ataviado con el reglamentario uniforme caqui pero sin la gorra ocupaba un escritorio más pequeño y parecía disponerse a tomar notas. Sin decir palabra, el oficial británico señaló una silla, dejó que se acomodara y lo observó por unos instantes antes de tomar la palabra.

—¿Se llama usted Hamza? —preguntó en suajili con voz áspera y amenazadora, como si hablara por la comisura de la boca. El interpelado creyó vislumbrar un fugaz e inesperado destello de placer en su mirada, tras lo cual el policía reformuló la pregunta en un tono ya más afable—. Hamza, ¿verdad?

Creyó reconocer en ese tono la misma violencia contenida con la que tantas veces le habían hablado los oficiales alemanes. Apenas si había tenido contacto con funcionarios británicos, y ese agente de policía era el primero que le dirigía la palabra.

—Sí, me llamo Hamza —contestó.

—Hamza, ¿sabe usted leer? —preguntó el policía británico, recuperando el tono destemplado de antes.

—Sí —contestó, sorprendido.

—¿En alemán, por más señas? —insistió el hombre.

Hamza asintió en silencio.

—¿A quién conoce usted en Alemania? —preguntó el policía.

—A nadie —respondió Hamza y, no bien lo dijo, se acordó de la mujer del pastor.

El policía le enseñó un sobre que, a todas luces, había abierto antes de su llegada.

—Esta carta va dirigida a un tal Hamza Askari, al apartado de correos de la Compañía Biashara de mobiliario y comercio al por mayor. ¿Es usted?

¡La mujer del pastor le había contestado! Hamza se levantó e hizo ademán de coger la carta. El agente uniformado también se levantó bruscamente.

—Siéntense —les ordenó el policía británico con firmeza, mirando primero a un hombre y luego al otro.

—Esa carta es mía —dijo Hamza, todavía en pie.

—Siéntese —repitió el policía en un tono más cortés, y esperó hasta que Hamza volvió a ocupar su asiento—. ¿De qué conoce a esta mujer? —preguntó, leyendo el nombre del remite.

¡Sí, la mujer del pastor le había contestado!

—Trabajé para ella hace muchos años —contestó Hamza, y el policía asintió.

No había nada sospechoso en el hecho de que un nativo trabajara a las órdenes de un europeo. El policía extrajo la carta del sobre y dio la impresión de leerla para sus adentros.

—Esa carta es mía, ¿por qué no me la da? —preguntó Hamza con impaciencia y cierta crispación.

—Por motivos de seguridad, y no me levante la voz o ya puede olvidarse de la carta —replicó el policía en un alemán fluido—. ¿Por qué iba a escribirle una respetable mujer alemana, y cómo es posible que alguien como usted sepa leer nada escrito en una lengua tan sofisticada? ¿Ha intercambiado otras cartas con ella?

—No he recibido una sola carta de nadie en toda mi vida —contestó Hamza en suajili, comprendiendo de pronto el interés que la misiva podía tener para el policía—. Hace muchos años que esperamos noticias de mi cuñado, que era un askari. Me defiendo en alemán, de modo que decidí escribirle para preguntarle si podría ayudarnos a buscarlo. ¿Sabe si lo menciona?

El policía le tendió la carta y Hamza se levantó para cogerla.

—Dígame qué pone ahí —le ordenó.

Hamza leyó la carta para sus adentros y luego volvió a leerla. Era larga, ocupaba dos páginas, y se lo tomó con calma, fingiendo esforzarse por descifrar su contenido.

—Pone que está vivo y reside en Alemania —dijo—. Alhamdulilá, la mujer del pastor logró dar con él. La persona a la que pidió ayuda descubrió que su nombre aparece mencionado dos veces en la oficina que se ocupa de los registros de los askaris: en 1929, cuando solicitó una pensión, y de nuevo en 1934, cuando se presentó como candidato a recibir una medalla. De modo que está vivo, alhamdulilá, pero eso es lo único que ha podido averiguar. Dice que seguirá indagando. Es increíble. Dice que tardó mucho en recibir mi carta porque mientras tanto se había mudado y, cuando finalmente la recibió, tuvo que ponerse en contacto con...

—Ya basta —atajó el policía, cortándolo en seco—. He leído la carta. ¿Qué es todo eso de un libro de Heine? ¿Ha leído usted ese libro?

—Oh, no, la señora me lo regaló —dijo Hamza—, pero creo que lo hizo por gastarme una broma. Sabía que ese libro era demasiado difícil para mí. Lo perdí hace muchos años.

El policía británico reflexionó unos instantes y finalmente decidió que no tenía sentido seguir interrogándolo.

—Las relaciones con Alemania son muy tensas ahora mismo. Si se produjeran nuevos intercambios con cualquier persona que viva allí tendremos que investigarlos y es posible que le confisquemos la correspondencia, lo que podría acarrear consecuencias para usted. Tenga presente que, en adelante, tanto su persona como esta dirección serán objeto de una estrecha vigilancia. Puede marcharse.

Hamza guardó el sobre en el bolsillo y volvió a la carpintería, saboreando de antemano el placer de contarle a Afiya la buena nueva. Cuando llegó al patio de la carpintería, todos se arremolinaron a su alrededor. Él trató de quitarle hierro al asunto, diciendo que un oficial británico le había preguntado por el tiempo que había servido en la schutztruppe. Quería que Afiya fuera la primera en enterarse de la noticia.

—Andarán interrogando a los antiguos askaris —dijo—, por si tienen que llamarlos a filas. Les he dicho que arrastro las secuelas de una herida de guerra y asunto zanjado.

Hamza esperó a la hora del almuerzo, cuando se reunían todos en torno a la mesa. Jalífa ya no trabajaba en el almacén, sino que se pasaba la mañana en casa, o bien se dejaba caer en algún café para enterarse de las últimas noticias y luego se iba al mercado a comprar fruta y verdura siguiendo las instrucciones de Afiya, que por las mañanas trabajaba en la maternidad. Ilyas ya había vuelto de la escuela cuando ella llegaba a casa y se ponía a preparar el almuerzo, de modo que por lo general no se sentaban a comer hasta las dos de la tarde. Hamza degustó con secreto deleite el matoke con pescado, se lavó las manos y anunció que tenía algo que decir.

—¿Qué te traes entre manos? —preguntó Afiya, sonriente—. Sabía que tramabas algo.

Hamza sacó el sobre del bolsillo de la camisa y todos supieron al instante de qué se trataba. Ninguno de ellos recibía correspondencia. Leyó la carta en voz alta, traduciéndola sobre la marcha.

Querido Hamza:

Qué grata sorpresa recibir tu carta. Ha pasado mucho tiempo, pero hablamos a menudo de nuestro paso por Ostafrika y la misión. Me alegro de saber que estás bien, que eres carpintero y te has casado.

Tardamos mucho tiempo en recibir tu carta porque ya no vivimos en Berlín, sino en Wurzburgo, adonde nos la enviaron. Nos apenó profundamente lo sucedido con tu cuñado y enseguida nos pusimos manos a la obra para intentar averiguar su paradero. Por suerte, un amigo nuestro trabaja en Berlín, en el Ministerio de Asuntos Exteriores, y encontró dos referencias a Ilyas Hassan en los archivos de la schutztruppe que se conservan en dicho ministerio, por lo que sabemos que tu cuñado reside en Alemania. Es un nombre muy llamativo, no creo que hubiera más de un Ilyas Hassan en toda la schutztruppe. La primera referencia a ese nombre aparece en 1929, cuando solicitó una pensión, y la segunda data de 1934, cuando se registró como aspirante a recibir una medalla por su participación en la campaña militar de Ostafrika. Presentó ambas instancias en Hamburgo, de modo que es probable que resida allí, como tantos extranjeros que trabajan embarcados, por lo que tal vez sea marinero. Le denegaron la pensión por no tener un certificado de licenciamiento del ejército, y tampoco hubo suerte con la condecoración porque sólo se la concedían a los alemanes y los askaris quedaron excluidos de tales honores.

Estos últimos años han sido difíciles para Alemania, y siendo extranjero no creo que la vida le haya resultado muy llevadera, pero por lo menos ahora sabes que está vivo. Nuestro amigo no ha podido averiguar cuándo llegó al país, ni dónde estuvo antes, pero supongo que habrá más información disponible y seguiremos indagando. Si nos enteramos de algo más, te lo haré saber enseguida, y cuando lo encontremos le daré tu dirección. Sería maravilloso que os pudierais poner en contacto.

Por cierto, entre la correspondencia que nos hicieron llegar desde la misión, había una carta del Oberleutnant, el oficial que te trajo hasta nosotros. Nos escribió allí cuando lo repatriaron a Alemania en 1920, pero para entonces ya estábamos de vuelta en Europa. Al parecer, estuvo preso, primero en Dar es-Salam y más tarde en Alejandría. En la carta preguntaba por ti, y tuve ocasión de contarle que te habías recuperado del todo y que tu alemán había mejorado muchísimo, a tal punto que te habías convertido en un ferviente lector de Schiller. El pastor te manda saludos y pregunta qué te pareció Heine. Así es como te recuerda, no como el hombre cuya pierna —y tal vez la vida— salvó, sino como el askari que osó leer su Heine (el ejemplar que te regalé era suyo).

Recibe nuestros mejores deseos para ti y tu familia.

Aquélla fue la primera y última carta que recibieron. Hamza le contestó para darle las gracias, pero es posible que su misiva ni siquiera saliese del país. Si pese a todo llegó a su destinataria y ella contestó aportando nueva información, lo más probable era que esa segunda carta fuera interceptada por el celoso policía británico. En septiembre de ese año estalló la guerra entre el Reino Unido y Alemania, por lo que se suspendió toda la correspondencia entre ambos países. El conflicto quedaba muy lejos y apenas les llegaban noticias pese a que los británicos habían enviado a Tanga un destacamento de los King's African Rifles para que participaran en la campaña militar contra los italianos en Abisinia. Jalífa no sobrevivió a la guerra. Murió tranquilamente una noche de 1942, a la edad de sesenta y ocho años. Cuando llevaron su cadáver en andas para las oraciones fúnebres, fue la primera vez en décadas que cruzaba el umbral de una mezquita. No dejó tras de sí más que un puñado de harapos y una pila de viejos diarios.

Ilyas completó los estudios elementales en 1940, pero en la ciudad no había ningún centro donde pudiera seguir formándose y, para muchos, la enseñanza básica era más que suficiente, pues permitía acceder a un puesto de funcionario público en algún departamento como Sanidad, Agricultura o Aduanas. Ilyas se alistó en los King's African Rifles en diciembre de 1942, al poco de morir Jalífa y escasos meses después de la derrota de los italianos en Abisinia. Tenía diecinueve años y llevaba más de un año hablando de alistarse, pero Jalífa se oponía a la idea de un modo tan tajante que el chico no había osado llevarle la contraria. «Esta guerra ni te va, ni te viene —le decía—. ¿No es suficiente desgracia que tu padre y tu tío fueran tan tontos como para arriesgar el pellejo a mayor gloria de los señores de la guerra?»

Tras la muerte de Jalífa, Ilyas suplicó hasta que acabó venciendo la resistencia de sus padres. El gobierno colonial británico prometió costear los estudios de los King's African Rifles que quisieran seguir formándose después de la guerra, y el joven sucumbió al tentador reclamo. Lo enviaron a hacer la instrucción militar a Gilgil, en las tierras altas de la colonia británica de Kenia, y más tarde lo destinaron a Dar es-Salam, donde permanecería acuartelado con el regimiento de artillería costera hasta el final de la guerra. No llegó a entrar en combate, pero aprendió mucho sobre los británicos y sus intereses. También aprendió a conducir motocicletas y todoterrenos, e incluso a trastear con cierto éxito en el motor de estos últimos. Jugaba al fútbol, practicaba tenis y se iba de pesca con un arpón submarino y un par de aletas. Durante un tiempo, hasta fumó en pipa.

Al terminar la guerra, los estudios prometidos se tradujeron en un curso de capacitación como maestro de escuela en

Dar es-Salam, y al completarlo encontró trabajo en una escuela de la capital, donde alquiló una habitación en la calle Kariako. Durante esos años, el sentimiento anticolonial rebrotó y se fue extendiendo, espoleado por el éxito de la campaña militar en la India, el triunfo de Nkrumah en la Costa de Oro y la derrota de los holandeses en Indonesia. Los estudiantes, politizados tras su paso por la Asociación Africana del Makerere University College y su relación con organizaciones estudiantiles de Inglaterra y Escocia, participaron activamente en este movimiento. El sesgo colonialista de la administración británica inquietaba a los estudiantes y a cualquiera que fuera consciente de ello. Por entonces Ilyas aún no manifestaba interés por estas cosas, pero no tardaría en hacerlo. A punto de cumplir treinta años, se limitaba a practicar deporte y a dar clases, y con el paso del tiempo se labró cierta reputación como escritor de relatos que a veces salían publicados en los diarios locales. En 1950 el gobierno colonial implantó un nuevo servicio radiofónico en suajili que emitía noticias, programas musicales y propaganda sobre las mejoras implantadas en materia de salud, agricultura y educación. Los noticiarios pronto se convirtieron en relatos alarmistas de las atrocidades cometidas por el Mau Mau en Kenia, y eran tan persuasivos que las madres amenazaban con llamar a los rebeldes cuando sus hijos se portaban mal.

Siempre que tenía unos días de vacaciones, Ilyas se iba a ver a sus padres. Ciertos barrios de la ciudad disfrutaban ya de suministro eléctrico, incluida la vieja casa familiar. Le gustaba deambular por las calles, pero al poco empezaba a sentirse inquieto y anhelaba volver a la capital. Hamza y Afiya escuchaban fascinados las anécdotas de su día a día y le pedían detalles sobre sus logros como docente y escritor. Afiya se mostraba maravillada por sus proezas deportivas, que comentaba con exagerado asombro para halagar a su hijo, que se enorgullecía de haber vencido la timidez de la adolescencia. Siempre les preguntaba si habían tenido más noticias de su tío, aunque no contaba con ello. Hamza le dijo que había vuelto a escribir a la mujer del pastor pero no había recibido respuesta. La guerra y sus terribles consecuencias para Alemania empezaban a saberse poco a poco, y Hamza temía que la pareja no hubiese sobrevivido al conflicto. A sus cincuenta y pocos años, había perdido cierta agilidad pero estaba satisfecho con su vida y gozaba de buena salud. Ahora era el encargado del taller de ebanistería y la carpintería de Nassor Biashara, que ya no era un mero hombre de negocios sino todo un magnate con un amplio abanico de intereses: empresas farmacéuticas, tiendas de muebles y, más recientemente, aparatos eléctricos de todo tipo, incluidos los de radio. De hecho, Hamza y Afiya tenían uno de esos aparatos en casa.

Uno de los programas radiofónicos más populares del momento invitaba a los oyentes a enviar sus propios relatos y, cuando el ayudante de producción le habló a su jefe de uno de los cuentos de Ilyas, éste quiso conocerlo. El productor era un inglés corpulento y jovial de cara ancha y bigote cobrizo que llevaba el uniforme de todo funcionario colonial: camisa blanca, pantalón corto caqui, calcetines blancos hasta las rodillas y zapatos marrones. Las partes de sus extremidades que quedaban expuestas eran musculosas y, como el rostro, estaban cubiertas de vello cobrizo.

—Me llamo Butterworth y me han trasladado desde el Departamento de Agricultura —le contó a Ilyas—. No soy un experto en radio ni en literatura. Me han destinado aquí como podrían haberme enviado a la Oficina Nacional de Obras Portuarias y Túneles, pero vengo dispuesto a remangarme. Si algo he descubierto es que me gustan los relatos con un toque pedagógico. Éste que habla de las experiencias de un maestro nos viene como anillo al dedo. ¿Puedes escribir otro que gire en torno a la agricultura?

El señor Butterworth también era un reservista de los King's African Rifles y, cuando supo que Ilyas había estado en la guerra, lo tomó bajo su protección. Así fue como empezó a leer sus propios relatos en la radio y se convirtió en una pequeña celebridad local. A mediados de los años cincuenta, el señor Butterworth fue relevado en el puesto y trasladado a las Indias Orientales, pero para entonces Ilyas ya se había consolidado en su nuevo oficio. Con el tiempo, se incorporó como trabajador fijo al equipo de producción de la emisora, donde se dedicaba sobre todo a la redacción de noticias y, en los ratos libres, seguía escribiendo sus propios relatos. Fue por entonces cuando la Unión Nacional Africana de Tanganica llevó al país a la independencia bajo el liderazgo de Julius Nyerere, que había estudiado en una misión católica y sopesado la posibilidad de tomar los hábitos pero acabó convirtiéndose en un activista radical del movimiento independentista. Cuando se celebraron las elecciones de 1958, el gobierno colonial británico estaba sumido en el caos y planteándose la retirada. Los comicios de 1960, celebrados bajo la supervisión de la administración colonial, dieron a la UNAT y a Nyerere el noventa y ocho por ciento de los escaños parlamentarios. Esta victoria aplastante no era un resultado amañado por alguna comisión electoral corrupta, sino que se había obtenido bajo la reacia tutela de los funcionarios coloniales británicos, nada sospechosos de favorecer la causa independentista. Frente a esta realidad no había argumento posible, de modo que al año siguiente los británicos abandonaron definitivamente el país.

En 1963, dos años después de la independencia, de la que fueron testigos tanto Hamza como Afiya, su hijo recibió una beca de la República Federal Alemana para pasar un año en Bonn estudiando técnicas avanzadas de radiodifusión. Para entonces tenía treinta y ocho años. La República Federal Alemana, a la sazón más conocida como Alemania Occidental, era una federación de regiones ocupadas tras la guerra por tropas estadounidenses, británicas y francesas. A su vez, la parte del territorio alemán que había quedado bajo el influjo de la Unión Soviética se convirtió en la República Democrática Alemana. La RDA fomentaba políticas coloniales muy activas y, junto con otros países del llamado bloque del Este, brindaba refugio, entrenamiento militar y armas a los movimientos de insurrección y liberación de África. De hecho, se declaraba una firme valedora de los países colonizados y concedía becas de estudios a los jóvenes de esos países para rivalizar con la RDA y granjearse el apoyo de las naciones pobres en foros como las Naciones Unidas. Tras someterse a una entrevista y una evaluación, Ilyas se convirtió en el afortunado receptor de una de esas becas. Nunca había viajado a ningún sitio, salvo los meses que había pasado en Gilgil haciendo la instrucción militar. Se disponía a emprender esa aventura siendo un hombre maduro, con los ojos abiertos y una mirada curiosa.

Pasó los primeros seis meses de su estancia en Bonn haciendo un curso intensivo de alemán. Fue una época placentera en la que acudía puntualmente a las clases, practicaba durante horas, deambulaba por las calles para empaparse de cuanto ocurría a su alrededor, entraba en tiendas y exposiciones que le llamaban la atención y enviaba postales a sus padres y compañeros de trabajo. Vivía en un edificio de tres plantas que albergaba una residencia para estudiantes adultos. En cada planta había seis grandes habitaciones con cuarto de baño compartido. La residencia no quedaba lejos del comedor de la universidad, en general era cómoda y se ajustaba a las necesidades de Ilyas, que seguramente había heredado el don de lenguas de Hamza, porque su dominio del alemán mejoraba a pasos agigantados y los profesores lo felicitaban por ello.

Al finalizar el primer semestre del curso, empezó la parte del programa centrada en las técnicas de radiodifusión, para la cual debía elaborar un proyecto periodístico que requería cierta investigación previa y la grabación de varias entrevistas. Le asignaron un presupuesto y seis horas de tutoría con un supervisor que le brindaría apoyo técnico. Conocía ese proyecto antes de viajar a Alemania y ya había decidido el tema de antemano: averiguar el paradero de su tío Ilyas. Había copiado la dirección que la mujer del pastor había apuntado en el libro de Heine que regaló a su padre y empezó a informarse sobre Wurzburgo mientras hacía el curso intensivo de alemán. Descubrió que el noventa por ciento de la ciudad había quedado reducido a escombros tras el ataque aéreo del 16 de marzo de 1945, cuando cientos de bombarderos Lancaster británicos dejaron caer una lluvia de bombas incendiarias sobre sus calles. No había ninguna justificación militar para este ataque, cuyo único objetivo era desmoralizar a la población civil. En la biblioteca de la universidad encontró un mapa de la ciudad reconstruida y buscó la calle que figuraba en el remite de la carta enviada por la mujer del pastor. Tras conocer los detalles de la destrucción causada por el bombardeo, dudaba de que la calle siguiera existiendo siquiera, pero allí estaba. Cuando su dominio del alemán se lo permitió, escribió a la mujer del pastor para explicarle que era el hijo del askari Hamza y le mandó recuerdos en nombre de su padre. Anotó su propia dirección en el ángulo superior izquierdo del sobre y, diez días después, la carta llegó devuelta sin haber sido abierta con una nota manuscrita en la base del sobre: «Nicht bekannt unter dieser Adresse», destinatario desconocido.

El supervisor que le habían asignado para el trabajo de investigación, un tal doctor Köhler, frunció el ceño no bien Ilyas empezó a explicarle en qué consistía su proyecto.

—Una guerra que se libró en África hace cincuenta años —dijo—. Alemania nunca descansa de sus guerras.

El doctor Köhler era un hombre de cuarenta y pocos años, alto y rubio, popular en el departamento por su energía desbordante y su talante afable, y aquel rechazo supuso un revés para Ilyas, que tomó aire antes de continuar. Entonces le explicó que el soldado de la schutztruppe cuyo paradero se proponía buscar era su tío y que se había instalado en Alemania después de la guerra en Ostafrika. El doctor Köhler alzó el mentón y asintió brevemente, como invitándolo a proseguir. Ilyas le habló del pastor que había salvado la pierna —y quizá también la vida— a su padre, de la misión de Kilemba y de la carta que la mujer del pastor les había enviado con noticias de su tío. Le habló asimismo de la misiva que había remitido sin éxito a la dirección de Wurzburgo donde le constaba que vivía la pareja. El profesor se encogió de hombros e Ilyas creyó entender el significado de ese gesto.

—Si es pastor, por fuerza será luterano —señaló el doctor Köhler—. Un sacerdote luterano en una ciudad católica como Wurzburgo no debería ser demasiado difícil de localizar. ¿Cómo piensas seguir tirando del hilo?

—Tenía intención de ir a Wurzburgo para comprobar si se conservan registros sobre la calle o cualquier información sobre el pastor y su mujer.

—Cuanto antes, mejor —opinó el doctor Köhler con un brillo de entusiasmo en la mirada—. ¿Dónde piensas buscar esos registros?

—No lo sé. Lo preguntaré cuando llegue allí —respondió Ilyas.

El profesor sonrió.

—Si yo estuviera en tu lugar, empezaría por el Rathaus. Como sabes, puedes solicitar el reembolso de los costes de desplazamiento y las dietas de los viajes asociados con el proyecto, pero sólo una vez que lo hayas presentado. Nuestra burocracia es muy meticulosa con los fondos... bueno, con todo, en realidad. La burocracia alemana es la envidia del mundo entero. Espero que tengas suficiente dinero para costear la investigación hasta que recibas el reembolso. El proyecto es tuyo y tú decides cómo llevarlo a cabo, pero me gustaría que quedáramos una vez a la semana para que me vayas poniendo al día. Sí, pásate por el ayuntamiento de Wurzburgo. Era una ciudad encantadora, pero no he vuelto allí desde la guerra.

Ilyas cogió un tren que lo llevó desde Bonn hasta Fráncfort, donde hizo escala para continuar hasta Wurzburgo. En el Rathaus lo derivaron a la oficina del registro civil, donde averiguó que la calle del pastor y su familia había quedado completamente destruida y que tanto el pastor como su esposa y una de las hijas se daban por muertos en el incendio que siguió al ataque aéreo. Tenían dos hijas, recordó Ilyas, pero por entonces una de ellas ya habría abandonado el hogar familiar. Eso fue lo único que encontró en el registro civil, sus nombres, la calle donde vivían y la constatación de que el bombardeo la había arrasado por completo. No obstante, la funcionaria que lo atendió le dijo que, si estaba buscando a un pastor luterano, debería consultar el archivo de la Iglesia luterana de Baviera, en Núremberg.

Ilyas comunicó sus hallazgos al doctor Köhler, que le aconsejó llamar por teléfono a la sede del archivo antes de desplazarse hasta allí. También le enseñó una grabadora portátil de casetes que Philips había sacado al mercado unos meses atrás. El departamento había comprado dos de aquellos aparatos y el profesor sugirió que se llevara uno por si tenía ocasión de grabar una entrevista con el responsable del archivo. Y así, tras la llamada pertinente, Ilyas volvió a emprender viaje, esta vez con destino a Baviera, para lo que debía volver a cruzar Fráncfort y Wurzburgo. En su anterior desplazamiento no se había dado cuenta de lo cerca que estaba de Núremberg. El archivero era un anciano enjuto cuyo traje oscuro le iba un poco holgado. Guió a Ilyas hasta una estancia en la que había una mesa alargada y, sobre ésta, una pequeña pila de documentos. El hombre se sentó a un extremo de la mesa y se puso a hojear sus propios papeles, probablemente para no perderlo de vista.

—Si necesita ayuda, no dude en decírmelo.

Hojeando aquellos documentos Ilyas descubrió que, al volver de Ostafrika, el pastor había sido destinado a la iglesia evangélica luterana de San Esteban, en Wurzburgo, que quedó totalmente destruida en marzo de 1945 y se reconstruyó durante los años cincuenta. También había dado clases a tiempo parcial en la Universidad Julius Maximilians de Wurzburgo, donde impartía la asignatura de Teología protestante. Sin embargo, no constaba que su mujer hubiese tenido ninguna ocupación durante esos años. Ambos habían fallecido en el ataque aéreo, junto con la hija más pequeña. «¿Sabe usted qué fue de la otra hija?», preguntó Ilyas al archivero, que negó con la cabeza, sin decir palabra. Entre los papeles había un escueto recorte de diario o revista sobre la misión de Kilemba, apenas un par de párrafos sobre el dispensario, la escuela y el pastor, al que citaban por su nombre. El texto no iba acompañado de ninguna imagen, y tanto el titular como la fecha habían sido recortados. Ilyas preguntó al archivero si conocía la procedencia del recorte.

El hombre se acercó a Ilyas y examinó la noticia por unos instantes.

—Lo más seguro es que sea de *Kolonie und Heimat* —dijo—. La revista antigua, antes de que el Reichskolonialbund se hiciera cargo de ella.

—¿A qué se refiere? —preguntó Ilyas.

El archivero lo miró con severidad casi desdeñosa ante tamaña ignorancia.

—Era la alianza, la Gleichschaltung para el movimiento de recolonización. Hubo una campaña para recuperar las colonias que nos habían arrebatado en Versalles.

—¿Qué significa esa palabra, Gleichschaltung? —preguntó Ilyas—. Por favor, le agradecería muchísimo su ayuda.

El archivero asintió, quizá aplacado por sus buenos modales.

—Se refiere a la política nazi de reunir todas las organizaciones en una sola administración. El Reichskolonialbund sirvió para aglutinar a todas las asociaciones partidarias de la recolonización y controlarlas desde el partido.

—No sabía que hubiese habido un movimiento de recolonización —dijo Ilyas.

El hombre se encogió de hombros. «Dummkopf.»

—Fue por entonces cuando decidieron desempolvar la revista *Kolonie und Heimat*, que era una publicación de los tiempos del imperio. Creo que este recorte es de la primera época —añadió, y volvió a su asiento mientras Ilyas tomaba notas. En ese momento se percató de que había olvidado encender la grabadora Philips, pero no se atrevió a pedirle al archivero que repitiera lo que acababa de decir sobre el Reichskolonialbund. Cuando ya se iba, junto a la puerta principal, se le ocurrió preguntarle si había estado en Ostafrika. El hombre contestó afirmativamente y se dio media vuelta antes de que Ilyas tuviera ocasión de preguntar nada más.

El doctor Köhler también se mostró sorprendido de que Ilyas no hubiera oído hablar del movimiento recolonizador.

—Fue algo muy sonado, y los nacionalsocialistas no dudaron en sacar tajada del sentimiento de agravio latente en la sociedad. Recuerdo las manifestaciones. ¿Usaste la grabadora? Vaya, qué lástima. Estás haciendo un programa de radio, de modo que sería buena idea tener notas de voz de personas como ese archivero. Tal vez la próxima vez.

Ilyas descubrió que el archivo del Reichskolonialbund quedaba muy cerca de Bonn, en Coblenza, una antigua y bella ciudad en la confluencia del Rin y el Mosela. Había llamado de antemano para pedir que le dejaran consultar los ejemplares disponibles de *Kolonie und Heimat* y, a su llegada, lo recibió una archivera que lo guió hasta una amplia habitación con hileras de estanterías repletas de documentos y le dijo que estaría en el despacho contiguo, por si necesitaba ayuda. En aquellos archivos, Ilyas descubrió que el Reichskolonialbund se había fundado en 1933 e incorporado al Partido Nacionalsocialista en 1936. *Kolonie und Heimat*, relanzada en 1937, era una mezcla de revista y diario gráfico. Mientras hojeaba aquellos ejemplares, vio muchas fotografías de fincas coloniales y ceremonias que se habían tomado antes de la pérdida de las colonias, pero también instantáneas de actos públicos organizados por el Reichskolonialbund para hacer campaña y agitar a las masas en favor de la recolonización. En los mítines y tribunas de esos actos, los activistas lucían el uniforme de la schutztruppe y enarbolaban una bandera expresamente diseñada para la causa. En un ejemplar de noviembre de 1938, Ilyas se topó con una imagen de grupo granulosa: sobre el escenario había dos hombres alemanes uniformados, un adolescente alemán con camisa blanca y pantalones cortos apostado frente al micrófono y, detrás de éste, ligeramente desplazado a la izquierda respecto al plano principal, un hombre africano que lucía el uniforme de la schutztruppe. A sus espaldas ondeaba la bandera del Reichskolonialbund con la esvástica en una de sus esquinas. Según el pie de foto, se trataba de la gala del Reichskolonialbund en Hamburgo, pero no constaban los nombres de los fotografiados. Ilyas preguntó a la archivera si había alguna posibilidad de localizar la foto original, o cualquier detalle sobre la fuente o el acto en sí. Esta vez se había acordado de encender la grabadora Philips.

—Conservamos muchas de las fotografías originales, pero no sé a ciencia cierta dónde están, ni si han sido debidamente clasificadas —contestó la mujer, como disculpándose—. Debo acabar unos encargos, pero si me concede unos días me pondré en contacto con usted. Tengo el número de teléfono de su departamento en la universidad.

Unos días después, Llyas regresó a Coblenza y, con la grabadora en marcha, se dispuso a revisar con ayuda de la archivera unas cajas de fotografías que estaban clasificadas por años. No les costó dar con la foto original, en cuyo dorso había una etiqueta con los nombres del fotógrafo y los fotografiados, que algún editor debió decidir no incluir en el pie de foto. La etiqueta también identificaba el acto en cuestión, un mitin político posterior a la proyección, en la ciudad de Hamburgo, de un documental sobre la Deutsch-Ostafrika. El africano que lucía el uniforme de la schutztruppe se llamaba Elias Essen. Esos ojos, esa frente.

Ilyas pidió a la archivera una copia del original y se la envió a su madre, que le contestó al cabo de unos días para decirle que, en efecto, era su tío Ilyas.

En Bonn, Ilyas vivía a tiro de piedra de varias sedes gubernamentales, incluido el Ministerio de Asuntos Exteriores, y su doble acreditación como estudiante de un programa de radiodifusión financiado por el gobierno federal y periodista le permitía acceder a diversos organismos oficiales. Aunque no pudieran darle la información que necesitaba, le facilitaron pistas para seguir tirando del hilo. Escribía a sus padres con regularidad para tenerlos al tanto de los avances en la investigación, pero algunos de sus hallazgos eran demasiado vagos para comunicárselos.

Viajó varias veces a Friburgo, donde visitó el Instituto de Historia Militar, y también a Berlín, para consultar los archivos de la Asociación Colonial. En el Instituto de Lenguas Orientales de la capital se reunió con varios lingüistas y buscó en sus archivos qué formación en materia de lengua recibían los policías y funcionarios que supuestamente se encargarían de dirigir las colonias una vez las hubiesen reconquistado. Algunas de aquellas entrevistas servían para confirmar algunos datos, otras para tener un mayor contexto y recabar antecedentes históricos. Se reunió con forofos del mundo militar, con historiadores aficionados y profesionales y, siempre que el entrevistado lo consentía, su grabadora portátil Philips permanecía encendida, de modo que poco a poco fue hilvanando un relato que, si bien requería una investigación más amplia y exhaustiva para llenar algunos huecos, era más que suficiente para su proyecto de radiodifusión. El doctor Köhler estaba encantado con la tenacidad de Ilyas, y hasta se mostró convencido de que el sonido defectuoso de la grabadora subrayaba la carga emocional del proyecto.

Esperó hasta volver a casa para desvelar a sus padres la historia completa de su tío, y esto fue lo que les dijo:

—El tío Ilyas resultó herido en la batalla de Mahiwa, en octubre de 1917.

—Yo estuve allí —dijo Hamza—. Fue una batalla terrible.

—Cayó prisionero y estuvo detenido primero en Lindi y luego en Mombasa.

—Eso significa que estaba a tan sólo un día de distancia de aquí —apuntó Afiya.

—Después de la guerra, los británicos repatriaron a los oficiales alemanes, pero a los askaris de la schutztruppe los liberaron sin más, para que se buscaran la vida como buenamente pudieran.

Ilyas no había podido averiguar a ciencia cierta cuándo o dónde habían liberado a su tío, pues no encontró nada que lo demostrara de manera fehaciente. Podría haber acabado en cualquier punto de la costa, o incluso haber cruzado el océano. Tampoco sabría decir cómo se ganó la vida tras ser liberado, aunque sí que durante un tiempo estuvo embarcado como camarero o mozo de a bordo. Lo que estaba claro era que había trabajado en un barco alemán y que en 1929 residía en Alemania, pues así lo afirmaba la mujer del pastor en su carta y él había podido verificar ese dato en los archivos del Ministerio de Asuntos Exteriores. Por entonces, se había cambiado el nombre a Elias Essen y se ganaba la vida como cantante en Hamburgo, donde aún se le recordaba como un habitual en los cabarets de los bajos fondos de la ciudad, pues se subía al escenario luciendo el uniforme militar de los askaris, incluido el fez con la insignia del águila imperial. En 1933 se casó con una alemana y tuvo tres hijos. Ilyas había encontrado la instancia que ella presentó para evitar que los desahuciaran de la casa en la que vivían de alquiler. En ese documento, aportaba detalles como las fechas de la boda y el nacimiento de sus hijos, además de apelar a la condición de veterano de guerra de su marido. En otro apunte se recogía la solicitud de una condecoración al mérito militar presentada en 1934, pero eso ya se lo había dicho la mujer del pastor. Lo que ella no sabía era que el tío Ilyas se había afiliado al Reichs-kolonialbund, una organización dependiente del Partido Nazi. El gobierno aspiraba a recuperar las colonias y el tío Ilyas era favorable al regreso de los alemanes, de modo que participaba en las manifestaciones con la bandera de la schutz-truppe y se subía a las tribunas para entonar himnos nazis.

—Así que, mientras tú llorabas su pérdida —le dijo a Afiya—, el tío Ilyas se dedicaba a bailar y cantar por toda Alemania, ondeando la bandera de la schutztruppe junto a quienes se manifestaban para recuperar las colonias. Para ellos, la idea de «Lebensraum» se quedaba corta con Ucrania y Polonia. El sueño nazi también abarcaba los valles, colinas y llanuras al pie de esa montaña africana de cumbre nevada.

»En 1938 el tío Ilyas residía en Berlín, y —acaso mientras la esposa del pastor intentaba averiguar su paradero a petición de Hamza— lo detuvieron por violar las leyes racia-les nazis y deshonrar a una mujer aria, ¡pero no por haberse casado con una ciudadana alemana! La boda había tenido lugar en 1933 y las leyes raciales no se aprobaron hasta 1935, de modo que no podían aplicarse a su matrimonio. Lo de-tuvieron por una relación que tuvo con otra mujer alemana en 1938. En eso consiste el imperio de la ley: Ilyas había infringido la legislación nazi en 1938, pero no en 1933 porque las leyes raciales aún no habían sido aprobadas. Lo enviaron al campo de concentración de Sachsenhausen, a las afueras de Berlín, y el único de sus hijos que aún vivía, llamado Paul en honor al general que lideró las tropas alemanas en la guerra de Ostafrika, lo siguió por su propia voluntad. Nadie sabe qué fue de su mujer. Padre e hijo murieron en Sachsenhausen en 1942. No existe constancia de la causa de la muerte del tío Ilyas, pero, gracias al relato de otro preso que logró sobrevivir, se sabe que el hijo del cantante negro que había ingresado voluntariamente en el campo de concentración para estar con su padre murió a causa de un disparo cuando intentaba escapar.

»De lo que no hay duda —les dijo Ilyas a sus padres— es que alguien quiso lo bastante al tío Ilyas para seguirlo hasta una muerte segura en ese campo de concentración con tal de no dejarlo solo.